社火

SHEHUO

张格娟 著

西安出版社

图书在版编目（CIP）数据

社火 / 张格娟著. — 西安：西安出版社，2023.5
ISBN 978-7-5541-6559-1

Ⅰ. ①社… Ⅱ. ①张… Ⅲ. ①长篇小说—中国—当代
Ⅳ. ①I247.5

中国国家版本馆 CIP 数据核字（2023）第 080011 号

社　火
SHEHUO
著　　者：张格娟

出 版 人：屈炳耀
组织统筹：李宗保
责任编辑：李　丹
责任校对：王　瑜
责任印制：尹　苗
出版发行：西安出版社
社　　址：西安市曲江新区雁南五路 1868 号影视演艺大厦 11 层
电　　话：（029）85253740
邮政编码：710061
印　　刷：陕西博文印务有限责任公司
开　　本：787mm×1092mm　1/16
印　　张：20
字　　数：256 千
版　　次：2023 年 5 月第 1 版
印　　次：2023 年 6 月第 1 次印刷
书　　号：ISBN 978-7-5541-6559-1
定　　价：65.00 元

目录

一、叮[①]

1

屋外的月光明晃晃地照进了窗棂，关山堡的人们，被夜这个无形的魔爪，一下子拽倒在了火热的土炕上。冬夜的凛冽，早已被融暖了。

八米多高的堡子土墙，黑黢黢的，在月夜里，威严刚劲地挺立着。堡子如守护神一般，年复一年地防患着土匪和外敌的侵犯。高墙顶上的木箭楼，用来瞭望外面的一举一动。据此高处，一旦有风吹草动，信息便会迅速传到堡子里面来，从而保护了人和财产的安全。堡子黑色的木大门上，拳头大的铜泡钉，一排排铆合得整齐而有序，如列队的士兵随时准备迎战。矗立在大门前的那对六尺多高的石狮子，威严地守护着这道进出的大门。

一阵响亮的鸡鸣声，打碎了夜的冗长寂静，各家各户的公鸡像商量好似的打着鸣，把关山村的沟沟壑壑都唤醒了。

一时间，整个村子醒了，传来了狗吠声、鸡鸣声、碎娃娃的啼哭声、老人的咳嗽声、门板的咯吱声以及那些憋了一宿的撒尿声、倒尿盆的声音，此起彼伏地在村庄里响起。

---

①叮、咯、咙、咚、呛、咣、嗵，都属于社火锣、鼓、镲音。

关山村是行政村。其时，关山村也叫关山堡子，下设有两个自然村，秦家堡和康家湾。

秦家堡居住的以秦姓家族居多，康家湾多是康姓，当然，还夹杂着其他姓氏。秦家堡人常对外人这样称，说他们是最正宗的秦人后代，所居之地秦谷而被赐秦姓。当然，这种说法有点牵强。其实说白了，整个陇州人，都是秦人的后代。话说在周孝王时期，他们的祖先非子为王室牧马有功，成为周王附庸，从此活动在汧陇一带的秦人势力不断增强。到了秦襄公时，方能举兵开疆拓土。因为襄公救周有功，秦人赏宅封国，在陇坂之东、汧河之滨筑起了秦人进入关中后的早期都城——汧邑，成为雄踞汧陇的一方诸侯。从此为秦王朝的开始，也是秦姓家族的开始。历史的更迭变迁，一代又一代的秦人在这里繁衍生息着。

虽说两个自然村隶属于关山行政村，可他们多半时间各自作主，完成自己的生产生活。秦家堡在村头，康家湾在村尾，但村公所设在康家湾，有什么大事情，还得两个村子相互协作才能够完成。比如，每年的社火表演，他们各自都有自己的社火会，但进行元宵节游演，常常两个村子在一起合作。就这样，社火这种约定俗成的民俗表演，被一辈辈一代代传了下来，他们具体也讲不清楚，到底流传了多少年，只说已有两千多年历史了。

村里的土地神庙在秦家堡，山神爷庙在康家湾。每年正月初五，耍社火的时候，两家的社火都交互穿过村子去拜山神爷和土地爷。

人可以不听保长的，却不得不听神灵的。自他们的祖辈们起，就用社火来祭祀土神和山神，现在来说，他们多半不是为了求神，娱乐的成分多了，但心中那个信仰好像没法改变和剔除。

已是十一月底了，吃完早饭的秦道生，嘴里衔着青玉烟嘴，长长的烟锅里，火已经奄奄一息了，他似乎还没有发觉，望着墙角发愣着。

秦道生是秦家堡的社火会会长，他在想着今年社火的事儿。正在这时，门外传来了铿锵有力的脚步声和爽朗的笑声。

“道生弟，在想什么哩？”秦道生不用看人，凭脚步声都能断定来者何人。这个精瘦的汉子正是康家湾的社火会会长康麦换。

“你这老兄不经念叨，我刚一想你，你就来了。”秦道生半嗔半喜地说道。康麦换嘿嘿一笑道：“陇州地方邪，想谁谁就来么。”秦道生起身，递过自己的旱烟叶袋。康麦换也没有推辞，直接将自己的烟锅子伸进了烟袋子里，装上研碎的旱烟叶子。秦道生将自己烟锅伸了过来，两个人对上火，“吧嗒吧嗒”地互相猛吸了几口。火星一点点地冒着，蓝色的烟开始缭绕，随着烟锅头分开了。俩人圪蹴在墙角，有一搭没一搭地开始聊天了，他们聊天的内容逃不过“社火”两个字。

秦水莲从门外掀开门帘进来，笑着向康麦换打招呼：“康伯，来了啊！”康麦换应了一声，又继续和秦道生聊着社火的事情。秦水莲随后拎着一壶热水进门来，麻利地将他爹的紫砂茶具摆开来，斟好茶先递给了康伯和爹，她对他们谈社火的话题并不太感兴趣，便悄悄地溜了出去。康麦换虽然在和秦道生说话，他却时不时用余光打量着秦水莲，他在想，等哪天找个机会，上门向这老弟提亲，把水莲娶回家给儿子承业当媳妇。

康承业早已等候在秦家的大门外了。他知道，两个父亲的谈话时间不会太短，便带着秦水莲悄悄溜出了堡子外。

秦水莲急切地问：“小狐狸的腿伤好了吗？”

“好了。”康承业从紧裹的大衣里取出毛茸茸的小狐狸，小狐狸警惕地盯着秦水莲，秦水莲想用手摸一下它的头，小狐狸龇牙咧嘴地发出了“嘤嘤呜呜”的声音。秦水莲怕小狐狸再哭，就把手缩了回来。康承业说：“我抱着它，你摸它的背。”秦水莲顺着小狐狸的背部轻柔地抚摸着，小狐狸很享受地依旧撒着娇，眼神闪烁着，不时抬眼望着秦水莲。康承业把秦水莲带到了堡子外的关山草原，整个草原被积雪盖得严严实实。说是草原，其实叫草甸更为确切，有树木、有溪流，当然更主要的有草地和牛羊群。

这只狐狸是他们半个月前救下来的。那天，他们两人穿着厚厚的棉衣，手拉手在雪地上奔跑，身后留下一串串脚印儿。远处，一团火让他们俩兴奋不已，秦水莲粉嫩的脸被冻得红彤彤的，他们俩不停地搓着冻僵的手，冻得麻木的双脚在雪地上蹦跳着，关山的风冷硬得像刀子，将雪刮起来像白色的尘雾，钻进棉袄，割得人生疼。极度寒冷的天气，让两颗年轻的心贴得更近了。他用自己温暖的大手，给她不停地揉搓着手，直到一双手被搓红了，他又将搓热了的手，给她暖暖脸和捂捂冻红的鼻子。热乎乎的心，在冬天的草原上，聚成了一团火球，几乎能将关山草原的冰雪都融化了。

他们在草原上一前一后地奔跑着，追逐着，嬉戏着。突然间，他们在羊肚子河湾那里停住了，追逐的那团红红的火球出现在了眼前，在皑皑的雪地上，煞是好看。两个人都不再喊叫，不约而同地停止了打闹，她屏住了呼吸，他蹑手蹑脚地走近，将那只几乎冻僵的红狐狸一把抓到手。那只狐狸没有反抗，事实上，它也没有能力反抗了，它的一条腿受伤了，眼神里满是哀求，一双灵动的眸子，让人忍不住心生爱怜。康承业把狐狸抱在自己的怀中暖，过了一会儿，这只乖巧的生灵，终于舒缓了过来。秦水莲生怕把小狐狸吓着了，她轻声问：“这个季节狐狸早该冬眠了呀？它怎么还跑出来了。”康承业用食指刮了一下她的鼻尖说：“这你就不懂了吧？狐狸是半冬眠的，它一般在春季就开始存储食物，放在距地面大约两米深的地方，冬季它一般不出来，即使出来也是为了寻食物，不知道它为何受伤了。”秦水莲用崇拜的眼神望向他，见康承业也目不转睛地盯着自己，她羞涩地问了一句：“你懂得可真多！”康承业故意吹嘘着：“这才是一点点皮毛，你不知道的还多着呢？”他们两个就这样你一句我一句地聊着，似乎连干冷的空气里都充满了幸福的甜味儿。于是，他们悄悄地把狐狸抱回了家里，给它敷了伤口。

红狐狸痊愈后，他们俩将红狐狸带回到羊肚子河湾，好几天不下雪了，狐狸卧过的身印儿，旁边又多了四只蹄印儿。蹄印儿凌乱不堪，看来，是另一只寻觅的身影在原地转了无数个圈，那里写满了焦急、狂躁和思念。他们放生了那只狐狸，狐狸在原地转了几个圈，昂起头叫了几声，然后，撒开腿跑远了。远处的热死荒梁上，又多了一只狐狸的身影。他们惊喜地相互对视了一眼，又开始了他们新一轮的奔跑。他们的笑声肆意流淌，整个茫茫关山大莽原都回荡着这种狂热和悸动。她在前边跑着，脖子上的红围巾在风里飘舞着，她窈窕的身子，如同雪地里的舞者，他在后边追着，抛洒着雪球，他们是快乐的，无拘无束的。

一直跑到了热死荒梁，突然，她跌倒在了地上，他也被绊倒，她用一双灵动的眼睛望着他。他静静地注视着这张脸，像画中人一般，她的呼吸急促了，她看到了他眼中升腾起的火苗，不仅如此，自己也如同一把燃烧起来的麦草，一点点跃上了顶峰。火苗跳跃了一下，而后又柔软了，再一次跳跃，再一次变成了两个人胸口起伏的节奏和喘息。空气中充满了潮乎乎的甜味儿，他们的火融化了雪，她还来不及细细打量眼前这个棱角分明的男子，他的嘴唇却早已贴在了她的唇上，一丝凉凉的甜味儿弥散开来。她是想躲开的，可似乎有一种无形的力量冥冥之中推着她将嘴又迎了上去，他在找寻，她的身子一下子像通了电，自己轻飘飘地升腾到了空中，她被抛向了浪尖或者云端，她恐慌地感觉到自己的茫然欢悦。那种美好的甜味如同融化的水蔓延着，弥漫进了她的嘴，她的全身。她的体内有一股神秘的液体在流淌着，说不出动向，又不知道要流向何处。突然，他近乎粗鲁地扳过她的身子，用他那双钳子般的大手，一颗一颗地解开她的蝴蝶纽扣，这种盘扣儿，如同一个个死结，他的手颤抖着，找不到方向。她一把抓住他的手，不让他再冒进，然而，她却看到了他眼中的那种力量不断地冲撞着，闪烁着，半是鼓励，半是柔情，她心软了，她觉得自己像个困兽，也在极力地寻找出口。她搂紧了他的脖子，他笨拙地解开了她的棉袄盘扣，酥酥麻麻的感觉顿时传遍了她的全身。她和他成了一个人，突然间天旋地转。整个天地成了他们的，他们和天和地融为一体了。她听到了自己身体里的脆响，“咯嘣”一声，轰然倒塌了……终于，安静了下来，她似乎才明白了，他们刚才做了什么，她娇羞地叫了一声“承业哥”，然后，将头埋在了他的胸前，他紧紧地搂着她。她的身下，是他的棉大衣，而那朵红色的蔷薇花，开得绚丽而羞涩。

康承业的目光，火光一般与秦水莲的目光对接着，他恨不得将她整个人融化了。他轻轻地拉过她的双手，在一块大石头上，印上了他们俩的手印，无须任何誓言。四只手印，就是他们恋爱的见证。头顶有鸟儿飞过，他们幸福地张开双臂，拥抱着整个草原。

康承业紧紧地拥抱着秦水莲，他对她说：“我爱你，水莲。”

2

秦道生和康麦换俩人兴冲冲地谈论着社火，说话间，厨娘吴妈告诉秦道生：“老爷，饭做好了。”

康麦换起身打算离开，秦道生佯装生气道：“怎么，我们家的饭比不上你家饭了，到了饭点还有不给兄弟吃的理儿吗？”

康麦换连忙解释说：“哪有嫌弃饭的道理呢，只是不觉已到午饭时间了，也该走了。”

秦道生依旧不依不饶：“麦换兄，你这不是打老弟的脸吗？我们家没这个先例，哪怕是一顿高粱面节节，都会让人吃饱了饭再走。”

秦道生的老婆秦李氏也过来挽留，康麦换也就不好再推辞了，他们坐下来吃了一顿“金裹银”面条。康麦换连连称赞道：“道生弟好福气，老婆的手艺这么好。”秦道生说：“今天是老婆亲手下厨给您做的饭，老婆原是大户人家的千金，出嫁前家里都有用人照顾，根本不需要自己动手，现在学会了擀面条，能擀好多种样式。”

秦李氏的脸微微地泛红了。康麦换望了望天，叹息道：“如果麦子收成好，老婆做饭也不用费那么多心思了，家家户户都一样的。”粮食产量太低了，麦子少，玉米面和高粱面多些，但玉米面和高粱面没有韧劲儿，只好先擀上一张高粱面饼，然后再擀上两张小麦面饼，两张小麦面饼中间夹一张高粱面或者玉米面饼，放一块儿擀。麦子粉少一点的人，就在外面加放两层玉米面饼，里面放一点麦子粉，最后，擀好后，切细，能吃上这么一顿金裹银面条，那都是家里来客人了，或者是家底殷实的人家，平日里除了玉米面就是高粱面，纯高粱面吃得人个个脸憋成了猪肝色，屎都拉不出来。不过，康家和秦家的日子殷实些，一日三餐比其他人家好多了。

吃完午饭，康麦换和秦道生两个人，又重新钻进了书房。不到半个小时，书房里传出的声音越来越大，秦道生说：“你说的抬社火，中间一根棍子，肯定要用绳子固定，不然，怎么上下摆动呢？”“我认为不需要固定，固定了就没法上下活动了。把中间给固定了，两头做成跷板就行了。”康麦换坚持自己的看法。

“你这个老汉，怎么这么犟哩？”

“你说得不对，我认为自己是对的，这哪叫犟了？”

两个人话不投机，为了一个技术问题争得面红耳赤，康麦换拂袖而去。秦道生找了一根小棍子放在一块硬纸板折成的三角板上，棍子的平衡的确没法掌握。

秦李氏出去了，秦道生一个人拿出烟锅，猛吸了几口烟，他突然间起身，两手一拍，似乎想到了一个好办法。

只见他拿着一根绳子，扔向了院子中的老核桃树横着的粗枝上，绳子在一边固定住，然后，他在另外一头挽了一个圆环，横放了一根棍子进去，绳子的结正好卡在棍子正中间，他打算试一下跷板社火的平衡。然后，他抓住了一头棍子，另外一头吊了一块大石头。转了几圈之后，他扔掉棍子，将绳子的圆环放大，将自己的身子横放进去，以肚脐为中心，打算用自己的身体实验一番。绳子悬空后，秦道生的身子在半空中跟着打转儿。

秦水莲告别了康承业，脸上绯红的晕色还没有散尽，她悄悄地顺着墙根进门，这时，她抬眼一看，突然间发现父亲打算上吊。秦水莲的脸色吓得煞白，她急忙跑到大核桃树底下，拽住绳子的另外一头，狠狠地往下拽，还没等秦道生反应过来，脚底下一用力，脚已经离开了凳子，凳子倒在了地上，他已经上升到三米多高的半空里，结果，她拽得越用力，爹升得越高，升在半空中的秦道生大声喊道："瓜女子，你想吊死你爹啊！"

"爹，你有什么事情想不开呢？为什么要上吊哩？"

"我没有上吊，你赶紧放我下来。"秦道生在半空中打着转儿，他转得头都发晕了。

"你要保证，你不再上吊，我才能放您下来。"秦水莲坚持自己的观点。

"好好好，我保证。"秦道生知道给女儿说不清楚，因为她根本不关心社火，她也不喜欢。

秦水莲见爹的样子，不像是上吊，终于松了一口气，手一松，爹重重地摔在了地上。秦道生捂着腰，躺在地上好半天还头晕目眩的。秦水莲急忙去搀扶爹，好半天搀不起来。父女俩在地上滚成了土人。秦道生嘴里还在嘟囔着："这个死女子，你是成心想害死你爹哩！"他嘴上这么说，心里却是高兴的，因为女儿这一拽，把他架在半空中，他的点子突然就想出来了。

秦水莲不住地给爹道歉，秦道生却乘胜追击："赶明儿哪里也不许去，跟着我学社火的装扮和画脸谱，一个女娃，到处乱跑，像什么话。”

“爹，我在你眼里，啥时候像女娃了。”秦水莲想把话题岔开，说得也是，这秦水莲本不是家中的老大，应该是老二。

秦水莲这话，捅到了秦道生的痛处了。按说，整个秦家门里，秦道生父亲那一辈，真可谓人丁兴旺。他祖婆生了七个男娃，三个女娃，养活不了，把两个送人了。

秦道生的父亲是男娃中的老七，本来也是要送人的，可他一生下来就不同寻常，那“哇”的一声啼哭，亮晃晃把天敲开了个缝子，天一下子大亮了。他父亲扛着水烟袋，乐了，吸溜一口，说：“这小子，驴性，硬生生把天叫亮了。”也许是巧合，他刚好生在了黎明时分，也许是他的父亲不愿意他再送人，自己找了一个借口而已。

唯有到了秦道生的娘这里，怎么就卡壳了呢？其实也不是卡，是奇怪了，秦道生娘生了九个，秦道生前面几个娃都没有活过五岁，都以各种治不好的病夭折了。

他娘生下秦道生，发现这娃也瘦瘦黄黄的，细弱的脖子顶着个脑袋，眼珠儿滴溜溜转，他娘哭得稀里哗啦的。这娃，怕是也养不活啊。他爹说：“叫鳖娃吧！”据说鳖长寿，他爹也不怕人笑话他是老王八了，可这鳖娃还没过百日，就面色潮红，四肢抽搐，急忙抱到老郎中跟前瞧病，郎中摇了摇头说，怕是养不活了。而且这娃娃每晚啼哭不止，吵得四邻都不得安生。一家人被娃娃折磨得心力交瘁，可娃他娘还是不打算放弃娃娃的治疗。

他娘哭得眼泪都快要干了，邻居过来串门说，陇州城边上的药王洞里，有个道长能治病。他爹娘抱着鳖娃跑去求道长，道长说：“这病，得我师父治才行，只怕路有些远哩。”鳖娃他娘又是磕头，又是跪拜说：“只要能救娃的病，再远我们都能去，有骡子驮呢。快给我们说说，你师父在哪里？”

“我师父在龙门洞，龙门洞是药王洞的上院，都属于道教龙门派的，师父最近在洞上呢，你们去吧。”爹娘又把鳖娃抱到龙门洞，徒弟们说师父在洞中打坐。鳖娃爹说稍等，不能打扰师父，他们就悄悄地趴在洞外瞧，只见一位白发苍苍的老道人，精神矍铄，目光炯炯有神，有阳光斜斜地照在他半边身子上，蕴着一层紫红色的雾气。鳖娃娘救儿子心切，“扑通”一声跪下，在地上连磕三个响头，语无伦次地说：“师父，救救我的鳖娃吧！”

老道人看了看娃的脸，鳖娃娘打算给他讲娃娃的症状，老道人伸出右手拦住了她，他问：“这娃娃是不是经常睡觉的时候喜欢仰躺着？在听到噪音的时候会烦躁，还会惊厥，有时还吐奶花，刚吃完便呕吐，发病时手腹俱热，面赤唇红，以致夜里啼哭不止？”鳖娃娘连连点头，兴奋的眼泪都滚落了。她说：“真是找对人了，我鳖娃有救了。”老道人先找来一点土，用开水化了，给鳖娃喝下之后，然后，又找了一个鸡蛋，将蛋清和蛋黄分开，取出蛋清，放在一个瓶盖里，找了一块布蒙上，然后，掀开娃的腹部，用瓶盖不停地上下提拉。刚开始，蛋清从布缝里渗出来，是清清亮亮的，时间长了，就有了白沫儿，到后来，就完全成了一个白白硬硬的疙瘩了。师父又给鳖娃进行了针灸，白亮亮的银针扎在孩子的合谷穴上和其他几个穴位上，鳖娃娘屏着呼吸，生怕扰着老师父，怕他扎偏了，这么小的人儿，针扎在儿子的身上，疼在了娘的心上，娘心疼得直掉泪。随后，师父轻轻地把娃娃翻了个身，给娃娃按捏脊背，只见他的大拇指沿着娃娃的脊椎两边肌肉来回按摩，鳖娃娘也不敢问，把娃娃交给他了，就放心让他医治。这时候鳖娃可能觉得很舒服，也不哭闹了。师父稍做休息之后，又用大拇指轻轻地画圆按压给娃娃按摩了手掌心，他对娃娃的娘说，手掌中心的凹窝处叫劳宫穴，平日里可以给孩子按摩。最后，他还教了娃娃的娘给娃娃按摩印堂的手法和顺时针按摩腹部的方法。孩子在老道人这里，慢慢地睡得越来越酣了。

老道人又给娃开了一个清心导赤的中药方子：竹叶 1.8 钱，木通 1.8 钱，连翘心 1.8 钱，炒谷芽 3 钱，钩藤 1.8 钱，白薇 3 钱，神曲 1.8 钱，水灯芯 0.6 钱，炒麦芽 3 钱，蝉蜕 2 钱，黄连 0.3 钱，陈皮 0.6 钱，苏梗 0.6 钱，姜汁竹茹 1.2 钱，藿香 0.6 钱，说："回去之后，给娃把这药煎了，喝完之后，病就好了。"还真是奇怪，从龙门洞回来，娘给鳖娃服了两剂中药，和着奶水喂下去的，鳖娃竟真的奇迹般好了。后来，这个偏方和中药方子一直被写在他们家的衣柜门板上，一来为了保存这个珍贵的药方子，二来为了不让后人忘记老道人的恩德。

鳖娃他爹说："这老道人是咱鳖娃的救命恩人，如同再生父母啊，以后就叫他道生吧！"后来，孩子稍大一点了，他们带着秦道生去龙门洞谢恩，却没见着老道人，据说，老道人云游四方去了。

秦道生成了单传，可没想到，到他这里，孩子也少得可怜。在秦水莲之前，秦李氏已经生了一个男娃，长得虎头虎脑的，可谁知，还不到一岁的时候，孩子发烧抽搐，本来想着吃几服药就能好的，但还没抱到郎中跟前，就已经没气息了。二胎生了秦水莲后，秦李氏就找老郎中继续开药，为再生娃娃努力着。开的中药，一砂锅一砂锅地熬，黑黄的药水像马尿一样，让秦道生一见到老婆端着药碗来，就皱眉头。后来，老婆又听说了一个偏方，用房上的青瓦，让人打了麻雀来，收拾干净后，包着泥，放在火上烤，中药也吃过了，麻雀吃了，可是，秦李氏的肚子就是不见动静。

秦水莲生下来，性子野，不像别家的女子性格温顺，她成天跑得不着家，秦李氏也把她当男孩子养着。

这话题又扯远了，秦道生还在地上捂着腰躺着呢。

"爹，赶紧起来，这大冬天的，地上凉，小心冻坏了身子骨。"秦水莲硬是把爹从地上拉了起来，爹捂着腰，说岔了气了。

"从明天起，给我学社火装扮和画脸谱，这个不难，再说，也是门技艺呀！”秦道生继续给女儿做思想工作。

“爹，赶紧洗把脸，全是土！”说话间，秦水莲已经在脸盆里兑好了洗脸水，端到爹跟前。秦道生洗完脸，他还纠结在社火传承人的问题上，故意板着脸说：“不用商量了，明天起，你先认识每个角色的脸谱，然后再学装扮。”

秦水莲扭身出了门，秦道生气得在屋子里转着圈，来来回回地走，像一个困兽。

“莲儿，快下来，你站树上干吗呢？”秦李氏刚进家门，一颗玉米粒掉到了头上，她抬头，才发现女儿爬上了树。

院子里的两棵大椿树，已经可以做家具或者盖房子的檩条了，五丈左右高吧，这丫头猴儿性子，“噌噌”就上去了，谁也拿她没办法。小时候，秦水莲的个子长得矮，每到三十晚上，爷爷就会让他去院子搂大椿树，嘴里还念念有词：“椿树椿树你没娘，你长粗来我长长。”这秦水莲也调皮，要把两棵椿树挨个搂一遍才罢休，还要拽着爷爷的衣襟问：“爷爷，椿树是臭的，您怎么还让我每年都搂它呢？”爷爷爱怜地摸着秦水莲的头说：“臭椿树长得快，而且不挑地方，在哪里都能生根长成大树。而且它的用处也特别大。咱们这儿呀，臭椿树是象征吉祥长寿的树。”秦水莲像个小大人一样，若有所思地点点头。但当年那两棵茶杯口粗的树，如今已长成水桶口那么粗了，而且比当年高出了好多倍。

“大小姐，赶紧下来吧，风这么大。”吴妈也急了。

“老爷，不好了，大小姐爬树上去了。”吴妈冲进了书房。

秦道生跟随着吴妈疾步出了门，他把手掌弯曲着盖住了眼帘遮太阳，抬眼，看见了站在树枝上的女儿水莲。他也急了，说：“瓜女子，你快下来，站那么高干啥哩？”

“爹，你答应我，以后你再不提让我当传承人的事情，我就下来。”秦水莲是有条件的。

秦道生没有急着答应，他没有说话，捋着胡须思量了一小会儿。秦李氏急了："他爹，女孩子家的，不学就不学吧。"

秦道生在院子里背着手，来来回回地转了几圈儿，最后跺了跺脚说："行行行，下来吧！"

"爹，你答应啦！"秦水莲欣喜，她一弯腰，"嗖"一下从树上跳了下来。

秦李氏急忙拍了拍秦水莲身上的土说："一个女娃子家的，成天里爬树，掏麻雀蛋，像个什么样子？以后看谁敢娶你？"

"娘，您又来了。"秦水莲面色泛红，嗔怪着娘。

"进屋纳鞋底去，别再成天爬树了，让人看了笑话哩！"秦李氏想教女儿做女红。

一个女孩子，不会点针线活儿，将来这衣帽怎么办呢？远的不说，将来光婆家人的鞋子、衣服都要一针一线地做好，秦李氏经常这样唠叨着。还好，这水莲一学就会，不用费太大的劲儿，已经做了三双鞋了。虽然针脚赶不上娘的手艺，至少她还愿意学。

秦水莲的目的达到了，她乖乖地进到里屋去，脱掉鞋子，盘腿坐在炕头纳起了鞋底。她拿起针，针在鞋底上下翻飞着，时不时还在她的头发里抿一下，那认真劲儿，真像那么回事。

第二天，刚吃过早饭，太阳照在房顶上还没有融化的雪上，晃得人眼睛生疼。秦道生嘴里衔着烟嘴儿，望着那棵老核桃树，微微地笑了。大门的门环响了，门环撞击着门板"咣咣"作响，秦道生一听这声儿，他就乐了。

还没等吴妈赶过来，他就急忙自己去把门打开了，康麦换同样笑呵呵地说："秦老弟，办法想出来了吗？"

"早都想出来了，就等你了。"俩人互相让着进了书房，像没事人一样，谁也不记得昨天为此还吵了一架。

“我有个提议，咱俩得写本书，把这社火的技艺留下来，你这还好，有个儿子可以继承，我那死女子，怎么也不肯学。”秦道生道出了自己的想法。

康麦换一听这话，拍了一下大腿，兴奋地站了起来，说：“好哇，我早就有这个想法了，你写前半部分，写跷板社火、抬社火、车社火、高跷、高芯、竹马、旱船；我写后半部分，锣鼓谱子、马社火、步社火、挈社火、链枷棍、舞龙舞狮等，书名我都想好了，叫《陇州民间社火技艺大全》行不行？”

“行！好着哩！”秦道生比刚才还兴奋。他以为，他的这个想法，康麦换不一定赞成，因为康麦换儿女双全，儿子康承业愿意继承父业，没想到，这老伙计跟他一样，一根筋啊！

秦道生衔着烟锅，“嘿嘿”地笑着，康麦换也笑，这样的不谋而合，是只有他们两人才能达到的默契。康麦换突然狡黠地笑了一声，对秦道生说：“听说，你手头有一本老祖辈们传下来的《陇州民间社火秘籍》，拿出来让我开开眼吧？”

秦道生略微犹豫了一下，起身打开箱子炕桌的虎头铜锁，又从里面拿出一个枣红色的小匣子，缓缓地抽开匣子盖，取出了一本书。黑褐色牛皮纸的书皮也被揉得皱巴巴的，有一个角颜色稍新些，看样子是被撕掉后重新修补的。他颤抖着双手打算递给康麦换，康麦换说：“等等。”他急忙找来手巾擦干净了手，这才双手接过这本书。秦道生说：“这是我太祖传下来的，那时候，记录的社火类型都相对简单一些，咱们还要根据他们的记载进行详细的补充，加以细化。”康麦换抱着这本《陇州民间社火秘籍》一看就是半天，边看边和秦道生讨论着，交流着。两个人详细地记录了要修改的部分和必须进行改进和补充的部分。突然。秦道生又神秘地从箱子的抽屉里拿出一个包裹说：“让老兄再瞧一个好东西，保管你喜欢。”康麦换打开包裹，才发现真的是好宝贝，一本清代康熙年间的《步社火曲工尺谱》，里面还有唱词。康麦换惊奇地问："哪里买来的？我听说过这个，但托人找了好多年，都没有找到。"秦道生笑呵呵地说："这是我父亲的一个铁匠朋友，家住麻家台秦王沟村的赵尚青，临终前送给我父亲的，据说他把这个手抄本在他们家窑洞的木箱里藏匿了好多年，后来被儿子的一个朋友借去，辗转传了四五个人，差点丢了。后来追要回来之后，儿子继承了赵尚青打铁的营生，不喜欢社火。赵尚青和我父亲是故交，知道他喜欢社火，就把这个手抄本送给我父亲了。"康麦换边听秦道生讲，边翻阅着说："一本书最后到谁手里，也是要讲究缘分的。"秦道生说："我最近又打听到了一本手抄本，曹家湾南坡有个姓王的社火会员，手头有一本《步社火的表演脚本》，听说是爷爷辈传给儿孙的，里面有《三打祝家庄》《三战吕布》《黑虎搬三宵》《夜战马超》《董搭桥》等十多部完整的脚本呢。我打算借来看一看，听说现在传到了孙子王根生手里了，就看他给外人借不借？有人说现在表演的武打步社火，就是靠这个脚本传承下来的。"康麦换听到秦道生说这事儿，兴奋得开始摩拳擦掌了。康麦换说："老弟呀，不瞒你说呀，我们家有一本祖传的《马社火装扮的文字脚本》和《马社火脸谱》，我父亲说了，只限本村社火会使用，不能外传的。另外，我也打听到清河村有个姓张的农民，曾收藏了一本清代传下来的步社火的手抄本，他视为宝贝，外人想要看，他说要两个银圆才给看一眼呢。"

秦水莲进门来给他们俩添茶，秦道生急忙将这些书收起来，怕这女子毛手毛脚给弄湿了。秦水莲说："爹，你可给我爷保证过的，这个东西不能外传的。"秦道生"嘿嘿"笑着说："这瓜女子，你康伯是外人？"

晚上十点多钟了，康麦换才依依不舍地离开了秦家。

冬天的太阳，懒洋洋地起晚了些。吃过早饭，吴妈端来了一盆温水，秦道生虔诚地洗完了手，才缓缓地进了书房。每次进书房之前都要将手洗得干干净净，这是他多年来一直恪守的习惯和规则，秦水莲一直笑话爹，不就是写个社火书稿吗？像敬神一样。秦道生说：“你不懂。头顶三尺有神明，人要有敬畏之心啊。”秦水莲朝爹吐吐舌头，调皮地转身跑远，生怕爹又拉着自己一起来写稿子。爹在忙着写他的《陇州民间社火技艺大全》，不让任何人打扰他。秦李氏坐在炕头低头绣花，秦水莲悄悄地从衣兜里掏出一块丝质手帕，轻轻地放进铜脸盆里，白色的手帕浸了水，手帕角上新绣的粉红色莲花，一下子就在水里轻轻荡漾着。

秦水莲心里暖融融的，像毛毛虫在爬，软软的，酥酥麻麻的。她又想起那只火红的狐狸，想起那张温暖的唇。

这是她偷偷给心上人康承业绣的手帕，娘还不知道呢。以前，娘绣花的时候，她坐旁边，也不仔细看。可自从有了自己的心上人，她就用心了，似乎屁股都可以粘在炕上了，以前娘总说她屁股是尖的，坐不住。娘用赭石颜色的丝线绣花杆，浅粉套深粉颜色绣花瓣，黄绿碧绿青绿颜色绣叶子，这些秦水莲一一都看在眼里，她开始试着在布上绣，针扎在哪个位置，平扎还是斜扎，都是有讲究的。她绣的一针一线，母亲都会给她指点一下。她突然间发现，绣花也没有那么难的。学会了绣花，她给自己绣了几双鞋垫，这个手帕上的花是她背过娘偷偷绣的，她怕娘问起，自己不知道怎么回答。娘是过来人，一眼就看出了女儿的心思，知道女儿长大了，为娘的既担心又欣喜。

这手帕绣好了，她打算先把绣花时勾线的笔印儿洗干净，找个机会送给心上人康承业。秦水莲将手帕晾在院子里晾衣的铁丝上，心里美滋滋地想，康承业收到手帕时会是什么样的表情呢？她双手端着脸盆，想都没想，将一盆水向大门口泼了出去。她一个转身进门时，只听后面“咚”的一声响，一个黑影倒下了。

秦水莲急忙向前走了两步，一看，吓坏了，这个人衣衫褴褛，浑身是水，倒在了她们家门口。秦水莲再仔细瞧了瞧，这个人脸上有斑斑血迹，她一时拿不定主意，看来，是她闯祸了，她不该给人泼水呀，再说，怎么倒水之前就不看看有没有人呢？秦水莲十分懊悔。

她扯着嗓子喊："爹，娘，快来啊！"

一时间，爹、娘、吴妈全都从里屋涌了出来，跑向了大门口。"怎么回事？"爹看着倒在地上的人问。

"爹，我去倒水，没想到，这人不知道从哪里冒出来的，就倒在咱家门口了。"秦水莲觉得很委屈。

"怎么看着像被人打了，这满身的血渍。"秦李氏担忧着。

"抬回屋里，让人先醒过来再说吧！"他们一行人，抬胳膊的抬腿的，费了好大的劲儿把人抬到了厦房的炕上，但人还没有苏醒。

吴妈烧了些开水，替他把脸上的血迹洗去，灯影下，他俊朗的五官像是雕刻一般立体，是个帅气的年轻小伙子。秦水莲拿过家里的药箱，帮助吴妈给他脸上的伤处擦了点药。秦李氏熬了点生姜红糖水，一点一点给他喂下去，过了半个时辰，小伙子醒了过来。他睁开眼睛，黑瞳淡淡地扫了一下四周，想爬起来，一副受惊吓的样子，看这架势，他是打算逃走的。

可是，他的腰部可能受伤了，抬起的半个身子，又重重地倒了下去，重新闭上了眼睛。

"小伙子，你从哪里来的？谁打了你，看你这满身的血？要不要吃点啥？"吴妈一连串提问着。

无论大家怎么问，他光知道摇头，也不说话，木然地望着屋顶。

秦道生吩咐吴妈说："吴妈，去村头请李郎中来，得给他抓些中药医治。"

吴妈答应着，匆忙出门，向村东头的药材铺子走去。

秦道生摆了摆手，示意女儿和老婆都出去，自己也跟着退了出来，将门闭严实了。秦李氏还有点担心，她刚打算问秦道生，这可咋办呢？话还没有说出口，秦道生便猜出了个七八分，他说："先让他把伤养好，咱老秦家人不能见死不救啊！”

李郎中背着个大药箱，上门来给这人号了脉之后回去开中药，吴妈跟着去。抓完药回来，放在火炉上煎好，端给这个人，问道：“小兄弟呀，药煎好了，你趁热喝了吧，这不遭罪吗？打成这样，你爹娘见了会有多心疼！你叫啥名字呀？”

那个人似乎在努力地想，随后他摇了摇头，吴妈心里闪过一个念头，这人怕是被打傻了吧？怎么连自己的名字都不知道呢？吴妈见那个人不想说话，也不再追问，退了出去。刚走到门口，听见他微弱的声音从嘴里挤出来。

“谢谢你们！”

“啥谢不谢的，先把药喝了。”吴妈眼软，心疼得直掉泪，她撩起围裙，把泪水擦掉。

小伙子在炕头躺了半个多月，中药也喝了不少，光药渣都堆起了一个小药堆。他能下地走路了，依旧不太说话。

那天，秦道生站在院子的素心梅花树下，淡黄色的梅花开得正盛，花瓣略微长一些，向后反卷，白色的花蕊散发出浓郁的香气。小伙子慢慢地走到秦道生的跟前，“扑通”一声跪在了他眼前说：“老爷，您是我的救命恩人，我没有什么值钱的东西，但我可以干活儿，您收留我吧！”

“这娃娃，跪啥呢？快点起来。”秦道生急忙去搀扶他。只见他从衣兜里摸出一只玉镯来，双手捧到秦道生的面前。这只玉镯纯白色，打眼一看，就是上品。秦道生接过玉镯，对着太阳光看了看，玉的表面温润，凝润而质滑。有一层天然形成的皮，自然的纹路，看上去稳重而大方。

“好玉哇，真是一只好玉镯！”秦道生在手里掂量着，然后又送回到小伙子手上说：“这个拿好，这只玉镯很值钱的。”

“老爷，您看，住在您这儿这么多天了，您还掏钱给我治伤，知道您一家都是好人，我也没什么去处了，我不记得我的家在哪里，只记得我叫路德明。您就收下这只玉镯吧，权当我的医药费了！”

“这个玉你自己收好，医药费不要了，你留下来吧！帮忙给咱喂喂骡马。耕地会吗？”秦道生这样问，算是答应收留他了。

“会，会！”路德明感激得都语无伦次了。

当然，秦道生也不是盲目地收留他，他看中的是，这个小伙子忠厚老实，身板也结实，再说了，路德明现在没处去，这年月，能找口饭吃都不错了。

路德明看样子以前就干过庄稼地里的活儿，他里里外外显得都很内行，秦道生也放心地把喂骡子、喂马的活儿都交给他了。他一门心思地写他的书稿去了。过了半年左右，路德明在整理老爷的书房时，看到秦老爷在整理有关社火的稿子，一下子来了兴趣，坐下来很认真地看了起来。

社火，作为最古老的风俗之一，在中国有着数千年的历史。它产生于原始的宗教信仰，是远古时期巫术和图腾崇拜的产物，是古时候人们用来祭祀拜神进行的宗教活动。随着时间的推移，人们认识能力的提高，使祭祀社火的仪式逐渐增加了娱乐的成分，成为规模盛大，内容丰富的民间娱乐活动。

陇州社火起源于古陇州先民们祭祀土地神、火神活动时所表演的傩舞、祭祀舞。陇州社火，又称“耍社火”，包括舞蹈、杂技、杂耍、武术、鼓乐等，是群众在年节庆典、庙会上自娱自乐、表演性强的民间歌舞技艺活动的统称。

陇州社火始于秦汉，盛于宋、元、明、清，距今已有两千多年的历史，是人们保留最完整的原生态民间社火之一。陇州社火从起初的集民间音乐、舞蹈、曲调、龙舞杂耍、锣鼓为一身的戏剧形式，逐渐发展到有固定的造型形式，并经古陇州历代民间艺人的世代创作、升华，渐渐达到了美妙绝伦、炉火纯青的艺术境界，也逐渐形成了其显明的地方特色。

陇州社火是古老而丰厚的民间文化艺术瑰宝。每年农历正月，各社火会装扮社火走村串户，巡乡表演。元宵节这天，云集县城赛社火，数百家社火，你方唱罢我登场，观者人山人海。社火队在震耳的锣鼓声中穿行于人海中，尤显古战场的雄风。

但是各地对“社火”的起源都有自己不同的说法，就陇州而言，民间还有一个传说：古时候，陇州西山有个庄子，正月初一，遭遇了瘟疫，病死了不少人和牲畜，四处求医无果。正当全庄人绝望之时，正月初五，周武王率万骑战马前往绝龙岭（今新集川一带）攻打商纣王闻仲的大军。勇士们骑着骏马，摇旗呐喊，战鼓雷鸣，浩浩荡荡的队伍狂奔穿着过庄子，一时间尘土飞扬，天昏地暗。第二天庄子里患病的人和牲畜都慢慢痊愈了，瘟疫奇迹般消退了。人们认为是这些骑马的勇士们有驱散病魔的威力，随后就在每年的正月初五装扮成应战兵马在庄子里游演,走巷串户，护佑人畜安康。久而久之，人们把这种活动称之为耍社火。民间这一传说，虽然有些讹传，但却在一代又一代人的口耳相传中延续了下来。

看到这里，路德明激动了，不由自主地叫了一声“好！”他兴奋地一拍大腿，结果却拍在老爷太师椅的手把上，手被碰得生疼，他甩了甩手，又低下头继续看着手稿。看着看着，他似乎也放松了，手伸向了秦老爷放在桌子上的点心盒里，顺手拿起一个油旋，蘸了点汁，边吃边看，如痴如醉啊！秦老爷什么时候进来的，他一点儿都不知道。

秦老爷见路德明满嘴的墨，他明白了，这也是一个嗜书如命的家伙，竟然把墨汁当蘸酱吃了。他怕打扰到了路德明看书，也没说话，坐在一旁也捧着一卷书静静地看着。

秦水莲掀开门帘，轻轻地进到书房，把一杯茶放在爹的旁边，往日也是如此，她不敢打扰爹。眼前的这一幕，让她还没有搞懂，这是怎么一回事，只见路德明捧着手稿，端坐在书桌前，手里还有半块油旋，油旋上却蘸着些许墨汁，嘴唇边和腮帮子上都是墨。就像一只偷吃的猫，滑稽而可爱。

秦水莲终于忍不住了，她“扑哧”一声，笑出了声。秦水莲这一笑，把路德明拉回了现实。

他这才看见坐在另外一张太师椅上的秦老爷，而自己竟坐在老爷的太师椅上，路德明本能地跪倒在地，半块油旋在地上打着转儿，他不停地磕起了头，如鸡啄米一般，连声说：“对不起，我该死，老爷，对不起，对不起。”

看见路德明这副模样，秦水莲前俯后仰地哈哈大笑着，她笑得花枝乱颤了，腰都直不起腰来了，眼泪也从眼眶里涌了出来。

秦道生不满女儿大笑，皱了皱眉头，朝女儿挥了一下手，秦水莲收住了笑，吐了一下舌头，赶紧从门里溜了出去，她知道，在爹的书房，她不可以高声大笑的。

秦道生见这路德明平时蔫巴巴的，一天都说不了几句话，以为他不识字，没想到，他还识字，而且看起来识得字儿还不少。当初，他让女儿上私塾，可这丫头，书倒没少读，可就不想帮他看社火稿子。

他见路德明对此感兴趣，便捋捋花白的胡须说：“德明呀，你识字？”

路德明依旧跪在地上，点了点头，吞吞吐吐地说：“老爷，我识得几个字，能不能……能不能让我跟着您学社火，看着挺有意思的，我，我，我想拜您为师，可以吗？”

这真是“踏破铁鞋无觅处，得来全不费功夫”呀！虽说女儿不愿意学，至少，还有人主动愿意跟着自己学，对于秦道生来说，这是巴不得的好事情呢！可他并没有立马说什么，只是不动声色地打量着路德明，路德明看着老爷的神情，他不明白老爷真正的心思，急忙说：“我知道，收徒弟是要收钱的，我这儿也没钱，把这个玉镯先放您这儿吧！”

“你太小看我了。收起来，如果为了钱，什么样的人我收不到呢？社火艺人收徒弟，那是要有讲究的，主要看的是人品，传的是规矩，教的是祖先的手艺，人品和规矩至关紧要，这两点具备了，技艺才不是无根之木。刁钻耍滑的不行，坑蒙拐骗的也不行，至少，人要实在。不过，我丑话说在前头，我是有规矩要讲的，第一进我的书房前，必须要洗手，做不到这一点，你就不要跟着我学。第二学这个要用心，要下大功夫的，如果仅是一时兴趣可不行的。”秦道生这一番话，让路德明愈加紧张了，他不知道，他在秦老爷心目中被算在哪一类人当中了，他自我感觉还算个实诚人。

“我是真心想学这门技艺的，您的这两条规矩我都努力遵守。您老放心，如果我不好好学，就让天打五雷轰……”路德明一口气说了这么多，对他来说这可是从来没有过的。

秦道生自认为自己看人还是很准的。他再次踱步到桌前说：“只要你有这个劲头，我收下你了。”路德明悬着的心终于落了地。

路德明再次重重地磕了三个响头，行了拜师礼，师徒关系就这么确立了。也许是在对的时间里，遇到了对的人，也算是一种缘分吧！

从此以后，路德明除了帮秦家耕种和经管牲畜外，空闲的时间，就拿着秦道生的手稿来学习了。当然，他也常常帮秦道生整理书稿，把他划得很乱的书稿重新誊抄一遍。路德明的毛笔字清秀而有力道，秦道生从心底里喜欢上了这个小伙子。有时候，他还根据以往的经验提出不同的见解。比如，秦道生写腊八祭鼓这一节，他认为，自上古以来，腊八节是每年的腊月初八之时，用来祭祀祖先和神灵的祭祀仪式，为的是祈求丰收和吉祥，所以这一天也需要祭灶，要做腊八粥和包雀儿头，为了感谢苍天赐予人们风调雨顺的天气，感恩大地生长出百谷养育了万民。腊八节是在南北朝时就固定下来的一种仪式。后来，社火艺人们也把腊八节这一天演化成了祭鼓的日子。腊月初八的早晨，把尘封了一年的鼓取出来，燃一炷香，找一只枣红色公鸡，用酒将刀擦拭之后，把公鸡的鸡冠先刺破，用黄表纸蘸上鸡冠血，将黄表纸焚烧之后，再把鸡杀了，将鸡血抹在鼓边上，鼓面上，鼓槌上，祭鼓的仪式就算完成了。随后就可以畅快地打鼓了。

路德明看完这里之后，他很冷静地提出了不同的观点。他说了，民间祭鼓是不用杀鸡的，他记得他们老家是将放了一年的鼓取出来，清扫上面的灰尘，也叫扫鼓；打扫完之后呢，再上香烧点黄表纸，以此来迎接春节的到来；最后再将受潮的鼓放在太阳底下晾晒，鼓皮越干，鼓敲打起来越响。寓意都是为了祈求吉祥平安，来年风调雨顺，有一个好收成。

秦道生听了路德明的见解之后，笑微微地讲，这两种方式都有道理，以前民间祭鼓是不用杀鸡的，杀鸡祭鼓是从古代的宫廷里流传到民间的，于是，他就将两种祭鼓方式都记录到了书中。从此，秦道生对这个小伙子的好感愈发加深了。

自从有了徒弟路德明之后，秦道生整个人似乎都精神焕发了，经常仰起头来看天，在心里感谢老天，虽说我秦道生一辈子没有儿子，可苍天也有开眼的时候，竟然白白送我这么优秀的一个娃娃。想到这里，他走起路来腰板都挺直了，那笑声大得离两三里地都听得见。

顺心的日子总是过得特别快，秦道生感觉和路德明已经真正地超越了师徒关系。吃饭的时候，秦水莲刚夹了一筷子菜，秦道生就急忙给路德明夹了几筷子，并嘱咐他多吃点，年轻人正是长身体的时候，一定要吃饱。惹得秦水莲直冒酸水，不满地说：“爹，你这徒弟路德明比亲女儿还亲啊？”

秦道生“嘿嘿”一笑，捋了一下胡须说：“你俩不能拉一起比较，德明聪明，人也实诚，我喜欢。”秦水莲见爹这么明确地表达自己的欢喜，只好灰溜溜地转身走了。路德明见状，不好意思地抬手挠着后脑勺，一脸的尴尬和受宠若惊。他其实明白，自己只是想谋一口饭吃而已，根本不想奢求别的什么。

3

路德明去陇州城运送粮食了，估计还得耽搁几天才能回家，还要在城里整理一下他们家粮店的账务。自从秦道生收了路德明做了徒弟，再加上路德明能识文断字，算盘打得顺溜，人品也不错，秦道生便彻底把粮店里的事情交给他打理了。家里的事情有伙计耕田和铁蛋在管，铁蛋喂牲口是一把好手，耕田整天蔫巴巴的，几棍子打不出一个屁来，可他们都是实在人，只管低头干活儿，这样也省心，秦道生喜欢他们，他不喜欢那些油嘴耍滑头的伙计。

康承业本来打算和爹商量着去秦家提亲的。可爹最近动辄就钻进书房，废寝忘食地写他的社火书稿。他几次把燃了一半的烟掐灭，将烟锅挂在爹的书房门口，想去找爹商量他和秦水莲的婚事，但又不想让爹分心，几次话到嘴边了，又咽了回去。

爹一辈子嗜烟如命，谁劝他少抽点烟都不顶用。可他一提到写社火书稿，那就像变了一个人。进书房之前，他都狠狠地吸两烟锅，然后把烟锅袋挂在书房门口，进去之前，都要在中堂上三炷香，这才缓步进书房。康承业进父亲书房前，是不敢带着烟锅进去的。今天，他鼓足勇气想跟爹提他俩的婚事，还没开口，爹却拉着他，给他讲起了陇州社火鼓谱。他讲：

陇州社火鼓乐主体是打击乐，打击乐的主体是鼓和镲。鼓，是中华民族精神风貌的象征和重要的民俗符号。“鼓”字早在殷墟甲骨文中就已闪现出它的身影。商代时期，鼓、磬、铙已形成打击乐器的基本组合。鼓用来节制诸乐，为众乐之长。鼓也是战场的指挥号令，分为铜鼓、威鼓和子鼓。铜鼓是铜外壳、牛革面；威鼓是木外壳、皮革面，多人击打，具有呐喊助威和鼓舞士气的作用；子鼓也是小鼓，又称鸳鸯鼓，一般击打时为双双对打，“兵”字便由此而来。

鼓常常被用作宫阙庙宇晨钟暮鼓、祭奠仪式锣鼓、戏剧武场锣鼓、指挥兵将军鼓、呼众聚民号鼓、记更报时更鼓、交战比武威鼓、衙门鸣冤堂鼓。

鼓乐文化在人们的社会生产、生活实践中，在驱邪、祈雨、助战、鼓舞、庆贺、纳福等各种民间娱乐活动中，是最有声势、最刺激、最能唤起人们激情和阳刚之气的一种击打乐器。

陇州社火鼓乐是由口耳相传传承至今。陇州是秦人祖先的发祥地，历来是兵家必争之地，是历史上的古战场，而陇州鼓乐均属于军营鼓乐，是由秦汉军队鼓乐的传承和演变而来，其特点是高昂激荡、清晰浑厚、如雷震天，内藏军队出征、埋伏、布阵、进攻、激战直至凯旋的内涵。陇州社火鼓谱中的“十样锦”中既有内容情感相异的段落，又有结构严密统一的整套特点，所以为古陇州人所喜爱，这也是它传承不息历久弥新的重要原因。陇州社火鼓乐原是鼓、镲、锣三种乐具，陇州古有“东迎西庆南摆阵，北路鼓点传信宗”的传言，说的是陇州社火鼓乐东边是迎来鼓点，西边是庆贺的鼓点，南边是布阵的鼓点，北边是传信的鼓点。[1]

康承业听爹这一套又一套理论，早就有点心不在焉了。

爹又把他拉到鼓旁边，边示范边给他讲马社火的鼓谱。“你看这鼓音这样注解行不行啊？‘咚’是鼓槌重打鼓面所发的音；‘咯’为鼓槌重打鼓面中心部位所发的音，即为‘咚咚’的弱音；‘咙’为鼓槌敲打鼓边木质部位所发的音；‘呛’为镲音；‘咣’为锣音；‘嗵’为合奏。”[2]爹说完后，没等康承业说话，他又低头写他的稿子去了。

康承业感到无聊极了，他出了门，若无其事地想随便走走。谁知，不知不觉间，就从村尾走到村头，已经站在了秦家黑色的木大门前。秦家的院落呈长方形，是标准的“目”字形三进四合院。秦道生住在四合院内宅的正房内，秦水莲住在内宅东厢房里，伙计耕田和铁蛋他们住在外宅的群房里，前院是秦道生家的会客厅。这个带垂花门的大院子，想把秦水莲约出来也不是那么容易的事情。

康承业在等候秦水莲的同时，仔细地看了看秦家街门门墩子上那栩栩如生的狮子砖雕和街门顶上的镂空木雕。大门没有关，却看不到里面，秦家有照壁挡着，但能看到墙上的“福”字砖雕，虽说康承业家也不差什么，但二进的“口”字形四合院，显然比秦家就有些逊色了。康承业犹豫了一下，想大大方方地摇摇铜门环，直接把秦水莲叫出来。可犹豫再三，他还是没敢这样做。他蹲在门口的小石狮子旁边，学起了猫叫，这是他们俩的接头暗号。说来也怪，那么多小家碧玉的姑娘，大门不出，二门不迈，贤淑且温柔，可他就喜欢这大大咧咧、风风火火，有时候还有点调皮的水莲。

秦水莲坐在窗前，静静地缝着衣服。素净的大襟衣服，高高的立领，

①②阎铁太：《陇州社火大典》，陕西人民美术出版社，2013，第414页。

将她白皙的脖颈露出了小半截，蓝底白花的袄儿间，一排白色的葫芦盘扣儿，似乎盛满了她所有的心思。

娘一边绣花，一边嘴里哼着陇州社火小调儿。娘没有抬头，抑扬顿挫地哼唱着：

> “一绣那杨大郎，大郎是那帝王像，代替宋王死呀救下了赵皇上；二绣那杨二郎，二郎是个猛虎将，碧血丹心血染沙场；三绣那杨三郎，三郎是个先锋将，金沙滩上马踏如泥浆；四绣那杨四郎，四郎无奈当降将，他在辽国招了驸马；五绣那杨五郎，五郎出家当和尚，削发为僧在五台山；六绣那杨六郎，六郎是个忠良将，挂帅镇守三关边口；七绣那杨七郎，七郎是个不屈将，挂在高杆上乱箭穿胸……”①

秦水莲惊讶于娘的声音这么温婉动人，她停下了手中的针线，将目光投向了窗外。

突然间，娘的歌声停了下来，望着女儿问：“莲儿，你在想什么呢？”

“娘，您唱得真好听，这曲子叫什么名字？”秦水莲怕娘看穿了她的心思，赶紧岔开了话题。

“这首曲子叫《绣荷包》，是陇州民间社火曲调中的其中一首，还有好几百首呢。你想学，哪天娘教你。”

“好呀！”秦水莲嘴里答应着，但她没敢给娘说，她偷偷从外面学了一首《盼情郎》，她记得那前几句词：

---

①王安义主编《陇州小调歌曲集》(一)，中共陇县县委宣传部印制，2007，第 17 页。

“日出东方一呀一灿明，拉开柴门接情郎呀哈，情郎哥哥你才来了呀，拉着情郎哥的手呀进呀进房门……”①

秦水莲在心底偷偷地唱，她不敢唱出一点声儿，她怕娘数落她大姑娘家不害臊。

窗外的雪地里，几只“叽叽喳喳”的麻雀，低着头啄食儿，偶尔抬起头望望天，又继续低头啄几口食，再拍拍灵动的小翅膀，轻快地飞到院子里的石榴树枝上，树上的雪被震落了，刷刷地和着正在空中飞舞着的雪花，轻轻地飘落到了地上。

她一次又一次地望着窗外，叹了几声气，又拿起针线笸篮里的盘扣，做起了蝴蝶盘扣。女儿家的心思绵长而稠密。

格子窗外，猫的那一声叫，像是叩响了她的心扉。她再也坐不住了。她起身下了炕，拿起了珍藏的手帕，对娘说了一声：“娘，我出去一下。”

“你又去哪里疯跑呀？”娘抬眼，随即瞥了她一眼，看到她渐渐晕红的脸颊，欲言又止。

“我去赶猫，吵得人泼烦的。”秦水莲找了个借口。

娘眼里掠过一丝担忧，她望了望女儿细长的腰身子，似乎有话要对她说。秦水莲被娘看得有些不自在，干咳了一声，来掩饰自己的心虚。她想问娘，您在想什么呢？张了张嘴，又将话咽了回去。娘随意地将掉于额前的一缕头发拢向了耳后，低声说：“你这样的年纪，要爱惜自己！”

“嗯……”她愣了一下，似乎被娘看穿了心思，秦水莲的脸“嗖”一下绯红了，为了不被娘看见，她低了一下头，径直出了门。

---

①王安义主编《陇州小调歌曲集》(一)，中共陇县县委宣传部印制，2007，第72页。

康承业看见秦水莲出了门，兴奋地站了起来，正准备喊她，秦水莲将食指竖在唇间，小声说：“快走，小心我娘看见。”为了不让村里人看见，康承业和秦水莲一前一后出了堡子的大门，他们一路朝关山草原奔去。

天空依然飘着雪花，秦水莲目光悠远地说：“你看这冬天的关山草原，如同一个乡间的老妪，能看见她干瘦的肌肤上，隐隐约约突起的血管。”

康承业笑着说：“别那么悲观，关山的冬天不只是瘦的一面，它有着更为丰饶的景象。你瞧，对面坡上的雾凇。”

顺着康承业手指的方向望去，婀娜多姿的枝条上挂满了洁白晶莹的冰挂，如同结着厚厚的一层银花。远远望去，天地白茫茫一片，犹如被尘世遗忘的仙境，又如同“白发三千丈”的老寿星，精神抖擞地挺立在宽阔的草原上。那些松树，犹如怒放着的朵朵银菊，忍不住念了一句：“忽如一夜春风来，千树万树梨花开。”自己也感觉像是走进了如诗如画的琼楼玉宇中。远处，鸟儿们飞过丛林，留下了静寥的天空。

雪花如柳絮般随风轻轻飘，风越吹越猛，雪越下越密，雪花也越来越大，像织成了一面白网，丈把远就什么也看不见了。又像连绵不断的帷幕，轻轻地往地上垂落；又像一支支利剑，直直地插向了大地。雪，漫天飞舞的雪，淹没了一排排屋顶，把天地包裹成了白色的茧。

康承业手牵着秦水莲的手，在路上艰难地行走着，不一会儿，他们都变成了活雪人。秦水莲将自己纤细的手，连同她亲手绣的手帕，都放到了康承业的掌心里，他的手掌宽厚而灼热，虽然有硬硬的茧，暖意却在她心里荡漾着，暖得让她暗自心惊。抬目看了他一眼，棱角分明的脸上，有一层密密麻麻的青色的胡茬，让她愈加迷人。

他把手帕放在鼻根处，深深地嗅了一口，顿时有淡淡的香味儿袭来。

康承业低下头，望了一眼秦水莲，她的肌肤雪白剔透，像晶莹剔透的水晶，脸色虽然有些微微发白，但却清新诱人。

他俯下身子，目光在她的小脸上流连着，深邃的目光有暗潮涌动。

突然，他一手托起她的脑袋，就将唇贴到了她唇上。

那香软的唇瓣，让她微愣，继而，听清楚了他溢出唇间的话语："回家就给我爹说，让他差人来提亲。"

秦水莲目光坚定地点了点头。康承业的黑瞳深深地看了一眼秦水莲，他的心再次悸动了一下，心尖儿刺得生疼。这个女子，她就是我一生要保护的人。

一路相拥着到村口，走到了秦家大门口，康承业的深眸穿过秦水莲的满含深情的双瞳，说："莲，等着我！"他狭长的眸子，闪过一丝晶亮。

她想努力地挣脱他的怀抱，可是已经太晚了。她愈是挣扎，他愈是搂得更紧了些。

他眸色渐深，一个翻转，将娇软的她紧紧搂在怀中。长指挑起她的下颚，低首，强势地含住了她的唇，一并将她的甜蜜尽数吞没。

她的味道香甜得让康承业忍不住流连忘返。是那种淡淡的果香，带着一种大自然青草的香味儿，又有成熟果实的甜香，到底得什么味道，他也说不上来，总之沁人心脾。那味道久久弥散在他的唇间……而她的唇间，他嘴里那种淡淡的清凉薄荷味儿，也让她如痴如醉了。

回到家里时，已是黄昏时分。康承业推开那扇厚重的木门，门"咯吱"响了一声，像冬夜里一首悠扬的乐曲。他披一身雪花，从门里挤了进来，一丝冷风被挟裹着涌进门里来，他不由得打了一个寒战，紧接着又打了一个响亮的喷嚏。他摘下了头上的那顶帽子，把帽子挂在门口的衣架子上，一边哼着小曲，一边拍打自己身上的雪花。雪融化在脖子里，有一丝丝冰凉；掉到地上的雪，瞬间便没了踪迹，只留下那一摊湿痕迹，还能记得它曾有过的故事。

康麦换书房的灯亮了，康承业掀开门帘进去。"外面雪大吧？"爹将鼻梁上的石头眼镜取下来，放在桌上，顺口问了儿子一句。

“雪特别大，都已经有五寸厚了。”康承业一边回答着，一边将手伸向了火炉边烤。

“看来，明年是个丰收年了。”康麦换的目光看向了窗外，外面已经黑压压一片，什么也看不到了。

“爹，想什么呢？”康承业问。

“这个挐社火，他的受力部分是在肩膀还是在腰部呢？”康麦换提出了自己的疑问。

“我认为腰部和肩膀都得受力呀，不然怎么能挐得动呢？”康承业不假思索地回答。

“可我觉得这个挐社火的木架子，它似乎将整个受力的部分全交给了肩膀。”康麦换对儿子的回答不是太满意。

“爹，这个问题，你明天和秦叔一起商榷吧！我有个事儿想和你商量一下。”康承业很郑重地对爹说。

“啥事儿，这么严肃呢？”康麦换静静地望着儿子。

“您能不能明天差人去秦叔家提亲？”康承业征询着父亲的意见，按说，这个事情不能由儿子给父亲说的。

康麦换对儿子的教育还是相当宽松的，他眯着眼睛，笑微微地望着儿子，慢条斯理地说：“成啊，就看你秦叔愿不愿意呢？”

“秦叔也是开明的人，不会不同意的。”康承业肯定地对父亲说。

“行，明天我就让媒人去提亲的。”康麦换的这句话，给儿子吃了一颗定心丸。

二、咯

4

福根慌慌张张地从门外跑了进来，大声喊着："老爷，不好了，不好了。"

康承业起身，和冲进门的福根撞在了一起。他打了一个趔趄，扶着桌子站定。康麦换皱着眉头问："福根，什么事这么着急忙慌的？"

"土，土匪，土匪！"福根上气不接下气地说道。

"福根，别着急，慢慢说。"康麦换安抚了一下福根的情绪。

"老爷，堡子里进来土匪了！据说已经到了村头了。"福根咽了一口唾沫，喉结跟着鼓了起来。

"福根，你去关闭门户；承业，你去组织所有人，拿上土枪，守住门。"康麦换有条不紊地安排着，福根答应了一声便离开了。

康承业见爹拿起毛笔，蘸了些墨汁，在纸上开始写他的东西。他问："爹，您不去地道里躲一躲。"

"不去，几个小毛贼，成不了什么大气候，估计也就找点粮食。"康麦换又继续低头写稿子了。

康承业从屋里走出来，福根已经组织好了七八个人，他们将院落的各个角落守得严严实实。两丈多高的院墙，纵然土匪有多大功夫，那也是一夫当关，万夫莫开的。康承业奇怪，土匪怎么进的堡子呢？难道是天冷，守门的人疏忽了吗？

康承业想起了秦水莲，不知道他们家现在怎么样了？看着自己家的院墙，康承业不用太紧张，秦家经营着粮店，院墙比他们家还高，估计土匪也进不去。

康承业这次想错了。土匪是趁着夜色突然闯进堡子里的。他们早盯上了秦家，早早地就有人暗中放哨，里应外合，趁天黑了，他们才动手的。最近一直很太平，加之今天下大雪，堡子里防守的两个人都嫌冷，跑里面烤火去了，忽略了防守，被土匪们钻了空子。

土匪们闯进了秦家大门，秦家没有任何防备，耕田急忙跑进老爷的书房，去给秦老爷报信儿。他还没开口，外面“砰”的一声枪响，把他吓得蜷缩在地上。

秦道生知道，土匪又来了！他坐在太师椅里没有动，他面前的书桌上，是厚厚一沓他快要整理完了的社火手稿，他原打算过两天拿到康麦换家，就几处他自己也拿捏不准的问题，和他再探讨一番，做最后的定夺。

他知道，土匪们无非是抢点粮食而已，一般不会害命。他依旧拿着毛笔在纸上画着写着。外界的声响，一点儿都没有影响到他。但这声枪响却让他打了激灵。秦水莲和娘正在炕头说话，枪响声将整个夜空都吓得寂静了。娘急忙搂过秦水莲，连喘息声都能听见。

秦水莲几次三番想从娘的怀里挣脱，但娘紧紧地抓住她，不让她去惹事儿。

领头的一个土匪是个独眼虫，一只眼睛拿眼罩捂着，他双手端着一杆土枪，将枪口对准了管家铁蛋的额头。铁蛋举起双手，一步步往后退着。

另外一个脸上有刀疤的土匪，大手一挥，一群喽啰一溜烟地钻进了秦家的粮库。他们用长长的线口袋将粮食装上，粮食被撒得到处都是，铁蛋看到这么多粮食被浪费，心疼得直咂嘴巴。刀疤脸叫了一声："瘦猴，拉牲口去！"一个瘦瘦小小的土匪，就钻进了牲口圈，他从牲畜圈里拉出了两头骡子，两匹马，将装好的粮食一一给牲畜驮在身上，就准备逃走。

铁蛋见他们拉走了自己最心爱的那匹枣红马，心疼地喊了一声："求求你们了，把那匹枣红马给我们留下吧，它明年要下马驹的。"

"闭嘴！"独眼虫的枪口再一次顶紧了他的额头，铁蛋不敢再说什么了。

刀疤脸朝独眼虫挥了一下手，独眼虫把顶在铁蛋头上的枪移下来，转身打算离开。突然，他们俩同时转过身来，冲进了老爷的书房。

"不能进去啊，千万不能进去啊！"铁蛋对着他们的背影喊着。喊完了，又急忙追了进去，一把抱住刀疤脸的腿，将他紧紧地抓住。铁蛋被刀疤脸摔到了门槛上，但仍紧抓着他的脚踝不松手。刀疤脸眼看着这小子拦住了自己的财路，抬脚朝铁蛋踹了一脚，这一脚，踹在了铁蛋的脸上，铁蛋惊叫一声，捂着脸喊着："老爷，快躲呀！"

秦老爷没想到土匪们会冲进自己的书房。他起身打算将自己手中的书稿藏起来，可手稿刚拿到手上，没等他打开柜子的门，独眼虫就已经冲进门来，伸手抢他手中的稿子。秦老爷紧紧地攥住手稿，几乎扑下了整个身子。秦老爷拼命地护着手稿，让独眼虫更加坚信，这个东西估计很值钱，他也拼了全力来抢。两个人纠缠个没完。

耕田见老爷和独眼虫俩人扭打着，战战兢兢地站起来，顺手拿起老爷桌上的镇尺，打算朝独眼虫扔过去，可是，他总是找不准，害怕伤着老爷，只是拿着镇尺打了一下独眼虫的背，就被独眼虫一脚踢了过来，耕田便被踢翻在书房的角落里，龇牙咧嘴地直喘粗气儿。

秦老爷铁青着脸，牙齿咬得"格格"直响，他脖子上的青筋都鼓了起来，像弯弯曲曲的蚯蚓。独眼虫可能没想到这秦老爷是个硬骨头，他有点急眼了，一刺刀捅进了秦老爷的胸部。血透过衣裳慢慢地渗出来，秦老爷依旧在抵抗，但明显的，他已经力不从心了。独眼虫抢走了手稿，大步从门里打算逃走。

秦水莲终于挣脱了娘的手，从里屋冲了出来，手里拿着一根棍子，还没等她反应过来，娘早已朝独眼虫扑了过去。娘上前，打算抢过独眼虫手中拿的手稿，却被独眼虫一个晃闪，顺手推了一把，娘便倒在了屋子的角落里。

秦水莲知道，此刻是最后的机会了，她也顾不上爹和娘了，秦水莲从背后朝独眼虫扑了过去，瞅准了独眼虫的耳朵，发疯般狠狠地咬了一口。独眼虫急着逃跑，不想和秦水莲纠缠得过久。但秦水莲却紧紧地将独眼虫反手擒住，使他动弹不得。她逼问他："抢点粮食还能吃，谁让你们抢我爹的社火手稿的？"独眼虫急于逃脱，随口答了一句："康麦换，康麦换让我来的。"独眼虫他们眼中，平时只关注村子里这些富户，也只知道这个堡子里只有康麦换和秦道生家有他们想要的东西。听到康麦换的名字，秦水莲的头"嗡"一下晕了，浑身的劲儿一下子松懈了，这个名字如同一记重拳，把她打趴下了。独眼虫趁机挣脱她，跑出院门，忽然感觉到左边脸发麻，顺手一摸，手上满是鲜血，黏糊糊的。他又摸了一下，他的半块耳朵不见了，只剩下半块耳垂。

他狠狠地骂了一句："狗日的，竟然敢咬老子的耳朵，老子非弄死你不可。"

独眼虫打算再次返回秦家，却被刀疤脸拦住了。他说："大哥，快跑，再不跑整个堡子几千号人来了，咱们就跑不了了。"独眼虫捂着伤口，狠狠地说："狗日的，你等着。"

土匪们走远了，秦水莲像一摊烂泥般瘫倒在地上。一股腥味传来，这才发现，自己嘴里叼着半块耳朵。她吓了一跳，急忙将那污物吐出来，跑进屋子里，从角落里把娘拉了起来。娘的脚好像扭伤了，对水莲说："赶紧进屋看看你爹去。”

秦水莲跌跌撞撞地跑进书房，看到耕田已将老爷抱了起来，血一滴一滴地滴到地上，爹两眼紧闭着，面色苍白。

“爹，我去给您找大夫。”秦水莲带着哭腔说。秦道生摇了摇头，虚弱无力地说：“把我放在炕上吧，我怕是不行了。”耕田一步一步地抱着老爷往炕头走去。

一口鲜血从秦道生的嘴里喷涌而出，洒落在地上那一张张手稿上，十分地刺眼。

秦水莲哭喊着：“爹，我现在给您找大夫去。您等着，一定要等着我。”

秦水莲抬腿打算出门，铁蛋苏醒了。他爬起来说：“大小姐，我去找大夫，你去陪老爷吧！”铁蛋像风一样跑出了院子，秦水莲再次进屋，见娘一个人正在地上挣扎，赶紧把娘拉了起来。

秦李氏拖着肥胖的身子，一瘸一拐地跑到秦老爷跟前。她哭着拉着老爷的手说：“老头子，你一定要挺住啊，这个家不能没有你啊！”

起风了，风呜呜地夹带着哨音。土匪们走了，邻居们这里冒出来一个，那里冒出来一个，从各个角落里钻了出来，他们早被土匪吓怕了，个个神色惊慌。

路德明赶着大马车，驰骋在回村的路上。他老远就看见村子了，可村子里怎么没有一点点光呢？

他抽动马鞭，朝家的方向赶去。村子里死一般的沉寂。有几只乌鸦呱呱地叫着，他的心头掠过一丝不祥的征兆。

李郎中家离秦水莲家不远，铁蛋到了他们家，却见他们家门户紧闭。铁蛋敲了敲门，里面没有任何声音。铁蛋在外面一边用力地捶门，一边大声喊：“李郎中，我是铁蛋，土匪已经走了，我家老爷受伤了，我家老爷受伤了，您开开门呀！”

里面的人断定敲门的不是土匪后，那扇大门“吱呀”一声才打开了。李郎中带着药箱，跟着铁蛋一路急奔秦家。李郎中进门时，秦家已经哭成一团了。路德明这时候也赶回了家。他刚走到院子，听见了“呜呜”的哭声，头皮顿时一阵阵发麻。路德明跨上台阶，挤进了人群，看到了屋里的一切，什么都明白了。

李郎中翻了翻秦道生的眼皮，拉过他的胳膊，把了把脉，摇了摇头说：“准备后事吧！”顿时，整个屋子里哭声更大了。

秦水莲拉住大夫的手说：“李郎中，求求您，救救我爹吧！”

李郎中还是摇了摇头说：“伤及心脏了。”所有的人都明白，他的这句话意味着什么。

秦道生的手不住地在找寻着什么，秦水莲急忙伏在爹跟前，但爹却摇了摇头。大家都清楚，估计老头想托付后事了。路德明挤到炕头前，拉住师父的手，哭着说：“师父，都怪我，我没保护好这个家。我如果能早点回来，您也不会受伤的。”

秦道生拉着路德明的手，气若游丝地说：“德……明，叫……爹，这个家就……以后就……托付……给你了。”

路德明的泪水簌簌地落下。他说：“爹，您放心，我一定会照顾好水莲和娘的。”

秦道生一阵剧烈的咳嗽，整个人都像要弹起来一样，稍微平静了一阵，他嘴里不住地念叨着：“社火，稿子……”

秦水莲挤到跟前问爹：“爹，您能猜到谁抢了你的社火手稿吗？”

“去找……康……康麦……”秦道生这一句交代的话还没有说完，他的头就歪向了一边，胳膊垂了下去。眼睛却大睁着，久久不肯闭上。

“爹……”秦水莲歇斯底里地哭喊着。整个秦家上下哭声一片，大声号哭的、低声抽泣的，整个秦家大院笼罩在了沉痛的气氛中。

路德明伤心，可他已经不能像秦水莲那样光顾着哭。他用手擦干泪水，赶紧开始着手准备秦道生的身后事。他感激秦道生在他最危难的时候收留了他，更感念他能像亲儿子一样把这个家托付给了自己，此刻，只有他才能撑起这个家。

5

秦水莲哭诉着，爹，不是我不喜欢社火，我只是嫌麻烦，工序太多了，可我打心眼里喜欢看社火，耍社火。女儿不孝，惹爹生气了，爹，能听到我说话吗？

爹临终的这句话，像一把重锤，敲得秦水莲心疼。这个“康麦”……后面的这个字儿应当是“换”字吗？堡子里姓康的人家中，叫这个名字的只有康麦换一个人了。

可怜的爹啊，一辈子待人实诚，临终前还让女儿去找康麦换，他根本想不到自己的朋友康麦换暗中和土匪勾结，来抢走了社火手稿吗？秦水莲摇了摇发蒙的头，又在想，土匪的话到底要信几分。思来想去，她想不通，可再一细思量，她想出了好几个充分的理由来，一个土匪，无非抢点粮食和银两，拉走几头牲畜，这年月，人人都吃不饱，勉强度日的人，哪个人会抢走这个在外行眼中一文不值的手稿呢？土匪们大多不识字，他们要这社火手稿能干什么？还有，谁能知道爹在写社火手稿呢？而且，时间刚好是爹快要写完了的时候。第三个充分的理由是，这方圆百里的，除过康家有一个药材铺子，家底殷实，财力上能够雇得起这帮土匪，别人没钱，土匪也不会白白替他们卖命呀！除过康麦换，再没有第二人了。更何况，土匪是在情急之下逃命时说的话，怎么会错了呢？这样想想，秦水莲更加确信自己的推断没有错。

家里已经乱成一锅粥了。路德明让碎虎去康家湾请七爷了。七爷是村子里的阴阳先生。随后吩咐耕田，连夜去请堡子中比秦道生年纪和辈分大的人给老爷洗脸和换衣服。当然，一般是找秦姓本家的。

耕田去了秦招财家。秦招财刚睡下，耕田说："爷，我家老爷殁了，请您去净身穿衣呢！"秦招财一听，急忙起身。"道生走啦？病了吗？"秦招财这一问，把自己也问灵醒了，他嘴里嘟囔着："这天杀的吴山土匪，会遭报应的。"

秦李氏压抑住内心的悲伤，拿过秦道生平时用的枕头，将枕头拆开了一道口子。路德明问："娘，你做什么呢？"

秦李氏抬起虚弱的胳膊说："把这个拿去，从咱家门口顺着路一直倒，把里面的荞麦皮全倒完。"

路德明接过枕头，依照娘的话，将里面的荞麦皮从家门口倒下去，直到里面空空的了，才折回家来。倒荞麦皮，意味着这家里有人殁了，民间的传统说法是枕头是距脑袋最近的地方，看着这个枕头人会可能会有一些念想，倒掉里面的荞麦皮就是为了让死者对这个世界没有再多的留恋了。二来怕亲人们看见枕头而睹物伤情。现在看来，这本是个很科学的做法，把荞麦皮倒掉，枕头烧了，防止一些病菌微生物的传播。

看见倒在地上的荞麦皮，邻居们都赶过来帮忙了。因为秦道生殁的时候是晚上，帮忙的人都要去请的。

秦招财跟着耕田深一脚浅一脚地来到了秦道生家，刚进院门，路德明就急忙奔过来说："爷，本来我要亲自去请您的，可这里没人也不行，您别责怪。"

秦招财说："看你这娃说的，一家人什么请不请的，谁家没个难啊！"边说着边直奔屋里。

秦李氏已经哭昏过去了好几次。郎中给她把了脉，用了点药，她现在稍微安定了一些。相比较而言，秦水莲比娘还能坚强些。秦道生的尸体还放在炕头。路德明说："我想早早给我爹把寿衣穿好的，又怕我们年轻，没经验，穿不好，遗憾他老人走之前都没能穿好寿衣。"秦招财只说了一句："不打紧的，趁着身体热着，你爹的魂灵还没走远，咱们先穿寿衣，拿一瓶白酒来，再给我找块新毛巾，端一盆热水，拿一把剃头刀子。"老辈人传下来的旧风俗，认为如果人在断气前不换上寿衣，亡魂便会是裸体，或是在阴间穿的也是旧衣。

路德明早已将准备好的东西递到了秦招财的手里，秦招财把水端到亡人的头跟前，把毛巾放在水里，浸湿后，捞起来拧干，帮亡人净面，擦干，嘴里念叨着："浇花浇根，留子留孙，只留富，不留穷，子孙后代不求人。"又轻轻地为他洗了头，然后帮他剃了发，一缕一缕花白的头发掉在了地上，显出了亡人青白色的头皮。秦招财给秦道生剃光了头发，洗了脸，将身上的血迹处理干净后，只见他噙了一口白酒，朝着秦道生的身上喷去。一口接着一口喷洒着，直到将全身都喷完。毛孩悄悄地问："巴爷，喷酒做啥呢？"秦招财说："给身子消毒呢。"毛孩似懂非懂地"噢"了一声，秦招财和路德明一起给秦道生穿寿衣。

路德明早已把一大包寿衣，递给了秦招财。秦招财蹲在炕头问："几重？"路德明说："七重。"

围在炕头的邻居们，大多都是秦家门子里的人，当然，也有康家的，周围的邻居们，或者受过秦家恩惠的人。他们都唏嘘着，"啧啧"称赞着，羡慕的成分居多。

这年月，能吃得起饱饭都已经知足了，至于死了的人，基本上能简则简。穿七重寿衣，算奢华了。有的人在心底羡慕着秦道生家底丰厚，也有人在心里嫉妒，想着自己死后，会不会有这样待遇。总之，各怀各的心思。

在关山堡子里，能够给亡人穿得起七重寿衣的莫过于秦道生和康麦换家了。这也是村里最德高望重或者家底殷实的人家安排故人的标准。

秦招财在为亡灵换寿衣时，秦水莲哭喊着："爹呀，你怎么就这么走了呢？丢下我们怎么办呀？"秦招财吩咐着："把水莲拉走吧，不要把眼泪滴到亡人身上，那样，你爹的亡灵会因思念女儿而不安生的。"路德明和铁蛋几个连忙把秦水莲拉到了屋外。

关山堡子人讲究，无论冬夏，人死后穿寿衣都以棉衣为主，衣裤均不能钉扣子，全部都系着带子，表示带"子"的意思，也寓意后继有人。衣裤的件数都为单数，一般穿三重、五重、七重寿衣，通常则为"五领三腰"，就是五件上衣和三条裤裙，穿七重寿衣的则为"七领五腰"。寿衣的样式要用同时代的礼服，男的多为长袍马褂。

秦招财在为亡人换裤子时，突然说："你们家子孙福厚呀！"大家都明白，估计是亡人临终遗的是大便了，就有人悄悄地递过了纸去。秦水莲听见人们窃窃私语，松了一口气，爹死的时候，虽然被土匪扎了一刺刀，可是，善良忠厚的爹，还没有忘记子孙。这里有个说法，如果是小便，则认为子孙福薄。不过，这只是人们的一种希望而已。

七重衣服穿好了，秦水莲和家里其他人的呜咽声此起彼伏。邻居们也都泪水涟涟的，都在诉说着秦道生生前的各种好。

邻居来帮忙的女人们，一个个都忙着扯孝布，先给秦水莲和路德明缝孝衫，然后，给门子里的下辈，侄子、孙子、侄女们按身高尺寸扯。这些亲人还要做孝帽、孝衫，还要穿孝鞋的。孝衫做起来非常快，都是大针脚，人殁了，讲究丑孝，所以，一个早晨的工夫，孝子们都已把孝衫穿在身上了。

男人则忙着砍来柳树枝，截成一尺多长的棍子，上面缠了白纸来做孝棍。铁蛋轻声问秦招财："爷，为啥人殁了要拄孝棍呢？"秦招财说："这里有讲究，当然也是老辈人传下来的。旧时在为长辈发丧时，'孝子'须手扶‘孝杖或孝棍’，俗称‘哭丧棒’，以表示孝子悲痛难支。长辈若夫妇中一人去世，孝子执一根，若都去世则执两根。出殡时孝子们都拿着手中的仪仗。常言道：‘父之节在外，故杖取乎竹；母之节在内，故杖取乎桐。’由于竹子喜水喜温暖，咱们这里干旱少雨，冬天还特别冷，竹子在这里不易成活，所以，哭丧棒的材料一般用桐树杆、高粱秆、柳树杆。柳树在农村常见，也极易成活，生长速度很快，所以人们习惯截取柳棍做幡杆。埋葬故人后随手插在坟旁的柳棍大多都会成活，寓意后代兴旺。另外柳和‘留’谐音，表示对已逝故人挽留之意。”铁蛋听完，轻声回了句：“原来如此，一根孝棍都有这么多学问在里面啊！”秦招财轻轻拍了一下他的肩膀说：“是呀。你年轻，以后可要好好学啊！”铁蛋不好意思地抬起右手，挠了挠后脑勺，接着忙去了。来家里帮忙的人，把亡人从炕头停放到了中堂地上一块临时铺好的门板上，头朝西，脚朝东，然后，给他脸上盖了一张“苦”脸的麻纸。当然，一是怕人看见了逝者脸上的痛苦，二是希望人能复活，因为一有呼吸，从纸上就能显现。堡子里的人，死之后最少放三天，但也有五天、七天的情况，得按阴阳先生推算的来。盖上苦脸纸之后，再用红线绳拴住亡者的脚，这样，亡人才算“寿终正寝”了。

秦家中堂原来是一张八仙桌和两把太师椅，阔气而有派头。大户人家大多都是这样的摆设，但如果家里殁了上辈人，他们都说亡人为大，都会将桌子和椅子挪到其他地方。秦招财招呼大家将灵堂设在中堂的位置，并设置了香案，摆了馒头水果等祭品，立了牌位，牌位上写着：显考秦公讳道生老大人之灵位，左侧为不孝女水莲叩敬。挂上了由多张白纸粘起来的大帘子，亡人尸骨停放帘子后面供亲戚朋友来祭奠。白帘正中间写了一个大大的“奠”字，两边是一副白对联“泪洒冰天悲失怙，父归东土痛无依”。

秦招财吩咐秦水莲：“莲儿呀，死了死了，一死百了。人一辈子就这样，生时带不来，死时也带不走。常言说，人死如灯灭，去给你爹脚下点一盏长明灯。记住，下葬之前，这个灯不能灭，不然你爹到了那边看不见路的。”亡人其实已经走了，后人们根据自己的思维想象为他们赋予了更多的形式和意义。

秦水莲急忙点燃了一盏油灯，并加足了油，点了两根白蜡烛，上了三炷香，还差人做了一碗面，用筷子将面担起来放在灵前做献饭，算是给爹走时带的吃食。刚做完这些，就有懂的人替他们买来了孝盆，孝盆是深灰色的陶瓦盆，邻居大娘们用银色的锡纸将孝盆包裹住，秦水莲和路德明跪在地上，烧了几张纸。秦水莲大声哭着爹，身子也在不停地抖动。几个老人上前劝她，娃呀，节哀吧！劝得人都哽咽得说不出话来了，眼软的女人们早已泣不成声了。

路德明对秦招财说：“爷，您就给咱当总管吧！我年轻，我爹死得也急促了些，许多事情还不懂。您是长辈，这总管还非您莫属了。”

秦招财没有说话，蹲在地上，猛吸了一阵烟锅说：“你爹是个心地善良的人，咱这堡子里，谁家没吃过他的饭。前些年，天大旱，别的地儿都饿死了人，你爹去州衙求州里边给老百姓开仓放粮，可是，没人理他，他就打开了自家的仓库，十里八乡的人，都跑来吃他舍的粥，咱这堡子里，没有饿死一个人；紧接着，第二年，粮食大丰收，你爹的麦囤又满了，大家都感激你爹。我秦招财这辈子就没服过什么人，就佩服你爹，这个总管你不说我也要当的。你爹常说的一句话‘舍得，舍得，有舍才有得；不舍，怎么会有得。’按理说这好人有好报，可这天煞的土匪，让你爹遭了这么大的难。”

秦招财马上就进入了总管的角色，圪蹴在炕头开始安排整个丧事的人员分工、财力需要等事宜。

他问：“孝布散了吗？”

路德明答：“还没呢！想着天亮了再差人去散孝布。”

秦招财说："那行，等阴阳先生来了，把出殡的时间定下来再去。这散孝是报丧呢，急如星火，多派几个人去散孝布，要给亲戚们说清殁的时间，最重要的是把祭亡和下葬的时间说清。家兴和满囤坐礼桌，负责登记来客的姓名、纳礼的账单。"

"谁去请阴阳先生了？"

路德明答："碎虎去请七爷了。"

七爷是堡子里的阴阳先生，这十里八村的，阴阳先生非七爷莫属。陇州这地方，把风水先生称作阴阳先生，先生也不恼，这是当地一种通俗的称呼，再说本身干得通阴阳两界的事儿，为何要在乎一个称呼呢？

"牛娃去陇州城纸火店挑纸火，挑七件吧！毛孩和铁蛋，去散孝布。耕田，你去请他老舅家人。记住，请舅家人态度一定要诚恳，舅家可是座上宾，一旦舅舅家不满意，这事情的进展可就难办了。把亡人殁的事情说清，天灾人祸舅家人也是能理解的。"秦招财继续安排着。

秦李氏突然间苏醒了过来，她说："老爷一辈子为人厚道，亭子挑五件，其他一切从简吧！"

路德明劝秦李氏："娘，七件吧，爹一辈子不容易，活着时没过一天好日子，这是我们做儿女的一番孝心呢。"秦招财也劝秦李氏说："莲儿娘，听娃娃的吧，花这个钱儿值，娃们尽孝心呢。"秦李氏再也不争辩了。

其实，说白了，为亲人送丧是人生的最后一个礼俗，所以人们常常把丧葬视为对先人尽孝的最后机会。对家庭富有者来讲，厚葬很正常，而对于贫寒者来讲，厚葬则是另外一种人生补偿。不少老人一生简朴，却对自己的后事十分重视。如棺板要尽量厚，木头要尽量好，最好是松木或者柏木，油漆遍数要够遍数，棺材还要讲究个布裹漆，老衣、被衾都要上等的绸缎等。当然，谁都希望将自己厚养厚葬呢，不要厚葬薄养。花这些钱是既要让死去的人安宁，也要让活着的人满意。

据说堡子外曾出过一些“典故”。前年，一个八十多岁的老太婆，有五个儿子，两个女儿，没有人管老太婆。老太婆一个人孤苦伶仃地生活着，直到她从炕头跌落下来，脸上全是血和淤青，舅家人就不愿意了，舅家人望着跪满地的外甥和外甥媳妇们，老舅气得用手一指说：“你，你你你，你……”老舅最终没有“你”出个所以然，自己的亲姐姐就那样殁了。五个亲外甥，没有一个愿意埋自己的娘，老舅满嘴“你”到了最后，一头栽倒在了炕头上，老舅也被气死了。最后，舅的儿子不答应，为此竟然打起了官司。官司打得轰轰烈烈，两个死者被放在地上，直到人们发现味儿不对时，才有人报了县衙。按说这样的事，衙门不该管，可最终那些儿女们怕牢狱那个地方，匆匆忙忙打算葬自己的老人，这样一来，最后的葬礼却出乎意料的隆重，甚至有些花哨，唱了七天秦腔大戏，这样的事儿一直被老人们坐在向阳的角落里感叹着。上了年纪的人，都在替自己捏把汗，自己死后会不会遭到儿女这样的冷遇。也有人很坦然，该怎样过就怎样过，不然总是一副忧国忧民的样子，屁事不顶，死了，就那一把老骨头了，什么都不知道了，用苇席两头一卷埋了，倒也省事儿。

还有人讲了，如果没有人管，到时脚腕拴一馒头，让狗拉着出去算了。话虽说得坦然，谁又能真正地做到心无牵挂，坦然到淡然的境界呢？都是凡夫俗子啊！

话题扯远了，先来看看秦道生的葬礼吧。这时，大家都同时想到了一件事，棺材怎么办？时间紧，能连得上吗？

秦招财也看出了大家的心思，他问路德明：“材有现成的吗？”

“有！已经漆好画好了。”路德明知道爷问的“材”，是棺材。这一问，就让路德明想起了师父在世时的一件事。说来也怪，当时是他进秦家受伤痊愈后的第二个月，秦道生就叫来了木匠，选得是上好的松木板，给他自己和秦李氏做的棺材。路德明也疑惑，他问，师父才六十多岁，怎么早早就备这个呢？

秦道生悠悠地望着远方说，人呀，这一辈子生下来是光溜溜的哭着来的，辛苦了一辈子，临了吧，看似捎带了很多东西，想让阴世的路走得顺畅些，一口气喘不上来，其实也是空空的，什么也带不走。万一我和你师娘有个三长两短的，你们也不至于手忙脚乱。按说，这些都是小辈人给老辈人准备的，可水莲没经见过事，我还是早做准备好，刚好碰上个闰年闰月，是做材和寿衣的好年份。路德明不解，为何非得选个闰月呢？秦道生给他说了，其实也是取增长日月之意，是因为闰年比平年多一个月，被人们认为可以为老人添福增寿。虽然这只是人们在过去年代里最朴实观念的表现，但却表达了儿女希望父母健康长寿的愿望。

其实关于闰月做寿衣，史料记载还是挺多的。四大名著之一的章回体小说《水浒传》第二十四回就有这样的描述："便是老身十病九痛，怕有些山高水低，头先要置办些送终衣服。难得近处一个财主见老身这般说，布施与我一套衣料，绫绸绢缎，又与若干好绵。放在家里一年有余，不能够做。今年觉着身体好生不济，又撞着如今闰月，趁这两日要做，又被那裁缝勒揹，只推生活忙，不肯来做。老身说不得这等苦。"这里的"闰月"虽没指明闰几月，但闰月做寿衣的习俗，在民间却是被沿袭下来了。

路德明记得，木匠来家里时，很是隆重。两个老木匠，带一个小徒弟，徒弟大多负责一些零碎的活计。比如，帮师父递个工具、拉拉墨斗线、画画线，还有熬胶等活儿。

路德明作为主家专门负责给木匠们敬茶递烟，秦李氏负责让厨房变着花样给木匠们做好吃的，乡里人对有手艺的人是非常敬重的。

老木匠将耳朵贴在一块木板上，他在静静地用心聆听树木生长衰老的声音和气息。于他而言，这些木板也曾是经脉、血肉的生命体，它绝对不是生命的消亡，而是一种生命质地的飞跃，他们要用艺术的手法和姿态，展示另一种生命的重生。木匠们先将阴干的木料进行了挑选，再进行长短宽窄的搭配后，他将墨斗线的一头固定在木板的一个点上，左手旋动墨斗，将线的另一头拉到选定的另外一个点上固定好后，轻轻地用右手大拇指和食指向上提拉，再松开，一条笔直的漆黑的线就画好了。随后用板斧和锯子将多余的锯掉，搭好板子之后开始溜缝子，用推刨把不平整的地方刨平，然后将板子用熬好的胶粘起来。做棺材讲究不能用铁钉，但却要毫无缝隙，这就要求木匠根据需要用凿子凿眼儿，用来制卯和木楔的。

路德明跟在木匠后面，在松木淡淡的香气里，清晰地感受到某种温和与淡定。看木匠拉锯斧砍，刨推锤击，拉线弹墨，在木屑纷飞中，在如鼓槌捶打的敲击声里，感受树木重生的壮美，感受真正的手工与艺术的完美结合。四五天的工夫，两口棺材做成了，木匠们都把棺材叫三长两短，以前路德明不理解，如今终于明白了。其实说白了，三长两短，也就是棺材的别称了。棺木是由六片木材拼凑而成，棺盖及棺底分别俗称天与地，左右两片叫日月，这四片是长木材，前后两块分别叫彩头彩尾，用的是短木料，所以合计共是四长两短。但棺盖是人死后才盖上的，所以只称“三长两短”作为死亡的别称。后来，人们为了说世事难料，便加入意外、灾祸等意思。

寿材做好后，需放置一两个月，让寿材的木材回一下性子之后，他们又请来了漆匠。路德明原以为，漆匠的活儿很简单，结果比他想象中的要复杂得多了。漆匠先用铲子将和好的大白粉灰填补有洞或者不平整的地方，再进行批灰打泥。等大白粉干了，再用砂纸将材通体打磨一遍。漆匠一般用的都是生漆，他们要先制漆，将生漆加桐油盛于铁锅中，放置于炭火上熬制，去其杂质，掌握好火候，制作可用的成品漆。然后，再用熬好的黑色漆给棺材外面打底漆，大红色漆棺材里面，再刷面漆。从制漆到刷面漆，木匠前前后后折腾了一个月。下一道工序最考验漆匠的手艺了，也就是装饰。以纹样、色彩来装饰棺材的工序。漆匠当时问秦道生:“是画‘九龙捧寿’图还是‘五龙捧寿’图?”秦道生嘿嘿笑着说:“‘五龙捧寿’都已经太高了,‘九龙捧寿’像咱们这一般人承受不起啊!‘九五之尊’那是古代帝王用的,普通老百姓画最朴实的吧!”秦道生的棺帮上画着“二十四孝”图,每一幅图都有典故。漆匠画画的技艺的确没得说,棺盖上画着的是一条飞龙,腾云驾雾,栩栩如生,棺材的前挡板上画着“松鹤图”和“祥云图”,基座上画着山水石等所有的图案。给秦李氏画的当然以“尚德”为主题的“八团花”,是将梅、兰、竹、菊、牡丹、石榴、莲花、葡萄等置于圆圈中,棺盖上画着一只飞翔的凤凰,前挡板上绘着“五福捧寿”,五只栩栩如生的蝙蝠,展翅围成一个圆环,中间一个“寿”字。两口棺材画好后,最后再刷上一层清漆,这样才能做到退光淳朴古色,明光细润光滑,一口棺材就算是做成了。这两口棺材做好后,都被搁在阁楼里放置,谁也不知道它什么时候会用到。秦李氏没有忘记在上面搭一条红,她还备了些粮食放进去,她说,这里面不能空。秦道生说了,放些刨花进去,那也算荣华富贵了。当然,最终两样都被放进去了。

帮忙的人把棺材抬下来,取出里面留下的刨花和粮食。打扫干净,再用毛巾擦拭一遍。这样的棺材,让村里人更羡慕了。陇州人的葬礼,最关注棺材画得好不好,纸火买得多不多,子女哭得难过不难过。

院子里的人都忙里忙外的。“德明,得多请几个年轻力壮的小伙子,明天一早打坟。记着,明天早晨吹鼓手班子必须到。”秦招财对路德明吩咐着。大家都知道,整个陇州人都是土葬,打坟,也就是挖坟了。秦招财有条不紊地安排着这一切,让路德明和秦水莲都松了一口气。

大家分头去行动。邻居牛娃领到了任务,去了镇上的纸火店。纸火店有一个非常好听的店名“天堂苑”,那个满脸如树皮般皱褶的老太太,一边忙着糊各种各样的纸人、纸马,一边忙着招呼客人。为亡人购买纸人纸马,对于生者来说，一方面为了表达一下对死者的亏欠，或者说愧疚，但死者一定就能够从中原谅或者为活着的人开脱吗？多是生者为自己开脱而已，或者说生者要么为了面子，要么为了表示一下自己的孝心所做的一个程序，以此来衍生出更多外界的赞誉，留一个孝子贤孙的美誉罢了。但如果没有真正的孝心，用老人死后铺张来欲盖弥彰的造势，往往得不到堡子里人的赞赏，而是遭到人们的不屑或是成为闲时的反面谈资。

路德明轻声对秦水莲说：“爹生前跟康伯关系挺好的，我差人去通知他吧？”

秦水莲面色凝冷，咬牙切齿地回了一句：“谁也不许告诉他，他是我秦家的仇人！”

路德明只好作罢，毕竟是秦水莲的亲爹呀，还是得听亲闺女的。

七爷来了，秦招财带着路德明和七爷去给秦道生看墓地，俗称斩草，一般都要选个风水宝地。只见七爷拿着罗盘，他的胡须跟着嘴在颤抖。大家都屏住呼吸。他们一路出了堡子，肃穆的场景和着关山草原的北风，草原的风横冲直撞的，连弯都不会打地撞在了人们身上。

七爷参照八卦太极图，选择好山势走向，再根据罗盘指针的方向，选好中线的两个点，定好线楔，打坟的人就开始破土动工了。

七爷从坟地里回来，大家都把七爷让到炕头。七爷也不客气，直接脱掉鞋子上了炕，开始询问秦道生去世的时间，然后根据他的生辰八字推算了一下，说：“人是子时殁的，算今天了，时间还不算太紧张，明天祭亡，后天早晨卯时下葬。”耕田知道了祭亡的时间，急匆匆地去请老舅家人了。散孝布的人都分头去往亲戚们所在的村子了。虽然时间上有点紧张，但阴阳先生的话，没有人敢反驳，只能顺着他的意思赶时间了。

七爷缓缓地铺开了纸张开始安排丧礼的事宜。秦水莲说：“七爷，能不能再宽限两天，我想再多陪我爹两天。”

“娃呀，这入土为安呢！你这样，你爹在九泉之下也不安生吧？按定好的时辰来吧！”秦水莲最终还是依了七爷的。

小伙计毛孩眼睛亮，趁大家都忙的时候，给七爷敬了一杯茶。大家都在心底里赞许毛孩，这娃有眼色，将来有出息。秦招财懊悔着，对不住啊，老哥，一忙还不及一个小毛娃娃。七爷才不在乎这些呢，他捋捋胡须，说，哪有那么多讲究呢。七爷戴上他的圆形茶色石头眼镜，铺开白纸，在毛笔上蘸了墨汁开始写门牌。出门牌了，这个是大家都比较关心的问题，女儿家是上不了门牌的，但也有特殊情况，像秦道生这种只有一个女儿的，女儿会写在门牌上吗？当然，儿子多的，先由老大开始，然后再是老二、老三依次排下来的，根本不会写女儿的名字。

大家都明白，秦道生将女儿托付给了路德明，都把他当女婿一样看待的，可是，他们俩还没有结婚，到底是写路德明呢？还是写秦水莲呢？

路德明见七爷为难，就说：“七爷，您就写女儿，秦水莲；儿子，路德明。”

七爷是个老固执，叹口气说：“这，这不符合老规矩呀！门牌上写男不写女。”

秦招财劝七爷：“七爷，这老辈人传下来的规矩，那也是可以改的，特殊情况可以灵活一点呀！”七爷最终还是按照主人的意思办了。讣告出完后，七爷用五色纸粘在一起，剪出了“引魂幡”，并将其放到了灵堂的顶头。然后，推算了七单。七单也就是从人殁的那天算起，七天为一七，按这样推算，头七、二七、三七……一直至七七，俗称尽七。人殁以后，“服三”完后，开始“做七”，以加深对亡者的追思与缅怀。之后，还有百日、头周年、二周年、三周年。三周年完了，才算真正的服孝期满。

秦水莲穿着孝衫，跪在爹的灵堂前，伤心地哭着。安排好祭奠亡人的那些具体事情，秦招财又开始安排丧礼的宴席问题。这年月，丧礼宴席以吃面为主，家里经济条件好的，会给每个桌子上加一道陇州凉拌。路德明说了，亲戚们平日里都各自忙碌着，遇到事情了才聚到一起，陇州凉拌必须加上，到现在也就不怕花钱了。吃的面不用买，家里就有现成的麦子，拿了四五口袋麦子分给周围好几家磨子，一时间邻居家的磨子都转了起来帮忙磨面。磨道里的驴换着拉磨，驴拉得不高兴了，“啊噢啊噢”昂起头嘶叫着。女人们头戴孝手巾，忙着用粗网筛筛麸皮的，用细罗罗面粉，场面那叫一个排场。厨房里的人，忙着和面揉面，还有擀面的把式们，在六尺多长的案板上，擀起面条来也得心应手。日子过得宽展的秦家，让帮忙的邻居们也能自如发挥专长了。

不知不觉天已大亮了，在院子里盘锅的泥水匠，已经将两口四尺大的锅盘好了。烧火的、下面的、捞面的、舀汤的，都很自觉地到位了，拉风匣的是对门的邻居满良，他是个性情稳重老实，胳膊结实有力的壮汉，风匣杆“咯吱咯吱”的，像狗在热月天不住地吐着舌头喘着气。一时间，整个院子热气腾腾的，烧纸的烟雾缭绕着，风匣“吧嗒吧嗒”的响声，饭菜的香味，将整个院落悲怆的气氛冲淡了。此刻，有人在催擀面的人，说擀得太慢了，自己的肚子已经饿得都前胸贴后背了，擀面的人便回一句，饿死鬼转世了，还是三天前就没吃饭了。这句话说完，擀面的人便后悔了，好似早已知晓要有人殁了似的。这句话被路德明无意间听见，他也疑惑。三天前他在城里边算账时困了，打了一个盹儿，确实做了一个梦，梦见铺天盖地的大雪地里，一片白茫茫，只见秦道生一个人拄着拐杖走远了。他在后面追，嘴里喊着：“师父，你去哪里呀？”秦道生没吭声，继续朝远处走着，连头也不回。路德明骑着一匹黑马在后面追，但师父一会儿便消失在大雪中，路德明顺着师父消失的方向一路追到了家里，却看见家中的房屋横梁突然间倒了下来，房子也塌了，他急得大喊：“师父、师父……”随后，他就被惊醒了，满头的汗水，他看见账本上洇湿了一片，不知道是汗水还是泪水。于是，他来不及多想，就急忙套了马车，一路往回奔。结果还是晚了一步。路德明把这个梦压在了自己心底，谁也没有告诉，只是觉得有些事儿都是有预兆的。擀面的人和等着吃面的人还在斗着嘴，路德明就觉得，师父如果活着和别人斗嘴也是一种快乐，可惜老人家走得太急了些。唉，烟火里的人生，吃与穿，都是最基本的需求了，亡人只剩下了穿，而且后人们想让他们穿得体面些，可没钱的人，给亡人什么也不穿也碍不着什么了。吃和穿只是活着的人考虑的问题了。人生在世，只有生死是大事，其他都是小事儿，但死也是生的延续，作为另一种方式存在罢了，这是秦道生以前经常念叨的一句话了。路德明想着，就更内疚了，如果能早一两天，事情也许会是另外一个结局呢？他都有些担心，秦水莲这个倔脾气，师父走了之后，会不会把他路德明赶出门也说不定呢？有师父在，他才觉得有依靠。陷入沉思的他，被一阵唢呐声叫灵醒了。

吹鼓手班子早已就位了，他们将锣、鼓都放好，悲怆的唢呐声破空而来。八杆唢呐手，一起鼓足了腮帮子，高亢的音调和悲痛的旋律演奏着，凄哀婉转，如泣如诉，震慑人心。一时间，和着锣、鼓、钹、唢呐的声音，悲凉的调子告诉人们有人去世了，也宣布着主家丧礼的正式启动。

负责到陇州城里买蔬菜、调料和猪肉的人回来了，帮忙的女人们，忙着择菜、洗菜、切菜、切肉。

肉丁儿切好后，厨师开始燣臊子，在锅里倒上菜籽油，等油热个六七分左右，将切好的生姜末倒入锅中翻搅后，热油“滋啦”一声冒起了油花，将肉丁儿倒入锅中继续搅拌。倒入调料面儿，等肉稍微变色后，加入黑色的料汁、老抽、盐等继续翻搅，肉在锅里“滋啦啦”响得更厉害，香味儿早已让人们忍不住地咽着口水。这年月，只有红白喜事儿和过年，人们才舍得吃点肉臊子，平日里，都是吃素菜素面的。臊子燣好后，调汤的大多是厨房里的老把式，她们将各类调料放入开水锅中，加入燣好的臊子，油泼的辣子，将下好的面，浇两勺汤汁进去，酸香辣浓郁的一锅地道的陇州臊子面便做好了。随后加入一勺胡萝卜和豆腐、豆角炒好的红黄黑绿白五色丁丁菜，碗上面撒点香菜，这样色香味俱全的臊子面怎能不让人垂涎欲滴呢？第一碗刚舀出锅，只见吴妈径直端到了大门外，虔诚地把汤泼洒在了地上，娃娃们不懂，眼看着自己就吃到嘴的面，被吴妈泼了，大声叫嚷着，婆告诉他，第一碗面不上席的，是敬天敬地敬神灵，随后第二碗便被供在灵堂前，之后这才将臊子面端上了桌。人们吃得津津有味，醇香的味道，吃饭的人连汤都舍不得剩下。还有一两位老人，更是细详，吃完臊子面后竟然连碗也舔了个干干净净。老人一舌头又一舌头地在碗中转着圈儿舔，调皮的娃娃吃完臊子面，碗中还粘着很多饭渣，就放下碗跑了，老人们很生气，拽过娃娃，让他们也把碗舔干净。娃娃们这才一百个不情愿地拿着碗故意学着他们的样儿舔碗，常常将辣椒油沾在了脸蛋上、鼻尖上和额头上，活脱脱一只偷吃的猫。小媳妇则悄悄地互相抱怨着，这老头子，到哪里都不忘记舔碗，都不知道给娃娃把脸擦干净。大娘们听见，有的装聋作哑，免得生出事端来，也有一些他大姨、二姨的，听不惯了，回一句，舔碗是老辈们生活节俭的好传统，你们年轻人不懂的。过去的日子有多苦焦，好日子是他们一点一滴熬出来的。小媳妇们顿时哑然，知道再争论不会有好结果，都忙着捞面、舀汤、端饭，装作没听见。舔碗的老人给孙子们讲臊子面悠久的历史，一个说，臊子面源自唐代的“长寿面”，并从中逐渐发展、演化而来。一个说错了，是北宋时期，才出现了“臊子肉”这类肉食食物。两人争论不休，又有人参与进来，这下更热闹了。你俩一个说面，一个说臊子肉，其实，这是有记载的。明代高濂的《遵生八笺》就记载了“臊子肉面法”。其实，臊子面是从唐代一点一点演化而来的。正当他们要达成共识时，又有人说不对，说自西周建立以来，周人形成了固定的祭祀制度，首先敬天地、神灵和先祖，再到君王大臣，最后才轮到普通百姓，就这样沿袭了下来。大家都各持己见，讲述着自己的观点，谁也争不过谁。这时，邻居牛娃把纸火也挑回来了，纸亭子、纸人、纸马，一时间，大家都急着去帮忙，都忘记了刚才争论的是什么事情了。这些纸扎让整个葬礼看起来更加隆重了。

康麦换昨晚熬夜写完了社火稿子，睡得有些晚。天刚麻麻亮，康承业刚走到家门口，就听堡子里的人说："秦道生殁了！吹鼓手都请来了。"

康承业的脑袋顿时"嗡嗡"作响，怎么可能，昨天还和水莲见面了，难道是昨晚的土匪杀了人？

康承业顾不得多想，也急忙闯进了爹的房间，爹还生气地说："这娃，什么事情这么急，等我起来不行吗？"康承业管不了那么多了，急切地对爹说："爹，秦叔殁了！"

"谁？秦叔？"康麦换还没有反应上来。

"秦叔秦道生呀！"康承业急得脸都憋红了。

康麦换打了个激灵，"腾"地一下从炕头翻坐起来，紧张地问："什么时候的事情？"

"说是昨晚，可能是被土匪打死的。"

康麦换急忙起身，一着急，竟然把裤子都穿反了。穿了三次才穿好裤子。他嘴里念叨着："这老伙计，我俩开玩笑说将来要一起走的，商量好的事情，怎么他先走了。不知道他的社火稿子写得怎么样了？"康麦换说这话的时候，从心底还是不愿意承认秦道生殁了的事实，他还在想一定是传言呢？可能只是受伤而已。

"爹，您就甭惦记那稿子了，秦叔人都殁了。"康承业焦急地原地转着圈儿，秦水莲现在不知道怎么样了？

儿子一句肯定的话，把康麦换拉回了现实中。父子俩急忙来到了秦道生家，一看这阵势，他们俩都有些后悔，土匪进村了，早该想到，秦家是住在村头的大户，也是土匪最能看中眼的。可是，前些年，经常有土匪来抢粮食，秦道生却说，抢点粮食，那也是为了果腹，咱损失一点粮食、钱财，也算做了善事情。那些人，如果有吃有喝的，谁会去抢吗？说不定，那些粮食能救活好多人哩，土匪也有仗义为百姓着想的。所以，他们都没有把这次的土匪当回事儿。

康麦换和康承业父子俩相跟着进了秦家院子，院子里乱哄哄的，路德明赶忙过来打了声招呼："康伯，您来啦？"

秦水莲听见了路德明问候来人的声音，正跪坐在地上给父亲烧纸，抬头一眼瞥见了康承业，此刻，泪水盈眶的她多想扑进康承业的怀中，大哭一场，诉说一下心中的委屈。

水莲看见康承业的同时，也看见了康麦换。那个昔日被自己称为"康伯"的人，竟然干了这么一件勾结土匪的缺德事，无论如何不能原谅他。

他们父子打算进屋，给秦道生烧个纸，祭奠一下。康麦换的前脚刚踏进门槛，后脚还留在屋外，秦水莲却突然站起来，眼里喷着火，像疯了一般朝康麦换扑了过来。她朝康麦换的胸脯推了一把，康麦换没有任何防备，他脑海里还在思索他们老哥俩以前在一起打趣的事情，思绪还停顿在另外一个世界中，谁曾想这一把，他差点儿从门前的廊檐石上栽下来。他打了个趔趄，幸好康承业在自己背后跟着，一把扶住了父亲，康麦换才幸免摔倒。

路德明看到这情景，急忙上前搀扶康麦换，手刚搭在老人家的后腰上，被秦水莲一声呵斥吓住了："你干什么，没你什么事儿！"

路德明没理她，只是扶老人家坐了下来。他劝秦水莲说："康伯是爹的知心好友，人家来祭奠，再怎么说，上门的都是客，你怎么……"

"我们秦家的事情你少管。"秦水莲依旧不让路德明插手此事。昔日里还算明理的秦水莲，此刻霸道而蛮横。康承业扶住了爹，连声问："爹，您没事儿吧？”

“没事儿，没事儿！”路德明听到康麦换说没事儿，这才放心了，毕竟康伯比秦道生还大三岁呢。路德明尴尬地离开，打算去给康家父子端些茶水来，以缓解凝重的气氛。

康麦换被这突如其来的一把推醒了，诧异地望着秦水莲说：“水莲啊，你爹殁了，我来祭奠一下，你推我干啥呢？”

康承业脸色蓦地沉下，从上而下地看着她，眼神充满了惊讶和疑问，更多的是同情和怜惜。

“你走吧！从此以后，你就是我们秦家的仇人。我爹辛辛苦苦写出来的书稿，就是被你勾结土匪抢走的。”秦水莲一口气说出了事情的原委。

“什么，你说我勾结土匪抢了手稿？”此时的康麦换胸口一阵阵憋闷，不住地咳嗽着。

“不是你，难道还会有第二个人吗？土匪要社火手稿是能吃能喝还是能当钱使啊？”秦水莲咄咄逼人。

“瓜女子，你可能误会我了。我和你爹这么多年的朋友了，怎么会呢？”康麦换喘了一口气。

大家见院子里起了争执，都赶来看个究竟。一时间，门口围满了人。

“误会？只有离自己最近的朋友才会背叛自己，才会在背后下黑手的。”秦水莲没有给他们喘息的机会。

康麦换听着秦水莲的话，咳嗽更加急促起来，腰都弯了下去。康承业不停地给爹拍拍后背，说：“水莲，你这话说得太过分了。我们是才知道你爹遇难的消息，怎么会是我爹干的呢？我爹是那种人吗？”

“谁能证明你爹不是那种人呢？和我爹商量好写社火稿子，我爹差不多快写完了，怎么就这么巧了？从此以后，康家和秦家永无瓜葛！”秦水莲疾言厉色，连一点缓冲的余地都不给他们。

康承业心尖儿被水莲的话刺得生疼，深瞳里划过一丝细微的暗色。他还在劝秦水莲："你得把事情查清楚了再说呀，你不能这样冤枉我爹呀！"

"我冤枉他了吗？"秦水莲的手指向了正在咳嗽着的康麦换。

康承业的脑海里，恍惚看见了昨天的那个她，想起了她的笑，她白皙的牙齿，她柔情似水的怀抱。可仅仅隔了一天，一切怎么都变了。

他的目光在她的小脸上流连着，深邃的目光似有暗潮涌动。可是，秦水莲根本不看他。她脸色苍白，冷得如同一块冰坨。

秦招财从里屋出来，看到这一幕，劝着康麦换说："麦换，你先回去吧！娃在气头上，等过几天气儿消了，不是还有七个七呢吗？过些天祭奠也不晚。"

康麦换浑身不由自主地颤抖着。他面色黝黑，一步一步地向前挪动着脚步，蹒跚着朝门外走去。

围观的人都一一散去，忙着自己手底下的活儿，窃窃私语着，发表一些自己对这件事的看法。有人说肯定是土匪嫁祸于康麦换，也有人持不同的观点，对秦道生的同情大过对事情本身理性的分析。

康承业转身离去的瞬间，他讳莫如深的眸底溢满了深深的爱意和责备。其实，这个时候，他多想拥抱着自己心爱的女子，多想让她在自己怀中撒娇，给她一丝温暖和支持呢！

可是，仅一夜工夫，一切都已物是人非了。他扶着爹走出了秦家院门，突然，他的神志有些恍惚，又返身冲进了屋子。此时的秦水莲，早已像一摊泥倒在地上，号啕大哭着。也许，她在向故去的爹诉说自己心中的委屈，也许是在痛哭自己命运吧！

康承业冲进秦家屋内，跪在秦水莲的身边说："水莲，你不能这样，康家和秦家还要结亲的，你怎么能说再无瓜葛了。"他想去拥抱秦水莲，可秦水莲抹了一把泪水，狠狠地一把推开康承业，从牙缝里挤出两个字："休想！"

康承业被推倒在了地上，他从地上爬起来，他知道，此刻说什么也没有用了。康麦换疾步进屋，一把从地上拉起儿子，声色俱厉地说：“儿子，咱们走！”康承业被爹拽着胳膊踉踉跄跄地拉走了。

秦水莲突然感到头疼欲裂，她边哭着，双手插进头发里，拼命地摇着头。孝手巾也掉了，头发蓬乱得如一捧草。

第二天一大早，亲友们都带着金银斗、蜡烛、麻纸，来悼念亡人了。亲友们跪地点上纸钱，待纸钱燃尽后，再奠洒上白酒。随后，主客们一起朝灵堂三叩头作揖，客人们起身，孝女们哭得稀里哗啦的，客人们和熟悉的男人们聊着事情的经过，说些宽慰的话。客人中的女眷，都头顶着白孝布在灵前号哭上几嗓子，那些与亡者血缘关系近些的或者生前交情深的，哭得撕心裂肺的，那是发自内心的伤心和痛苦。还有些声响大，不见落一滴泪水的，都是象征性的礼节，谁也不会去怪罪人家。起身后的客人们被管事的邀请坐到主人家准备的桌子边，吃个流水席，油泼辣子臊子面端上桌，吃得人吸溜着发出声响来。两三碗过后，主家的管事们再端来询问客人，再来一碗，以示谢意。吃完臊子面后愿意留下来的直到葬完了亡人的亲戚，大多是亲缘关系近的，比如说女儿呀侄女外甥女侄子等，这些人没有特殊情况，是必须要留下来守丧的。或者客人自己愿意留下来的，主家也热情接待。一般不勉强亲友的。

到后晌了，亲戚们都已经来得差不多了，等孝子贤孙们聚齐，老舅家人要说话了，说话其实也等同于训话了。孝子们一齐跪在炕头下，路德明端着一方盘，盘里放了一壶酒和酒盅，一碟陇州凉盘和几双筷子，路德明挨个给老舅家人敬酒。老舅们都伤心，没有人喝酒也没有人动筷子。他们听完了路德明叙述完整个土匪抢劫的过程，老舅嘴唇哆嗦着说：“娃们，你们也尽力了，这天灾人祸，谁能想得到呢？你们也是孝顺的娃娃，就不难为你们了。快起来吧！”孝子们似乎得到了赦免，都给老舅爷们磕头，谢恩。老舅哽咽着，说话多次停顿，秦水莲再次恸哭了，她低头“呜呜”地哭，肩膀一耸一耸地。老舅家人是明理的人，他们没有理由为难孩子们。当然也有老舅爷家人难说话的，他们要么弹嫌[1]后辈们没有善待老人，要么嫌葬礼准备得不充分，总之，非得要在鸡蛋里挑些骨头来，才显示老舅家人的权威。

傍晚时分，是辞灵和亡人入殓的时间了。当然，这个时间是风水先生根据亡人的生辰八字推算出来的。关山堡子人把入殓叫卷殓，卷殓是整个葬礼最隆重最要紧的仪式。卷殓开始，吹鼓手们很是卖力，悲壮的音乐，令人痛彻肝肺，涕泪齐迸。七爷吩咐秦招财将棺材擦了一遍，然后，他往棺材底铺了一层提前筛过的细干土，这里有个讲究叫“入土为安”。先生嘴里念着：“头顶金，脚蹬银，子孙后代出贵人。”再铺上新做的大红褥子，把提前做好的枕头放平整，褥子上放上九枚铜钱，头下一枚，两肩膀下一枚，腰下一枚，臀下一枚，两脚下各一枚，先生把这叫“垫背钱”。七爷给亡人念了几句咒语，左手摇铜铃子，右手掀开亡人的苫脸纸，秦水莲将一枚银制桃子放入亡人的口中，为口中含宝，寓意着吉祥之意；并往亡人的左衣袖中放了一枚银元宝，右袖子里放了一个白面馒头和一根葱，说的是左带财右带粮，那只是孝子们的满腔愿望而已。孝子们将亡人小心翼翼地抬入棺材中，路德明扶着头，其他孝子们扶着腰腿和脚的部位。亡人被盛到棺材里，头底下枕着的是金黄色绸子面料的圆宝型枕头，据说这是为死者积福的证物，这样亡魂到了阎王那里就不用受罪了。这只枕头是秦水莲学着绣的，当时，娘让她学着绣这个，她还好奇说，你和爹都好好的，干吗做这个呀？

七爷拿了两块釉饼放置到亡人脚下蹬好。釉饼是家里做醋时用来发酵

---

①弹嫌：挑剔，计较。同“谈嫌”。

的，蹬在亡人脚下，意味着后辈儿孙发财的意思。只听见七爷念念有词：“走到蚂蚁山，麸子撒两边，走到恶狗山，馒头撒两边。”其实也是祈愿死者阴间的路上一路平安的。秦招财把干柏叶用麻纸包成了一个个长方块，交给七爷，七爷将纸包紧紧地挨个塞入棺材和亡人的身体缝隙中，将遗体牢牢地固定住，以防止起丧或者下葬时颠簸引起尸身移动。最后取下亡人脚上的绊脚绳，并将亡人的身体放正放平，盖上红色的衾单。七爷开始分金了，用一根线绳，对准亡者的鼻子和脚，在棺材的前后挡分别画一道线，主家如果是一个儿子，平均分就行；如果有两三个儿子，必须要三等分，不能厚此薄彼。据说分金是给后辈儿孙们分金银财宝的。这些程序做完后，七爷刚说了句：“现在请亲戚朋友们再仔细地看最后一眼，眼泪不能掉入亡者衣服上。”大家都忍着伤心，先是舅舅家的人查验，然后，所有的亲友们都围着棺材走了一圈，算是瞻仰亡者最后一眼了。秦道生那张温和的脸，像睡着了一般。大家都顺手往棺材里放一两枚钱币，以示让亡人走时带上盘缠。伤感的哀乐奏响了，七爷示意大家“合龙口”，众人将棺材盖抬起盖上，就是盖棺“合龙口”了！合上棺材盖之前，用软面将整个棺口粘一圈，以防有缝隙。

邻家那些年纪大的大娘们，忙着用黄表纸和白纸剪纸钱，圆形中剪个四方，和麻钱的形状差不多，满满一大筐。大家都沉浸在最伤心的时候，昨天还是一个活生生的人，突然之间就那样阴阳两隔了。

七爷抓起早已准备好的一只白公鸡，置于棺材盖上头，白公鸡扑腾了几下，哀鸣了几声，便不动了。民间传统信仰中，据说公鸡能够牵引太阳，有驱邪和通天的神性，鸡啼也跟报晓、光明等相辅相成。棺材盖合上的那一瞬间，亲友们都忍不住了，秦水莲“哎——爹——”那哭声如高音破空，悲从中来，且哭且唱，泣怨哀诉，把所有人都惹哭了。秦水莲扯开嗓子哭，嘴里边哭边念着：“爹呀，你怎么走得这么早呀，你让女儿以后怎么活呀？”

她把所有的伤心都化成了泪水，融在了哭声中。有几次差点哭晕了过去，大家都去劝她，娃呀，想开些，人死不能复生，你再这么伤心，你爹走得也不安生，也不会瞑目的。

路德明扑倒在灵前，磕头捣地，嘴里呜呜地哭着，只说着："爹呀，你走好啊！"声音沉闷而凄切。戌时，执事人喊一句：行十二拜礼。孝子贤孙们边哭着边立身排成一行站于灵棚中线，向前一步作一揖，再上一步作一揖直到供桌前，跪下上香，上香完毕后，伏地叩头，起身桌前作一揖。然后斜向右后退一步，作一揖，拉着四叩头四作揖，再斜上一步到供桌前，作一揖，再次跪下上香，上香毕叩头，起身桌前作一揖。然后斜向左后退一步，作一揖，接着四叩头四作揖，再斜上一步到供桌前，一揖，跪下奠酒，完毕供地呜哀，执事拉起，起身子作一揖，然后一边呜哀，一边行礼，呜哀直到礼毕，向正后方退一步，作一揖四叩头四作揖，十二拜完之后，礼毕，执事喊：回礼。众人举孝棍行礼，此时俯身做环形作揖。形成了一个圆在院子中转圈辞灵，他们往前走三步，退一步，作一揖，再走三步退一步，再作一揖。辞灵时所有的孝子们行罢十二拜礼和辞灵礼之后，最后跪下来哭丧。整个院子形成一个场，这场面看起来很壮观。礼毕后，其他人就去休息了，晚上孝子们都没有睡觉，跪坐在灵堂前的草铺上守灵。

第三天四更时分，就有人开始在堡子里喊了："送埋哩！送埋哩！"其实不用喊的，大家都很自觉地从自己家里拿来了铁锨，无偿来帮忙送葬的。

来帮忙的人，都会在主家吃一碗"起丧面"。五更时分，七爷喊了一句："起丧了！"随后，耕田被安排去扫墓了。扫墓的人不能见丧，所以早早去了。七爷在忙着摇铃子，嘴里在念经咒，棺材被前来帮忙送葬的壮汉们悬空抬了起来，几十个小伙子一路换着抬。棺材走到大门口时，那只白公鸡的使命便完成了。棺材前面走的是孝女们，一个个从起丧开始，就哭得稀里哗啦的。孝女前面是孝子孝孙们，人人手握孝棍，走在最前面。端着孝盆的是路德明。吹鼓手走在最前面，一路不停地吹奏。

卯时准时下葬了，等棺材放入坟中的小窑内，秦招财和七爷他们还要查看一下棺材放得正不正，还要在墓里面放置陶制的罐，里面装满用麦面或者玉米面发酵好的酵头，意味着子孙后代发财致富。提前捏好的面鸡和面人都随着棺材进了坟窑内，引魂幡放在了棺盖上。外面要烧的纸人纸马的脚都要用剪刀剪开，这样才能放开手脚为亡人服务。然后，秦招财让所有孝子们将腰间的麻绳解下来，全部搭在了棺材盖上。路德明开始摔孝盆了，他端着孝盆从棺材盖上将孝盆摔碎后置于坟内，然后大家用干胡基把坟内的小窑门封住后，舅家人开始添三锨土，其他帮忙的人再添土，那一刻，纸人纸马都在坟前燃烧着，孝子孝女开始哭丧了。

七爷手里铜铃子的“叮叮当当”声在旷野里悠远而神秘，他半闭着双眸，嘴唇上下微动，嘴里念的经咒，没有人能听得清字句。秦招财气定神闲地指挥着后生们根据线楔填土，送秦道生入土为安。

等坟头堆起来之后，要向坟头撒五色粮食和滚墓桃。滚墓桃刚撒上坟头，就被人们哄抢了。据说是拿回家给孩子们吃，吃了晚上睡觉就不磨牙了。这也是秦家间接施舍给村里人的一种方式，这年月，好多人日子都难熬，这些滚墓桃拿回家后全家人都吃，善良的主家，心知肚明让大家都不要饿肚子罢了。

回吧，大家都扶着哭成泪人的秦水莲，一步一步回家来。

送葬的人们从坟上回来，秦家安排了一顿饭，大家吃完饭，都拿着各自的工具回家了。秦家帮忙的人，将新垒的灶台拆除后，借邻居们的家具都还完之后，他们才陆续回家了。屋子里突然间空荡荡的，秦家的院子本来就大，似乎更大更空了。

6

爹的丧事办完了，秦水莲趴在炕头，连续三天她都没有合眼了。按说，现在她可以休息了，可是，她大睁着双眼，还是睡不着。路德明和耕田、铁蛋、碎虎、毛孩他们忙着收拾院子里零碎的东西。秦李氏虚弱地说："莲儿呀，这以后的日子咋过呀！"

"娘，别怕，一天天会熬过去的。"秦水莲的泪水又一次涌了上来。

"你给娘说个透底话，你和康承业，你们俩……"娘把后半截话咽了下去。

"娘，以后不要给我提康家，我们从此再无任何瓜葛，我早晚要给我爹报仇的。"秦水莲咬牙切齿地说着。此时，如果康麦换在她面前，估计会被她撕碎的。

"闺女呀，听娘一句劝，这冤家宜解不宜结呀。再说了，凭娘这么多年对康麦换的了解，他不是那种能勾结土匪的人，秦康两家交往多年了，他干不出那种事情的。"秦李氏抚摸着女儿的头分析着。

秦水莲从炕头"呼"地起身坐起，极力分辩道："人心隔肚皮呢？不可能，土匪怎么知道有个康麦换哩？没有错，除过他，不会有第二个人了。"

"可是，你爹和他这么多年的朋友，临终前还让你去找你康伯商量哩。"秦李氏出身于大户人家，其见识和学养，足以让她分析得透彻些。

"只有最亲近的朋友才知道底细，才在背后下黑手呢？更何况土匪说得那么清楚。我仔细地分析了，似乎没错儿。"秦水莲也许觉得娘的话在理儿，让她的推理失去了充分的理由，她倒在炕头，背过身去，不再和娘说话。娘知道，水莲这娃性子直，认死理儿，脑袋一时半会还转不过这个弯儿，娘也没有说话。女儿心里苦啊！让她自己慢慢去想吧！望着家里的一切布局和物件，秦李氏的鼻头一阵阵发酸。前两天家里来来往往的人多，似乎还没有那么强烈的空虚感，如今，一桌一椅都让她感慨人的生命短暂得不及一个物件。物还在，人却不在了。辛苦一辈子打拼，一转眼，什么都不是自己的了。陇州城里还有两个粮店，可这倔老头子，为了一个社火稿子，把命都搭上了，让我们这孤儿寡母的以后怎么活，秦李氏半埋怨半思念地擦着泪水。

路德明收拾好院落里的东西，吩咐耕田去窑里喂骡子。他站在照壁前，望着眼前师父留下的这座四合院，心绪重重的他，想起了师父临终前的话，他不得已答应了师父，可如今，秦家的家业这么大，他一个昔日的下人怎么能担起来哩？

眼前二三十间的大房子，由大青砖砌的墙，墙头上凤舞牡丹的砖雕，个个还那么鲜活，师父却不在了。屋顶正脊上安放的两只望兽，筒状的青瓦头上的狮子头一个个威武而充满了期待，至于期待什么，路德明自己也没搞明白。好端端的日子，怎么就过成了这个样子了呢？那些蝙蝠图样的滴水瓦当，连成了一片，似乎还在对昔日的日子绵密地回忆着。

原木色的四扇门，门顶有四个苍劲有力的大字——耕读传家，那是秦道生当年自己写的，作为秦家的家训，让匠人刻成木板浮雕挂上去的。门扇上分别有梅兰竹菊的木雕，刀功细腻，线条圆润而光滑，一把大铜锁亮黄亮黄的，如同在和时间较着劲儿。

给秦道生过完三七，已是腊月二十三了。这天，是人们俗称的小年。民间流传着这样的俗语：“二十四，扫家泥炉子；二十五，搭伙做豆腐；二十六，杀猪炖猪肉；二十七，宰只大公鸡；二十八，上集买年画，二十九，打酒蒸馒头；三十是除夕，剁馅子，贴对子，熬夜守岁笑嘻嘻。”

小年要“送灶神”。秦李氏献上了吴妈用核桃油烙得灶干粮和一碟灶糖，燃着三炷香，小心翼翼地插在香炉里。然后，从灶台上揭下被一年烟尘熏过的灶王爷的木版年画，打着火镰，将灶王爷燃成灰烬，随后虔诚地跪在地上，磕了三个头，嘴里念念有词："上天言善事，下界降吉祥。"

秦水莲从门里进来，问道："娘，路德明说要杀年猪了。"秦李氏没有答话，她在做完自己的一整套祭祀程序之后，从地上站起来，小脚颤巍巍的，有点站不稳当了，秦水莲上前，一把搀扶住娘。

秦李氏说："让德明去安顿吧！他已是秦家的半个儿子呢。"秦水莲皱了皱头说："娘，什么半个儿子，我不同意。"陇州人口中的"半个儿子"，指的是女婿，常言道"一个女婿半个儿"嘛！

秦李氏抬眼看着门前的那两棵老椿树说："丫头呀，要信命呀！"

"娘，我偏不信命！"秦水莲撅起嘴拒绝着娘。她一把捂住女儿的嘴说："要有敬畏之心，神灵面前不可胡言乱语。"秦水莲随着娘一起出了厨房，来到了院中。路德明差人请来了杀猪匠，这个杀猪匠是秦李氏的娘家表侄子。

杀猪开始了。路德明叫来邻居四五个人把一口直径六尺左右的大木桶抬到了后院当中，耕田忙活着烧开水，一口大铁锅里，呼呼地冒着热气儿，猪已经在圈中来来回回地转着圈儿。年的到来，就是猪一生命运的终结。也许，猪已经意识到了自己的前景不容乐观了。秦道生活着的时候常说，牲畜也有灵性，只是不说话而已，天地万物都是一样的理儿。秦水莲那时候还小，不懂得父亲说这话是什么意思。现在奇了怪了，她好像在一夜之间长大了，也通晓了很多道理儿。

猪圈门刚一打开，黑毛猪已经撒开腿四处逃窜了，四五个壮汉追着黑毛猪满院子跑。黑毛猪大有一种拼个你死我活的劲头，左右突围不出去了，就向前猛冲了过去。但是，再凶的猛畜，还是难以逃脱被人捉住的命运。其中一个壮汉抓住了猪的一条后腿，猪被绊倒了，其他人一拥而上，猪终于倒在地上了。猪扯开嗓子干号着，壮汉们扳头拽腿地将猪拉上了杀猪凳，只见杀猪的人，左手抓住了猪耳朵，右手将横衔在嘴里的杀猪刀迅速抽出来，朝猪的胸腔部位捅了进去，刀拔出来的瞬间，鲜红的猪血“哗啦啦”涌了出来，溅了杀猪人一身。院子里弥漫着一股热乎乎的黏稠的血腥味儿，秦水莲吓得用手捂住了眼睛。等她睁开眼睛，猪血已经在盆子里冒起了血泡沫，接了满满一盆。猪已经气绝身亡了，满院子的人都倒吸了一口凉气。

路德明把铁锅里的水，一桶一桶地舀到了大木桶里，大木桶也就是梢桶。椭圆形的梢桶长约有六尺多，高三尺左右。里面的水“哗哗”地冒着热气儿。开始烫猪了，滚烫的水浇在了猪的身上，猪一动不动，任凭人的摆布。秦水莲突然间想起了人们常说的一句话：死猪不怕开水烫。也许这是先辈们在实际生活中总结出来的，如今却用在那些赖皮人的身上，很耐人寻味啊！

猪在开水里被烫了一会儿之后，皮一下子软和了，大家忙活着拔猪毛，一撮一撮的黑毛被拔到了地上。大约过了两刻钟，猪毛拔干净之后。杀猪的人稍歇一口气，又拿刮刀清理完猪皮上的杂毛。白生生的猪肉被几个壮汉抬到杀猪凳上，杀猪匠用刀子在其中一条猪腿上划拉了一道小口子，随后拿着长长的铤杖，从小口子里伸进去，朝着猪的身上捅，铤杖一直伸到了猪的两条前腿上和猪的脑袋，铤杖在猪的身上左右突围着，捅得差不多了，杀猪人将铤杖抽出来，一个壮汉朝着猪腿上的那个小口向里吹气。路德明拿着木棍，朝着猪身上抽打着，为了使气均匀地分布在猪的皮下，一炷香的时间，猪被吹得滚圆滚圆的了，如同一只嫩嫩的肉色气球。

壮汉们抬来了早已准备好的梯子，杀猪人将铁钩朝猪的肛门伸进去钩住，这样，猪被牢牢地倒挂在了梯子上，等待破膛。破膛也是显现一个杀猪匠手艺的最重要的技艺，剔刀轻轻地从上而下一划拉，膛就被破开成了两半，里面花花绿绿的猪内脏喷涌而出，一股腥臊味道又一次弥漫了整个院子，窒息般的难闻。

猪腿窝和猪头的毛不大容易拔干净，帮手们便拿着烧红的火钳，开始燎猪毛。一股怪味道扑面而来，满院子又全是燎毛的味道了。

秦家一连杀了两头猪，自己家肯定吃不完的。路德明站在外屋请示了秦李氏："娘，这年猪杀完了，留了一部分，剩余的猪肉该去集上卖了。"

秦李氏在剪窗花，便停下了手中忙活着的剪刀，转过头来说："你去吧，早点回来，这兵荒马乱的。"秦李氏有点担心。

"没事儿，这都小年了，土匪们也该回家过年去了，集上人越来越多了。"路德明明白秦李氏的担忧，故意安慰她，其实，他也不知道猪肉拿到集上结果会怎样。

秦水莲正给娘剪好的窗花上色，红的果，绿的叶，褐色的是枝干，总之，娘剪的窗花，栩栩如生，惟妙惟肖。娘儿俩的日子，心里虽然凄苦，手上有个活计，就忘了不快乐了。

"娘，这个鸟儿染成蓝色的，行不？"秦水莲没有抬头，将毛刷伸向了蓝色的颜料碟中。

"好着哩！"娘赞许着女儿的想法。日子再苦，还得想法儿一点一点往前推吧。

秦水莲低头染窗花，脖子有些累了，她抬起头，伸展一下四肢，打算用最舒服的姿势坐下来。

娘有些不满地抬眼，皱了一下眉头，说："女孩子家坐的时候要有坐相，腿盘起来，收起胸脯，双盘腿盘不了，散盘也得有个样儿，不然，将来嫁到婆家会被人家笑话没教养的。"娘对女儿的要求也许过于严苛了些，但为娘的为了女儿的将来，还是得管严一些，不然会被人骂父母没管好。养不教，父母之过啊！现在水莲父亲不在了，当娘的也不想让人看轻了。说句心里话，孩子太少了，水莲有些被惯着了。

“娘，我哪里也不去，就一辈子伺候您。管它教养不教养的呢。”秦水莲倔强，娘知道娃的性子，可她这句话是什么意思呢？难道是同意了和路德明结婚的事情了吗？

“那就把你舅舅请过来，让他去七爷处合个婚，择个好日子，给你们俩结婚。”秦李氏暗自窃喜。

“谁说要嫁给他的，我只是不想让娘一个人孤单。”秦水莲的话又打了一个囫囵，秦李氏的心一下子暗了下来。

秦水莲见娘不高兴了，便换了一个话题，拿起一张颜色干了的染色窗花说：“娘，我给咱贴窗花吧！”

“瓜女子，咱们要过素年的。你爹刚走，俗话说，一年紫，二年黄，三年过来红朗朗。你爹三周年过了，咱们才能贴窗花和大红的对联。”秦门李氏又陷入了对秦道生的思念中，她说这话时，泪水早已盈在眼眶里，但她努力不让女儿看见。

秦水莲看着娘的脸，知道自己说错话了，为了安慰娘，她说，不贴红窗花红对联就不贴吧，红色太霸道了，一到过年，就满眼满心都是红色了，不贴好，素净。铺满炕的窗花，花花绿绿的迷离成了她心中的一道隐痛，没有人能知道她的孤单和疼痛。

那只黄白相间的大橘猫，蜷在炕角，听见娘儿俩的谈话，伸了伸懒腰，又重新钻被窝里去了。

她的眼前，浮现出白茫茫的关山草原，还有那只已遁往雪地的红狐。只是，昔日的那个人，成了自己更深的疼。

母女俩各怀心思，只是娘的心思可以明明白白的，可以恣意地挥洒。而她的心思，只能埋在心底，悄悄地一点点蔓延，越是这样隐忍的感情，却在内心深处一点点发酵，她的心里苦啊，在失去爹的同时，也失去了心爱的人。

秦水莲摇了摇头，让自己努力不去想他，可越是不想他，他的脸却不时在她脑海里显现。仇恨成了她心中的一道暗伤，一种隐喻，一道永远也无法逾越的鸿沟。

吴妈开始蒸年馍了。白面馍刚一出锅，秦水莲就闻着麦香味儿。那种甜丝丝的香味儿让她闭着眼深吸了一口气。年馍第一锅要敬献给先人们，秦水莲接过吴妈盛在碟子里白生生的年馍，忍不住地伸出了手，然后，又缩了回去，先让秦家故去的先人尝完之后，别的人才能吃的。

秦水莲将年馍敬献在了中堂的八仙桌上，望着父亲的遗像，她的眼眶一下子软了。往年的年，与今年的年太不相同了，因为父亲在，一家人团团圆圆的，家里的气氛是热火的，可如今已物是人非了！

除夕这天早晨，路德明拿了些印好的麻纸和奠酒，早早去给师父上了坟。他虔诚地跪在师父坟头上烧完了纸钱，满肚子有很多话儿想给师父说，可还没张嘴，几只乌鸦“呱呱”地在头顶的树枝上叫着，搅扰了他的心。他气急，顺手捡起一个干土坷垃，朝乌鸦扔了过去。乌鸦被惊飞了，他看着前方的天，乌云散尽了，日头露出了半张脸，山头被染成红彤彤一片。有微风安然无恙地掠过，慢慢地扯出了天的亮来。

路德明披着一身寒气回来，吴妈已经做好了年三十的搅团。三十吃搅团，一年够搅缠。庄户人的日子，一年结余不了多少，都企盼日子过得宽展些。当然，这也只能作为一个美好的愿望而已，谁能指望吃一顿搅团，日子就真能红红火火呢？

路德明接过吴妈端来的酸辣搅团，问秦李氏：“娘，咱家放不放鞭炮？”

“放吧！这冗长的日子，就得靠着放点响儿才能一截一截过呢。岁月和人之间就像有无形的力量在互相拉扯着，相互之间有着看不见的较量，一个回合下来，人就老了。怎么说，年总归是快乐的。”秦李氏平实的话语里充满了哲理。

除夕夜，噼里啪啦的鞭炮声响，把整个关山堡子叫醒了。关山堡子的人，都伸长了耳朵顺着鞭炮声寻找着人家，大家都奇怪这第一声响儿，竟然是秦家。

他们以为，秦家今年遭了难，第一声响儿会是康家。可他们不知道的是康麦换告诉家里人，今年无论如何不抢第一响儿。康麦换珍惜他和秦道生的情分，虽然秦水莲对他误会挺深，可他不计较。说实话，真计较也没法计较，一个长辈的阅历和见识，让他不会去跟一个小辈计较，再说秦道生人都已殁了，没有证据啊，土匪独眼虫可真是害惨了他们。

往年的时候，他们两家较劲儿似的，都争抢着第一响儿，互不相让；年后，俩人坐一块儿，互相掐着拉拉家常儿。可如今，秦道生不在了，康家不能乘人之危，怎么说都得让着秦家母女的。不管穷与富，悲与喜，年总得过吧,年漏不掉任何人,年也不会因任何人的离去而在他家门前打弯弯。

晚上，一家人坐在一起吃年夜饭，一盘陇州凉拌加上猪肉白菜馅饺子，大家围坐在炕桌边，边吃边聊着家常。吴妈将暖锅端了上来，给暖锅芯子里加上事先烧红的木炭，再给外圈的热汤锅里炖上豆腐、猪肉、排骨、肥肠、白萝卜块、粉条，豆腐，撒上一把葱花末，盖上盖子，暖锅在热气腾腾地烹煮着，年就这样红红火火地过着。吴妈边夹菜边说："以前总听秦老爷讲，暖锅这道菜，还有些典故在里面呢。"秦水莲追着让吴妈讲讲陇州暖锅的由来。吴妈推说自己嘴笨不会讲，大家又一致让秦李氏讲，大过年的，秦李氏也不好推辞，她就讲了：陇州暖锅风味独特，它的真正来历是周代的馂余礼。当时，周天子祭祀祖先的活动结束之后，参加祭祀的人员按照等级、身份、地位的高低，依次享用之馂余。馂余礼是带有食物共享性质的一种共餐仪式。周孝王时期秦非子因在关山为周王室养马有功，被封为附庸。当然也就能够享用到馂余礼。后来，秦非子他们这些王公贵族们也把这种共餐模式传了下来。由于陇州地处西部游牧民族和中原汉民族交汇之处，也是兵家必争之地，炊具主要是方便携带的鼎、铜鬲、釜等，把牛羊肉类的食物通通都丢入鼎内，然后在底部生火将食物煮熟，成为一锅烩，当时叫作“羹”。由于关山极度寒冷，这种独特的口味和吃法逐渐风靡了整个陇州大地，成为一种独特的地方美食，这是暖锅最初的原形。后来，老百姓就用陶土手工制作了砂锅。当然一个主要原因是土的来源极为广泛。另外，他们认为土乃万物之源，可容纳万物，所以与食物不会发生什么化学反应，任何食物的酸甜苦辣只会保持原汁原味！陶土砂锅具有良好聚热性、持久耐用、抵抗酸碱、健康环保、自然纯净的特点。你爹在世时常说，暖锅用的锅必须是陶土做的砂锅才正宗，因为土生金，有长养、化育的功能。然后，金生水，加上木炭，就有一种内在的自然的生命力，水生木更好理解，所有动植物都离不开水的滋养。一个暖锅就融合了金、木、水、火、土五行之说。他说，暖锅食材虽然简单，但荤素搭配合理。猪肉、肥肠、肉丸子等靠白萝卜来克化；白萝卜可以提高人体的免疫力，降血脂，促消化；烧旺的炉火，寓意红火发达；浓白的高汤，香气四溢，诱人食欲；粉条像一条条银色的链条，寓意富贵吉祥；圆形砂锅，寓意团团圆圆，就像咱们这一大家子人在一起。陇州暖锅虽然乡土气息纯正浓郁。但其食用方法也十分讲究，它以敬祖、尊老、尚德、节俭、和谐为其文化内核，处处体现了礼仪和“规程”。秦李氏说完，拿着筷子都已经开始在暖锅里夹菜了，大家还沉浸在典故中出不来了。吴妈筷子上夹着的一块肥肠早已晾凉了；秦水莲的筷子拿在手中一动不动；还是路德明反应快，他说：“娘，听完您的讲述，对您的敬佩又增加了一层，今天必须要敬您一杯酒。”所有人这才反应过来，都端起酒杯敬秦李氏酒。

吃完晚饭，秦水莲脑海里又一次回放着爹临终前的那句话，这日升日落的热闹里，康家该是怎样一番情景呢？康承业到底在干什么呢？他会不会正沉浸在过年的热闹当中呢？想起他深邃的双眸和温润的双唇，她只觉得心底有一股温热，脆弱的防线坍塌了，想他，秦水莲莫名地想哭，哭累了，她倒在了床上，迷迷糊糊地睡着了。

而此时的康承业，正噙着旱烟嘴，在秦家大门外徘徊着，他不相信，秦水莲会这么绝情。暗夜里，他的眸色更深了。只有忽明忽灭的烟锅里的火星，在夜里像萤火虫一样闪烁着。

他来到秦家大门口已经一个多时辰了，鼓起了勇气打算敲门，从门缝里望进去，见秦水莲房间里的灯已经熄灭了，他的心沉了下去，这个曾经没心没肺的瓜女子，能睡得着吗?

失去了秦水莲，日子就被掐了头，去了尾，没了味道。只有这年，拽着日子头，牵着日子尾，生生把日子又拉长了。

三、咙

7

秦道生的七七到了，也就是他逝世的第四十九天，俗称尽七。亲戚们都挑着金银斗上门来祭奠秦道生了，路德明提前把一切安排得井井有条。早饭是一顿另汤臊子面；中午饭吃的是席，上了九碟凉菜的，喝完酒之后，又上了八个热菜，然后一次上了五碗萝卜菜，谓之“八挎五”。亲友们吃完饭，抹了一下油乎乎的嘴，伸出大拇指夸赞路德明，说秦道生没有看错人，这小伙子不错，当秦家女婿，够格。说真话，这年月，能吃得起八挎五的，绝对是日子富裕的大户人家。

亲戚们来得差不多了，孝子们该去坟头上坟了。正跪在地上烧纸的秦水莲，也打算起身，准备取给爹上坟的用物。

一道颀长的身影挡住了门外的阳光。秦水莲抬眸，心弦，骤然像是被什么掀动了一下，康承业来了。

“你节哀吧！人死不能复生。”那张帅气的脸直逼了过来，声音低沉而阴郁。

秦水莲正打算从地上爬起来，可是，白色的长孝衫被她踩在脚底下，想要站起来，也不是一件容易的事情。她挣扎了两下，还是站不起来。

一只修长的手伸到了她的眼前，秦水莲虽然愤怒，但此刻，她确实很需要借助这只手的力量。也许，比起这只手，她更需要的是他的安慰，他的拥抱，康承业的目光像利剑般射穿了她的心。

秦水莲将手伸出去的瞬间，又迅速收回了，她明白，这个男人，再也不可能是她的那个承业哥了。

这样想的时候，她僵冷的脸色仿佛让空气都凝结了，泪水在她的眼眶中滚动着……

“你来做什么？秦家不需要你们！”语气冷冽，如冬日的寒风，夹着哨音吹到了他的耳朵里。他心底腾起的那一股子温热，瞬间碎成了冰碴碴，他从上而下地睇她，眼神幽冷。泪水淹了心，心也碎了，可他仍挺着身，没有让自己哭出来。

康承业垂目，再一次望了一眼秦水莲，她的肌肤雪白剔透，像干净的水晶，脸色虽然有些微微发白，但却清新诱人。只是，那张脸早已判若两人，昔日如花朵般的笑脸，再也找不见了。

康承业本想再一次挽救一下他们的爱情，可紧接着秦水莲所有的动作，让他已经没办法继续在秦家待下去了。

秦水莲将康承业带来的麻纸、金银斗和雪白的馒头，都从门里扔了出来，扔在了他的头上，馒头滚了一地。秦家的亲戚都莫名其妙地望着这一切，没人敢搭话。有人看着滚在地上的沾满土的馒头说，可惜了可惜了。秦水莲狠狠地说了句：“秦家没有你们这样的亲友。康家是秦家永远的仇人，今生今世都不可能再相见。”

路德明捡起地上的东西，默默地交还给康承业，说：“承业哥，对不住了，水莲这性子烈。”路德明的态度虽然温和，但对于康承业来说，却无比的生气，莫名的敌意又一下子涌上了心头。这个男人，难道就是秦水莲拒绝自己的理由吗？他没有接路德明手中递过来的自己的东西，眸光渐渐幽冷，眸底氤氲着的热气，像一层薄薄的烟雾，让他看起来更神秘了。他一个转身，向大门外走了出去。

康承业的身影消失在了门外，秦水莲像疯了一般揪着自己的头发，大声地呜咽着。

被秦水莲误解了，康承业怎么也想不通这个问题，她怎么会认为是我爹勾结土匪呢？这些天，他已经托人到处打听了，那一帮土匪来自吴山，领头的叫王友邦和李水娃。土匪们一般居住在崇山峻岭间，他出去寻找过，可是根本一无所获。

那天夜里，苦闷不堪的康承业，摊开信纸，给远在西安花旗银行工作的同学高俊卿写信：

吾友俊卿：

关山堡子近日遇吴山土匪抢劫，秦氏一族被抢，抢走了秦叔的社火手稿，家父也被水莲误解，说是家父暗中勾结土匪而故意为之，我很伤心。又难以解释清楚。高兄知晓水莲性情，我有一想法，想组建关山堡子武术团，教村人习武，抵御吴山土匪。高兄以为如何？是否妥当？回信告之。

高俊卿接到信之后，立即写信鼓励康承业。他在信中说，这是一件利家利民的好事，让康承业放开手脚，好好干。如果有什么困难，尽管告诉他。

康承业受到高俊卿的鼓舞之后，心顿时安定了下来。他分析了目前村子里的情况，并在康家湾物色好身强力壮的人选，然后，挨个上门做思想工作，教他们练习武功，学软拳。

这一切康承业都是在悄悄进行的。他知道，爹这次被秦水莲这个瓜女子气坏了。

秦道生和康麦换，这两个志同道合的好友，怎么就让她误解成这样呢？她怀疑谁也不能怀疑自己和爹的头上啊？康承业打算瞒着爹，先不要让他知道自己在干什么？康承业招了二十多个和他一样的年轻人，都是一个学堂里出来的同学。

康麦换其实早就发现康承业的事了。最近吃完饭，儿子总是神神秘秘地不见了踪影。他决定暗地里探究一番，看看儿子到底在做什么呢？

那天，康承业前脚刚走，康麦换后脚便跟了上来。儿子最近情绪不好，康麦换是看在眼里的，但他不放心。康承业他们的训练场所也不隐蔽，就在一处场院，四周全是麦草垛，见儿子一招一式教大家习武，康麦换心底涌出了一股热流，他知道自己的儿子，心性儿高，这次，秦老弟突然这么一走，他是在为了给爹洗脱“罪名”，也是为了保护村庄，儿子和自己想一块儿去了。

不知不觉，康麦换已经走到了他们训练的场地边。他故意阴沉着脸，右手搭在左胳膊肘上，左手捋着胡须，让人看不出他的表情。训练场上，早有人发现了康麦换，有人对康承业挤眉弄眼地提醒，他也没有反应过来，依旧在给大家有条不紊地做示范。发现的人终于忍不住了，小声地提醒他，康伯，康伯来了。

康承业看见爹来了，停下了正在做的动作。大家都静静地望着康麦换，谁料，他却说：“规模还是太小，村子里那么多年轻力壮的人，都可以召集来，包括秦家堡的人。”

所有的担心都成了多余的，大家忍不住鼓起掌来。康麦换还为大家纠正了几个动作，所有的人都惊叹，姜还是老的辣啊！

康承业站在堡子高高的山岗上，他觉得人的命就像薄纸般通透，经不起一点风雨，天地之间凛冽的风吹来，他伸出手，试图抓住点什么，风过，寒风钻进骨头般疼。他裹紧了外面的褂子，觉得自己也如同薄纸一般被吹透、吹散了。

正是春寒料峭的时间，关山草原的雪已慢慢消融了，只是，沟沟壑壑的褶皱里，还有零零星星的雪，仿佛故意不让他人忘记似的，闪着亮光，也正是这亮光，勾住人们丝丝缕缕的记忆。秦水莲还能回到他的身边吗？她对康家的恨，早已刻在了心里，任他如何努力怕再也回不去了吧？康承业对未来迷茫而难过。

此时的秦家，路德明已开始收拾农具。叮叮当当的声音，敲打着日子里的寒，也敲在了每一个人的心上，试图把春意惹进来。

秦李氏坐在炕沿上，把脚搭起，松了绑腿，在重新缠裹脚。深黑色的缎子面三寸金莲上，鞋面绣着的粉色牡丹开得正艳。她裹完一只，又把另一只脚抬起来，慢慢地裹着。

她向窗外望了一眼，压低声音，一边试探着问正在炕上绣花的女儿："莲，我看德明这娃还真不错，里里外外是一把好手；再说，人也实诚！"

"娘，您又在想什么呢？"秦水莲对娘的这句话心生不满。

秦李氏轻轻地摇了摇头说："别人家的女儿，婚姻大事，都是爹娘说了算，咱家这是太惯着你了。你爹临终前可是把你托付给了德明，这爹也喊了，娘也叫了，你叫他以后咋办呢？"

"娘，谁说叫了爹，叫了娘，非得叫我嫁了他呀？他还可以给您当儿子呀！"秦水莲脑袋转得像拨浪鼓，她的话把娘噎得无话可说了。

秦李氏挪了挪身子，伸出细溜溜的腿，慢慢地绑扎好，再从炕的背墙上取下了绣花的小鞋，在炕沿上磕了几下，缓缓地勾起鞋。

"早知道，就把你的脚也裹了，看你还像不像男娃一样疯。"秦李氏的无奈，牵扯出她自己多少心伤与酸楚。

"政府禁止了的，您再给我缠脚，就是犯法了。"秦水莲的嘴像刀子般锋利。

秦李氏下了炕，走出了门。秦水莲随后去了厨房，刚掀开厨房的门，喉头一股恶心犯了上来。她急忙从厨房里退了出来，蹲在地上干呕着，什么也没有呕出来。

路德明急忙停下手中的活计，他跑到秦水莲跟前问：“水莲，你这是吃坏肚子啦？我去给你找郎中吧！”

“不用，只是有点恶心而已。不用找郎中，我喝口水就好了。”秦水莲摆了摆手。

在秦水莲背后，吴妈狐疑的眼神望着秦水莲，她想问什么，但又觉得不妥，话又咽了回去。

秦水莲进屋，端起水杯，一口水还没有喝下去，恶心又一次犯了上来，继续干呕着。吴妈正端着枣红色的方盘进来，盘里面盛放着菜和馍。她掀开门帘，看见秦水莲正在屋角干呕着。

吴妈似乎明白了什么。

“吴妈，赶紧端出去吧。不知怎么的，看见吃的我就犯恶心。”秦水莲摆了摆手。吴妈端着盘退了出来，欲言又止。

秦水莲的心莫名地跳了两下。她盘腿坐在炕上，目光死死地盯着窗外无边的夜色，油灯点起来了，心却暗了下来了。不住地呕吐，让她想起康承业，一时无法入睡，命运又一次把秦水莲推到了无边的暗流中。

不可知的命运如窗外黑色的夜幕不断地蔓延着，仿佛填充着她的一生。她想去抓住些什么？好像什么也抓不住。油灯暗了下来，她拿起针挑了一下捻子，灯又比方才亮了一些。她的心里却无法敞亮。

会不会真是？月事两个月没来了？她不敢去想，又不得不想。

秦水莲实在不想翻搅起像铅块一样沉在心底的记忆，可身体下意识地打了个寒战。她不知道用什么来安慰自己的恐惧和眼下的迷茫，她长长地叹了一口气，心似麻绳般相互纠结着。她的手冰凉，目光又一次伸向了窗外。

她悄悄地下炕，拉开了门闩，暗夜里，门“吱嘎”响了一声，把她自己也吓了一跳。她左手捂住胸口，停顿了一刹那，然后，从门缝里挤了出去，一个人溜出了院门。

村庄黑实了，黑魆魆的瓦屋，黑幽幽的树木在夜色里显得更加朦胧而神秘。她一路径直朝山神庙方向走去。

她浑身的燥热在夜幕下有了些许温润。突然，谁家的黑猫“嗖”一下从她眼前蹿过，猝不及防的出现，她被吓了一跳，“啊”的一声尖叫，听到后面有一串急促的脚步赶了上来。

“谁？”秦水莲定了定神，长叹一口气，给自己壮了壮胆。

“水莲，是我。”路德明的声音从后面传了过来。

“你跟着我做啥呢？”秦水莲有些恼怒，她将自己一腔的不快和仇恨都发泄出来了。其实，秦水莲刚从上房门里出来，路德明就听见了。他担心她就急忙从厦房出来，一路跟随着她，怕她干傻事，怕她有什么闪失。

“见你一个姑娘家走夜路，我也是给你壮壮胆子。咱回去吧，娘在家里也不放心啊！”路德明的话让秦水莲无可反驳。

“都怪你！”秦水莲气呼呼的一句话甩了过来。路德明听着这无头无尾的话，莫名其妙地想，什么事情要怪自己呢。

秦水莲转身往回走了，路德明赶紧在后面相跟着回到了家。

第二天一早，秦水莲打算用自己的办法压制这个事情。她找了一块长布条，紧紧地勒紧了肚子，她不想让肚子里的东西一天天长大。

早饭时分，吴妈把饭端到了秦水莲的房里。秦水莲看见吃的东西，不由得又一阵恶心犯了上来。吴妈终于没有忍住，问了句：“娃，你这怕是……”吴妈的话还没有说完，话茬儿已经被秦水莲接了过去。她一下子跪在吴妈的面前，一把拉住她的手说：“吴妈，咋办呀？你说我这咋办呀，我去死吧！”

吴妈吓得手足无措，因为堡子外曾经有一个姑娘，因为结婚前怀孕，娘家人嫌她败坏了门风，咒骂她，她忍受不了就上吊自杀了。吴妈哆嗦着，她一个下人，怎么可以接受大小姐的跪拜呢？她嘴里连连喊着：“快起来，快起来，这使不得，使不得！”

秦水莲依旧没有起来，吴妈弯下腰去搀扶着她说：“娃呀，不敢呀，好死不如赖活着呀。”

“吴妈，我这心里比黄连还苦呀！”此时，秦水莲完全把吴妈当成了一根救命稻草，她紧紧地抓住，生怕她稍一松手，就再也找不到出口了。

“娃娃呀，舒坦的日子都是要别人相互帮衬着才过呢，谁的日子又不苦呢？这么大的事情，怕是要和你娘商量呢！”吴妈提出了自己的意见。

“不行，我丢了娘的脸，这以后叫秦家人怎么在关山堡子抬得起头呢？”秦水莲泪水涟涟。

“娃，你娘会有办法的。她只有你这么一个娃娃，她活着，也是活你的世界哩。她怎么会眼见自己的娃娃寻短见呢？”吴妈说得不无道理。

“吴妈，你把饭先端出去吧，让我再好好想想，先别跟我娘说这事情。”秦水莲恢复了冷静，她想找一个折中的办法。

吴妈为难地说：“你好歹吃一点吧，这怎么成哩？”秦水莲再没有话，吴妈只好端着饭碗出了门，不停地用手擦着泪水。

这吴妈在秦家干了有十几年了吧，她也是一个苦命的人。

吴妈是黄河发大水那一年，和她男人一起逃难来的。男人挑着担子，一头挑着她，一头挑着娃，刚过黄河，无边的饥饿把男人饿晕了过去，从此再也没有醒来。吴妈就抱着刚过百天的孩子，一路乞讨度日，常常饿着肚子。半路里，有一眼废弃的窑，半边已经塌了，吴妈抱着儿子住了下来，好歹关中地方还能讨到饭。

有一天，吴妈抱着儿子出门讨饭，走到了关山堡子，来到了秦家门口，她气若游丝地说："东家，行行好，给点吃的吧！娃娃已经快饿死了。"下人们报告了秦老爷，秦老爷说，给两个馍，再给盛一碗粥。吴妈吃了饭，奶水就下来了。吴妈跪在秦家门口，谢了又谢，然后，坐在秦家门外的石碾子上，撩起衣襟，掏出了奶穗子，给娃美美地吃了一顿奶，然后，回到了她们娘俩住的窑里去。

晚上，她望着窑外亮晃晃的月光，给娃娃念着童谣。"打锣锣，喂面面，打了你舅家的花碗碗。你舅告去了，你外爷拦去了……"

娃在身旁睡得香甜，她也沉沉地睡着了。

半夜醒来，她摸了摸身旁的娃，空了，娃不见了。她一个激灵，打几个哆嗦，急忙跑出了窑外，月影下，一只狼正叼着孩子往远处跑去。

吴妈疯了一般地追赶着，她顺着狼跑的方向追出了数十里，一路跑，一路跌倒，爬起来又跑，最终还是没有赶上狼。

吴妈晕了过去。醒来后的吴妈，从炕头惊醒，她也没有发觉自己在别人的家里。她魔怔了一般，嘴里说着："我的儿，我的儿呀，狼叼走了我的儿，我去找我的儿。"她从炕头还没下来，又像面条一般软得直不起身子。

救她的是秦道生家，秦李氏将她扶起来，她号哭着，诉说着。狼把孩子叼走后，吴妈一路追，最后倒在了秦家的地头上。秦家的管家去耕地时，看到了她，就把她救了下来。一路上，她不知道晕过去多少次，最后一次醒来，她看见秦李氏怀中的娃娃，一把夺了过去。也许是奶水涨了，她一把掏出奶穗子，给孩子喂起了奶。吃着吴妈和秦李氏奶水长大的秦水莲，从小就身体壮实得像个男娃，秦家上上下下一直感激吴妈这个奶娘。

后来，吴妈就在秦家一直当厨娘，秦李氏知道她也是命苦人，就把她当亲姐妹一样看待。

秦水莲一个人溜出了关山堡子。她脸色苍白地来到关山草原，眼前早已没有了皑皑白雪，满眼褐黄色，她想将记忆连根拔起，身子却不由自主地颤抖着，一步一步向前挪动着脚步……

走到那个曾经让他们山盟海誓的大石头上，雪早已化得无影无踪了，哪里还能见到他们的手印呢？

她神情落寞地回忆着那只跑向草原深处的红狐和那个最恨却又最想见的人，可是，哪里还有康承业的影子？秦水莲的泪水一滴一滴落在了自己的手背上，此时却是那样的冰凉。她想起，他曾经在这里说过，要娶她的，那个富有磁性的声音，曾经是她最迷恋的，可如今，却只留下她一个人面对这苦楚的日子。

乍暖还寒的日子，有风浩浩荡荡地掠过，她想去找康承业，求他接纳孩子和她。此刻，为了肚子里的这个孩子，她宁可让自己像一枝攀附在大树上的爬山虎，没有尊严，没有任何的独立性，她也愿意。

可是，爹的脸和康承业的脸在眼前交替着，让她不知道自己何去何从。

想起他，她的眼前一片透亮，心底的那块坚决已渐渐变得柔软，她不想再坚持，她想告诉他，他快要当爹了。转眼，爹胸口那一片殷红的血，铺天盖地朝她涌了过来，爹临终的遗言，让她的想法又一次愤怒而孤傲地挺立着，如同关山草原上寂寞而孤冷挺立在风雪中的树。

秦水莲的眸色倏然暗了下去，更凉了几分。良久，那个背影在他潮热的眼眶中一点一点变得模糊不清。

留给她的，是伤痛，是难过？更多的是面对世人的唾弃吗？她的心在滴血，疼，深入骨髓的疼痛袭上来。她的身体在微微地颤抖着。她抚摸着自己的肚子，在心里说，娃娃呀，你投错胎了，下辈子找个好人家吧。

秦水莲爬到那块大石头上面，张开双臂，仰起头，大声询问着："老天，你说我该怎么办？我该怎么办？"大山的回音，让她的声音更加辽远。

她闭着眼睛，高高挺立着，从石头上跳了下来，可肚子没有任何反应。她又一次爬上去，再一次跳了下来，此时，铺天盖地的乌云弥散在天空中，几只乌鸦聒噪着，更让她觉得自己望见了天的尽头。

她上上下下地跳着，肚子里的那个孩子却像石头一样长在里面。她像疯了一样，跳，继续跳，耳边的风在吹，眼前早已没有任何东西，她感觉天与地，都与她融在了一起。

“莲儿，你在做什么？”娘的巴掌扇在了秦水莲的脸上，那当头的一声呵斥，如晴天霹雳，时间在这一刻仿佛凝固……

这一巴掌让秦水莲似乎清醒了。秦李氏打完女儿，又心疼地朝女儿扑了过去，一把抱住了她。秦水莲像受了某种惊吓，在娘的怀中瑟瑟发抖着。

秦水莲再也无力挣扎，一动不动地靠在娘的怀里，娘的话撕扯着她内心的那根敏感的神经，盈在眼眶中的泪水早已喷涌而出了。

“哭吧，娃娃，哭出来会好受些。”秦李氏拍打着女儿的背，轻轻地如同在安慰一个婴儿。

秦水莲放开了声音，大声地号哭着。偌大的关山草原，这一刻只有风在轻轻地动，所有的生灵似乎都停息了。

哭累了，秦水莲枕在娘的胳膊中，睡着了。她的长辫子凌乱了，一缕头发掩住了她那张精致而又脆弱的脸庞。纤长的睫毛犹如蝴蝶的双翼，但是却沾满了忧伤，无法扇动翅膀，两行泪水还在流淌着。娘心疼地帮她擦着。

一缕阳光从云缝里钻了出来，秦水莲睁开蒙眬的眼睛，紧紧地咬着下唇，脸上出现了惊慌和不安。

“醒了？”娘在她的耳畔轻轻问。

“娘，你说我该怎么办？”秦水莲的泪水再一次喷涌着。

“娘去找康麦换，给他说明实情。这是他们家的孙子，他们得认了。”秦李氏说得斩钉截铁。

“娘，不行啊！我们不能让爹死不瞑目啊，那些手稿是他这辈子的心血，不能让爹白死啊！”秦水莲哆嗦着。

“娃呀，心里不要背负那么多的仇恨！放下吧，放过了别人的错，就是放过了你自己。”无论秦李氏怎么劝说，秦水莲还是坚持，她宁肯被关山堡子里的唾沫星子淹死，也绝对不能原谅康家。

“那咋办呀？娃娃！”秦李氏心疼女儿，堡子里曾出过这样的事情，可是，那些娃娃都是被大人们逼死了，他们接受不了未婚先孕这种伤风败俗的事情。可秦李氏不能这么做，他们秦家只有水莲这么一根独苗儿，她死了，娘怎么办？这可是两个生命，无论如何，她得替女儿撑起这方天。

秦李氏和女儿相互搀扶着回到了家。迎面走来的路德明，急切地跑到她们俩跟前问：“娘，你们俩去哪里了？我都快急死了。”

“没事，娘和莲儿出去转了转。”

此时的秦水莲，看到眼前的路德明，突然有一种柳暗花明又一村的感觉。娘儿俩进屋，秦水莲说：“娘，我想嫁给路德明。”

秦李氏的手颤抖了一下，感觉自己听错了。虽然她一向主张让女儿嫁给路德明，可是，出了这档子事情，才决定嫁给路德明，真有点对不住路德明。她知道，不能这样做，良心上过意不去呀。可是，转眼一想，再没有比这种办法更好的办法吧。

显然，女儿这种办法可以瞒过世人的眼睛，但是，怎么能瞒过路德明啊。

“娘，你别管了，这个事情我自己来想办法。”秦水莲的眼睛红肿着，她想自己解决这件棘手的事。

傍晚，秦水莲站在院子里，看着路德明住的厦房的油灯亮了，从麻纸窗户上照出了他的影子，她知道他在看书。

她轻轻地敲了一下门，路德明从里面拉开了门闩，门“吱呀”一声开了。路德明有些手足无措地站在她面前，问：“你，你怎么来了？”

秦水莲提高嗓门：“我怎么就不能来呢？”她闪进了他的屋子，四下里环顾了一下，虽然只有简陋的几样家具，但总归干干净净的，路德明的书桌上，摊开了几张纸，砚台里的墨在灯光下油亮亮的。

她心想，难怪父亲要认他当徒弟呢？看来读的书还真不少呢。路德明急忙倒了些热水端给她说：“喝点水吧！”

秦水莲接过水，没有了往日的咄咄逼人，似乎也温柔了许多。油灯下，她的脸隐在半明半暗中，羞涩的面庞，不是那种红了脸的娇气，是灵秀的美，她抬头看向窗外时，眼睛里有一丝凄迷。

“唉！”路德明在心底叹了一下气，他觉得这样的女子，对他来说，只能镜中花水中月了。

秦水莲突然走到他的面前，说：“德明哥，你娶了我吧！”她的这一句话，让路德明波澜不惊的双眸中闪过一丝异样的光芒，随后，局面开始失控。路德明吓得后退了几步，神情痛苦地摇了摇头说：“水莲呀，我一直把你当妹妹看待呀，不能啊，你不能嫁给我呀！”路德明的反应，既在秦水莲的意料之中，也在意料之外。意料之中，是路德明真的像他所说，把她当成了亲妹妹，这种情感，自己也十分清楚，也在意料之外，是因为爹娘自从收养了路德明之后，也一直把他当儿子看待。路德明为了这个家，也操了不少心，对自己更是处处关心爱护，难道他真的对自己就没有一点儿女私情吗？如果有，难道他是嫌弃我有了孩子吗？他是怎么知道的呢？是吴妈给他讲的吗？不可能，吴妈不是那种人？秦水莲的大脑飞速地转动着。

半天不语，房间里一片安静，只有钟表的声音“滴答滴答”作响。

“这么说，德明哥是嫌弃我了。”秦水莲抬眸，紧紧地盯着路德明。

“不不不，我没有这个意思，我是师父收的养子，根本配不上你呀！”路德明继续回绝着。

秦水莲拉开了房门，哭着跑回了自己的房间里。外面发生的一切，秦李氏都看在眼里，记在了心里。

她也疑惑了，难道路德明有了自己的心上人了？还是他知道女儿怀孕的事情，不想娶她呢?

秦李氏等女儿离开厦房，自己走进了路德明的房间，路德明没有料到，秦李氏会这个时候来找他，看来，这件事非同小可。

路德明转身，叫了一声“娘”。他先是一刹那的惊异，紧接着开始恐惧，好像有什么东西恍惚浮上了心头。

秦李氏坐在炕沿边说：“娃呀，这水莲从小被我惯的，任性。你也别往心里去。”路德明“扑通”一声跪在了地上，他说：“娘，不怕您笑话，水莲是抬举我了，我是有难言之隐啊！当初来你家，被人打伤了命根子，这辈子不可能再生孩子了。”

其实，此刻的秦水莲，就在窗外听着，在秦水莲眼里，什么东西神秘起来了。

秦李氏拍了拍路德明的肩膀说：“娃娃，快起来吧，地上凉，都是苦命人。这事儿，娘也不勉强你，娘只是……”

秦李氏欲言又止，泪水再一次涌满眼眶。她踉跄着走出了厦房。秦水莲听见娘的脚步声，悄悄地溜回到自己的房间。

秦李氏万万没有料想到，事情会出现这样一个难以意料的结果，她也陷入了两难之中了，如鲠在喉。如果为了救眼前的急，把女儿嫁给他，事情虽然有了一个稍微圆满的结局，可是，这女儿后半生的幸福呢？难道让她守活寡吗?

秦李氏走进了屋内，油灯在黑色的压迫下，摇曳着一片昏黄的光，火苗闪烁着。外面的风吹得玉米秸秆儿哗啦啦响，秦李氏坐不住了，转身走进了水莲的房间。

秦水莲睡在炕上，秦李氏脱了绣鞋，也坐上炕来，轻轻地抚摸着女儿的脸。秦水莲内心的孤独和对康家的仇恨，在她心里生了芽，这日子怎么好端端地就又被牵扯着走进了一个看不见的深窖里，她摸摸自己的肚子，内心里又在期待着什么？

“娃娃呀，要不，咱再想想其他办法？再不行，我去求你康伯，这毕竟是他们康家的骨血啊。”秦李氏不知道如何劝女儿了。秦水莲“腾”地从炕上坐起来，说：“娘，坚决不行！你要去，我就死。”

“娃呀，这世事无常，娘知道你心里苦，可你不能背着太多的仇恨呀，人这一辈子，得分几截子过呢！”

“娘，我就嫁给德明哥算了。”秦水莲说的话密不透风。

“你再考虑考虑，这德明……”娘不知道如何给女儿说这么难以启齿的隐痛。

“娘，你不必说了，我刚才都听见你们俩的话了，他无非就是……”娘一把捂住了女儿的嘴，她不想让女儿再说下去了。

良久，秦水莲劝娘说：“我记得爹在世时说过一句话，说天地之大，生一人当有一人之业，猪娃生下来都带三分福呢。我就不信，我还养活不了一个娃娃。”

娘忧郁地看着秦水莲说：“娃娃呀，你太年轻了，你不知道世人的唾沫星子能淹死人啊！再说了，你嫁了德明，就是他的妻子，这以后的这日子，娘不敢想啊！”

“娘，我觉得是我亏欠了德明哥的，而不是他欠了我的，您就同意了吧！”秦水莲一滴泪水挂到了腮边，哪怕前面是个火坑，她也得闭着眼睛往下跳呀！

娘的泪水滴在水绿色的缎被面上，泛起了一阵亮色。寒凉的屋子里，那滴泪水不是凉的，而是烫的，烫得她心里都无法敞亮了，这无边的日子，什么时候是个头呢？

月亮不知何时已升上了半空，凄凉地挂在院中的核桃树梢上，如水的月光透过树枝的缝隙照在了秦家大院里，今夜，又有几人能入眠呢？

翌日，经过一夜煎熬的路德明，眼睛红肿着，默默地收拾好农具，早早上地去了。关山堡子的人，一年四季都有忙不完的农活儿，春天忙着耕种，鞭鞘儿驱赶着牛和驴把每块地都犁遍，沉重的犁铧像大海里航行的船，铧下的土向两边退去。路德明握着犁头，用鞭子赶着牛，吆喝着“驾，驾……”，停的时候喊一声“唷……”牛也很听话，大口大口地喘着粗气，嘴里的唾沫不住地扯着线儿往下掉。这块地是打算三四月份种玉米的。年头年尾的，只要眼里有活儿，地里就有活儿，前一年的九、十月份收黑豆收黄豆收玉米收谷子糜子高粱，随后种下麦子，冬天封冻前铺上厚厚一层牛羊的粪土和炕灰。十月底收完荞麦，才忙着在空闲的日子剥玉米棒子。等到把前一年的收成都装进仓囤里了，又到了第二年二三月锄草的季节了。

秦水莲拉开门，有一股凉风从门缝里挤了进来，她打了一个冷战，目送着路德明出了院门。

秦李氏一夜无眠。她在油灯下纳鞋底，细细的麻绳子钻进鞋底里，也把日子拉扯了进去。密密实实的针脚，也如同她的心绪，找不到出口，憋闷。

“娘，起了吗？”秦水莲回身走进了娘的房间。看到了娘纳了多半的鞋底，又问：“娘这是一夜没睡吗？”

“睡不着，你说这日子咋就这么无常呢，世事多艰难，怎么一个个都让咱们家碰上了呢？”秦李氏将针在头发上韧了一下，又继续把针扎进了厚厚的鞋底上。

“娘，我想好了，无论如何，这孩子得有一个爹，我就嫁德明了。”秦水莲说完这话，没有给娘回旋的余地。

秦李氏眼神凄苦地望着女儿。她依旧不知道如何将日子这头给牵住。早饭时分，吴妈往篮子里放了一盘炒酸菜，黑灰色的陶罐子里盛着稀稀的玉米细糁子，两个高粱面馍。连续几年大旱，麦子歉收，秦道生一向节俭的传统，在这个有两家粮店的大户人家里也不例外。秦水莲主动从吴妈手中接过篮子，她要去地里给路德明送饭。

吴妈轻轻地拥抱住水莲说：“娃呀，别干傻事呀！再难的日子都会过去的。我一辈子没能留住我的娃，把你当亲生的，我也稀罕个娃娃，你这肚里娃就是我的亲外孙子了。咱们一大家子人呢，能养活他。”吴妈目光坚定地鼓励着水莲，秦水莲迎着吴妈的眸光，也坚定地点了点头，她明白吴妈的意思，她怕秦水莲寻短见。

她说：“吴妈，您放心吧，日子再坏还能坏到哪里去呢？坏到底总归还得往好处走哩。”

吴妈这才放心地在围裙上擦了擦手，又转身边擦着泪水进了厨房。

农历二月底的天，北方的风刮在褐黄色的土地上，也刮歪了眼前这片泛绿的麦子苗，这些麦都是秦家的，广袤的地里，路德明的身影化成了一个黑点。秦水莲一步一步走近，那个黑点越来越大。

她走到地头上，把饭取出来，放好，对着正在锄麦地草的路德明说：“德明哥，停下来吃饭吧！”

路德明没有料到，今天会是秦水莲来给自己送饭，他掏出手帕擦了一把汗说：“你，你怎么来了，吴妈哩？”

“吴妈今天有事，我替她来了。”秦水莲看起来很轻松的样子。

路德明也没有客气，圪蹴在地头，端起碗呼噜噜喝下去，很渴的样子，那鼓起的喉结也跟着鼓动着。秦水莲细细地打量着路德明，这个人，自从到他们家之后，皮肤变得黝黑，也精瘦了许多，长年的劳作，胳膊上的肌肉凸了出来。

秦水莲“扑哧”一声笑着说：“你慢点喝，没人跟你抢。”

路德明有点不好意思了，停下来说：“这二月份的天，日头爷还挺毒的，早晨来的时候忘了带水了。”明显的，他吃饭的速度慢了下来。

秦水莲知道，路德明不好意思在她面前吃快了，她知道，一个人的吃饭习惯是改不了的，有点难为他了。秦水莲故意转过身去，将手搭在额前，眯起眼看了一下太阳，说："这日头爷是晒庄稼地的，土地经过一冬冻实了，经太阳一晒，就消了。"

"嗯。"路德明刚吃了一口馍，从鼻腔里哼出的声音，算是回答她了。

路德明吃完饭，顺便将碗筷收拾进篮子，抬眼对秦水莲说："要不，你先回家。碗筷等我回来时捎上吧！"

秦水莲望着路德明说："德明哥，我知道你不愿意娶我，是为了我好，可是，我、我也不是个好女子了。"

"水莲，以后莫要说这个事了。你很好，是我不好，我不能对不起你啊！"路德明依旧坚持着自己的观点。

秦水莲突然跪在地上说："德明哥，我，是我对不起你，我也不瞒你了。我怀了孩子，已经两个多月了，你如果不救我，我就得去死了，没脸活在这个世上了。"

"孩子？谁的孩子？"路德明的脑袋"嗡嗡"地响着。

"德明哥，你不要再问了，你如果不答应，我只有死路一条了。"秦水莲的泪水汹涌着。

"快起来，这，这，怎么是这样，这事你怎么不早说呢？早知道这样，我昨晚就答应你了，无论如何不要寻短见啊！"路德明扔下锄头，急忙搀扶起了秦水莲。

"别怕，不要想不开，我这就答应你。只是，娘这边……"路德明迟疑了一下。

"娘会同意的。你别锄地了，咱们这就回家，给娘说去。"秦水莲拎起地上的篮子，似乎一块石头落了地，仿佛轻松了好多。俩人相跟着往家走，日头爷已经升到了半空中，越来越暖和了。

路德明清楚，他这一生，连自己都不知道隐藏着多少哀痛，多少心殇，那是无以言说的关于时间和空间的印记。一个男人根器不健全，就等于这一生已经断了香火，没有了富贵。富贵其实简单，在庄户人的眼中，富贵就是闲看日升日落，看子孙满堂绕膝下。

他心里装满了恨，可他连恨谁都不知道呢？到底是谁打伤了他，他们为什么打他，他模糊记得有个人朝着他的头部和裆部踢了几脚，随后，他就什么也不知道了，醒来之后，他就躺在了秦家的炕上。虽然这秦水莲是在求他，让他来救下自己，为她解燃眉之急，可对于他路德明来说，这可是打着灯笼都找不着的好事儿。他也会有自己的孩子，不管这个孩子的种子是谁播下的，但总归，他一出生，就管自己叫爹。

曾经有几次，路德明看见邻居家的孩子，虽然穿得破破烂烂，但那孩子一口一个爹，叫得多响，多亲，他就忍不住地驻足多看几眼，心生多少羡慕啊！

他曾想抱养个孩子，可是，在秦家，虽然秦老爷临终把这个家托付给了自己，可他，少了一样最重要的，他就感觉自己不配接受这么大的家业，他依旧是一个下苦力的人，只不过，比别人多了一份责任而已，哪有什么资格再有自己的孩子呢？

一路走着，他忍不住在心底笑了几声，他笑，老天爷对他还不薄啊，至少在名义上，他要当爹了。

“你笑什么呢？”秦水莲偏着头问他。

“没，没什么。”秦水莲的问话把路德明拉回了现实。

不觉走到了涝坝边。坝里那些小鱼儿、蚯蚓、青蛙蛰伏在坝底，还没到产卵的时间，他们熬着日子等待着水温渐渐暖和。涝坝在沟底，被雨水和泉水常年冲刷积注成的。涝坝边上，长了一簇儿一簇儿的干芦苇丛开始冒出黄绿的叶芽儿，芦苇的干叶子在岸边铺漫开，阳光下，打远处看过去，粼粼波光中芦苇丛倒影静谧而美妙。风走到沟头涝坝边时，被水凝固住了。阳光照到芦苇边时，像是被风掐住了头，风一动，能听到阳光破碎的声音。

有几只鸟儿“叽叽喳喳”地钻进芦苇丛里，日头在水里晃动着，鸟儿们的聒噪和着风声，被春日的一声声惊雷给叫醒了。

秦水莲突然觉得，眼前这个男子，就是自己的依靠了，她又迷茫起来了。

回家来，路德明和秦水莲都去了秦李氏的屋内。他们双双跪下，给秦李氏磕头。秦李氏明白了，水莲这娃，认准的事情，十头牛都拉不回来的，看来，她把路德明说通了。

虽然女儿怀了别人的孩子，但秦李氏，还是觉得亏了自己的女儿，她点了点头，算是同意了娃娃们的婚事了。

“已经错过了二月二了，俗话说，二月二，龙抬头，按说是结婚的好日子，现在只能选三月三了，也是草木繁盛的时节了，德明你和水莲到陇州城里，到两个店里看看，顺便去买几页铧，开春了，得再买些东西，置办一下。”

“行！”路德明的这一声，算是把这个家真正地担负了起来。他当初答应秦道生的时候，还没有预料到自己能真正地成为这个家的主人，他也不想去贪图秦家的家业，只是永远守护着恩人一家就行了。而今，他算是名正言顺的主人了。

陇州人，从正月初四、初五开始耍社火直到十六杜阳庙会结束，才算年过完了。可在这“叮咯咙咚呛”的日子，戛然而止了，总觉得少了点什么。这二月二是庙会，人们借庙会的机会，交易着各种农具和生活用品。十天庙会结束了，在陇州人眼里，年才算真正结束了。虽然错过二月二，但农具的交易市场还在。

路德明赶着马车，秦水莲坐在轿子里，兴奋地不时拉开帘子看着外面。路德明“嘚”一声，鞭子抡得欢快，他心里有了隐隐的期待。

寂寞了一冬的杨树枝，开始有了尖尖的芽苞儿，干瘦的树枝上，有几只麻雀开始了它们春天的交响乐。山边的迎春花，早已吹开了黄色的大喇叭，昨夜的那一夜春雨，把山泡得蓬松了。

马车进了城里，一排排青砖房，黑色的木门，挂着各类商家的招牌，车过“康懋堂”的药材店，秦水莲的目光紧紧地盯着那里出出进进的人，她的目光没有停歇过，直到看不见了，她才收回了窗帘，坐里面生自己的气。

到了自己家的粮店，伙计们一一向路德明汇报支出和收入，秦水莲一个人溜出了店。沿街的商贩们在兜售着自己的东西。在卖布的摊前，秦水莲给娘扯了一件缎面的褂子，给自己扯了大红的衫子，又按照路德明的尺寸，扯了一个缎面长袍，毕竟这是一个婚礼，一个女人一生也只有这么一次的婚礼。

走过银匠铺子，银匠正拿着一块碎银子在火上烧。她看了看那个花形，石榴形状的戒指，很漂亮，她很想买，转眼一想，停了下来。

烙油旋的大师傅，正忙着翻着烤好的油旋，一股子核桃的香味扑鼻而来。秦水莲买了二十个核桃油旋，拎着东西又返回店里。

路德明从外面气喘吁吁地跑了进来，说：“你吓我一跳，我以为把你丢了，人这么多。”他眼里的焦急和担忧，让秦水莲很受用。

她笑着说：“我出去买了些油旋，让大家伙尝尝。”秦水莲从麻纸包里掏出三个核桃油旋递了过去，伙计们喜笑颜开地接过，大口地吃了起来。

路德明和秦水莲出了店门，来到了银货铺子，路德明竟然挑了一个石榴图样的戒指，正是秦水莲看中的那款。他让秦水莲试试，秦水莲说：“算了，家里有呢。”

“那怎么行呢？家里有是家里的，这是我买给你的。”秦水莲试好了戒指，又跟着路德明去铁匠铺子买了三把镰刀、三把锄头、五把镢头、五把铁锨和三页铧。

午饭时分，路德明说："咱们把伙计们叫过来，一起去咥①一碗羊肉泡馍吧！""行！是得犒劳一下那些兄弟们了，你去请吧！"秦水莲还算慷慨。

伙计们满脸笑容地跟着他们俩来到了陇州羊肉馆里，店面不大，但名气却早传遍了十里八乡。

羊肉馆的伙计们见他们进门，老远就打着招呼，并给他们每人一个大老碗，一片死面饼（不用发酵烙成的）。大家将馍自己掰碎之后，放入碗中，然后交给厨师，厨师抓了点熟肉，放入碗中，并加了一勺原汤，并配以羊血丝、料酒、粉条、盐等调料，单勺制作。武火急煮，适时装碗，装碗里后，又在上面再撒上葱花、香菜。一碗热气腾腾的羊肉泡馍就被端上桌了。

跑堂的伙计们趁机兜售他们的糖蒜。正在剥生蒜的路德明接过一小碟，还要一小碟辣椒酱，闭着眼睛一闻，羊肉的香味儿顿时溢满了整个身心。

碎虎说："我一吃羊肉这胃痛的毛病就好了。"

耕田说："我一吃觉得浑身舒爽，精神头大极了。"

路德明问："你们别光顾着吃，谁知道这羊肉泡馍要多少道工序？"

毛孩笑着说："这你问到地方了。我以前在羊肉泡馍馆里跑堂当伙计，样样都干。"

大家都惊讶地问，怎么没听你说过呢？

毛孩便开始卖牌②自己的见识来。羊肉泡馍的烹饪技术要求很高。烙馍、煮肉、切肉、煮馍等每一道工艺，都必须技术精湛，一丝不苟。馍，是一种白面烤的整张饼，陇州羊肉泡里的馍一般是死面饼（不用发酵烤成的），然后将大饼切分成块，提供给顾客。煮肉的工艺最为讲究。其制作方

---

①咥：陕西方言，意思就是"吃"。常说的就是"咥饭""咥面"。

②卖牌：卖弄的意思。

法是：先将优质的羊肉洗切干净，放水里浸泡两小时，勤换水，直至水清澈。再冷水下锅，锅里面的水烧开了以后，撇掉表面的浮沫，再加入生姜、白芷、小茴香等佐料用大火煮半个小时，这是汤白的关键。再转小火慢慢炖煮三个小时左右就可以了。为了保持羊肉本身的鲜美和口感，不能放八角、料酒、大葱。吃的时候将馍掰碎放入碗内，以达到原汤入馍，馍香扑鼻的要求。切肉时，一般是肥瘦搭配，再加点杂碎，也可根据客人的要求和喜食偏好进行切肉。

耕田低下头，吃得“噗噜噜”响。等毛孩讲完，他闷声说了句，看把你能的，那你知道羊肉泡馍怎么来的？给咱说一下。

毛孩一下子脸红了，说：“我只在羊肉馆跑过堂，知道咋做，怎么来的可真不知道。”

碎虎说：“我管他什么传说，我只管吃饱、吃过瘾就行了。”

耕田眼见自己的如意算盘打错了，用筷子指了一下碎虎说：“你是吃货么。”

毛孩说：“那耕田叔你给咱说说么。”

耕田瞪着大眼睛，说：“我如果知道，我问你们做什么呢？”

秦水莲瞥了一眼路德明，两人会心一笑。路德明一下子来了精神，他说：“我来给你们显摆一下”。

陇州羊肉泡馍，最早为西周礼馔，历史悠久，距今已有两千多年的历史了。古代许多文献，如《礼记》以及先秦诸子，都曾提及牛羊肉羹，最初多用于祭祀及宫廷御筵。据文献记载，唐代宫廷御膳和老百姓都擅长制羹汤，也就是用羊肉制作的汤。曾有“三日入厨下，洗手做羹汤”的写照。北宋大文学家苏东坡曾有“陇馔有熊腊，秦烹唯羊羹”的赞美诗名。后经过唐、五代、宋、元等朝，各族人民陆续迁入内地，有些地方已渐变旧俗。陇州地处西北要塞，是关陇的枢纽，也是当时的牧区，气候寒冷，羊肉属于热性食物，吃羊肉喝羊羹的这种习俗，一直就被保留了下来，羊肉泡馍就是在古代羊羹的基础上演变而成的。

据说，周孝王时期，秦非子奉命在汧渭一带为周王室养马，路过陇州，他发现这里森林茂密，草地广袤，水源充足，便在此安营扎寨。后来他被封为附庸，邑之秦（今陇县东南镇的磨儿原村）。

当时，由于放牧要走很远的地方，士兵们便背着黍饼充饥，时间一长，黍饼又干又硬，难以下咽。再加上天气严寒，士兵们逐渐由于营养不良而相继病倒。

秦非子便下令杀了几只羊，将肉在开水中经过烹煮后分食，然后将黍饼掰碎了泡在羊肉羹中，肉汤泡软了饼，士兵们吃了羊肉羹之后，一个个全身发热，饥寒全消，精神大振，身体也越来越好了。

秦襄公建都时，羊肉羹一直被列为款待诸侯的礼馔，属于宫廷御筵。后来，经过不断发展和创新，老百姓也能吃得起羊肉羹了。“羊肉泡馍”逐渐发展成为一道上至达官显贵，下至黎民百姓都喜食不厌的绝佳美食。“三千万秦人齐吼秦腔，一碗羊肉泡喜气洋洋”，也是对咱陇州人的生动写照。

路德明把羊肉泡馍的故事讲完，一大碗羊肉泡馍也把大家咥美了。

伙计们回到了店里，秦水莲捂着肚子说，这羊肉泡馍还真该在早晨吃，中午把人吃得肚子胀的，到晚上能消化了吗？

路德明笑着说，那你晚回去一些，好好在城里逛，逛美了再回去。肯定都消化了。

他们一路看，一路逛，直到夜幕降临时，他们俩便满载而归了。秦水莲把买好的东西一一摆在炕头，让娘看。

秦李氏看着女儿买的东西，问：“就这些吗？”

秦水莲说：“娘，就这些。”

秦李氏皱了皱眉头说：“这些东西哪里够吗？”

秦水莲说："简单办一下，一家人在一起吃顿饭，这结婚是结给自己的，又不是结给旁人看的。"

秦李氏疑惑了。她说："秦家是大户呀，招个女婿还要小办啊？那怎么成哩？"

秦水莲说得很肯定："娘，这大操大办，我这是要大张旗鼓地宣布，我怀……"秦李氏的目光如水，将秦水莲的话，生生地淹在了那汪清泉中。

秦水莲见娘伤心了，急忙拿起手帕替娘擦了擦泪水，说："娘，我知道，您觉得亏欠了我，可大办也是结婚，小办也是结婚。再说了，我这情况，还是小办好一些。"

秦门李氏知道拗不过女儿，只能同意。她对路德明说："拿上点心去请七爷，让他给你们选个黄道吉日，结婚可是大事。"

路德明从兜里掏出了那只玉手镯，拉过秦水莲的手说："这只玉镯，权当是我给你的结婚礼物了，我再也没什么值钱的了。"

路德明拿了一份点心，请了七爷，七爷按照他们俩的生辰八字，结婚日子定在了三月初十。秦李氏又差路德明去请了秦招财，说："虽然是小办，也得让你招财爷主事儿。"

初九晚上，路德明被安排住进了秦招财家，本来，这上门入赘男方要在自己娘家，要女方去领进门的。可路德明没有家人，只能让秦家安排了。秦招财是秦家的长者，他负责安排婚礼的事宜，他说："德明住我家吧，离得也近。"

秦水莲说："爷，这德明一直在家里住着，还搞那么麻烦做啥呢？"

"小办也要按规矩办，不能坏了规矩的。"秦李氏的话，让女儿插不进话了。

秦招财问："德明改姓秦吗？"

路德明说："改吧，一切按娘说的办吧！"秦水莲说："不用改姓了，姓名也就是一个人的代号，改不改的无所谓，只要叫得响，再说娘生爹养的，生下来就这么叫，一时间改个姓，大家都不习惯了。”秦招财觉得水莲说得在理儿，没有再坚持。第二天一早，吴妈陪着秦水莲去秦招财家把女婿领进了门。进门前，秦李氏给女儿和女婿身上各搭了一根红，凌晨卯时，是进门时间。

女婿被领进了门，吃了顿早饭。午间一系列的程序做完。婚礼开始了，一阵“噼里啪啦”的鞭炮声，把一拜天地、二拜高堂、夫妻对拜的声音淹没了。这声儿把整个关山堡子的人耳朵都震软了。

“谁家办喜事？”人们都伸长了耳朵互相打听着。

“听说秦家招女婿。”

“这结婚都选腊月，秦家怎么选了个三月呢？”有人疑问着。

“规矩也是人定的，该打破时也得打破啊！”

“这秦老爷如果在，秦家会大操大办吧！”

“秦家招的女婿是谁呀？”

“路德明。”

人们议论纷纷，各自按自己的心思猜测着。这样的鞭炮声，着实让康承业痛苦了好大一阵子。康承业没想到，秦水莲真做到了，他原想着，等秦水莲气消了，思想转过弯了，他再差人去说媒，康家的确没有拿秦老爷的社火手稿。可谁知，她竟然这么快就结婚了。

康承业把自己关进了房间，一个人喝得酩酊大醉。儿子喝醉的事儿传到康麦换耳朵里，康麦换也无奈地说：“别管，他心里憋着事儿，喝点酒，就好了。”

8

春深了，秦水莲的肚子也显怀了。

在家里憋久了，吴妈要去河边洗衣服，秦水莲跟在吴妈后面说：“吴妈，我也想出去透透气，你看这春暖花开的。”

吴妈微笑着说：“也好，不能老在家里窝着，这样，对你肚子里的娃娃也不好。”

河水清凌凌的，毫无心绪地向远处流淌着。秦水莲对吴妈说：“吴妈，我想到处走走。”吴妈正拿着棒槌在捶衣服，皂角的清香味道让人心情愉悦，吴妈边劳作边说：“别走远了，你身子不方便。”

层峦叠嶂的关山，粉嘟嘟的野桃花开得满山遍野，把人心都融化了，秦水莲的脸上都荡着暖意。一嘟噜一嘟噜的野山梨花，无声地绽放着。关山堡子的花儿，仿佛从不惜命，着了疯魔一般地开着，不等叶子不等抽枝，便将这一冬的隐忍、一生的能量全都用于阳春三月的烂漫狂欢中。

康承业心情非常烦乱，自从土匪进了村，抢走了秦老爷的手稿之后，这所有的一切全乱套了。他一个人，走进了沟底，走进了春的深处。春色哪怕再惊艳，在康承业眼里，都是粉色扎眼，绿色讨厌，白色更惹眼。

他手里拿着一把镰刀，胡乱地朝开得正艳的花儿抡过去，花瓣儿纷纷飘落，像雪花一样飘洒着，落了个满身。

待他定过神，发现眼前这个被落花染了满身的女子，那不正是他日思夜想的人吗？

眼前的水莲，满眼泪痕，她还是那个声若丝绒、不着浮尘的人吗？她不是结婚了吗？为何还这么悲戚呢？难道她心里有着幽深的暗伤？还是她也隐藏着太多不为人知的秘密呢？她看上去忧伤隐忍。

康承业忍不住了，内心不由得涌起一阵欢愉，真是众里寻他千百度，蓦然回首，那人却在灯火阑珊处。

“水莲，你最近好吗？”他嗓音透出的喑哑，微微的磁性让人心惊。

秦水莲没有转身，两行清泪顺着眼角淌了下来。在他面前，她不想让自己有丝毫的软弱，装也要装出坚强来。她定了定神，急忙用手擦干了泪水，这才转过身来。

“我很好,没被你们康家害死,现在还好好地活着。”她神情冷傲而孤绝。

康承业这才看清，秦水莲的肚子已经微微凸出，她已经有了孩子，而且孩子都这么大了，康承业的眉头蹙紧了。

他摇了摇头，自己满心惦念的女子，如今早已嫁作他人妇，他自己为什么就不肯承认这个事实呢？而他，还在痴情守候着一段不再属于自己的感情。

有暖暖的风拂过，可康承业只觉得这风酸涩。他无声地离开，强壮的汉子，却被泪水淹了心。康承业离开后，秦水莲在抽泣，她的肩膀一耸一耸地。

吴妈边洗衣服，边抬眼，寻找着秦水莲。这女子，怎么跑远了呢？

从河湾里走来了一个男子，吴妈定神一看，是康承业。吴妈突然间一阵惊慌，扔掉手中的棒槌，急忙顺着小路寻找着秦水莲。

秦水莲还在树下哭泣，吴妈走过去，轻轻地掏出了手绢递了过去。她接过手绢说：“吴妈，咱回吧！”

吴妈明白，这女子心里苦啊，哭出来也好。

过去就像恍惚做了一场梦，在这个男人面前，她表面上有多强势，现在她的内心就有多脆弱。在他面前，恣意地张扬，是为了掩饰自己内心的慌乱和秘密。有些秘密，怕是今生也不能揭开谜底了吧？就像这春风，和煦中掩藏着多少苍凉悲伤呢？这世界上，可以把人联系起来的感情，要么爱，要么恨，总之，爱恨交织中，却纠葛着许多无奈和忧伤。

吴妈端着盆子，走进院门，忙着把衣服挂在晾衣服的杆子上。秦水莲脚步虚浮，刚走进院门，就感觉眼冒金星，虚弱地倒在了门口。

路德明正忙着收拾家具，听见了声响儿，透过吴妈晾的衣服缝隙，看见秦水莲倒在了地上。

他大步流星地跑过来，一把抱起秦水莲，急忙大呼："吴妈，吴妈，赶紧拿些蜂蜜水来。"

脚下的铜盆子被吴妈碰得"叮当"作响，秦水莲被抱进了房间，吴妈已经化了蜂蜜水，路德明细心地给她一勺一勺地从嘴角灌了进去。床上大红的缎子被面，大朵大朵的银色牡丹花开得姿态盎然，却无端地生出些冰凉来。

秦水莲醒了，脸上的泪痕还没干。她看到大家都在为自己忙碌着，说："你们都出去吧，我想一个人静静。"

路德明和吴妈退了出来，他轻声地问吴妈："你们今天去哪里了？"

"就是去河边了，我洗了几件衣服，水莲在河边转了转，怕是被风吹着凉了吧？"吴妈是聪明的人，她隐瞒了水莲见到康承业的事情。

吴妈明白，无论秦水莲肚子里的孩子是谁的，一个已婚的女子，是不可以和别的男人有牵连的，面前这个男子，才是秦水莲真正的依靠。虽然路德明的出身至今还是一个谜，来路也不清楚，可他现在是秦家的顶梁柱，这个家，再也不能有任何的闪失了。

"噢，以后出去多留点神，她肚子里还怀着孩子呢。"路德明的目光中有太多的疑惑，但他还是温和地对吴妈吩咐着。

"好的，我以后多注意就是了。"吴妈急忙回到了厨房，她怕路德明再多问她几句，自己说露了馅儿。

9

康麦换正坐在书房里，拿起毛笔，从砚台里蘸了一些墨汁，他已经写到第七章了。

“哈哈哈，我就说这门槛高啊，差点把我老太婆的牙磕掉啊！”这个大嗓门，让康麦换皱了一下眉头。

“老爷，大喇叭找你来了。”柳妈腰间系着围裙，手上湿漉漉的。

“大喇叭？她找我做什么？”康麦换狐疑。

“老爷，您忘啦？前两天您让我差人去找大喇叭，噢，也就是袁媒婆，是关于少爷婚事的。她今天上门送庚帖的。”柳妈解释着。

“噢，我这就来，备上好茶，让她在客厅等着。”康麦换吩咐着。

柳妈急忙退出来，将大喇叭领进了客厅，备上了好茶。大喇叭坐进了八仙椅，双腿盘坐着，扛着一个大烟锅，饶有滋味地吸着烟。

这袁媒婆是远近闻名的大喇叭。人说，离好几百丈远都能听见她的声儿。她专门给十里八乡的年轻小伙子大姑娘介绍对象。人们似乎忘记了她的真名，都叫她大喇叭或者袁媒婆。

康麦换轻声地叹了一口气，如果老太婆还在，这些事情，也不需要他一个大老爷们去张罗。可惜，这老太婆的命也太脆弱了，只说了肚子疼，郎中来了，也没瞧出个什么来，就撒手人寰了。

他的三个女儿都已经出嫁了，只有这个儿子，让自己操碎了心。

康麦换进了客厅，大喇叭急忙从八仙椅里“腾”一下跳了起来，站到了地上，动作还真迅速。“康老爷，八龙潭杨家的女子冬香，那人长得可标致了，要模样有模样，要身段有身段，配咱家承业，那是没得挑。”大喇叭极力推销着。

大喇叭腰身微微弯着，双手将红纸条做的合婚庚帖递给康麦换，康麦换很仔细地看了这女子的生辰八字，属虎的。儿子是属猪的，单从属相上来看，这两人是天生的一对，他顺手将合婚庚帖递给柳妈，柳妈将庚帖压在灶神堂香炉下，虔诚地上了香祈祷，祈祷这桩婚事能如老爷所愿，顺顺当当地进行。

康麦换给大喇叭说："请喝茶。"大喇叭喝了一口，见状给康老爷作别，说，我三天以后再来。

康麦换将大喇叭送出了大门外，他知道，如果这三天内男女双方家中平安，则由媒人给女方传话，商定彩礼和定亲日期。如果有什么不吉利的事儿，就退回庚帖。柳妈这两天神经兮兮的，干什么事儿都小心翼翼的，就连洗碗洗碟子都生怕手滑了打碎了。还好，这三天内一切都平平安安的。

第三天晌午，大喇叭又上门了。她边进门边说："康老爷，我昨晚梦见月下老人拴红绳了，估计咱这婚事成了。"

"顺和着哩！"康麦换也挺高兴。

"外面把好多男人的辫子都给剪了，你没见，那齐刷刷的，像扫炕笤帚，这是不是要变天了呀？"大喇叭似乎有点惊魂未定地转了话题。

正说着，伙计进宝鬼哭狼嚎地进来，"扑通"一声跪倒在地上，说："老爷，不好了，他们剪了我的辫子，这是对老爷您示威呢。"

"看看，我说什么来着，这不，都剪到您家伙计头上了，还真是在太岁头上动土呢？"大喇叭这锋利的嘴，让康老爷有了一丝不快。

"示什么威呢？要我说，世事都是往前走的，男人们剪了辫子才好做事儿。剪了好，剪了好打理。你那个辫子，估计八成都钻进虱子了。"进宝本以为康老爷咽不下这口气，想让康老爷替自己报仇，没承想，在康老爷这儿呛了一鼻子灰，只好灰溜溜地离开了。

大喇叭也是聪明人，她眨巴着眼睛说："女子人不错，父母也是实在人，就是家里日子恓惶了些。"康麦换知道，大喇叭这是要谈条件了。"说吧，他们家什么要求。"康麦换不怕人提条件，大声地问。

"她爹要一头驴和一斗黑豆种子，酒、肉和四色礼，给女子做两身衣服，给她父母每人做一身衣服，两块香皂，两双红袜子，两条手帕，两床棉花和被里子，用红纸包着二百八十元的彩礼。"大喇叭声音怯怯的，她怕提的这个条件太苛刻，反而把康老爷激怒了，她这媒就说砸了。

"行，给他一头驴，两斗黑豆种子，你说的一样都不少。"康老爷漫不经心地说道。大喇叭听到康老爷如此痛快地答应了自己的条件，把她吓了一跳，其实，那二百八十元是她自己加了一百元，杨家只要了一百八十元。

大喇叭终归是大喇叭，她走乡串户的，凭着一张三寸不烂之舌打天下，她想着，如果康老爷不同意，她就做个顺水人情，把那一百元钱给少了，这样，里不伤外不损，女方家条件也够了，康家这边她也卖了个人情面子，没想到，康老爷这么慷慨，还多加了一斗黑豆种子。

大喇叭又开始思忖了，这康承业该不会有什么毛病吧？大户人家的事情多，件件都似乎很棘手。

"谢谢康老爷，您真是大人大量啊，慷慨的大善人啦。您是活菩萨，怪不得这十里八乡的，都称赞康老爷您呢。"大喇叭忍不住地道谢，说着好。

大喇叭的恭维，康麦换虽然面色无改，但是，他还是挺受用的。也是，面对外人的赞扬或者好话，没有几个人会不高兴的。而相反，面对批评和反对的话，没有几个人是愉快的。虽然，康麦换明明知道，大喇叭那么大张旗鼓地赞扬自己，无非是想多在他这边讨些便宜，可他就是觉得高兴啊！

康麦换跟随着大喇叭去杨家瞧了一瞧，杨家是个开院，一抬脚便走到了窑门口，两间土坯窑，窑面让烟熏成了焦黑色，一扇木门敞开着，大喇叭带康麦换进了住人的那间主窑，一股牲口的尿臊味儿扑鼻而来。窑内光线昏暗，窑门口是一个土炕，杨老蔫看到康麦换和大喇叭，连忙放下铁锨，从圈牲口的那半间走了出来，看不清杨老蔫这个汉子茶锈色的脸，在低矮昏暗的屋子里难辨成色。

杨老蔫笨嘴拙舌地问："康、康老爷来啦！您坐吧，纽过，给康老爷倒点水。"

纽过是杨老蔫的老婆，一边应着一边从另一眼窑里走了出来，热情地问："康老爷怎么有空过来啦，我们这小破院子，真是接到贵客了。"

康麦换坐在窑内的炕边上，吧嗒吧嗒地抽着烟。"你也坐吧！"康麦换示意弯腰站着的杨老蔫坐。

杨老蔫下意识地把身子往后靠了靠，顺着背墙圪蹴在墙角，蜷缩成一坨泥巴，看上去人也矮下去了许多。他肩头的衣服破了，肉都露在外面，脚上的一双麻鞋，连脚趾上都沾满了泥巴。

杨冬香是杨家的大姑娘，收拾得倒也利落，她端着一杯水进了门，羞涩地递到康麦换的手上说："伯，喝点水。"杨冬香衣服上的补丁一层摞着一层，长辫子搭到了屁股上，这女子长得还真不错。她的两个妹妹，一个春香，一个秋香，从穿着看，杨老蔫家里的光景也好不到哪里去。

土炕头只有一条破旧的被子，棉絮都露在了外面，扎眼。

此时的大喇叭，比任何人都紧张，她怕康麦换一看杨家的情况，会不同意这门亲事。大户人家都讲个门当户对的，可这杨家也实实在在和康家不搭调。大喇叭不住地观察着康老爷的脸色，可是，康老爷的脸，却让人看不出任何表情。

康麦换问了杨老蔫种了几亩地，收成怎么样。

杨老蔫一五一十地回答说："地是开沟畔的荒地，地薄，去年遭了旱灾，日子紧巴，一年白忙活了。"

康麦换说："你那块地种高粱吧，高粱不挑地。"杨老蔫呜呜啦啦地说：

“没有高粱种子。”

康麦换说：“赶明儿我差人给你送点高粱种子。”

杨老蔫不住地低头说着感谢。大喇叭一听康麦换给杨老蔫送高粱种子，心里就有谱了。

康麦换明白了，这是一个安分守己的庄稼汉，一把锄头从春刨到冬，只能够果腹。也只有这样家庭里的孩子，才会珍惜来之不易的收入，才懂得怎样持家。虽然门不当户不对，但康麦换不去管这些。

康麦换将儿子的行礼时间定在了二月初六。那天，柳妈按媒人说的将那些东西准备好，一一系上红头绳，本来这事儿，康承业是必须要去女方家交彩礼的，可他心里别扭着，始终不肯去。康麦换也没有强迫儿子，他和媒人就去了杨家，交完所有的礼之后，在杨家吃了一顿午饭，返回时，杨家回赠了两双布鞋。

订婚之后，给杨冬香送的第一个节，就是端午节送裹肚了，柳妈蒸了一锅扇形馍，给杨冬香买了一身衣服，还有时令的蔬菜。康承业一听让他去给媳妇送节，早早地就赶着马车去了城里，说是药店里需要一部分药材。康麦换叹了一口气，他知道儿子还没有办法接受自己给他订的媳妇。他决定自己去，挑着担子将礼给亲家送过去，进门时，杨冬香接过他送的礼，眼神不住地朝他来的路上望着几眼，像是在找寻什么人的到来。康麦换明白，杨冬香这是有所期待，他似乎不经意地对亲家说，最近城里药店生意太忙，本来儿子要自己送节的，可城里药店的事，都交给儿子打理了。杨家表示能理解，杨冬香心里有点圪拧，但听说杨家在城里还有药店，顿时一扫方才的不快，急忙倒水做荷包蛋，迎接自己未来的准阿公。回来时，杨家回赠了两双线麻鞋、两顶草帽，还有杨冬香亲手绣的荷包。回家后的康麦换，故意将一双麻鞋穿上，将其中一双拿给儿子，说：“来，穿上试试。”康承业默默地从爹手中接过麻鞋，试了试，大小刚好，但他没有穿，将麻鞋悄悄地放了起来。一连两个节，都是康麦换代劳了。农历九月九日送宝塔花糕时，康承业依旧不愿意见杨冬香，因为他的心已经被秦水莲占满了，根本容不下第二个人，可他拧不过爹，就任由爹折腾去吧。时间刚到九月头上，柳妈就急忙联系邻居四五个老婆子，初五一大早，将面和好，揉筋道之后，邻居老婆子们一起开始帮忙蒸花糕了。他们一起挤在案头，揉面。金婶先擀了一个直径一尺左右的圆，作为宝塔花糕的基座，基座边缘盘上了两条面做的龙，用剪刀将龙鳞剪出来，用黑豆给龙做了两只眼睛，龙须龙爪都做得栩栩如生。基座中间用馒头垫起来，垫的时候，找来一根竹棍，将馒头和面连接起来，再覆盖一块比基座小的圆，继续将面搓成条，或者用刀或者剪刀剪成各种形状，梳子、勺子等各种工具都用上，压出各种形状、什么蝴蝶呀、鸟儿呀、兔子呀，总之，谁最拿手就做什么。那些动物植物都做完之后，柳妈又找来了花椒的黑籽和红辣椒，把动物们的眼睛和嘴巴给填充起来，一个个都像活了一样。下一道工序是上色，把各种形状的面食染成一个五彩的宝塔花糕。最后一个环节就是上锅蒸了。蒸花糕也是要讲火候的，火不能太小，时间也不宜过长，要让花糕出锅时，保持它原有的色彩和形状。新媳妇的花糕还不同于给外甥的花糕，个头要大气，颜色要鲜艳。第二天是九月初六，康麦换知道儿子不会去，便也不勉强，直接担着两个小竹笼，给杨冬香爹妈各带了一身做衣服的布料，扎了两把胡萝卜、两把大葱、两个南瓜。柳妈还觉得花糕不够鲜艳，又将院子中的大丽花、九月菊摘下来插在花糕上，大红的、玫红的、橘红色、黄色，让花糕看起来更绚丽了。康麦换担着花糕刚到杨家庄村口，村里这一堆，那一堆地围在一起，“啧啧啧”地不停地羡慕、赞叹着。这回，杨冬香她娘竟然回赠了一双千层底的布鞋，看这做工，康麦换对这个儿媳妇是越来越满意了。虽然不知道是杨冬香手艺还是她娘做的鞋，有个手巧的娘，她闺女的手艺也差不到哪里去。过完年后，康家又给儿媳妇送了两盏花灯，两盒陇州宁果，还有鞋和袜子。康家给儿媳妇的节礼算是送完了。

康承业的婚事定在第二年农历十月初八，这是康麦换和媒人选定的日子。虽然康承业连杨冬香长什么样子都不知道，杨冬香连康承业是高是矮都不清楚，可他却依了父亲之命，媒妁之言，一切都定了下来。

关山堡子大多数人结婚，都赶在冬闲的十月、十一月、腊月结婚。所有的人都猜测着，康家结婚，会不会也像秦家一样，放一串鞭炮，请几个至亲呢？康麦换偏偏不，他决定大操大办。

儿子一辈子的大事，不能草草了事。康麦换让裁缝给儿子和媳妇各做了一套婚礼的礼服。结婚那天，杨冬香穿着大红的礼服，康承业由大伯和姑姑领着，堂弟为他牵着马，极不情愿地提着四色礼地去杨家娶了杨冬香。

结婚那天，康承业戴着礼帽，神情木然地骑在马上。康承业和未来的媳妇没有见过面，他想起曾经被婚姻欺骗了的大姑，始终有些别扭。据说大姑当年的夫君还是爷爷和媒人一齐去看了的，前一天见面的姑夫长得一表人才，身材魁梧，就连拜堂成亲的都是大个子女婿，可是，当晚上进洞房时，揭新娘盖头的却是另外一个人。这个人长得矮墩墩的，连盖头都是用擀面杖挑着揭下来的。大姑见到这个人吓了一跳，急忙问道："你是谁？"那人回复："我是你的夫婿啊！"身材高挑的大姑，怎么能接受这么矮的丈夫呢？她哭天抹泪地想改变这种局面，可那时候，一个弱女子，又如何能改变这一切呢？最终，这段姻缘被当作一段笑谈，流传了很久。有人就演绎说，大姑见眼前的夫婿矮小，连炕头都上不去，就只好把大姑夫抱上了炕。说者只是当玩笑，大姑夫也没有那么矮，只是和大姑比起来，确实矮了些。大姑想要离婚，爷爷认死理坚决不同意。大姑夫虽然个头矮小，但人却很有本事，是十里八乡的巧手木匠，经常被请去打家具呀盖房子呀做木工活儿，挣得钱如数都交给大姑管。大姑见大姑夫为人厚道，也慢慢地沉下心来过日子。

康承业心心念念的姑娘已经嫁作他人妇，也就只好认命，似乎娶谁都无所谓了。马拉的轿子里，杨冬香一脸喜色，嘴角上扬起一抹笑意。她偷偷地揭开盖头看到了，这个夫婿长得一表人才，而且她嫁的还是大户人家，这是多少穷人家姑娘梦寐以求的呢！

杨冬香娘家虽然寒碜些，几乎没有陪嫁的东西，可她不在乎旁人怎么说，她一个人偷偷地乐着。这一个月，一朝一夕都像做梦一样，那个梦，连杨冬香自己也没有料到，恍惚间，怎么就变成真的呢？

鞭炮声和唢呐声齐鸣，按七爷看中的时间进了门。杨冬香穿着绣花鞋，迟迟不肯下轿，大喇叭低声问："杨冬香，你这又咋了？"杨冬香说："我娘说了，新娘脚不能踩地，不能沾上娘家的土尘，带走娘家的福气。"大喇叭没好气地说："别听你娘胡咧咧，你已经换了新鞋了，再说，你下了轿，就有下轿的凳子，还有大红布铺着，踩不着土。你看其他穷人家姑娘结婚，哪有坐轿子的，能骑上马或者驴都算排场了，你知足吧！"杨冬香本来想着让康承业抱着或者背着自己下轿呢，听大喇叭这样一说，虽然心里不悦，但也无可奈何了。大喇叭在心里嘀咕，你娘家那个穷地儿，除了穷土还是穷土，还有啥福土怕带来吗？不过，她在心底里悄悄说，没敢让新娘听见，在这节骨眼上，她比任何人都怕节外生枝。康承业木然地给杨冬香送亲的弟弟下马钱，新媳妇由众人搀扶着进入了洞房。一路上有人提着斗，往新娘的头上撒麦草、高粱、豌豆等，新娘踩着红布进入了洞房。康承业本来木讷地站着，也被姑姑推进了洞房，被迫拿起擀面杖挑开了盖头。新娘打算上炕，炕上用核桃和枣儿摆成的四个大字：早生贵子。上了炕之后，面向着南墙角装有小麦、玉米、豆子、谷子，油菜籽等五谷粮食和尺、剪子、铜镜的"觅子斗"盘腿打坐。早饭时分，日头爷升到了树梢顶上，庄里的客人们都陆续来随份子钱了，礼桌上帮忙的人，用毛笔记下了每笔钱，最抢眼的就是礼桌上的那个猪头，已经剔除得很是干净，还有两根洗干净的大葱，不知谁突发奇想，将大葱给塞到了猪的鼻孔里，哈哈，真的是应了“猪鼻孔插葱——装相（象）的”这个歇后语了。晌午时分，康家派了好多人去村口迎接杨冬香娘家吃筵席的宾客，当然，还有随带的陪嫁箱子、被褥和其他日用品。相对于村里的其他媳妇，杨冬香娘家的陪嫁少了很多，这种事情，只要婆家人不说什么，外人只能在背后指指点点，费点唾沫星子了。不过，杨冬香娘家给媒人的一双黑色绒布鞋，纳的千层底，走过的人，都忍不住拿起来看看新娘的针脚手艺夸赞一番。还真给杨家长了脸。娘家人到门口时，鞭炮齐鸣，双方家人问候后，便请他们入席了。

午时，给新娘重新梳了个发髻，穿好新婚服。有几个调皮小孩，挤在门口喊着要看新娘，杨冬香羞得满脸通红。姑姑端来了新脸盆，手里端来一大瓢清水和新毛巾让杨冬香洗手，脸盆里面放了两枚铜钱和两根大葱。杨冬香把手伸进盆里，才发现盆里根本没有水，姑姑让她把双手伸到水瓢下面，她缓缓地从上往下浇水，洗完手的水流入脸盆中。杨冬香顺手接过新毛巾将手擦干。她的弟弟急忙将自己的手伸进了盆里，嚷嚷着他也要洗，姑姑说：“这是给新娘的沃盥之礼，快一边玩去。”陇县自古就是秦先祖的发迹之地，又是丝绸之路的重要驿站。汉武帝时，曾登陇首，在此设立大震关，所以，陇县又有“秦都汉关”之称。基于陇县历史厚重，所以在婚礼丧葬风俗上，也处处尽显古礼。沃盥之礼就是其中之一。据说，这个礼仪从商周时期就流传下来的。最开始是贵族们举行礼仪活动或宴前饭后行沃盥之礼，以表示虔诚。后来，传到了汉族平民百姓这里，只有在婚礼这种重大的日子才有沃盥之礼的。

一直沉默的康承业，突然接过姑姑的话茬说：“这里面还有一个典故呢，说春秋五霸之一的晋文公重耳，早年曾被骊姬迫害，在外流亡十九年，求助过八国，最终在秦穆公的帮助下，得以返国即位。这个故事就发生在重耳流浪到秦国期间。晋公子重耳素有‘贤’名，大多数诸侯都认为晋国早晚会落到他手里，所以最好别得罪，对他都不错，走到哪，基本都能得到很好的招待。秦穆公对他就更好了，直接送了五个美貌女子给他，其中还包括自己的小女儿怀嬴。有一天，怀嬴捧着‘匜’倒水，服侍重耳洗手。在先秦贵族中，洗手也是很重要的礼仪，有很多讲究的。但是洗完手之后，重耳没有按照礼仪要求用布把手擦干，而是到处乱甩，这一甩直接激怒了怀嬴。直到现在，在洗手间洗完手乱甩，都是个十分令人讨厌的行为。重耳这一不礼貌的举动，代表了他对怀嬴赤裸裸的轻视，当然怀嬴也没惯着他，直接发了脾气：‘你重耳是晋国的公子，我还是秦国的公主呢，秦国哪点比不上你们晋国？你有什么资格蔑视我，敢跟我耍这么大？’这里的‘奉匜沃盥’的匜，是‘注水器’，大概就像咱们现在的‘水瓢’，也有的像小盆儿，主要用途就是浇水洗手。”康承业说得津津有味，听得人也佩服康承业的学识，杨冬香的弟弟带着一双湿手，水滴叭叭地往地上掉，姑姑急忙拿过毛巾轻声说：“天冷，赶紧把手擦干。”杨冬香显然已经误会了康承业的意思，她的脸色早已经不好看了，但她忍着没有发火，只是目光不住地往外瞄了几眼，似乎早已不耐烦了。姑姑轻轻地拉了一把康承业的衣袖说：“承业，等闲下来的时候，你好好给冬香普及普及你的那些青铜器知识，咱们今天还要挂门帘仪式，你还得换衣服。”康承业适时地闭了嘴，他也不知道，自己今天这还没有喝酒呢，怎么就想着要讲典故，是哪根筋搭错了呢？以前和秦水莲说这些的时候，似乎没有任何一点障碍，可现在，看来这个杨冬香不太识得多少字，自己哪怕多说一句，都感觉哪里不对劲。

换好中午结婚典礼上穿的衣服，新娘家也让弟弟将他们带过来的新门帘挂上，当然，杨家也不会少给她弟弟红包的。亲戚们早已在席棚里落座了，等着看结婚典礼和吃宴席。未时，拜堂的时间到了，院中摆着一供桌，放了很多的供品，康承业和杨冬香站在桌前，鸣炮后，由傧相唱礼，一拜天地，二拜高堂，夫妻对拜。新郎新娘向双方的父母敬完酒后，康承业的所有舅舅为他们俩搭红贺喜，结婚典礼才算告一段落。亲戚朋友们才开始喜滋滋地动筷子吃午饭了，新郎新娘给亲友们挨个斟满酒致谢。随后，杨冬香的爹给厨师敬酒，并给了少许盘缠致谢。午饭吃了一个多时辰，宾客们这才离席散去。

夜幕低垂，恭喜的男女青年们找了好多个游戏来折腾新郎和新娘，什么吃苹果、吃喜糖等等，让这一对新人一直处于紧张、害羞之中。等客人们走后，杨冬香坐在康家准备的新炕上，等待着康承业的拥抱和温存。而此时的康承业，已有了几份醉意，摇摇晃晃着折进了书房，爹整理的社火手稿有一部分还铺在书桌上。

康承业铺开一张纸，顺手拿起一支毛笔，饱蘸了浓墨，他龙飞凤舞地写满了一大张，随后昏昏沉沉地趴在书桌上睡着了。

第二天一大早，杨冬香早早地起床了，她问柳妈："见到康承业没有？"

柳妈摇了摇头说："啊？少爷昨晚不在洞房吗？"

杨冬香眼睛红肿着，低着头问："没有。他会不会在老爷房间里呢？"

"不会吧，老爷怎么会留他呢？"柳妈摇着头。

"那他会去哪里呢？"杨冬香的心绪瞬间冷透了。原以为这是场完美的婚姻，可眼前，她连个人影儿都见不到。

柳妈似乎想起了什么，一路小跑着径直走向了书房。推开了书房的门，看见康承业还趴在书桌上睡得正香。柳妈轻轻地推了一下康承业的胳膊，说："少爷，醒醒啊！"

康承业头发凌乱着，慢慢地睁开惺忪的眼睛，脸上的醉意还没有散尽，问："柳妈，我这是？"

"少爷，昨晚您应当在新房的，怎么睡在这儿了？也不怕感冒了？"柳妈怜惜地说着。

康承业摇晃着起身，没有理会柳妈和杨冬香。早晨的阳光铺满了整个院子，脚踩上去破碎了一片。杨冬香跟在柳妈身后，见康承业看都没看自己一眼，杨冬香的心再一次感受到冰凉了。

她的手停在了半空中，似乎拼命地想抓住一根救命的稻草，可话在喉咙间搁着，硬块般让她发不出声音，只能目送着他。眼里的泪水打着转，她不想让柳妈看见，假装看了看天空的日头，日头已挪到了半空中了。

屋外的老核桃树，黑褐色的树枝儿干枯着伸向了半空中。杨冬香打了一个响亮的喷嚏，把她自己也吓了一跳。

柳妈深深地望了一眼杨冬香，转身去了厨房。杨冬香紧紧地跟随着柳妈，返身也进了厨房。看着柳妈正忙着洗菜，杨冬香拉住柳妈的手说："柳妈，我听说，他以前和秦家的女儿……"

柳妈一听这话，慌乱地起身，不小心打翻了淘菜水，洒了杨冬香一身，愈加变得慌乱了。

柳妈知道这次自己又犯了错了，不住地向杨冬香道歉。杨冬香看着自己的一身新衣服被溅上了脏水，她的脸瞬间拉长了。见柳妈诚惶诚恐的样子，她挺受用的。随即杨冬香又换了一副表情，说："不要紧，换一身就行了。"杨冬香起身，离开厨房，去了自己的新房换衣服。柳妈这才长长地松一口气。

柳妈捂紧了胸口，摇了摇头，这穷人的日子简单而实在，要的就是个吃和穿，有时候穿都不重要，最重要的是有得吃就行了。按说，这杨冬香也是穷人家的孩子，但她似乎也不是个善茬，刚一进门，就开始管少爷的过往了。

柳妈也是穷人家出身，一点也看不惯这杨冬香。进门第二天，就开始四处找补少爷冷落她的缘由了。

杨冬香进了自己的新房，拉开箱子炕桌，里面的绸缎，明灿灿的，好美啊！杨冬香取出一件粉色旗袍，精细缝制的兔毛飞边，愈加显得富贵。

杨冬香将旗袍贴在脸上，闭上眼睛陶醉般地感受了一番，搭在身上试了试，然后，穿上它，又在镜子前扭了几扭。哼！做富家大少奶奶的感觉还真好，昨晚杨承业没进洞房的不愉快瞬间消失了！

在娘家，杨冬香一直就没穿过几身像样的好衣服，所有的衣服都是补丁摞着补丁的。可现在不同了，康家做了好几身新衣服呢，这些面料和款式是她以前做梦都不敢想的。

杨冬香换了新旗袍，扭了扭水蛇般的腰身，折进了厨房。柳妈愣了一下神，双手正从锅里端着一只碗出来，太烫了，急忙把碗放到锅台上，忍不住在自己耳朵上试了试。柳妈没有想到，杨冬香会再次进得厨房里来。柳妈最怕杨冬香再一次提起少爷的事情。一个下人，不能多嘴，也不敢多说的。

柳妈看到杨冬香的新旗袍，满脸堆笑地说："少奶奶的身材长得真标致啊！这衣服穿上，像熨在了身上一般妥帖。"

柳妈想用这种方式岔开话题，人常说，怕处有鬼呢。柳妈怕的事情，杨冬香偏偏爱打听。

她说："再标致也不行啊，你们家少爷喜欢的是秦水莲，你不说，我早打听过了，我不在乎。"她继续说着："就是他喜欢的姑娘再多，现在康家大少奶奶那可是我，我是明媒正娶的。"

柳妈不知道用什么话才能接她的话茬儿，这接也不是，不接也不是。看来，这大少奶奶早就打听清楚了，可她为什么要在自己面前说呢？柳妈没有想明白，也没时间想明白，现在也更不想明白了。灶膛里的火在燃烧着，她忙着往灶膛里添柴。为了不让杨冬香再次纠缠下去，柳妈拉动着风匣杆，就像拉个哮喘的老人，"啪嗒啪嗒"的一声连着一声，间或带着"咯吱"的声音，像被谁捏了喉咙，出气都有点儿困难。杨冬香还算知趣，见柳妈不想和自己搭话，转身风一般地扭身出了门。

月亮挂在了枝头。康承业走进爹的房间，有一搭没一搭地和父亲拉着家常，两个烟锅头中的火星在暗夜里闪烁着。

昏暗的油灯，将光影笼在了油灯下。房间里，杨冬香静静地坐在灯下，面前放着四碟子凉菜，还有她精心准备的一壶酒。

康承业坐在爹的炕头，没有走的意思。康麦换知道儿子的心思，他说："人这辈子，有些人，有些事，只能成为过往，珍惜一下眼前人吧。"

康承业没有说任何话。他明白爹话里的意思，又看见爹已经连连打了几个哈欠。

康麦换见儿子还不愿意回自己的新房，就对他说："都已经是结过婚的人了，就应当早早回自己的房间，不能总叫媳妇守空房吧。"看来，爹已经知道他昨晚没有回洞房，为了使父亲不再为自己操心，康承业终于在父亲的催促下回到了自己的房间。

杨冬香见康承业进来，连忙殷勤地走上前去，接过他的烟锅，放在炕墙上，然后，拉着他坐在桌前，说："这两天你也累了，我让柳妈调了几个菜，给你补补身体，咱俩也说说心里话。"

康承业原以为，杨冬香会为了昨晚的事情生闷气，如果进门来，她早早睡了，他就好办，他打算直接卷一个被子睡去就好了。

不曾想，她还给他备了酒，康承业一下子有些忙乱，不知道她葫芦里卖的什么药。他木然地坐下，温热的酒在透亮的杯中舞动着，像无数个精灵在跳跃。

杨冬香倒了两杯酒，双手递给了康承业一杯，一杯留给了自己。她放下铜酒壶，端起自己的酒杯说："一祝我的夫君福寿安康。"康承业依旧茫然地和她碰着杯，他真的没想到，这个出生在贫困家庭的女子竟然这么有文采，他还以为她不识字呢！和她碰完杯之后，康承业仰起脖子一饮而尽。杨冬香静静地看着康承业喝完，赶忙又给他添上了第二杯。她主动地端起杯，和康承业碰了杯，说：“再祝我的夫君家业兴隆万年长。”第二杯下肚，酒精已开始慢慢地在体内游走了，气氛比刚才更加浓烈了。杨冬香继续主动和他碰着第三杯酒，说：“三祝我的夫君子孙绕膝福满堂。”就这样，他们一杯又一杯地对饮着。

康承业的眼前，浮现着秦水莲那张微笑的脸，那种笑容雅致清浅，却让人觉得很舒服。他心潮浮动着，推杯换盏间，眼神迷离中，康承业看见了秦水莲白皙的小脸上，氤氲着一团粉嫩，晕染着一丝撩人的妩媚。

此时的杨冬香，看着康承业神情慵懒、眼神迷离地望着她，觉得他浑身都透着一股高贵的气质。这个男子，俊美的五官无可挑剔，高大的身材，集沉稳和冷漠于一身。

杨冬香虽然在忙碌地为他夹菜，倒酒，一系列熟稔的动作，可她却没有忘记，用自己的余光，偷偷打量着他，有一瞬间的恍惚……那张脸长得虽然冷酷了些，可真是深得女人心啊！心口浮动的那股热潮，连她自己都不曾察觉。只是觉得，和他在一起，哪怕什么都不说，什么都不做，心里也很快乐。

一股清清浅浅的情愫涌动着，像暗潮在两个人的心里波涛起伏着……慢慢地，越涌越大，越涌越急，有一道奇异的眼神，她和他的眼神对接着，显得慌乱、惊喜和不安。他们的脸，又离得那么近，杨冬香似乎嗅到了空气中那淡淡的味道，有一种满满当当的幸福充溢着。他目光微深，灼灼地望她一眼，嘴角微微勾起一丝清浅的嗔怪的笑，如冬日煦煦的暖风。

下一刻，杨冬香如愿进入了他温暖而宽大的怀抱，她的眼泪浸湿了他的白色衬衫，头顶上方却传来了他低沉而迷人的声音：“水莲，你，你，你是我的。你说过的，你要等着康家去提亲的。”

杨冬香明白，他是把她当成了秦水莲，他心中仍然只有秦水莲，而她，只不过是秦水莲的替代品，可她不在乎，她要的是结果，是能让他死心塌地守在自己身边的男人。

她一点点靠近他，抚慰着他，而此刻的她，就如同森林中守望着的猎人。他的每一个眼神，每一种气息，每一个呼吸，每一样声音，都在暗夜里像一株开放的罂粟，幽静而迷离。

一次次沉醉，一点点被蛊惑，进而无法自拔。

翌日清晨，窗外温柔的阳光和唧唧的鸟叫声，唤醒了沉睡的杨冬香，她抬头，左手撑在耳边，眯着眼细细地打量着睡在自己身边这个人。再细心地打量这间屋子，暖洋洋的红色，大红的喜字，大红色的缎子被面依旧那么鲜艳，上面银钱绣着的百子图形态各异。她抚摸着滑溜溜的被面，在心底浮起一丝狞笑。她轻轻地溜下了炕头，坐在梳妆台前梳着头。

康承业一觉醒来了，却一直假寐着。他实在憋不住想上茅房了。可他掀开被子，打算下炕时，这一刹那，他却完全傻掉了，自己怎么是这么光溜溜的，什么也没穿呀？他急忙用被子将自己重新盖住。

“啊！”康承业双手插进发间，抱着头狂喊了一声。

“早啊！”杨冬香侧颜，眸光如一泓湖水般平静。

昨晚，到底发生了什么事？康承业起身，痛苦地穿上了衣服，走向了外面。

日子就这样不咸不淡地往前推着，康承业每天仍阴沉着脸忙碌着，杨冬香不在乎，她努力地朝康承业靠近，嘘寒问暖地关心着他。

转眼间麦子孕穗了，日子呈现了前所未有的蓬勃。杨冬香这两天呕吐得特别厉害，吃什么吐什么，最后，竟然连苦胆汁都吐出来了。

康承业走在沟底，坐在溪水边，看一棵棵野草铆足了劲儿生长，黄绿、浅绿、青绿、深绿，绿得透亮，绿得让人屏住了气息。康承业心想，大自然的脾气也如同人的脾气般难以让人捉摸透。正如人一样，明明不喜欢对方，却也难以抵挡酒后对欲望的不可控制，现在，杨冬香的肚子里，有了自己的孩子，他如果再一味地沉浸在对秦水莲的爱恋中，这对杨冬香不公平，对这个孩子也不公平。

康承业慢慢地走回家，刚一进院门，见杨冬香还趴在石槽边不住地呕吐，肩膀一起一伏，便走了过去，给她递了一碗水。

杨冬香面色蜡黄，抬头，见是康承业，瞳孔一下子放大了，她眼睛亮了，满脸的喜色，心也被点燃了。

四、咚

10

“生了，生了，是个千金！”接生婆双手沾满了血，抱着一个瘦小的孩子，见孩子不哭，她急忙将孩子倒提着，在孩子的屁股上“啪啪”扇了两巴掌，孩子“哇”的一声，清亮的啼哭声响彻在屋里屋外。站在屋子外面的路德明，欣喜得直搓手，在外屋的空地上，转来转去，忍不住偷偷地笑了两声。

“再提些开水来！”接生婆的声音从里间传来，打断了路德明的兴奋。他急匆匆地去了厨房，拎着一桶热气腾腾的开水，从门帘缝里递了进去。

秦李氏从接生婆手里接过孩子，望着孩子毛嘟嘟的小脸儿，秦李氏略微有点遗憾，尽管心里圪拧圪拧的，但她强忍着，不让自己的情绪表露出来。看来，秦家想要个男孩的愿望很渺茫啊！

满脸汗水的秦水莲，虚弱地躺在炕上，当她听见孩子第一声啼哭的那一瞬间，她的两行清泪汩汩地涌了出来，浸湿了枕头。

接生婆很是生疑，她一边忙碌着为秦水莲清理伤口，一边说：“娃呀，女人都有生孩子这个过程，这样一生才完满。不敢再哭了，小心伤了眼睛，月子里得的病，针儿剜不尽啊！”按说，接生婆的这句话，秦水莲应当止住泪水的。可对她来说，就像催泪弹一样，她大声地号哭着，根本停不下来。

路德明急得在外屋转着圈。他几次想闯进来，都被秦李氏拦住了。秦李氏抱着娃儿，在炕头不住地安慰女儿："不敢哭了，眼睛糟践坏了，你还怎么看东西啊！娃儿生下来，转眼就长大了。"她知道女儿在哭什么，可她不敢明说，有些事情见不得光的事情还是得小心地捂住，因为接生婆在跟前呢。

路德明从吴妈手中接过熬好的小米粥。放了些红糖进去，想进去给秦水莲喂粥。脚刚抬到门槛边上，秦李氏早已把孩子放在炕头，伸手把粥接了进去。

秦水莲虽然止住了哭声，但泪水还是不住地流着。秦李氏掏出手帕，给女儿擦干了泪水，一勺一勺地给女儿喂着粥。

路德明在外屋转悠着，像热锅上的蚂蚁一般，一会儿去厨房，一会儿又折回来。

大约半个时辰过去了，秦水莲终于平静了下来，她睡着了，孩子也睡着了。

路德明接过吴妈手中用一块红纸包着的黑炭块，轻轻地放在了窗台上。吴妈吩咐她，去找一枝刺棘来，也放在窗台上。

路德明奇怪地问吴妈："为啥放这个？"

"一是为了驱邪，当然最重要的是祈福。还有，是为了让邻居们知道，这个家里生了娃娃了，坐月子的婆娘身体很虚弱，大人娃娃都需要休息。他们也就注意不会大声说话，也不会乱闯进坐月婆的屋子。"

"吴妈，您还真细心呢！"路德明的言语里满满的都是幸福。

"这是老辈人传下来的，我们遵照传统就行了。"吴妈在围裙上擦了一下双手，又忙活着去做饭了。

路德明送走了接生婆，进屋去看秦水莲。此时的秦水莲，已醒来了。

她披散着头发，眼神凌厉，狠狠地瞪着路德明说：“我要为我爹报仇！”路德明意识到有些不妙，急忙退出来，对刚进门的秦李氏说：“娘，我去找郎中吧，水莲怕是病了。”

秦李氏略微思索了一下说：“去找你线线婶来。”

路德明心里升腾起一丝不安，但他没有说。线线婶是村子里的神腊婆，俗称角麻。据说她能通天地，通阴阳，还可降妖除魔。

路德明走到线线婶家的窑门外，大声地问：“婶，在家吗？”没有人回答，黑色的木门虚掩着。

路德明轻轻地一推，门“咯吱”一声开了。只见线线婶正微闭着眼睛，跪坐在地上的草蒲团上，虔诚地双手合十，正对着桌子上供奉着的一尊菩萨，嘴里念念有词。

“救苦救难的观世音菩萨……”路德明只听清了这一句，其余的根本听不清她说的是什么。看来线线婶的光景也过得恓惶，家徒四壁，破窑里黑漆漆一片，黑褐色的一口破瓮，箍了好几道竹篾子。

等到线线婶从草蒲团上起身来，路德明说：“婶，我媳妇生过娃娃后，像是病了，我娘想请您过去给看看病。”

“咋啦？”线线婶似乎才从神游的世界里回来。

“她先是大声哭，睡醒了又开始吼叫！”路德明如实说。

“你先走，我收拾一下马上就来了。”线线婶对路德明说。

路德明和线线婶道别后，就离开了。线线婶又在菩萨面前拜了几拜，然后，把自己的头发拢起来，在脑后拢成一个发髻，换了一件干净的衣服，清清爽爽的出了门。

路德明刚回家不久，线线婶就来了。她一进门，看了看秦水莲的症状说：“给我端碗浆凉水来！”

吴妈就知道，她要干什么了？吴妈拿了一只黑色的瓷碗，舀了一碗清水，并往里面加了些醋，放了一点盐，调了一碗“浆凉水”，拿了一双筷子，一个白面馒头，顺手把菜刀夹在了腋下。

此时，秦水莲正安安静静地躺在炕上，已经睡着了。线线婶接过吴妈拿过来的工具，捏着两根筷子，在碗里蘸着，蘸完筷子小头，再蘸大头，直到整个筷子都被浸湿了，她拿起来湿筷子在秦水莲的身上转着圈儿抡着，一圈、两圈、三圈，边抡边念叨：“送了头上头上轻，送了身上身上轻，送了脚上脚上轻，南来北往的鬼呀，你饶过我娃水莲吧！娃娃不容易。”路德明听到这话，既想笑，又怕秦李氏怪罪。他想撤出门，又怕线线婶说他不懂事，只好站在里面等候吩咐。

只见线线婶抡着筷子，突然间大声说：“呀，是你爹呀！”她边说着，把浸湿的筷子大头朝下小头朝上竖起来，筷子端端正正地立在碗中。

“对了，看来还真是水莲爹呀！老爷子呀，女儿平安着哩！孙女也乖得很，您就放心去吧，给你些吃喝，您顺顺当当地走，别再让娃受罪了。”线线婶眼睛微闭，嘴里念叨着。

她掐了一点馒头，泡进碗中，然后，拿起刀，朝着筷子砍去。筷子瞬间被打倒，她又端起那碗“浆凉水”倒在了大门外，回身把刀拿过来压在了秦水莲的炕席底下，说：“三天以后再取吧！”

吴妈已经包了三个馒头等在了屋外，线线婶也不客气，直接撩起衣襟，把三个馒头全装里面，高高兴兴地走了。

过了两天，秦水莲的病情还不见好转，路德明就想去村里请郎中。秦李氏坚持让路德明去请线线婶，路德明不好和娘争，只好再一次去请了线线婶，线线婶脚也勤，推都没推辞一下，直接跟着来了。

这次来之后，她手里拿着三炷香点燃后，弯腰拜了三拜，然后，将香插在香炉里，虔诚地跪在秦家中堂的八仙桌前，磕了三个头。起身后，她说：“找几张麻纸和黄表纸。”

线线婶闭着眼睛不看人，自己在房间里唱着。至于唱得什么内容，路德明根本没听清。她一边唱着，一边在地上翻了几个滚儿，然后，“嗖”一下起身，把麻纸点燃，在秦水莲的身上抡过，火继续燃烧着。她将剩余的纸灰放在堂前的地上，任其自然燃完。

然后，线线婶又拿着黄表纸开始顺着秦水莲的头、脸、胳膊、腿，一直到脚尖上，全擦了一遍之后，又把黄表纸点燃，丢到了大门口，黄表纸依旧在燃烧着……

她拿过吴妈递过来的酒，喝了足足一大口，并没有下咽，然后，朝着秦水莲身上喷吐着。“噗噗噗”，秦水莲被吐醒了。她坐起来，茫然地望着这一切。

线线婶也不管，一连喝了三口酒，全喷吐在秦水莲身上了。她对秦水莲说：“娃呀，脸朝门外，吐三口唾沫吧！”

秦水莲没有任何的反应，秦李氏抚摸着女儿的头，替女儿朝门外吐了三口。感谢的规程是一样的，吴妈还是拿着三个白面馒头送给了线线婶，线线婶当然也不会客气。

路德明把她送到了门外，她嘱咐着：“拿个筛子，上面放一块黄表纸，忌七天门，外人不得进来。七天之后，还要叫魂的。”

送走了线线婶，路德明返回屋内，却听见秦水莲歇斯底里地大吼着。孩子被吵醒了，大声啼哭着。秦门李氏急忙把孩子抱在怀中，左手轻轻地拍着，嘴里“噢噢”地哄孩子睡。

路德明的脚刚踏进门槛，一个枕头朝他飞了过来，不偏不斜砸在了他的头上。他急忙用手接住，这才发现，枕头都被秦水莲撕碎了，荞麦皮洒了满地。

路德明这次没有跟任何人商量，径直去了村上的李郎中家。

李郎中背着药箱来给秦水莲治病。秦水莲用指甲胡乱地扣着墙皮，路德明摁着秦水莲，老郎中摸了脉象，又仔细查看了症状，下了结论：秦水莲得了癔症。

癔症是什么病症呢？

李郎中向路德明询问，这瓜女子是不是有什么打不开的心结，以至于积郁成疾呢？

路德明清楚，还是那个孩子，具体说也就是这个孩子的爹，在她的心里形成了一堵不可逾越的鸿沟，谁能打开这个心结呢？

路德明想了想，他只能依靠老郎中来打开秦水莲的心结了。

“李伯，根据您的经验，您给开个处方，我们这也是没有办法了。”他说。

李郎中捋了捋胡须，开了一个药方，让路德明随他去抓了三服药，并吩咐路德明，一定要用家人的爱将她唤回。这个病，总的来说，心理治疗比药物治疗更管用一些，药物治疗只能控制症状。

路德明吩咐吴妈将药熬好后，自己将药端给了秦水莲，一勺一勺地喂给她。这样，持续了两个疗程之后，秦水莲的病症好转了。

她抱起孩子喂奶，并给孩子唱陇州小调，外人根本看不出一点瑕疵。有时候，她任凭孩子在炕头大哭，也不理不睬，就连秦李氏给她说话，她似乎也没有听到。

有一天，路德明给她端来了中药，她说：“这些日子辛苦你了。”

秦水莲眼神清亮，路德明欣喜地说：“只要你和孩子都好着，我辛苦一点都值！咱是不是该给孩子起个名字了。”

秦水莲不假思索地说：“叫秦凌雪。”

“怎么感觉到这个名字有点冷呢？这娃长得聪明伶俐，叫伶儿多好！”路德明表明了自己的观点，他太喜欢这个孩子了。

秦李氏也说：“我看这娃叫伶儿好！响当当的。”

“不行，就叫这个名字！”秦水莲的态度很强硬，坚持着要用这个名字。路德明望了望秦李氏，又怕水莲因激动又犯病了，好不容易看见一点曙光，不能前功尽弃啊！只好彼此点了点头。

转眼间，孩子就已经满月了。按说孩子满月是大事，亲戚朋友都会来庆贺的，可是秦水莲病着，秦家就没有任何的举动。路德明从内心觉得已经有点亏欠了孩子，便打算给雪儿过百天，而且时间已是腊月时分了，这腊八一过，秦家堡就开始准备社火的事宜了。

因为秦道生的突然离世，今年的社火会会长又成了大家议论的话题。当然，得首选一个社火会长。秦家的一百多个男人们，全部出动了，大家都集中在社火会的一间屋子里，生了一盆火，叽叽喳喳地发表着自己的高见。有人坐在从家里拿来的矮凳上，大多数人圪蹴起来，有人靠在墙角抽烟锅，有的人双手操在袖筒里取暖，门口都挤满了人。那些挤不进去的孩子们，感觉到好奇，都纷纷爬上了窗户，将窗户纸用舌头舔破，想看看大人们围在一起干什么呢？还有如孙猴子一般爬上树一探究竟的。总之，社火会里选会长那可真是个神秘的大事情。

“让招财爷当吧！我觉得没有人比他更合适啊！”有人提议。

大家都把目光投向了圪蹴在炕角落里吸烟的秦招财。

他猛吸了一口烟，听到这话，“咳咳”地咳嗽个不停，整个酱红色的脸憋成了紫红色，人弯成了一个虾米。

屋子里片刻静了下来。等秦招财咳嗽完，他慢条斯理地说：“你们也看到了，我这个身体状况，怎么能当这个社火头呢？”

“爷，您只需要动动嘴就行了，剩下的事情就交给我们了。跑腿的事情我们来办！”秦家的另一个男人喊了话。

“我有个提议，这以前的会长是秦道生，他也把德明培养出来了，我建议还是让德明来吧。小伙子对社火的见解也深，学问也高，而且人品也不错，我建议让他来当这个社火会会长，大家看怎么样？”秦招财的这个提议，一下子像一枚深水炸弹，整个会场都被炸开了锅。

“爷，您老糊涂了吗？德明姓路，他一个外姓人，怎么能当我们秦家堡的社火会长呢？”

“他算哪根葱啊？这不猪鼻子插葱，装‘象’吗？”

“就算他学问深，懂社火，可我们这秦家人还没死绝呢？”

看来，大家对路德明的反对声很强烈。路德明蹲在墙角，他很清楚自己，一个入赘的上门女婿，没有人会支持自己的，他没吭声儿，任凭大家七嘴八舌地议论着。

秦招财又一次问反对最强烈的那个秦家男人，知道他也是秦家堡的刺儿头，就说：“那你来当吧！”

刚才还嚣张的那个男人，气焰一下子又灭了。他慢慢地把双手操进了袖筒里，顺着墙根圪蹴下去，声音弱弱地回了一句说：“爷，我斗大的字不识一个啊！”

全场“哗”的一声，一齐笑场了。大家建议，继续由秦招财担任会长，理由当然有很多。一是秦招财在秦道生之前是会长，也是秦道生的师父，懂社火里面的门道。另外秦招财年纪大，能够镇守住，大家都愿意听他的。社火会会长也不是随便什么人都能当的，必须看人品呀，能力各方面都能让大家敬重。

这些条件，秦招财都具备，可他缺了最重要的一点——身体不好。每到冬季，他的哮喘发作起来，就像拉风匣一样，呼啦呼啦的。秦招财没有吭声，大家都等着他表态呢。

火盆里的半截木头快燃烧完了，空气里弥漫着浓浓的烟火气。虽然，不时地有人议论一句，他说一声，但此时却寂静无声。看来，表决选举的事情陷入了僵局。秦招财提议，大家用黑豆和黄豆进行选举，支持路德明地往碗里扔黄豆，支持秦招财地往另外一只碗里扔黑豆，大家都觉得这办法可行。

突然，路德明从角落里站了起来。他说：“爷，不用选了，当会长您就接了吧，支持您的呼声这么高，再说是为大家服务的事儿，也不能辜负了大家，您对我们家有恩，我会尽我的能力支持您。有什么事，您只需要安排，我就去办。我这还年轻，还得跟着您多锻炼一下的。刚才大家说的都是实情，我一个外姓人，要想当这个社火会会长，要多向您学习，等以后我可以独当一面了，再接这个社火会会长吧！”

路德明的一番话，把在场的所有人都惊得停下了手中的活计，他们都不约而同地鼓起掌来了。秦招财欣慰地站起来，感谢路德明的识大体顾大局，而且他也似乎看到了秦家堡社火会的希望。

“谢谢德明，谢谢大家的……信……任……”秦招财一句话没说完，就又开始咳嗽了。

腊月里下了两场雪，连空气都似乎凝固了。早晨起来，呼出的气凝结在头发梢和眉毛上，形成了一个个晶亮的冰珠子。路德明从家里一路小跑来，搀扶着秦招财。秦招财不好意思地说，德明啊，我还没有老到要人搀的地步吧？路德明说，爷，这路面上有积雪，我怕把您滑倒了。秦招财听德明这样说，心里想，这年轻人不错，没有傲气，他很欣慰地让他一路搀扶着自己来到了社火会。

打开了尘封一年的锁，路德明急忙开始生火，洒扫地面，又用抹布将箱子挨个抹了一遍，秦招财这才开始打开箱子上的黄铜锁。路德明一件一件地将社火的衣服挂在绳子上晾起来，再细心地把每个角色的衣饰、头帽，就连胡须都检查了一遍。

路德明把所缺的东西以及破损的道具都一一进行了登记，然后，把重新要买的东西也记录了下来。

腊月二十四，秦招财派路德明去陇州城里置办这些东西。时间一天天逼近，眼看正月初五就要开始装社火了，也没更多时间了。

路德明一大早赶着马车，赶到城里时，太阳已升到半空中了。

他采买完这些东西，又匆匆忙忙跑到秦家粮店里去了一趟，给伙计们发了饷，赶回堡子时，星星早已布满天空了。

秦招财激动地抓着路德明的手说：“娃呀，你真是个好娃呀！你别急，将来你一定会当上会长的，我这把老骨头，也撑不了几年了。”

路德明憨厚地笑着说：“爷，我不是为了当会长才做这些事情的，我是喜欢社火，爱社火才这么做的，您老放心吧！就是一辈子不当会长，我也会尽所能帮您的，谁让咱爱社火这事呢？”

正月初五那天，凌晨四点钟，大家都集中在社火会的屋子中。

角色都是提前物色好的。社火演员选角色很讲究，不论男娃女娃都要顺溜。庄户人说的顺溜，不单单指个头高，脸蛋儿漂亮，最重要的是人品和修养都必须要好,这才够一个社火演员的资格,不然,神灵会怪罪下来的。

给社火画脸谱的艺人秦福和，早已把油彩调好了。秦福和见路德明心灵手巧，便让他跟着学习给演员“打脸子”。所谓“打脸子”就是陇州人所说的给社火化妆。秦福和挨个给这些演员，根据脸型和性格设计了角色。民间社火的老艺人们，在长期的社火化妆艺术勾画中，总结出来了这样的用色口诀：

红脸忠诚白为奸，黑为刚直青勇敢；
黄色猛烈草莽蓝，绿是侠野粉老年；
金银二色色泽亮，专画妖魔鬼神判。

社火脸谱中的红色一般来表现有火一样热心肠的红脸汉子和忠勇之士，如关羽、方腊、姜维等。秦桧、赵高这样的人物，在老艺人们的笔下，满脸的都被画成白色，一副权相奸刁之徒的嘴脸。他们只要一出场，人们就会想到阴险、疑诈、跋扈、肃杀。这样的白色，多和“金”色有着共通的特征。秦招财也是个历史通，他说了，观历史可以明古今，哪一个奸诈妄为之人，他们哪一个不是表面静如湖水不露声色，一副水波不兴的样子，然而个个心怀鬼胎，内心打着算计人的小算盘。听他这么一讲，路德明似乎能透过那一张张脸谱，看到了一颗颗金粉粒团成的金算盘珠子，“啪啦啪啦”地击打着人们的心。

那个被称为黑旋风的梁山好汉李逵，一生替天行道，刚直不阿，一张大黑脸，让人们永远地铭记下来。还有那个让坏人和奸贼闻风丧胆、铁面无私的包拯，黑，的确是黑，黑得没有理由，黑得纯粹而决绝，黑到上苍在无法辨认时，赐他一个马蹄印章在额头。据说蓝花脸多为草莽之人，所谓草莽者即在野者。做起事来刚强勇敢，将一股初生牛犊不怕虎的气势，融于一种气质当中。

秦福和正讲着，看见师父老陈端着个茶杯进门来，连忙说：“德明，让我师父给你讲吧。”自己赶紧静下来画脸了。擅长打脸子的老陈也没有客气，因为他有资格，他不紧不慢地说：“德明啊，社火脸谱化妆分为净脸和花脸两大类，净脸都是小生、旦角类的化妆。人们常说的‘内行看脸窍，外行看花哨’的花脸，角色大多由小伙子担任，穿起蟒靠，手执各类兵器，装扮起来特别威风。净脸多由姑娘或者儿子娃娃来演，社火要的就是一个气势。哪家社火会扮得花脸多，谁家社火就‘硬’；谁家社火净脸多，谁的社火就‘软’。路德明问：“陈师父，这些我听懂了，那这打脸子的过程呢？您能给我说说嘛？”老陈吐掉嘴里嚼着的一截茶叶梗，继续说：“打脸子第一步就是打底色。先用布条将演员的发根束紧，或者干脆将额顶和耳畔的一部分头发剃去，把额头露出来，然后用少量的白色、黄色和红色三色加点蜂蜜进行调和，调匀了之后，第二步再定眼窍，眼窍嘛，一会儿在后面给你具体讲。我先给你说第三步。就是‘吸油’，定好眼窍之后，将一些黄土研磨成细粉，将土粉扑在演员脸上的油彩处，这个要根据情况连着扑两次粉。将油吸干后，为了方便后面上色，第四步是‘勾白’。用毛笔蘸白色勾画鼻部花纹，行话叫画鼻花。然后再画眼、额、嘴这些部位，线条要灵活，疏密要得当。如果角色要带胡子，就不用画嘴部了。第五步就是填色。将勾勒出来的部分根据角色需要进行颜色的填充。第六步是经过几遍填色之后，有些黑白色线色被其他颜色覆盖了，就用墨线再勾一遍。这样修整之后，一个花脸就算画完了。但社火脸谱还有很多谱式呢，大致分为对脸、破脸、悬脸、碎脸、转脸、定脸。对脸是用相对峙的色块、花纹、图案组成，多表现忠勇正直的人物，如廉颇、无敌将军；破脸是打破了脸的对称规格，按人物形象夸张地表现其刚强、凶猛的，比如蚩尤、盖苏文、窦尔敦等；碎脸是指人物脸上皱纹多，象征人物的性格勇敢，如杨七郎、秦英；悬脸是超出了其他脸谱的格调，展现罕见神奇的形象，比如李元霸、杨藩；转脸是指重点脸谱之外一般可以顶替的脸谱，变化不大，如武天赐、金兀术、庞涓等都是红花脸；定脸是重点脸谱，花纹、格调、色泽都比较固定，不能互相代用，如包文正、关羽、阮小七等。”

老陈慢慢地讲述着，仿佛所有的脸谱几乎都在他心里装着。他根本没看任何资料，就一口气地给路德明讲着，路德明也很认真地用本记着，他明白，好些东西，先记下来，日后还得请教，这么多，他一时间也消化不了。

还没等他歇口气，老陈又开始了。他说，社火脸谱还有一个讲究呢，那就是眼窍，眼窍俗称窝子。就是刚才我给你要讲的第三步。就是社火艺人用黑色颜料勾画演员的眼和眉弓部位，部位扩大或者夸张，再在其上面描绘各种纹饰和色彩，从而表现出角色不同的性格和身份。忠良正直画顺眼，吊眼猛烈少年环（坏眼），三角细眼奸佞画，凶悍蛮横雌雄眼。周仓勺眼就是妙，漏眼（指下眼皮翻出）只能画孙乔。还有杨任更是奇，长眼手臂双眼冒。路德明急忙拿着本儿来记。他边记边问：“陈爷，您说慢点。另外，您说的这些眼都长什么样的呢？”

老陈也不藏着，慢慢地边画边讲：“顺眼，也叫‘平眼’，和常人的眼睛差不多，但眼形顺长，而且外眼角上扬起来，多用以表现地位重要或者身份尊贵的角色，比如关羽、姜太公、广成子。立眼与顺眼相似，眼形竖立起来，外眼角更加翘起，多用它表现性格刚猛的武将，比如屠夫要离。窝窝眼，是将演员的眉与眼进行夸张，形似正面张开的蝴蝶，多用以表现性格暴躁的角色，比如狗精、途庆。雌雄眼，其形状和窝窝眼基本一致，但眉弓一高一低，多用以表现性格凶悍且奸险的角色，如怀王、大司马。三角眼，其形状为三角形，多用以表现奸臣，如曹操、秦英、周通、窦尔敦等。下斜眼，指角色的下眼角下垂，形成了‘八’字，多用以表现鬼怪或者兽类角色，如敖广、蛇将。特殊眼，指角色的眼形基本画法固定，不能任意改变，多用以表现某些特定的角色，如周仓的勺子形眼，杨任用的‘手形眼’。同时，还有在眼睛下面画出泪道的，这种表现方式都有着人物本身特定的典故，不可乱用，比如马武、秦英、灵官、夏侯惇等。当然，这个泪道是长期流传下来的一种形式，比如曹将夏侯惇，由于吕布部将曹性，一箭射中夏的右眼，夏拔出箭头，箭头带出了自己的眼珠。夏侯惇说这是父母给自己的血，不能够丢弃，随后就一口吃下了自己的眼珠，眼窝里血泪如泉涌。夏侯惇顾不上疼痛，举枪跃马斩了曹性，镇住了三军。后来人们在夏侯惇的脸谱上加上了泪道。”

路德明的好学，让老陈教徒弟的兴致更浓了，他继续给路德明讲着：“社火不像戏剧可以用道白来介绍人物身份，它是一个哑巴戏，所以角色的身份全靠脸上的特殊标志来进行辨识。它不仅勾勒人物的眉眼口鼻，但是很多脸谱的纹饰，色彩相近，容易引起误解。民间艺人就在脸谱的额头、脸颊等部位，勾绘一些符合人物身份性格的特殊图案，辅助角色身份，比如肤色、疤痕、痣、皱纹、武器、姓氏；比如关公右脸颊点七星痣，寓意为通圣；包公的额绘日、月，示其昼断阳、夜断阴；庞涓的额头画着蝎子，寓意是心狠如蝎子；皇帝的额头绘白云托日，寓意为功盖日月；玄武真君额绘太阳，寓意法力通天；太上老君和姜子牙额头绘的是太极图，寓意为统管阴阳；闻太师、王灵官、杨戬、妙吉祥、雷震子等额上画天眼，寓意法力高强；牛皋额上绘‘牛字’，周仓额上绘‘周’字，这两人都以姓氏为标识；神农氏遍尝百草，额上画一个灵芝，阮小七善水战，额上画一蛤蟆；表现杨七郎的勇猛，在额上画一个虎形图案；典韦由于使用双戟，将这种武器画在额上；窦尔敦由于以双钩连连击落黄三太发来的三只飞镖，则在他的额部画上了双钩。孙悟空偷王母娘娘的蟠桃，额部绘了一个蟠桃；燧人氏钻木取火有功，便在其额上绘火焰；姜维是三国的蜀汉名将，从小崇拜儒家大师郑玄，后受诸葛亮的重用，诸葛亮去世后，他独掌军权，便在他的额上绘着太极图，寓意统管阴阳；张飞的性格为粗中有细，在他的眉毛上画梅花。”

讲完图案，老陈刚刚停下来喝了一口茶，路德明又问了：“陈爷，您是不是忘记讲眉毛了。”

老陈说：“没忘记，这不刚打算讲呢！你这娃灵醒么。眉分三种，一般武将夸张为粗犷的疙瘩眉，表面勇猛刚正。军师足智多谋、粗中有细，多为形如梳子状的梳子眉；丝壳眉多为圆形或者半圆形，两头细的线条，来表现性格隐逸的僧家、道家。小伙子，慢慢学，一点一点悟，这里的门道多得很。”

老陈边讲边画，边画边讲。还有他的徒弟秦福和、胡百顺，也在师父的讲述中便把社火角色的脸谱给画好了。画完一个角色，就开始穿衣戴帽了。

社火演员的妆化好之后，穿戴好衣饰，各家各户的骡马早已备好鞍子，齐整整地等候在了院子中。随之，他们上马了。路德明根据他们所扮演的角色，将他们排了顺序。锣鼓齐鸣排头阵，社火紧跟其后，秦招财领着他们去了山神庙。所有的社火围着山神庙转了三个圈，秦招财又用双手拿着三炷香，点燃后用左手插到山神庙的香炉里，再点燃了几张黄表纸，所有的社火演员下马，一齐跪在庙前磕了三个头。

“扫五穷”是社火的又一个主要内容，这种仪式实质上是社火在村子里游演。“扫五穷”的社火队伍先扫整个村庄，再扫村子里每户的院子，进行走街串巷，进村入户。锣鼓队则望风而动，敲起震天响的锣鼓进行打头阵。进入院中后，锣鼓队开始往后撤，停在门口助兴。由黑虎灵官手举铁鞭、钢锏打头阵，同时，负责降魔除妖送福的诸位社火角色将纷纷跑进门里，各自挥舞手里的法器，做清扫祛邪动作。遇到小孩子、老人，就在其前胸后背做清扫动作，为其祛病除邪；如果家中有马车的，也要上前清扫，寓意保佑其出入平安。当“扫五穷”的队伍来到家宅、店铺门口时，宅、店主人早已恭敬地在门口燃放起鞭炮，并给其中的一个社火角色搭一根红表示欢迎，并随手打发“喜钱”。一个铜钱不嫌少，四到五个不嫌多，有人如果送了糕点，大家也快乐。

社火会中，有主动记账的，也有背着背斗收礼当的，有收红的。这些都是千百年来约定俗成的习惯，看似无序，实则很有规矩。一天下来，“扫五穷”队伍能收入个三二十块钱的。此时，忙累了一天的大人小孩们便围在一起喝水吃饭进行歇息。然后，将“扫五穷”时收下的喜钱和糕点归拢在一起进行清点。除过大伙的伙食费开支，其余收入一并记录在册，统统留作“公款”，留到来年装社火时购买道具、服装和锣鼓用品。而参加社火组织的所有人一概不拿一文钱报酬，纯属友情出演。

正在这时，有人悄悄问：“不知道康家湾今年‘扫五穷’讲究不？”

秦家堡这边已经开始跟康家湾社火会暗暗进行较劲了，比比看谁家队伍装的社火讲究和气派。

“人家那边也气派，高跷社火。”

秦家堡社火从村头转到了村尾，康家湾的社火从村尾转到了村头，两家社火就像两条彩色的龙，在村子中穿行而过。

社火队伍走到秦道生家门口，只见秦李氏抱着秦凌雪，秦水莲跟在娘的身后，正从院里走出来，把孩子平放在大路中间，让关公给“过关”。

看来，这个环节对于扮演关公的演员来说，已经是轻车熟路了。他从马上跳下来，青龙偃月刀握在手，在孩子头顶挥舞一圈，再从孩子身上跨顶而过。秦水莲急忙把孩子转了一下身子，关公这次继续跨顶而过，并蹲下身子，从自己脸上抹了一点红色的油彩，直接抹在了孩子眉心，这是给孩子“点红”呢。正所谓“关公过，关关过”，被关公点红的孩子也寄予了大人们真诚的祝福，希望孩子成长过程中少些坎坷，平安顺遂。秦凌雪被关公点红，也不哭，也不闹，她用好奇的眼光看着这个红脸汉子，大家都笑说：“这女子从小就是个社火迷，一点都不害怕。”队伍继续挨家挨户送着祝福。

夕阳西下时分，两队社火将整个关山堡子转了个遍。演员们在各自社火会里集体卸妆。秦家堡社火会里早已暖意融融，有个小孩趴在桌子边，侧着脑袋问秦招财：“爷，啥叫扫五穷啊？”

秦招财这下来了精神，他说，在古文化中，“五穷”即“五鬼”。它的本义是指星命家所说的恶煞（凶神）之一，取象于鬼宿第五星。后来，又称扫五魔，即扫除邪、怪、灾、病、贫五种魔群。到了唐代，有个大文学家叫韩愈，他给五穷赋予它新的意义，“五穷”即五个穷鬼：智穷鬼、学穷鬼、文穷鬼、命穷鬼、交（结交、来往）穷鬼等。后来呢，我们关中地区的汉人进一步将它演绎为钱穷鬼（缺少钱财、经济拮据）、粮穷鬼（五谷歉收、食不果腹）、寿穷鬼（体弱多病、寿路短）、吉穷鬼（缺少平安、家庭亲戚邻里不和）、命穷鬼（命运悲凄、郁郁寡欢、人生坎坷）等。

孩子们听得津津有味，有人却也早已打起了哈欠。秦招财说：“太晚了，都回家睡觉去吧。我这咋还不觉得乏哩？”

“这罐罐茶的后劲大得很哩！”路德明望着炉内通红的火焰，抬起头，发现所有人都精神抖擞地聊着天，根本没有要睡觉的意思。

秦招财转身问路德明：“德明，这明天去阎家庵的请帖准备好了没有？”

“早都准备好了。”路德明突然想起了什么。

“会长，这阎家庵以前没听说过演社火啊？怎么突然冒出来个血社火了？”

“这你有所不知，据说是十年前，河南有一个名叫魏世杰的人，他以走江湖、耍把戏、卖刀创药为生。据说来陇州途径香泉时，被吴山土匪给劫持到吴山，抢去了钱物，还被打得遍体鳞伤。后来，魏世杰逃了出来，一路乞讨，路途凶险，加上他身患重病，流落到阎家庵村时，快要奄奄一息了，就被好心的乡亲们收留，并为他看好了病。老人感恩万分，但他身无分文，临走时便把随身携带的一个袋子留了下来并向村里人暗授机密，说这样做能驱灾避难，保佑村子平安吉祥。魏世杰走后，村里人打开袋子，里面装的是一些刀、斧、矛、剪等卖药前耍把戏的器具，村里人这才明白，原来老人是要他们拿这些东西惩恶劝善，威慑土匪，保村子平安。阎家庵的血社火便以惩恶劝善为宗旨，对坏人斧劈刀砍，锥刺矛戳为形式的社火表演。据说，他们装扮时，不要外人在场，而且是传内不传外，传男不传女。”

“还有这么神奇呀！那能不能邀请他们到咱村来耍血社火呢？”路德明好奇地问。

“不行，阎家庵村的血社火，不出村子，他们只在本村表演。”

初六，依旧是凌晨卯时起床化妆，没有一个人晚到的。经过两个多时辰的化妆，社火装扮好了，又去了山神庙和土地庙各祭拜了一下，然后去了阎家庵村。

去阎家庵村之前，秦家堡社火会还给对方村社火会发了拜帖，内容是：

拜帖　谨定于农历正月初六，秦家堡马社火前来贵村拜访游演，恭祝大家身体健康、万事如意！

对方很愉快地收下了帖子，表示很乐意看到他们的社火来村里表演。

秦家堡的马社火在阎家庵村转悠了整整一天，夕阳西下，他们正打算收兵回营时，阎家庵的人邀请他们看本村的血社火。

血社火主要扮演的是《水浒传》里的人物。路德明看懂了，他对旁边的人讲着，这是三打祝家庄，这是石嘴杀鬼，这是大战九头精。因为血社火太新鲜了，十里八乡的人们，都跑来看热闹，场地外被围得水泄不通。

路德明还在心底为秦水莲遗憾，要是水莲也在跟前，他还可以给她讲一讲呢。其实，他是没有看见，秦水莲早已来了。

天已经黑透了，人也越来越多，血社火主要表演是在晚上，可以想象，在黑漆漆的夜空下，庙院里熊熊的烈火燃烧着，一个人头顶被一把刀砍了下去，这个人竟然还在走路，这种情景，想都不敢想。可是，越是让人害怕就越神秘，关山堡子的男女老少，都一齐赶去阎家庵的山神庙场院里，看他们表演。

秦招财今天没去。他在整理社火的衣饰，思量着第二天去哪里，装扮什么角色，都需要哪些演员等等。

秦凌雪睡着了，秦李氏就让秦水莲出门看社火。秦水莲说："娘，让吴妈看着吧！咱娘俩一起去吧。"秦李氏说："娘就不去了，我这小脚在夜里走路不稳当，娘看了几十年了。"

秦水莲知道，娘说的是实情。娘的三寸金莲，白天都要借助拐杖的，更何况晚上在坑坑洼洼的土路上行走呢。

秦水莲穿好棉衣，裹好围巾，邀上隔壁的翠翠，便向阎家庵走去。翠翠是杨家儿媳妇，因为住得近，经常过来串门，所以和水莲能说得来。况且晚上，女人出门，搭个伴为了安全。

血社火表演开始了，出场的血社火演员的眼睛里，有一把锥子，直直地插了进去。吓得秦水莲赶紧捂住了眼睛，捂住了，又感觉到很新鲜，她几乎是从指头缝里观看完整个血社火表演的。

回来的路上，翠翠笑秦水莲："那有啥害怕的呢？你还捂着眼睛。"

秦水莲说："那还不害怕吗？你晚上做梦，梦见一个试试。"

"梦见也不害怕。"她俩就这样有一搭没一搭地边说话边往回走。

翠翠说："听说，康家湾的社火去了苟家沟村，苟家沟村的挈社火也有意思，一个壮汉可以挈三个孩子，大多挈一个两个或者三个呢。"

"噢！"秦水莲心不在焉。

翠翠也不在乎此时秦水莲的心情，夜里更是看不见她的表情。

突然，翠翠像记起来什么似的，对水莲说："听说康家湾社火会会长的儿媳妇给生了个双胞胎孙子，人家的命怎么就那么好呢。"

翠翠的感慨也不是没有来由的。她一连生了两个女儿，动辄被婆婆奚落，被男人埋怨。她也怨自己的肚子不争气，生不出个儿子来，这可能也是翠翠和秦水莲走得近的缘故吧。

到家门口了，翠翠还在向水莲抱怨着，婆婆经常指着家里的老母鸡指桑骂槐，公公常叼着个旱烟锅，脸都阴成了一口铁锅底，从来就没给过她一个好脸色。

水莲和她急匆匆地告别。此时的秦水莲，莫名的一股怒火从胸中蹿起，她就像一只困兽被圈在笼子里一样，在院子里转着圈儿，一圈两圈三圈，不知转了多少圈儿。

康家湾的社火，初六去了高坡村。高坡村的社火，主要是高跷社火，高跷社火也就是俗称的柳木腿社火，它是采用柳木棍做成，低则三尺，高可达六尺左右，用绳子或者布条扎紧演员的脚和腿，带跷舞动，特别妖娆。装扮者大多是小伙子，男扮女装的小伙子大多都长得清秀些。

晚上，路德明从社火会回来，走到院子中间，不小心被脚下的什么东西挡了路，被绊倒在地上。他摸了摸摔疼的屁股，定睛看了一眼，可把他吓了一大跳。

秦水莲怎么躺在地上。他急忙从地上爬起来，想把秦水莲抱起来，又怕出什么意外，大声地朝屋子里喊吴妈："吴妈，吴妈，快来帮忙！"

吴妈闻讯从右边偏厦房里出来，看到眼前的情景，说："这，这是咋了吗？不得了了，不得了了！"吴妈语无伦次地说着，显然也被吓着了。

"吴妈，你扶着头。"吴妈这才反应过来。她急忙上前给路德明帮忙，把秦水莲的头稳稳地扶住，路德明把秦水莲抱进了屋。

路德明摸了摸秦水莲的头，再摸摸自己的头，他自言自语道："不烫呀！"看着秦水莲平稳的呼吸，像是睡着了。

"我去找郎中吧！"路德明说得斩钉截铁。

他们的说话声，把秦李氏惊动了。她拄着拐杖，和正要出门的路德明正好碰到了当面。

秦李氏说："德明，先不急着找郎中，咱们看看情况再说。"

秦李氏走到水莲的炕头，试了试呼吸，说："估计是睡着了，让她睡吧，明早再说吧！"

"娘，万一……"路德明的话卡在了喉咙里。

"应当没什么大碍！都睡去吧！"

送秦李氏和吴妈出门，路德明心里还是不太踏实，他和衣而睡，生怕半夜有个突发状况。前半夜，秦水莲都睡得特别香。

凌晨时分，路德明也就放松了警惕，闭上眼睛睡了一阵子。

他刚眯瞪了一小会儿，一阵号哭把路德明从梦中惊醒，秦水莲将她自己的长发塞在嘴里，披头散发地站在炕头的箱子上，摆着各种造型。

路德明就哄着他："水莲，你快下来，小心把雪儿吵醒了。"

"少提雪儿，不要给我提雪儿！"秦水莲双手插在自己的头发里，大声地咆哮着。

路德明说："好好，咱不提，咱下来，好不好！"

秦水莲用手抠着墙皮，将抠下的墙皮吃进了嘴里，路德明没办法，他一把将秦水莲从箱子上抱下来，想把土从她嘴里掏出来。

秦水莲的劲儿很大，不停地挣扎着，很快她就从路德明的怀中挣脱，跑到了娘的房间里。跳上炕，一把抱起秦凌雪紧紧地捂在胸前，捂得孩子出气都困难，吓得孩子"哇哇"直哭。

秦李氏从水莲的怀中争抢着孩子，却被她一把推搡在炕上。

路德明趁水莲松手的那一瞬间，接住了孩子，连他自己都吓出一身冷汗。如果，自己没接这孩子，后果真不堪设想啊！

吴妈赶过来，想把孩子接过去，路德明却紧紧地把孩子抱在怀中，生怕被其他人抢走似的，不放心给任何人。他轻柔地拍着孩子的背，孩子慢慢地被哄得安静了下来。

秦水莲眼睛圆睁着，似恐惧又像在期待着什么，她的眼神缥缈空洞，像在另外的时空里转悠和寻觅着。

渐渐地，她闭着眼睛，安静了一会儿，嘴里不知道嘀咕着什么。

路德明把孩子放到吴妈的怀中，把秦水莲从娘的炕上背到了他们自己的炕上。秦水莲醒过来后，对着路德明又踢又咬，路德明的肩膀都被她咬出了血印子。他忍着剧疼，把秦水莲轻放到炕头上，秦李氏将水莲摁住说："赶紧的，差人去请线线婶。"

"我去请郎中！娘，你先看着她，别让她再出什么事情！"路德明这次没有听娘的，这也是他第一次反抗娘。他一大早就去了李郎中家里，说明了情况。而秦李氏也早已差碎虎去了线线婶家。

李郎中正在给病人看病，让路德明先回去，他随后就到。

线线婶是早一步进了秦家大院的。她一进门左瞅瞅，右看看，然后嗅了嗅鼻子说：“吴妈在蒸白面馍吧！”

“我在屋里呢！”吴妈没明白线线婶的意思，秦李氏会意，示意她进厨房先给线线婶拿两个蒸馍再说。

线线婶吃着香喷喷的热蒸馍说：“这水莲昨晚怕是受了什么惊吓，把魂丢了吧！”

“昨晚说去看血社火，回来就倒在院子里睡着了！”秦李氏说。

“看，我说什么了，上回让你们忌七天门，你们不听我的话，这不，水莲的魂怕是被勾走了吧？我给叫魂吧！”

线线婶吩咐吴妈，拿了一只小碗，装满了面粉，用笼布包着，顺着水莲昨晚走出去又走回来的路，边走边喊：“水莲回来！水莲回来！”

吴妈在后面应着声：“回来了！回来了！”

她们叫到第二个回合的时候，李郎中也来了。

线线婶黑下脸，不高兴地说：“这德明还是信不过我啊，那我走了啊！”

“婶，我没有信不过你。不过，水莲这是癔症，吃药来得快些！辛苦婶了，吴妈，快去给线线婶拿两个白面馍来！”

吴妈看了看秦李氏，又去了厨房拿馍给线线婶。线线婶虽然没被路德明重视，但是，两个白面馍拿到手了，她也乐呵呵地回家去了。

秦李氏说：“德明，癔症早就好了吧？她昨晚是受了血社火的惊吓，魂被勾走了！我让线线婶来给叫叫魂儿！”

“娘，先让李郎中给看看吧！”路德明不想和秦李氏再争辩了。秦李氏也不再坚持，线线婶也已经走远了，只要把女儿的病医好，谁的法子管用就认谁。

秦凌雪的哭声让她顾不得和路德明争了,她进了里屋,给孩子把尿去了。

李郎中给水莲把了脉，又翻看了一下秦水莲的眼皮，说：“就是癔症复发了。我先给开些药，稳住病情，不要让她再受任何刺激了。”

“谢谢您啊！”路德明随着李郎中去把药抓了回来。等吴妈熬好后，一勺一勺地喂给水莲喝。

秦水莲睡着后，路德明问明了情况，知道昨晚秦水莲是和隔壁翠翠一块儿去看了血社火。按说，这血社火水莲以前也看过好几次呢，不至于让她的旧病复发啊！

路德明问翠翠，你们昨晚还看见什么了？或者说，听说了什么？水莲一回来怎么就病了？我想了解一下，对症下药应当见效快些！

翠翠眨巴着眼睛，想了一会儿，说：“我们俩，先是一起去了阎家庵看了血社火，你别说，社火锣鼓刚响，血社火只出来一个身子，你们家水莲胆子小，她就捂着眼睛看社火。整场社火演出，她一直都是捂着眼睛看，能看出个啥呀，我就不怕，我胆儿大，再说，那还不是人装扮的呀！她胆子那么小，这还给吓病了。唉！我也没想到啊！那锥子从人的眼睛里扎进去，还有一个脑袋上别着一把菜刀，那血红红的，确实有点怕，可我不怕呀……”

翠翠的话多，还在絮絮叨叨地说着哪个社火角色有多害怕，自己有多胆大，路德明也只能信了，是秦水莲胆子小，被社火的装扮给吓着了。

翠翠根本就没有意识到，是她说了康麦换的儿媳妇生了一对双胞胎，才让秦水莲受刺激的。她也想不到是这一句话刺激了秦水莲，但她没有对路德明说这些，路德明也就不能从中找到真正的原因了。

路德明虽然有很多疑问，但是，从翠翠的口中，他没有找到任何对治疗秦水莲病情有益的线索。路德明将信将疑地回了家，秦水莲这两天特别安稳，路德明坚信是李郎中的药起作用了。

11

翠翠给秦水莲说的事情没有错。腊月，正是北风呼啸的季节，天气冷得掉冰碴儿，可康家大院里却是暖意融融。

杨冬香的的确确生了一对双胞胎，连康麦换也一天到晚都乐呵呵的。这不，一大早，扛着个大烟锅，在家里转悠着，现在，他不用过问药铺的生意，每天吸溜着自己的旱烟锅享受着清闲的日子。他说，人这一辈子，钱多钱少是个啥，只要日子过得顺心就行，到老了，无病无灾，享受这儿孙绕膝的平常日子，也很幸福了。

康承业走近爹的房间说：“爹，给俩娃娃起个名儿吧！”

康麦换略微思考了一会儿，说：“叫耀祖和耀宗吧！”

“好！就叫耀祖和耀宗吧！我这也没什么出息，希望孩子长大以后能光宗耀祖。”

康麦换像突然想起了什么似的，像自言自语，又像对康承业说：“你说，怎么就那么凑巧呢？那孩子也没见什么人来找吧？”爹的话，只有康承业听得懂。

“这年月，随手扔个孩子，那多半是家里孩子太多了，养活不了，算是给娃娃找个活路，谁还主动来找呢？”康承业给爹分析着。

“你屋里头的没说啥吧？”爹还是有点担心。

“没说啥？她能说啥呀！”康承业的话，让爹吃了一颗定心丸。

康承业在爹屋里坐了一会儿，才回到自己的房间里。他看着两个酣睡的小毛孩子，眉头瞬间舒展开来，孩子总能让人看到未来的光景。

杨冬香包着头巾，倚在炕角的铺盖卷儿上说：“看着就是比咱家娃娃大一些，得有五六个月了吧？”

“都会笑了，不止五六个月了。看这个头发和表情，说不定有八九个月了吧？只怕是家里困难，没有啥吃，才狠下心扔了的。以后别这么说了，吃了你的奶水长大的，都是咱的娃娃。爹已经给他们取了名字，大的叫耀祖，小的叫耀宗。”

“这名字好，爹还是有文化！”杨冬香话没说完，大一点的娃娃就醒了。“嗯啊，嗯啊”哭得很有劲儿。

杨冬香赶紧抱起来，将鼓胀的奶穗子塞进了耀祖的嘴里，孩子贪婪地吃着。

杨冬香低头望着娃娃，用手抚摸着他的脸蛋说：“乖娃娃，你们有名字了，你呀叫耀祖，咦，你看他笑了，笑了。幸好有他，不然这一天奶水多得都吃不完。”

柳妈在院子中晾晒孩子的尿布，刚一搭上去，尿布就冻成了硬邦邦的冰块了。康承业走出房门，说：“柳妈，以后尿布搭屋里吧，要不，放在热炕上暖着，这大冷的天，尿布干不了。”

“是啊，这两个娃娃的尿布就是多，我寻思着有太阳，搭外头试试，这刚一搭上去，就被冻住了。”

柳妈费了好大劲儿，才将尿布从晾衣绳子上取了下来。直接铺到了热炕上烙干，两个小家伙可是急着要用的。

康承业刚一出门，杨冬香便把耀祖气呼呼地放在炕头，娃娃没吃饱，屁股刚一挨炕头，便大声哭起来。

康承业蹲在门外抽烟，听见娃的哭声，问：“这是咋了吗？”杨冬香以为康承业走远了，急忙又将娃抱起，将奶穗子塞进娃的嘴里隔墙答：“娃娃怕是吃撑了，呛奶呢，不要紧的。”

康承业想起了那个早晨。那天，他去城里的药铺子去看看最近都缺啥货了，刚走到城门外，城墙根扔着一个花被子，鼓鼓囊囊的，他跳下马车，想看个究竟，突然，一阵婴孩的哭声，把他吓了一跳。

他向四周望了望，根本没有什么人，大清早的，这雾都没有散去，谁把孩子放这儿啊？

康承业想都没想，怜惜地抱起那个娃娃，自语道："这八成家里日子过不下去了。"他摇了摇头，心想，反正杨冬香快生了，就对外说成是他们家自己的。如果杨冬香生个女娃，那就是龙凤胎。

康承业没有耽搁，他没去药铺子，掉转马车头，赶回了康家湾。

一路上，康承业把自己水壶里的水，一点点滴到孩子的嘴里，小家伙看来饿得不得了，不停地吮着水壶里的水，"吧嗒吧嗒"一直喝，也没闹。

康承业刚走到院子，柳妈正好端着一碗红糖米汤从厨房里出来，笑着对他说："少爷，恭喜你啊，生了个大胖小子！"

康承业还没搞明白，他以为柳妈说的是他怀里抱着的娃娃。

"嗯，谢柳妈！"康承业低头先柳妈一步，走进了房间。

杨冬香躺在炕上已经睡着了，身边睡着一个圆乎乎小家伙，原来，她今天生了呀！

说来还真巧了。康承业急忙打开小棉被，把这个小娃娃放在炕头，显然比刚出生的孩子大好多。

棉被里除了这个孩子，其他什么也没有，连娃娃的任何一点信息也没有。说来也奇怪，这孩子一点都不哭、不闹的，一直在包裹里，睡得挺香的。

"啊，哪来两个娃娃？"柳妈前脚刚踏进门槛，一眼就瞥见了炕头的娃娃。

"捡的！"康承业似乎比谁都平静。

柳妈的一声惊问，把杨冬香吵醒了。

杨冬香睁眼看着面前的娃娃,随即从炕上坐了起来,疑惑地望着康承业。

“哪来的?”

“城墙底下捡的。”康承业实话实说。

“咱有自己的娃,捡个娃娃做什么?”杨冬香一时不能接受这样的事实。

“先别说了,给孩子喂点奶吧!估摸半天都没吃的了。”康承业没有给杨冬香选择的机会,他将捡来的娃娃塞到杨冬香的怀中。

谁知,孩子刚一到杨冬香的手里,也许是闻到了奶水的香气,就“哇”的一声大哭,杨冬香急忙掏出奶穗子,塞到孩子嘴里,孩子贪婪地吸吮着。

娃娃吃了好大一会儿,几乎把杨冬香的两个奶穗子都吃空了。

杨冬香把娃娃放在炕上,盖好被子,然后问圪蹴在地上的康承业:“你说,他一个人吃这么多,把奶水吃空了,咱的孩子吃啥呢?”

“不要紧,咱孩子还小,吃得不多!”康承业知道这事,杨冬香肯定不同意,但他尽可能态度软和一点儿。

“你说得轻巧,随便捡的一个小玩意儿,知道是什么来路吗?万一是个瓜子呢?”杨冬香在这事情上占理儿,有点不依不饶的。

“管他是什么来路,只是看着娃娃可怜,怕他冻死在外面,遭罪哩!这娃这么聪明,不会是个瓜子,八成是家里娃娃太多,养活不了的。好好养着,长大了你就知道好了。换作你,你能眼睁睁地看着一个小娃娃,扔在野地里没人管吗?这大冷的天,他父母不知咋想的?”康承业的一个反问,让杨冬香始料不及,她没有答话。

康承业见杨冬香不说话,急忙追着说:“咱不管谁生的,那好歹是活生生的一条命啊!我见着了,说明这孩子跟咱有缘分,这不,你也生了,对外就说是双胞胎。”

“就你是菩萨心肠,你不捡,那总有人捡呀!这事儿,爹知道吗?”杨冬香还是有点转不过弯来,她想寻求更多的支持。

“还没来得及说呢，爹肯定同意，他见上门要饭的，都要多给点吃的呢？更何况一个娃娃呢？”康承业替自己开脱着。

“要饭的能和一个娃娃比吗？要饭的施舍一碗粥一个馍就行了，一个娃娃养大得多难啊！”杨冬香依旧咄咄逼人。

“我走时，你还说得等两天才生的，怎么这么快，半天时间就给生下了呀？”康承业转了一个话题。

“你刚走不久，我的肚子就开始疼得厉害。接生婆跑来一看，说羊水都破了，快了。没过多久，就生下来了。”杨冬香其实心里挺高兴的，这个娃娃奠定了她在康家的基础，地位的稳固。现在不管康承业心里想的是谁都不重要了，重要的是，她是康家实实在在的女主人了。

这个孩子是康承业捡来的，而且不明不白，这让杨冬香心里有些不舒服。一般来说，扔女娃的多一些，谁知，这还是个男娃，哪个娘这般心狠呢，可这年月，穷人家里养活一个孩子不容易，全当做了善事了。就算杨冬香心里有千万个不愿意，可康承业捡来了，还能送回去不成吗？

杨冬香只好接受了这个现实，虽然这个孩子看着大一点，对外就说是双胞胎，家里人不对外说，没外人知道的。现在，好多人家都吃不饱饭，谁还管人家多了几个娃呢？

从自己房间里出来，转身进了爹的房间。看见爹独自一人，便坐到爹的旁边，平静地给爹说：“爹，今儿个在路上遇到了娃，我看着怪可怜的，就抱回家来了。”

爹既没有吃惊，也没有生气，甚至还有些喜色，爹也平静地说：“救人一命，胜造七级浮屠，好着哩，这娃儿和你有缘分呢，你好好养着吧！和你屋里头的好好说说，娃娃要她的奶水喂养呢！就怕她不肯呢。”康麦换也是心地善良的人。

康承业知道，爹的态度肯定积极，就是对他最好的支持。他说：“说好了，对外说是双胞胎。”

“好好好。”康麦换欣喜地在鞋底磕掉烟灰，又装上满满一烟锅，那神情，像神仙般享受着。

一开始，杨冬香算是被动地接受了这个娃娃，但康承业总发现，杨冬香对待两个娃娃的态度不一样，老大总好像没精神，还老哭，一问她，她总说这娃吃得多，怕是撑着了。

后来，康承业发现了其中的端倪。每到杨冬香给耀祖喂奶的时候，他就圪蹴在里屋不出去，直到娃娃吃饱了，他才出门。有一天，杨冬香给他抱怨着：“这娃吃得太多了，咱家耀宗都不够吃。”康承业说：“那也行，我明天去买头奶羊，让他们俩都吃个够。”“那怎么行，买个奶羊多费钱呀，我想办法匀着点，就够了。”“那你可要一碗水端平，不能偏心。”杨冬香低着头不好意思地回答：“会的，会的。”慢慢地，杨冬香也喜欢上了这两个孩子，在一起粉嘟嘟的，大一点都会笑了，更会惹人喜欢了。

康承业去老丈人家报喜时，说生了两个男孩，丈母娘纽过嘴上说着祝贺的话，让女儿多注意休养，好好坐月子，不要用凉水等等，心里那个难过，只有她自己知道。刚把女婿送出门，杨老蔫关了窑门说：“这娃，咋生了两个吗？这到哪里找那么多白面蒸曲联馍呀？”

纽过咬咬牙说：“借，哪怕是借，也要为女儿争口气，咱女子要在康家活人呢。”

杨老蔫“哎”了一声，顺着墙根出溜了下去。他一急，就这一个动作。纽过气得咬紧了牙齿，抡起拳头说，我把你看……最终拳头也没有落下去，只能无奈地出门借白面去了。

孩子满月的那天，正值腊八节，康承业给两个孩子做了个大满月，好好地庆祝了一下。

康麦换给两个孙子剃了头发，额顶留了个“心”形，杨冬香看着额顶留下来的那细细的头发说，干脆都剃了吧。康麦换笑着说，这陇州人把这叫落发礼，留一部分表示孩子对母亲的尊重和孝心。

初为人母的杨冬香，巴巴地透过窗户缝隙等着母亲和弟弟杨柱子他们的到来。她最担心的是，娘如果没有白面，带个高粱面曲联馍，那可丢人了。

杨柱子和娘提着个竹子笼进了门，大家都围过来看，揭开竹子笼笼看娘家的曲联馍白不白？形状好不好看？

只见笼里盘着两条白龙状的曲联馍，康家湾帮忙的邻居们都“啧啧”地称赞着丈母娘的手好巧啊！

大家抱着两个孩子从曲联馍里钻了过去，祝愿这两个孩子长大后生活美满，诸事如意。

母亲拿出了她给两个孩子做的青蛙“耳枕”，又引得人们一阵羡慕。绿色的耳枕，中间镂空着，面上绣着眼睛眉毛鼻子嘴，青蛙背上绣了蜈蚣、毒蛇、蝎子、蟾蜍、壁虎这“五毒”。她说，里面填充了蚕沙，枕着凉快。

康家帮忙的人，都赶来看热闹。有的拿起猪枕头看针脚，有的拿起虎头帽老虎枕头夸赞手艺精巧。还别说，纽过做的这个凉圈帽子很别致，帽子的前端绣着一个活灵活现的猫，后面一圈依旧是小一点的“五毒”图。大娘媳妇们都纷纷想问纽过要个图样儿，说他们也照着做。娘家人终于为杨冬香长了脸，她终于可以在康家扬眉吐气一回了。她顺着别人的夸赞说，我娘那手艺，在我们那村可是数一数二的，我从小就跟着娘学着绣花呢。那话里话外的意思，是她的手艺也不会差。

有的女人嘴里夸着，心里却有太多的不服气，都是穷人家的女儿，无非是嫁得好而已，但是，她们在面上不说，都在背地里嘀咕着。

母亲拿出了自己用红布做的两条项圈，下头各坠一枚铜钱，并点燃了黄表纸把它燎燎，打算给两个孩子分别戴上。其实，用火燎也是古人传下来的一种传统的消毒方式。杨冬香一脸的不悦，她觉得母亲有点给她丢人了。如果娘家有钱，她们会送孩子“长命百岁”的银牌。她连忙把母亲拉过来，悄悄地说：“妈，一个项圈，这么早戴上做啥呢？晚一点戴吧！”

母亲看出了女儿的不悦，仍显得高兴地说：“这叫‘锁关’哩，是为了娃娃好，祝他们无病无灾的。每年过生日时，在项圈外再加一层红布，长到十二岁后，到神前献供还愿，把项圈取下来，表示孩子已成人了，也叫‘开锁’或者‘打枷’”。康麦换看出了儿媳妇的心思，他命人把家里准备好的两个银牌给两个孙子挂在脖子上，银牌上都雕刻着：长命百岁。杨冬香的脸瞬间又多云转晴了。

午饭前，康承业和大姐一人抱一个孩子，说是去拜干爹干娘。他们俩先是把两个娃娃抱到牛槽里滚了滚，然后又抱到书房去转了转，最后拿着几个花卷馍，一路向前走。路上碰着的人，就算是有缘分做干爹或者干娘的人，就把花卷馍给对方，对方给孩子一个见面礼，给一两个铜钱就行了。可是，他们走了一路，也没见着一个人，只好走到了石碾子旁，将小花卷馍放在碾子上离开了。

他们刚走，就有几个小孩子从碾子上拿着花卷馍跑了。

其实说白了，谁都愿意当康家孩子的干爹，跟康家攀上亲戚，自己家脸面上也有光，可是，谁都没有勇气，或者说没有钱去认这门亲，如果认了，要给孩子送节令，端午送裹肚，正月送花灯，九月九送花糕，过年还得给压岁钱，给多吧，自己拿不出手；给少了，怕让人瞧不起，所以，这两个孩子是没有拜到干爹或者干娘的。

在关山堡子，唯一能和康家抗衡的人家，就属秦家了，可是，两家现在不来往了。当然，秦家也没有人过来给这孩子过满月的。

人们吃着席，嘴里“啧啧”称羡着：“大户人家就是不一样，一次生俩男娃，满月席还这么丰盛。”

人们吃完了，抹了抹油乎乎的嘴，当然，说的都是吉祥祝福的话。事主家高兴，大家都高兴。坐完康家娃娃的满月席，人们又开始准备装社火的事情了。

正月里，康家湾和秦家堡都在忙着装社火，从初五开始，康承业和父亲每天凌晨出门，半夜才回家，根本顾不上家里。

幸好有柳妈帮忙，又有带娃娃的经验，杨冬香只管到时候给孩子喂个奶就行了。

杨冬香正在给耀宗把尿，猛然看见弟弟杨柱子站在门口，嘴里“嘘嘘……”打着口哨，嬉笑着叫了声“姐”。

“柱子，你怎么来了呢？”杨冬香把儿子平放在炕上。

“今天，已经初九了，舅舅给外甥送灯笼呀！”杨柱子变戏法似的，将两个漂亮的小鼓灯笼从身后拎到了姐姐的眼前。

杨冬香的脸色顿时都变了。她正色道：“谁让你来送灯笼的，爹还是娘？”

“爹娘都没说，这不，我自己寻思着，有了外甥，这舅舅给外甥送个灯笼，这是礼节呀！”杨柱子说得有声有色，根本没注意到，杨冬香的脸早已成了猪肝色。

杨冬香将两个灯笼从弟弟手中夺了过来，“咔嚓”两下，用脚将两盏纸灯笼踩破了。

弟弟的脸色也变了，不解地大叫着：“姐，你这是做啥呢？”

杨柱子从姐姐脚下抢回了灯笼，可惜，灯笼已经变形了，而且上面糊的纸，也踩破了。

他气呼呼地拿着那个破了的灯笼，放到了姐姐的眼前说：“姐，你疯了吧？你知道娘糊这个灯笼，糊了多长时间吗？她腰疼，糊一阵歇一阵，整整糊了四五天呢？你一脚就把它给踩坏了。”

“柱子呀，姐不是疯了……”

“冬香，冬香，看见你弟弟了没有啊？”院门外娘的声音传来了。

姐弟俩急忙冲了出来，异口同声地叫了声："娘。"

娘一见弟弟，就一巴掌甩了过来。杨冬香赶紧拉住了娘的手。娘喘着粗气说："我、我、我给你表姐家孩子糊的灯笼，一转眼就不见了。我想八成让他拿走了。你呀，你呀！舅舅给外甥送节，第一年不送灯笼，灯笼里面是空心的，意味着一场空啊，送节令要先从五月送裹肚开始的。冬香啊，你别生气啊！"

"娘，让我给踩了，没事儿。"杨冬香虽然心里不痛快，但她听娘这么一解释，才明白，是弟弟不知道当地的风俗。她刚刚寻思着，这爹娘怎么由着弟弟胡闹呢？

杨冬香想留娘和弟弟吃饭，可娘说了，我们得赶紧走，不然让你公公和女婿看见了，他们会说，你娘家人不懂规矩。

娘拉上弟弟，匆匆忙忙地走了。

杨冬香把那两个坏了的灯笼，从炕眼门里塞了进去，这才长长地松了一口气，俨然像做了贼一般心虚。

正月十三那天，康承业的大姐从秦家堡子里回来了，她将带来的点心放在中堂的八仙桌上，一进门便说："冬香妹子呀，姐过来叫你去躲灯呢。"

"大姐，躲啥灯啊？"杨冬香一脸的迷茫。

"躲灯也是老风俗了，一般姑娘嫁到婆家，过第一个年，正月十五不能在婆家过，要在婆家的亲戚家过的。要躲开这个日子叫躲灯，正月十六就把你们送回来的，这样，婆家才能和顺，婆婆的眼睛才明亮啊！"大姐说得饶有兴趣。

"可是，咱们家没有婆婆的，就不用躲灯了吧。再说，还有两个娃娃，咋办呀？"杨冬香现在似乎有了些优势，说话也不带拐弯的。

"风俗得在啊！你就听姐的，对你没坏处的，再说，这个风俗还有一个意愿，就是希望孩子健康成长，将来有出息。"大姐这番话，让杨冬香不得不信啊。谁不希望自己的孩子将来飞黄腾达呢？再说呢，没有婆婆，都说长姐如母，大姐的话，她不听不行啊！

“把孩子包好，一起去吧！都挪挪窝。挪过窝的孩子才乖。”大姐的理由一个比一个充分。

康承业驾着马车，把他们送到了秦家堡。

其实，杨冬香不愿意去大姐家，因为她心里始终结着一个不愿意给外人说的疙瘩。倒不是她怕秦水莲，而是大姐家和秦水莲家是斜对门，她怕康承业去了，又会和秦水莲旧情复燃。

康承业驾着马车把他们送到了大姐家，然后就急匆匆地走了，社火会的事情一大堆，爹一个人忙不过来，他得帮忙。

目送着康承业的马车离开秦家堡，杨冬香的心才放下了。

康家大姐知道弟弟当初和秦水莲相好，又因为秦家被劫的事情，把好端端的一门亲事给搅黄了，而且没想到的是，秦水莲就把这些都怪罪到了康家头上。这下，康家大姐觉得报复的时机到了。

其实，她早就把弟弟家生了个双胞胎男娃的事情，逢人便讲了。门外翠翠问：“康姐，家里怎么有小孩子的哭声啊？”

“噢，那是我弟媳妇带着她的两个男娃，双胞胎，过来躲灯的。”康家大姐装作不经意的样子，其实，她在心底暗暗叫喜。她知道，翠翠肯定会把这个消息透露给秦水莲，让她好好难受着去吧。

翠翠说：“大姐，双胞胎你早说过了。”她在心里哼了一声，转身走了。

留下康家大姐愣了一会儿神，之后，她才明白翠翠的不高兴。翠翠一连生了三个女儿了，本来心里不舒服，这下，心里肯定更不好受了。

“生不出儿子，你怪谁呢，怪你自己的肚子不争气了。”康家大姐朝着翠翠的背影嘟囔了一句。

杨冬香来康家大姐家躲灯的事情，秦水莲早就知道了，她心里很不是滋味儿。

秦李氏见女儿闷闷不乐，不用问她都知道事情的原委，可她不能明说啊，自从那晚看完血社火回来，她就病了。

吃了几服中药后，水莲的病已经有了好转，可千万不能再让她受任何刺激了。她想出一个好办法，那就是，让秦水莲离开家几天，去别的地儿躲一下，眼不见心不烦啊！

秦李氏坐在炕头，见女儿抱着孩子，一声不吭。吴妈端过熬好的药，她接过来喝了，秦李氏说："莲呀，按说，你得去德明的亲戚家躲灯的，可是，他没有一个亲人，我和你大姨商量好了，你去她家躲灯去。"

"老辈的规矩有些可以改的，不去了，就在家里，再说，我这要熬中药，去谁家都不方便。"秦水莲说的也是实话。像她目前这样子，去谁家里，娘也不放心。

"那你好好的，不要乱想啊，你爹在九泉之下也能瞑目，不然，他见我没有照顾好他的女儿，也不安心呐！"秦李氏边说着边抹眼泪。

"娘，我不要紧，你去忙吧！"困意渐渐袭来，秦水莲迷迷瞪瞪又睡了一大觉。

晚上，路德明回家来，秦李氏把他叫进了里屋，说："德明啊，娘本来不想问，你那边还有记起来的亲戚吗？"

"娘，怎么突然问起这个？"路德明有些疑惑。

"这结婚头一年，女方都要去男方亲戚家躲灯的，我意思……如果没有也不要紧，我和你大姨商量好了，让水莲去她家躲灯，可她不愿意去。"秦李氏说得很委婉。

"我去劝一劝她，看能劝动不？她这两天病情刚稳定下来，如果实在不愿意去，咱也不勉强了吧？"路德明不知道，自己到底有没有亲戚，总之，他是一个都记不起来了。再说，他也不想惹秦水莲不高兴，如果她自己愿意就行，如果不愿意，谁也不想勉强她。

德明进屋时，秦水莲侧身坐在灯影下给孩子绣花鞋。明明灭灭的灯影下，她的脸隐在光晕里，半明半暗。她左手捏着一只精巧的绿底小鞋子，上面绣了红色的石榴花，像刚盛开的一样鲜活。右手的针还在上下翻飞，时不时还将针在头发上抿一下。

路德明还没有张嘴，秦水莲就发话了："我不去大姨家躲灯，就在自己家里自在些。"

"也行，只要你高兴，怎么样都行。"路德明知道，秦水莲的脾气，她不想做的事情，十头牛也拉不回来，更何况她现在是身体恢复的关键时期。

傍晚时分，路德明提着火罐儿灯去爹的坟头上挂灯笼，秦水莲也想跟着去。娘说，山路不好走，风也大，你还是在家看娃娃吧。秦水莲抱着女儿说，也行，反正要从十四晚开始挂到十六晚上的，我明晚去吧。路德明走后，毛孩在外面喊耕田碎虎他们几个去看灯影戏。秦水莲隔着窗户问："毛孩，今晚唱的啥戏吗？"毛孩隔窗答道："姐，今晚唱秦腔戏《白蛇传》，一起去吧！"

秦家堡晚上有灯影戏演出，秦水莲早知道，她本来不想去看，听毛孩这么一说，知道今晚演得是秦腔《白蛇传》，那是她非常喜欢的一出戏，秦水莲想都没想，把孩子交给了吴妈，让她告诉娘一声，说她想去看灯影。娘担心女儿的身体，顺嘴说："娘也正打算去呢。"秦水莲明白，娘晚上一向都不愿意出门的，这还是不放心女儿的身体。她愣了一下，随即很兴奋地说，好呀，好长时间没和娘一起去看过戏呢。她搀扶着娘，顺手拎了两个小圆板凳就去了。娘的拐棍儿在夜空里"当当"地响着，和着远处皮影戏班子里梆梆响的抱鼓声，似乎整个夜色都灵动了起来，秦水兴奋地问："娘，为啥叫皮影戏？"娘见女儿高兴，自己也高兴，就兴高采烈地给水莲讲了起来。我也是听你外爷讲的。皮影戏，又叫"影子戏"或"灯影戏"，是一种以牛皮或者驴皮做成的人物剪影，用它们来表演故事的民间戏剧。以前的人没钱时，还会用纸板做人物，但纸板比较脆，用几次就坏了。我们年轻的时候，你爹用驴驮着我，跑几里以外去看戏，哪管那个灯影人人儿是啥做的，不就是看个古今，听个秦腔调调儿。后来，灯影戏班子就逐渐用牛皮来做灯影人人了，不但结实耐用，而且放几十年都不坏。表演时，艺人们在白色幕布后面，一边操纵影人，一边用秦腔的曲调讲述故事，同时配上抱鼓呀、梆子呀等一些乐器，还有弦乐，听起来特别舒服和耐人寻味。我小时候，你外爷家那时候，二楼专门是个戏楼，逢年过节或者遇到长辈们的生日，灯影戏就被请到家里来演的。娘这一讲，秦水莲的好奇心更强了，她一连串地发问："皮影戏从什么时候开始演的？为什么要演影子戏呢？谁发明的？"

娘对于皮影戏是很熟悉的。她就给女儿讲："据说皮影戏始于战国，兴于汉代，盛于宋代，元代时期传到西亚和欧洲，已经有两千多年的历史了。这里还有一个凄美的传说，说汉武帝非常爱她的妃子，李夫人生病去世了，武帝思念心切，经常神情恍惚，终日不理朝政。大臣李少翁，有一天出门，路遇一个小孩手拿布娃娃玩耍，影子倒映在地上，栩栩如生。李少翁心中一动，用棉帛裁成李夫人影像，涂上色彩，并在手脚处装上木杆。夜里围方帷，拿着灯烛照着，恭请皇帝端坐帐中观看。武帝看罢龙颜大悦，从此爱不释手。这个是载入《汉书》的爱情故事，被认为是皮影戏的渊源。"

秦李氏一边走，一边给女儿讲着皮影戏的起源，秦水莲说，娘，我爹在时，经常说您是大户人家出身，我总觉得不以为然，我今天才明白了，什么叫大户人家的女儿了，原来学问和见识真不同于一般人。娘笑笑说，那都是过去了的事。在三尺见方的网纱荧幕前，昏黄的灯光下，小小的皮影人儿在挑灯影线老艺人的手中或坐或站，或唱或说，或舞剑拼杀，或灵动自如地舞着长袖。老艺人边挑边唱，秦水莲津津有味地知道了皮影戏的来历，她看戏的兴致更大了，坐在前面看得津津有味的，她的心绪跟随着戏中白素贞的命运转折而哀叹着。她没有发觉，人群中的杨冬香，见秦水莲坐在人群中看戏，正气不打一处来，想发火又不知道朝哪里发。只见她气呼呼地转到了后台，看坐在高架子唱戏的人，灯下只能看见他们的背影和脚，随后要拉着康承业的大姐回家。康家大姐兴致正浓，说，再看看，咱们把《断桥》这一折子戏看完了咱们再回。况且一年中，演戏的时候不多，趁着过年，好好地过把秦腔戏的瘾。杨冬香借口要回去给娃娃喂奶，硬是把大姐从戏场给拉了回去。康家大姐一路走一路惋惜道："白素贞咋就遇到那么怂包的一个男人呢？"杨冬香闷声说："大多数男人都是一个德性。"康家大姐见弟媳妇脸色不好，生怕又惹出什么事端，就借口给侄子换尿布去了。

戏散场后，秦水莲刚搀扶着娘打算回家，却见路德明赶到戏场来，蹲下来要背着娘走，娘怎么也不肯让他背。路德明说："娘，您这小脚，根本不适合走路的，我背着您也快一些。"秦李氏有些不好意思地让女婿背回了家。返回家里，秦水莲抱着秦凌雪轻轻地摇晃着。哼着小曲儿，不知内情的人，根本看不出她是生病的人。

元宵节这天，秦家堡的社火去了县城，因为全县所有的社火都集中到县城去游演了。

秦水莲却偏偏这个时候碰见了杨冬香。两个女人的意外见面，似乎都有些猝不及防。秦水莲瞥了一眼杨冬香故作出来的平静，尽管她内心惊涛骇浪，但表面也对其有些不屑。

两个女人，虽然都是头一次见面，按说会素不相识的，可是，却是因为爱过同一个男人而愈发不自在。

杨冬香有些趾高气扬，她在心底说："即使康承业再喜欢你，我现在也是康家明媒正娶的媳妇，更何况，有两个儿子撑腰，谁又能把我怎么样呢？”杨冬香轻蔑地在心底笑了笑，虽然如此，她还是有些难过，她同床共枕的男人，也许在心底还给面前这个女人留有一席之地。

秦水莲转身进了院子。她本来想出门透透气的，没想到，却碰见了这辈子她最不想见的人，她感觉到，有一双剑一般的眼睛在背后直直地插入她的心里。毕竟是在自己的堡子里，秦水莲的底气似乎更足一些，再说了，康家现在是秦家的仇敌呢。杨冬香虽然表面上平静如水，但她的心还是“咚咚”地跳个不停。她用手捂住胸口，在心底给自己说，我这也太没出息了，怎么见了她把自己吓成了这样。细思量，好像也不是惊吓。那到底是什么了，她摸着自己发烫的脸自语道，估计这是嫉妒了吧？

秦李氏吩咐吴妈，给女儿蒸些“锥巴”，其实也就是将馍蒸成老鼠的形状，两只可爱的小耳朵竖起来，用黑色的花椒籽做成明瞍瞍的眼睛，并在肚子里填上核桃、枣儿和花生，尾巴做得短一些，形似锥子状。这也许就是“锥巴”馍叫法的来历了吧？

其实寓意还是吉祥如意、早生贵子的意思了。

元宵节的第二天，天还黑乎乎的，娘点了一个大红色的火罐灯笼，挂在了秦水莲的屋门口，然后捅开窗户纸，将“锥巴”从方格窗户里扔进了炕头。

秦水莲正躺在炕头，起身顺手将“锥巴”捡起来放在窗台上说：“娘，这些礼节咱们就免了吧？”

“这怎么能免了呢，这可是你一辈子的幸福呢。”娘对礼节方面是特别较真的。

与此同时，康家大姐也把火罐灯笼点上了。她备了一盏油灯，把杨冬香和孩子们一起送回娘家去。

“小心一点，这灯不能灭，要一直燃到康家才能灭。”康家大姐不停地叮嘱道。

冬天的夜很长，外面还是一片漆黑，康家大姐和杨冬香坐上马车，一路上家长里短地闲聊着。

“姐，我想问个事儿，那秦水莲……”杨冬香心里边这个结还是没有解开。

“那都是过去的事情了，根本不值得一提，谁年轻时还没个爱慕的人呢？没有结果的恋爱都是没缘分的。再说，承业娶的是你，两个孩子长得虎头虎脑的，你还担心什么呢？”康家大姐看出了杨冬香的心思。

杨冬香从康家大姐的表情中看得出，这俩人的感情真没有大姐说得那么简单，可是，她自己再纠结，又有什么用呢？嫁也早嫁了，孩子都生了，自己这又打翻的是哪门子老陈醋呢？

天已经麻麻亮了，康家大姐也把杨冬香和孩子送回了家。灯笼一直在亮着，康承业和柳妈接过两个孩子，康家大姐把两个“锥巴”从窗户里扔了进去。并随后进屋查看了一下，锥巴是肚皮朝上还是肚皮朝下，没想到，两个锥巴都是肚皮朝上的。她笑着说：“哈哈，看来你将来还能生两个儿子。”

康承业笑着说：“姐，还要生儿子啊？我这不都抱着了吗？”

“别说话，小心灯笼，不要让灯灭了。”康家大姐的神情严肃而庄重，仿佛自己在干一件挺神圣的事情。

康承业把灯笼挂在他们里屋的门上，让灯自己燃尽蜡烛。

转眼间，日子便像土里的泥鳅，一下子滑到了第二年冬天，康家又摆了十几桌为两个孩子过周岁生日。

午饭前，他们在孩子们面前放了一小杆秤、毛笔、算盘等让孩子抓周，谁也没料到，弟兄俩同时抓住了眼前的毛笔，互不相让。

围观的人都笑了，看来这俩娃将来是个当秀才的料。

时间还真是个飞毛腿，一脚就跨出了老远。不知不觉间，孩子们也长大了一些。

秦水莲领着女儿，去泉边洗衣服。也许是日子平顺了，心也敞亮了。她一边洗衣服，一边哼着陇州小调，女儿在路边忙着采摘着野花。

“娘，这朵好看。”雪儿像个精灵一样，一个人正玩得尽兴。雪儿顺手采了一朵，她见娘今天高兴，便将花儿插在娘的头上，拍着手说：“娘真好看。”

秦水莲停下了洗衣服，看了看水中的倒影，拉过女儿在她额头亲了一口，笑着说：“嗯，好看，雪儿真懂事。”

“娘，教我唱歌吧！”秦凌雪更兴奋了。

“娘教你念口歌，好不好！”

“好！”雪儿鼓着掌。

“月亮爷，明晃晃，我在河里洗衣裳。洗得白，捶得光，打发娃娃上学堂。读诗书，写文章，一考考上状元郎。喜报送到咱门上，你看排场不排场。”秦水莲边洗衣服边教女儿。

秦凌雪学了四五遍，就自己跑到树底下一边采花一边学唱着。

突然间，一个女人的身影，打碎了母女俩的平静。

杨冬香的身影，此时却出现在泉边。泉不大，大约四尺见方，秦水莲想躲开，她现在实在不想和康家有任何的瓜葛。可是，想躲已经来不及了，自己要洗的衣服还没有洗完呢。她转眼一想，凭什么自己要躲呢？这泉水是整个关山堡子的，再说呢，她从小就在这泉边长大，躲也是她杨冬香躲啊？这样想的时候，秦水莲的耳朵里充斥着杨冬香故意叫两个儿子的声音，那声音叫得趾高气扬，叫得理直气壮，似乎还有众多炫耀的成分在里面。

“耀祖、耀宗，别乱跑哟，你们去树底下坐着。”杨冬香吩咐着孩子。

“娘，我们知道了！”稍微高一点的孩子回答着。

杨冬香早就发现了秦水莲，她才不会躲呢！这两年，她把家里上上下下打理得妥妥帖帖，已经稳坐康家女主人的宝座了。此时，她故意拿着小孩的衣服在秦水莲的对面蹲了下去，在石板上反复搓洗着，并拿出一块洋碱（肥皂），在衣服的衣襟上反复擦遍，又反复地搓洗着。

秦水莲在心底暗笑，显摆什么呀？洋碱、洋火这类洋玩意，路德明早已从城里给她带来了一些，只是，她更喜欢砸皂角，特别喜欢皂角的那种自然的清香，而且皂角也不伤皮肤。秦水莲很认真地用石头砸着皂角，“咣咣咣”的声音传得很远。杨冬香皱了一下眉头，不满地瞅了一眼秦水莲，在心里说：这个女人，生完孩子，身子怎么没多大变化呢？一股子醋劲不由得又泛了上来，在她的喉管里汩汩地冒着酸水儿。

康耀祖和康耀宗，两个孩子早已和秦凌雪打得火热，康耀宗摘了几颗野草莓，递给秦凌雪说：“姐姐，你尝尝这个！”

秦凌雪一口将康耀宗手里的野草莓吃了下去，咂吧着嘴赞叹道：“真甜！谢谢弟弟！”秦凌雪奶声奶气的声音，把杨冬香的目光也吸引了过去。

“耀祖，耀宗，一边玩去，不要和丫头片子玩。”杨冬香扯长了脖子大声地呵斥两个儿子，可是，她这喊声依旧没有阻挡住三个孩子在一起玩耍的兴趣。

“娘，我们玩跳方格，不打架的！”康耀祖显然比这两个孩子都懂事些。

杨冬香没有管住孩子们玩耍，心里的气更不顺了，骂骂咧咧地说：“从小都这么妖媚，长大也是个害人精。”她的这句话，一下子让秦水莲再也忍不住了，转过头去直问：“你骂谁是害人精？”

“我想骂谁就骂谁，骂那些吃着碗里的，看着锅里的妖精。”杨冬香的话更加激起了秦水莲的愤怒。

“你再骂一遍试试！”秦水莲从泉水边站了起来，她脖子上的道道青筋都暴起来了。

“骂一遍又怎么呢？妖精妖精！”杨冬香双手叉腰，声音比刚才更大了。

两个女人不由自主地朝对方靠近，杨冬香伸手抓住了秦水莲的头发，秦水莲也不示弱，揪住了杨冬香的衣领，两个女人扭打在了一起，衣服也被撕破了，头发都乱蓬蓬的如鸡窝般。孩子们在远处玩得尽兴，根本没发现这边已经是战火纷飞了。

突然间，杨冬香用力一推，秦水莲脚下一滑，掉进了水里，杨冬香瞬间懵了。

秦水莲还在水里扑腾着，杨冬香只是呆呆地望着，她被眼前的情形吓住了。

康承业正牵着驴从堡子山上下来，驴扯长了声音“啊噢，啊噢……”叫着不走了，康承业使了大力气，任他的鞭子再怎么甩，驴就是不走。

“奇了怪了？”康承业自语着。驴的声音停止了，康承业听见孩子们在远处传来的笑声，也停了脚步，来到了三个孩子旁边，见他们玩得尽兴，就逗孩子们玩。突然间，听见“扑通”一声，“快快来人啊，有人落水了，快救人啊……”杨冬香的声音带着哭腔，也被眼前的场景吓怕了，在泉边急得边跺脚边喊。

康承业大步流星地跑了过来，发现水中的人正在扑腾着，挣扎着，忽上忽下……

康承业没顾上脱衣服，便一个纵身跃入了泉水中，平静的水面溅起了一个硕大的水花，孩子们都惊慌失措地朝泉边跑来。

康承业用手托起秦水莲，由于被水一浸，秦水莲整个人沉了很多，加之水的阻力，给他的施救增加了一些困难。

康承业的左手紧紧地环着秦水莲的腰身，右手一边向外划拉着水，终于游到了岸边。秦水莲呛了好多水，躺在地上，人已经昏迷了……

康承业将她平放在泉边草地上，给她按压胸腔，秦水莲吐了一些水，但胸腔内感觉还有好多。他二话没说把她扛在肩膀上，倒立着，又帮她倒出了许多水……

秦水莲紧闭着双眼，仍没有彻底苏醒。杨冬香见到康承业，似乎这时才从恍惚中清醒了过来，“哇”的一声大哭着，嘴里喃喃道：“是她先骂我了，才推她的，可我并不是故意的，我也没用多大劲，她就掉下去了。”

康承业这才明白，是杨冬香把秦水莲推下水的。他急了，朝杨冬香大吼：“蓄水池子那么深，你怎么能把人推下水呢？万一淹死了怎么办？谁负这个责任呢？”

康承业的斥责声很大，连杨冬香也没有料到，她原以为康承业会安慰一下她，可他竟然嫌她把秦水莲推下了水。

秦凌雪见娘躺在泉边，一动不动，也吓得大声哭喊着：“娘，娘……”

康耀祖和康耀宗劝着秦凌雪，说：“姐姐，别哭。”康耀宗拿着一颗野草莓准备递给秦凌雪。杨冬香看到这里，更加难以忍受，她一把打掉儿子手中的野草莓，说了句：“咱们走！”拉起康耀宗就走。康耀宗屁股向后撅着，不肯走，嘴里喊着：“我还要和哥哥姐姐玩。”

“玩什么玩！走！”康耀宗被杨冬香强行拉走了。

此时的杨冬香，虽然感觉到委屈，但心里还是有一丝不安，如果秦水莲死了怎么办？那她可就是杀人犯了，她也是用逃跑来掩饰自己的惊惶。

康耀祖一边给秦凌雪擦拭着眼泪，一边劝她说：“姐姐，不要哭了。”

康承业看秦水莲还没有苏醒的迹象，慢慢地伏下身子，双膝跪地，将嘴对准了秦水莲的嘴，准备给她做人工呼吸。

此时秦水莲，面色绯红，让康承业有些恍惚，他想起了大雪之后，关山草原上那次初吻，仿佛水莲那温软的双唇，激动的心跳，绯红的脸色一一浮现在面前。他望了一眼秦水莲，她雪白的肌肤，像干净的水晶，脸色虽然有些微微发白，但却清新诱人。他的深瞳里划过一丝细微的暗色。

他的脑海里，恍惚看见了那个在关山草原上追逐着红狐的她，想起了她的笑，她白皙的牙齿，她柔情似水的怀抱。

他俯下身子，目光在她的小脸上流连着，深邃的目光有暗潮涌动。

突然，他一手勾起她的脑袋，就将唇凑到她唇上。

那香软的唇瓣，让他微愣，继而，康承业讳莫如深地眸底溢满了深深的爱意，他有点无法自控了。

听清楚了儿子溢出唇间的叫声，“爹……”一瞬间把他唤醒了。他才明白，两个孩子就在跟前。

突然间明白，她早已不属于他。“我在给阿姨做人工呼吸，不然，她会死的。你们先去树底下玩去，不要打扰爹，爹在救阿姨的命。”康承业给两个孩子解释，并催促孩子们离开。

他匆忙将手松开，像握到了烫手的山芋。她只觉得心底有一股温热，脆弱的防线终于坍塌了，她像贪婪的孩子一般，主动地向着他靠拢，一寸寸靠近。

那温热的触感几乎逼疯了他。秦水莲终于醒了过来，再一次用力地挣扎着，像昔日在他怀中那次，又像在水中溺水的那一刻……

她神志恢复了清醒，看见是康承业。一声不吭，便朝着他的手腕一口咬下去。康承业只觉得一阵钻心的疼，大叫了一声，连忙松开了手。

秦水莲猛然推开了康承业，他没有准备，一下子被推倒在地上。康承业从她身边站起来，唇角微微扬起了淡淡的弧度。

“你别过来，你再过来，我就跳下去！”秦水莲此刻真的像疯了一样。

“好好好，我不会碰你的，你放心吧！我这就走。”康承业左手掌向前，示意她不要做傻事。他太了解秦水莲了，性子倔得像头牛。

秦水莲警惕的眼神，还残留着一些惶恐和不安。他急忙转身，迈开大步牵上驴走了。

秦水莲长长地呼了一口气，眼里还残存着一丝丝失落。

康承业回到家，将驴拴好，杨冬香自知理亏，觍着脸问："回来啦！"

康承业故意黑着脸，从鼻腔里"嗯"了一声，便向屋里走去。

"她怎么样呢？"杨冬香心里还在忐忑着。

康承业顿住脚步，深目望了她一眼，心说：你这个女人还算有点良心。

"呛了点水，估计歇几天就好了！"

康承业急忙进了里屋，他怕杨冬香看见他手腕上那个伤痕，又不知道会闹成什么样。女人之间对这种事情本来就敏感，何况，秦水莲还是她心中的情敌呢！

康承业拿出药匣子，取出了止血粉，将左手腕的伤裸露在外面，这才发现，那些牙印里面都在渗血。他摇了摇头，自语道：这是有多恨我啊！

他将止血粉撒在伤口上，用一块白纱布将手腕缠紧，突然听到门外响起了脚步声，他手忙脚乱地连忙收拾残局。

12

日子如同关山的雪一样消散了。转眼间，孩子们都已经长大了些。

康承业给两个儿子用刀子刻了个小木头人玩，耀祖刚拿到手里，耀宗便丢下手里的拨浪鼓去抢小木头人，耀祖不给，耀宗便去抢，一把将哥哥推倒在地上，哥哥的头磕在了石头上。杨冬香急忙给耀祖止了血，康承业回家来，发现儿子额头上的伤，问："娃娃的头怎么了？"杨冬香闪烁其词地回着话："是娃自己不小心滑倒了，磕伤了。"康承业疑惑地目光望了望康耀宗，看到耀宗低下头，说："爹，不是的。是我不小心把哥哥撞倒了。"杨冬香急了："耀宗，你说什么呢？"康承业明白了，他双手将两个娃娃都揽入怀中爱怜地说："你俩是兄弟，不能打架，尤其是耀宗，你小，你应当让着哥哥，不能打哥哥的。你刚才主动承认错误，就是诚实的孩子，应当表扬你。”两个孩子似懂非懂地点点头，又一起携手跑出去玩了。

康承业严肃地对杨冬香说：“你怎么能当着娃娃面撒谎呢？这样教出来的娃娃，长大了能不撒谎吗？”杨冬香嘟噜着嘴说：“不就一点伤口吗？你至于吗？”

“我说的不是伤口，是诚实的问题。等开春了，让他们都去上学吧！”康承业已经做了决定，也不再去看杨冬香的脸色。

秋天刚到，孩子们便入学了，康耀祖、康耀宗、秦凌雪他们三个在一个班里读书。由于班里只有秦凌雪一个女孩子，经常会被那些调皮的男孩子捉弄。有时候，偷吃她带的馍，有时候，给她的书包里塞青蛙，捉来蛐蛐儿夹在她书里面，秦凌雪拿他们也没有办法。

有一天，放学后，秦凌雪背着书包，刚走到学校门口的小树林里，就被三个男生堵在了路上，秦凌雪吓得“哇哇”大哭起来。

康耀祖将书包递给康耀宗，飞奔着跑到秦凌雪的跟前。三个稍微大一点的孩子，刚抢了秦凌雪手里的馒头和书包。其中一个孩子将秦凌雪的书包顶在头上，故意转着圈儿玩。

康耀祖不由分说，厉声道：“把书包还给她！”

“凭什么要听你的呢？又不管你的事？”另外一个孩子比康耀祖大一些，不屑地看了康耀祖一眼。另一个男孩也围了上来，对他说：“哟呵，你这小子看来经打！”

“你们欺负人，我就得管。”康耀祖挽起了衣袖，拉开了架势。

康耀宗背着两个书包赶到，看见这架势，估计哥哥要吃亏，连忙拉了一下哥哥的后衣襟。

康耀祖给弟弟使了一个眼色，弟弟会意，突然大声喊道：“先生来了！

先生来了！”那几个孩子一听此话，连忙丢下秦凌雪的书包撒腿就跑。

康耀祖这才长长地呼了一口气，心里怯怯地说：“要真打，咱们可能真不是人家的对手。”

康耀宗从地上捡起书包，拍了拍上面的土，递了过去。说：“妹妹，快别哭了，再哭成花脸猫了。堡子的风这么大。”

秦凌雪止住了哭声，从康耀宗手里接过书包，她说：“弟弟，谢谢你们了。”

“以后就让我们兄弟俩保护你吧！”康耀祖像个大孩子一样说得很豪气。

“好，拉钩！”三个孩子齐声喊，“拉钩，上吊，一百年不许变。”他们俩把秦凌雪送到了家门口，这才返身回家。

秦水莲从里屋看见了这一切。秦凌雪刚一进门，喊了一声：“娘！”她便把女儿叫了过来，大声说道：“以后离康家那两个小子远点！一看就不是什么好东西！”秦水莲声色俱厉。

“娘，今天有几个男孩子欺负我，是他们俩救了我。”秦凌雪解释道。

“他们还说，以后上学放学他们也会保护我的。”秦凌雪的声音很甜，但秦水莲无论如何乐不起来。

“那也不行！”

“娘，为什么？”秦凌雪委屈的泪水在眼眶里打转，她努力着不让眼泪掉下来。

“不为什么！”秦水莲疾言厉色。

秦凌雪噘着嘴，不言语。秦水莲转身进了里屋，根本不理会女儿此刻的心情。

转眼孩子们的寒假已过半了，猫了一个冬季的康家湾人又着手准备装社火了。

秦家堡人也按捺不住了，他们一齐聚到了秦招财的家里。此刻，秦招财正趴在炕头，蜷缩成了一团，喉咙像拉风匣一样，“呼哧呼哧”地喘着，咳嗽声一声接着一声，旁人听得喉咙都痒痒了。

大家你看看我，我看看你，都不好意思再说社火的事情了。只是问候秦老会长的病情，督促他早早去大医院治疗，别耽搁了。

还没等秦招财发话，他们都像泥鳅一样溜出了会长家。大家边走边议论，今年还是算了吧，歇一年，秦会长都病成这个样子了，也没个主事的人，今年就先不装社火了。

没有讨论出个什么结果，大家便都兴味索然，蔫巴巴得像霜打的茄子一样，总觉得今年少了点什么。

正月初五晚上，康家湾的社火，白天在村子里演了一天了，但还不觉得乏，一个个精神抖擞地又开始演地台社火了。

大家都围在庙前的院子中，里三层外三层地围观着，小孩子们低着头，从大人缝隙里往里挤，想挤到前面去看。

场地中，一个男扮女装的媒婆，脸上画着一只鸟，嘴角的一颗硕大的黑痣随着他的说唱，也跟着扭动起来。嘴里噙着个大烟锅，正在唱着给人说媒，唱词是现编的，似乎每个人他都能给你说个子丑寅卯来。看到大姑娘，现场编一句：

刘家姑娘一枝花，今年刚刚一十八；
小伙先别流涎水，明儿给你做媒去；
后天咱就下聘礼，年底抱得美人归。

看到胡须一大把的大爷，也不忘顺便调侃一句：

大爷大爷眼别馋，见到美妞心喜欢；

大娘在屋候着你，送你一个耳刮子。

没人在意他编得词不工整，也不对仗，大家都知道是在演戏，被调侃的大爷大娘们也不恼火，看到热闹处，大家都笑得前仰后合。地台社火，这种现场参与感特别强的社火形式，一下子就把大家的情绪都带入到了场景中。

看完了康家湾的地台社火，秦家堡的人回到家，家家户户的灯都亮着，大家都失眠了。他们都不约而同地来到了路德明家。秦水莲热情地给大家倒水，递小板凳给大家。有好几个人都不喜欢坐着，直接靠着墙圪蹴在他们家地上，掏出烟锅闷着气，一烟锅接一烟锅地抽着，一时间，满屋子烟雾缭绕。

毛孩说，路叔，这一旦不装社火了，正月里都不知道要做什么呢？老觉得缺点啥呢？

铁锁也说，哥，要不，你把这社火会给咱挑起来吧？这几年，大家都看在眼里，记在心里的，心里跟明镜儿似的。

福根说，这一旦不装社火了，你看咱村的人，个个都偎着墙根晒暖暖（太阳），精神头都倒了。

路德明把噙在嘴里的烟锅拿下来，在鞋底上用力地磕掉了烟灰，说了句：“走！”便起身向门外走去，大家都跟在他后面，边走边讨论着。

他们一行人来到了秦招财家。秦招财依旧在喘着粗气，路德明先问了一句：“爷，您这身体……”大家还没说明来意，秦招财便拦住了他的话头说：“知道大家都想装社火，我，我这一时半会儿，也好不了。装可以，不过，会长只有路德明能胜任，现在改选来不及了，先让他今年领着大家，行不行？”

“行！”大家异口同声地表示都没有意见！现实情况明摆着，这几年，路德明虽然不是会长，但会长身体不好，大大小小的事情，都是路德明在操持着，从社火的设计到装扮，以及角色所涉及的历史朝代，他都丝毫没有马虎过。

正在这时，门外有人问：“秦会长在家吗？”秦老夫人便出门去应声，一看对方手里拿的东西，便明白了，急忙说：“在呢在呢！快请进吧！”夫人掀起门帘，让来人进门，透过微弱的煤油灯光，路德明一眼认出来了，这个人是康承业。康承业直截了当地将拜帖塞到秦招财手中说：“秦会长，明天初六，我们康会长说，想来咱们村转社火，给大家拜年祈福。您老看咋样？”

秦招财接过拜帖，拿在灯下看了看，连连点了点头，说：“好好好！你们会长还有什么打算吗？”

按规矩，社火队要先在本村的小庙里拜神，然后才挨家挨户地要社火。要社火的顺序是，先近后远，先本村，后邻庄。而且活动全凭自愿，能参加社火演出被村里人认为是件光荣的事，同时也能给自己未来的一年带来吉祥和好运。

康承业说，我们会长说了，初六在秦家堡，初九去后沟，那里有上九会，十四去黄花峪。这些地方都是逢庙会去表演的，另外的时间随机安排。还有，我们会长的意思，十五这天，邀请秦家堡社火一同去县城游演，要把整个关山堡子的气势要出来。

“好！”秦招财这一个“好”字出口，声音洪厚，如木槌敲大钟般带着“嗡嗡”的底气，这次，他没有咳嗽，也没有喘。

路德明代替秦招财把康承业送出门，然后转身进屋，重新坐回小马扎上。秦招财发话了：“德明，既然大家都同意你当社火会的头，你就不用推辞了，来说说你今年的打算。”

路德明说：“大伙儿信任我，是我的荣幸，我一定不辜负秦家堡人的期望，努力把今年的社火装扮好，咱社火会绝不能输给其他村。”

有人大声喊：“十五还要抢到三官殿的头炷香。”

“就是，社火就是要祭祀火神，预示着这一年才能红红火火。”

“好，说得好！”大家一齐鼓掌。

“那这么说，十五早晨就得凌晨两点起床呢。”大家都哈哈大笑说，“会长一般晚上都不睡觉的。”

十五这天，秦家堡和康家湾又拧成了一股绳，铆足了劲头，都拿出了自己的看家本领，把能装的角色都装上了。阵容庞大，气势恢宏。他们挑着“关山堡子”的牌子，天麻麻亮，社火队已经走进了陇州城，吸引了众多的眼球。

大家都松了一口气，看来，今年一定能抢到三官殿的头炷香。

康麦换和路德明他们并没有松气儿，全县二百多家社火会呢？谁家都有可能抢到头炷香的。

锣鼓家什的声响飞扬着，队伍以行军的速度前进着，长长的队伍中，仍不时发出了阵阵笑声。

西关三官殿的巷子比较窄，从高处看过去，就像谁扔了一道麻绳，曲里拐弯的，并不好走。

社火队伍要想挤进去，那还真不是一件容易的事情。

谁想到，当他们欣喜地刚走到巷子前，高堎村的马社火也赶到了巷子前，两队人马互不相让，都在这狭窄的巷子里争夺着地盘。两队开道的锣鼓队，更不是省油的灯，推呀，挤啊！刚开始，大家稍微还能以礼相待，稍后，都按捺不住了，两家都呈对峙之势，个个儿摩拳擦掌，如同作战的两军对垒。

关山堡子历来就是古代屯军和进行军演的地方，流传下来的精气神这个时候都用在了社火上，这一点，根本吓不倒他们。突然间，高堎村的一个鼓手，用鼓槌把关山堡子敲锣的人打了一鼓槌，关山堡子人，心里窝的那一股子火，早已跃跃欲试，喷薄欲出。

关山堡子的鼓手、打镲的、敲锣的、拉马的都一齐拥上来，两个村的社火队扭打在了一起，现场一片混乱，但是，他们还是不肯相让。康承业和路德明趁大家混乱之时，知道自己是为了争头一炷香而来的，而不是为了来打架的。

康承业趁势往前挤去，结果，被谁的镲把耳朵割破了，血顷刻流了下来。路德明连忙喊道："大哥，你的耳朵被割破了。""没事，我向前冲，你来抵挡。"

"好！"两个人迅速将队伍整理了一下，等高堎村的社火队刚刚反应过来时，关山堡子的社火早已冲到了三官殿的庙前，队伍绕着庙门已转了一圈了。康麦换欣喜地在庙里上着香，而高堎村的社火队员们，个个沮丧着脸，互相责备着、埋怨着："我们这么大一个村，还争不过一个小山村，说出来让人笑话。"

但其实，斗社火不光是为了争得头炷香，而是争一种气派、斗一下威风、比一下智慧。看谁家社火队的阵容、队伍是否庞大，看哪家社火装扮的角色多，服装道具新颖。今年你们装 20 传社火，我便装 30 到 40 传社火，一定压倒对方的气势。看谁家锣鼓队气派大，你们队 30 面锣鼓，我们就 50 面，甚至百面锣鼓。看谁家对故事人物的角色扮演的形象高大，骑的马雄健，表现的历史典故精彩。再次就是斗技艺，看谁家社火设计精巧，造型大气，化妆精美，扮相逼真，锣鼓声乐雄浑豪壮，游演队伍阵容整齐。要斗社火，每个社火必然会使出浑身的解数，尽力一搏，今年如果胜出了，是志在必得，若输给了对方，明年则必会积蓄力量，再决胜负。他们表面是在斗社火，实质上是经济实力、村威民风、人才技艺和文化品位的比较与评估。

说到今年的斗社火，秦康两家受伤都不严重，都是一些皮外伤，这事就这么过去了。三官殿的会首在巷子里摆设桌椅，上面置了红和麻糖，鸣炮迎接。主管会首挂香烛柬帖在神位前焚香敬祭神灵，各方会首互相作揖，社火在场院游演三周，并接受三官殿的慰劳品。

上完头炷香出来，轮到高坡村的社火去敬火神了。他们的社火队员们放出话来，说："明年，我们一定是头炷香，走着瞧吧！"关山堡子的人，个个都兴奋地大喊："我们等着。"

他们开始在县城里游演了，街道中的商铺们，又是放炮，又是搭红的，当然还不忘给一捆麻糖或者点心，慷慨一点的，甚至给的是一盒陇州特产的马蹄酥。

这一天，陇州城里张灯结彩，整个街道被围得水泄不通，那锣鼓家什儿一响，似乎把沉睡的人们敲醒了，大家便从各个沟沟壑壑里涌到了陇州城里。数百面锣鼓一齐奏响，威震山河，激越昂扬的锣鼓声，时而宽松舒缓、欢乐祥和；时而亢奋激荡，势如破竹、如雷贯耳。"嗒嗒嗒"的马蹄声，踏出了古战场的雄风，无一不蕴涵着出征、布阵、进攻、激战、班师、凯旋等古战争的精彩画面。锣鼓是社火的灵魂，更传递着极丰富的文化特色。

街道里有踩高跷的，唱木偶戏和参军戏——要大头、杂技、舞狮舞龙的，划旱船的和跑竹马的，扭秧歌、唱曲儿和跑彩旦的，各类社火你方唱罢我登场，精彩纷呈。挈社火和高跷社火晃晃悠悠地走着；血社火让人感觉既好奇，又神秘；马社火气势磅礴，感觉要去战场拼杀；高芯社火上的小猴子在不停地翻跟头，人群中发出一阵阵喝彩声。游演的社火队伍长龙一般。如果从高处俯视，密密麻麻的观众人群，就像蚂蚁一样，摩肩接踵的，挤得人连转个身都困难。人多，全靠保安队维持秩序，只有社火队伍过来了，大家才自觉让开一条道儿，如同船行在水中，船来了，浪从两边退去；船行远了，一波大浪又涌了过来。

关山堡子的社火，领了风骚，街道两边的商铺和住户，都邀请他们的黑虎、灵官、关公去家里走一圈，抖抖威风，可以保一年太平，生意兴隆。这三个角色就没法骑马了，只能步行。走一条街下来，黑虎的金鞭上，早搭满了红；关公的青龙偃月刀上，也早已缀满了红，看不到刀的模样；灵官手里的铁链子更有意思，直接搭满了红，似乎早就为了搭红而准备好的，谁还在意它是社火角色的武器呢？

天早已黑透了，正月里的风，像刀子一样锋利，玩了一天，收兵回营，打道回府。半道上，清点了所有的礼品和钱物，两家心平气和地平分。

路德明做起这些算账的事儿，算盘珠子打得得心应手，手指翻飞，看得人眼花缭乱。康麦换赞许地说："你这后生了得呀，秦家堡有你，这社火会就不会倒下来。"

路德明憨厚地笑笑说："康伯过奖了，我还得多跟您学习呢！"快到村口了，大家都打起了精神，锣鼓家什"咚咚呛呛"地重新敲了起来，仿佛一条火龙穿越黑色的夜，向山神庙走去。

村里的大人小孩，都挑着纸灯笼站在村口迎接社火回村。那一个个形态各异，逼真可爱的纸灯笼，连成了另一条火龙，将整个村庄都点亮了。

孩子们个个兴奋地挑着灯笼喊："游灯躲灯，娃娃他娘冻脚疼……"村庄里的这股热火依旧停息不下来。直到灯油尽了，孩子们才依依不舍地走回家去。

康麦换扯着浑厚的嗓子喊了一句：谢将。所有的角色都开始下马，围着山神庙又转了三圈，整个场景严肃神圣。康会长点了两张黄表纸，跪下来朝山神爷磕了几个响头，角色们也跟着跪下磕头。锣鼓家什一直敲着，将冬夜敲出了新的气息，夜似乎有了新意，怕是春天也被早早叫醒了吧？

其实，谢将仪式是人们认为社火角色演完后，便脱离了神灵的化身，使神灵回归原位，感谢神灵给人间的赐福赐财赐平安以及驱邪除魔之功。

“谢将”完毕了，所有角色回各自的社火会卸妆。

忙完社火会的事情，演员们都卸完妆回家了，康承业和爹一路摸黑回到家，今晚的月亮哪里去了呢？

康承业抬头望了望天空，月亮坠入了黑云中，他忍不住地对爹说：“这都立春十天了，天还这么冷，明天怕是又要下雪了吧？”

爹没抬头，慢慢地说：“快到雨水节气了，估计会有一场倒春寒。”

父子俩走到家门口，孩子们都呼啦啦迎了出来，大声叫着：“爷爷，爹爹！”

小兄弟俩分别扑进爷爷和爹爹的怀中，爷爷从兜里掏出了两块点心，给了两个小孙子。两个小家伙兴奋地拿着点心，嘴巴甜甜地说：“谢谢爷爷。”

康耀宗歪过头来对爹说：“爹，刚才听你和爷爷说节气，我们俩也会背节气歌，我们先生教的。”

康麦换一听孙子这么说，一下子来了精神头，高兴地说：“乖孙娃，来，给爷爷背一下节气歌。”

康耀宗摇头晃脑地背着：“春雨惊春清谷天，夏满芒夏暑相连。秋……秋……”这小家伙估计忘记了，不好意思地抬手挠着后脑勺。

康承业说：“来，耀祖给你弟弟补上。”

康耀祖性情稳重些，一边慢慢在地上走来走去，一边背诵着：“秋处露秋寒霜降，冬雪雪冬小大寒。每月两节不变更，最多相差一两天。上半年来六廿一，下半年是八廿三。”

康麦换捋着胡须说：“后生可畏啊，好好学。康家的未来全靠你们了。”

康承业问：“先生说没说二十四节气是什么了？”

“讲了，先生说，二十四节气表达了人与自然宇宙之间独特的时间观念，蕴含着中华民族悠久的文化内涵和历史积淀。”耀祖说，“老师还说‘每个节气都有其独特的含义，它准确地反映了自然节律变化，在人们日常生活中发挥了极为重要的作用。二十四节气不仅是一种时间体系，更是一套具有丰富内涵的生活生产与民俗系统。’”

康麦换和康承业不由地都“啧啧”点头称赞，康麦换抚摸着两个小孙子的头，心里更是乐开了花。耀宗这性子像个猴子，脑子也转得特别快，又问康承业：“爹，今年怎么没有宁果和马蹄酥呢？”

康承业说：“今年装社火的人多，挨个发，先紧着给社火演员和打锣鼓家什的先发，轮到爹这儿，就没有了。”

“噢。”两个孩子一脸失望地进了屋。不大一会儿，又一前一后拎着灯笼愉快地去游灯笼了。

杨冬香将早已调好的荞麦凉粉端上了桌，虽然荞麦凉粉有点青黑，却劲道透亮，再淋上点蒜汁，浇上油泼辣椒，吃一口，酸辣味道直抵喉咙，让人忍不住咂着嘴巴。康麦换吃了一碗还打算再吃，康承业却嘀咕着：“这么冷的天，用蒜苗或者葱煎凉粉多好，比这还香，也热乎些。”康麦换连忙纠正儿子道：“你忘了这冰口疮呢。正月十五吃凉粉，一年都不得口疮。”

“爹，老皇历了，口疮那是脾胃不和、积食上火，或者缺乏维生素引起的。以前，我娘在的时候，咱们每年正月十五吃凉拌凉粉，口疮照样得哩。”康承业也没有搞懂，自己为何要和老爹争论这个，以前爹说啥是啥，自己从来不争辩，哪怕爹说错了，他也听听就是了。他仔细想了一下，可能是自己自从当爹了之后才开始这样的。

“你说得有道理，以前的人，生活条件艰苦，医疗条件不好，所以只能是试试各种偏方呀、食疗方呀等，当时肯定是见效了，才会一直流传下来的。”康麦换讲了实情，康承业连忙点头表示同意。

父子俩正说着话，康耀宗却哭着跑了回来，说纸灯笼烧着了，被邻居的娃娃大刚子用石头打倒了蜡烛，蜡烛把灯笼燃了，杨冬香听完，非常生气，拉着儿子就要去找人家娃娃评理。康承业赶紧制止：“你们干啥去？娃娃们在一起打闹，再正常不过了，不许去。”杨冬香气鼓鼓地说：“你就喜欢吃这哑巴亏。”

康麦换见这两人杠起来了，也忍不住地说：“吃点亏是福，再说，灯笼着了，寓意来年红火么。”

杨冬香一直打心眼里佩服自己老阿公的为人处世，一听老阿公说了，坐那儿不言传了。康承业突然问儿子：“你哥呢？”

康耀宗说：“我哥和大刚子正打架着呢。”

康承业一听急了，顺嘴来了一句，小兔崽子。放下碗，一个蹦子出了门，脚下的小板凳都被带倒了。杨冬香一看，气不打一处来，狠狠地瞪了他一眼说：“偏心眼。”其实是杨冬香想错了，康承业正出门时，见两个娃娃都倒在地上，厮打在一起，脸上、身上都滚成了土猴儿。康承业见状，大喝一声：“康耀祖，你给我住手。”两个娃娃一听，都不约而同地住了手，从地上爬了起来。大刚子明知自己理亏，“嗖”一下跑远了。康承业揪住儿子的耳朵，训斥道：“一天天不学好，还学会打架了。”康耀祖偏着头，瞪着眼睛，犟嘴道：“是他故意打坏了弟弟的灯笼。”“那也不能打架，这样一来，有理都会变成没理了。再说了，君子动口不动手，以后不能再打架了，知道吗？”康承业松开了儿子的耳朵，康耀祖有些不服气地、气呼呼地用手捂着还在发烫的耳朵大声说：“记住了。”康承业知道这头犟驴还需要时间去消化他的训导。一路上，他很想停下来抚摸一下儿子被揪红的耳朵，很想拥抱一下这个弱小的家伙，但他忍住了，他装作不理儿子，径直在前面走，儿子一脸不情愿地在后面跟着他回家了。

康耀宗知道父亲不仅揪了哥哥的耳朵，还批评了哥哥，走到父亲跟前说：“爹，你错打哥哥了，是大刚子挑的事儿。”康耀祖见弟弟为自己鸣不平，急忙跑过来捂住了弟弟的嘴。康承业“嘿嘿”笑了两声说：“嘿，小兔崽子，还会跟你爹讲理呢！”康麦换坐在炕头，“吧嗒吧嗒”地抽着烟，有些骄傲地说：“一代更比一代强啊！你是得问清楚状况了。”康承业有些不好意思，但仍黑着脸说：“好，我来给你分析一下。起初是大刚子弄坏了耀宗的灯笼，然后，你哥就去和大刚打在了一起，谁先动的手？”康耀宗抢着说：“是大刚子先动的手。我哥就问他，为什么要打烂我弟弟的灯笼？他说，我就想打，看不惯，咋了？然后，他就上前给了我哥一拳，我哥才还手的。”康承业说：“这么说来，是我错怪你哥了，来，耀祖，让爹看一下，耳朵是不是被爹揪疼了？”康耀祖走到爹跟前，康承业顺手将儿子揽在怀中，抚摸了一下被自己揪得发烫的耳朵，细看了一下说：“幸好没伤，以后这种事情咱不要去和他理论，打烂了咱回家再挑一只玩。再说，明显的人家是挑事，你这一理论，刚好中了人家的计。以后，见这种娃娃躲远点，咱惹不起还躲不起嘛。古人都说，两害相权取其轻呢。为一个灯笼不值当。还有，他说看不惯你们俩，你们俩做了什么事让他看不惯了？”

两个儿子也很疑惑，康耀祖突然记起来了，说：“我俩经过他身边的时候，听他给其他娃娃说：‘这哥俩穿这么新的衣服，灯笼还是蟾儿灯，信不信，我一会儿就让他们的新衣服变成旧衣服？’”康承业听完儿子的描述说：“像这种事儿，咱更应当躲了，你想想，人家看不惯你穿的新衣服，明显是针对衣服的，你这和他打架时，两个人都滚在地上，都弄脏了，那不就成旧衣服了吗？耀宗，看看你的衣服好着没有？”康耀宗低头找了一下，发现衣襟前有一个小洞。康耀祖说：“我记起来了，是大刚子先朝你扔了一个鞭炮，然后才用小石子打坏灯笼的。”

父亲教导儿子的时候，康麦换微微笑着，摸了摸两个小孙子的头说：“你这就对了，咱不去惹事，也不要怕事，见了烂人烂事不要去纠缠，躲远点就行了。”随后，又说：“我今天觉得乏得很，得早点去睡了，你们也早点睡吧！”

13

躺在热腾腾的炕头上，康承业卸下了满身的疲惫，一觉睡了过去。等他急忙起来的时候，发现天已经大亮了。

以往只要爹在院子中，稍微咳嗽一下或者有一点点儿动静，他都会立马起床的。

他问杨冬香：“你今早看见爹了吗？”

杨冬香正在厨房忙活，头也没抬地说：“没见啊？可能早都出去了吧？”

“不对呀？大门都紧闭着，爹应当还在睡觉。”

他自语：“爹怕是太累了吧？”

他没去打扰爹，这些日子，为了社火会的事情，爹没少操心，让老人家睡个好觉吧！

直到早饭做好了，还不见康麦换起床。康承业隔着门喊：“爹，爹！起来吃饭了。”

康麦换在里面翻了一下身子，说：“我不想吃，你们先吃吧！”

康承业觉得蹊跷，轻轻地推了一下门，门闩没拴，门“吱呀”一声打开了。

康麦换躺着没动，康承业摸了摸爹的头，感觉有点烫，急忙说：“爹，您这怕是感冒了吧？我赶紧找个大夫吧。”爹从喉咙里“嗯”了一声，再无话。

康承业连饭也没顾上吃，就急匆匆去找大夫了。大夫来了之后，先是给康麦换把了一下脉，又用眼神示意他们出去说。在客厅里，他摇了摇头说："给你爹准备后事吧！"

"我爹这一直都好好的，怎么突然就……"康承业嘴唇哆嗦着，说不下去了。

"八十三岁的人了，想开些，如果需要了再叫我……"大夫劝慰完康承业，收拾着诊箱，就打算离开了。

"那你给开个药方吧？"康承业突然才记起爹不管得了多大的病，无论如何要医治的，康承业恳求着大夫。

"也行吧！"大夫跟着康承业坐在了桌边。他知道儿女们的孝心，是不忍心眼睁睁地看着老人生病而不去医治的。

杨冬香在一旁哭哭啼啼地，两个孩子趴在爷爷的炕头前，轻轻地叫着"爷爷，你醒醒吧！"

康麦换虚弱地想抬起胳膊，无奈胳膊无力，刚半抬起又落下了。

康耀祖一把拉过爷爷的手说："爷爷，你想摸摸我们俩吗？"

康麦换抬起沉重的眼皮，慈祥的目光望了望两个孙儿一眼，又合上了。

康耀祖、康耀宗兄弟俩把爷爷枯树般的手掌拉放到他们的脸上摩挲着，一点也不觉得爷爷的手扎脸，搁往常，爷爷摸他们的脸，他们都嫌弃爷爷的手皮粗糙，不让爷爷摸。

给爹开完药方之后，康承业发现杨冬香在父亲炕头前哭泣，他一把将她拽了出来，悄声说："你哭什么？爹现在不是还活着呢？"

杨冬香赶紧擦干眼泪，问："大夫怎么说？"

康承业没再说话，拿出药方，吩咐其他人去给爹抓药。自己再一次进去看看爹。

康承业还不想认同大夫刚才说的话，他总认为爹应该没事的，会好起来的。药熬好后，康承业给爹喂药，爹似乎真的是累了，连抬嘴唇的劲儿似乎都没有了，多半中药水顺着嘴角流了出来。他边喂边用手帕擦。康承业一整天什么事情也没干，就一直守着爹，他想陪爹说说话，可爹似乎有很多的瞌睡需要睡，根本不想睁眼睛。

康承业就那样茫然地望着爹，按说，像他这个年纪，已经能接受人生的生老病死了，可面对和自己朝夕相处的爹来说，现在他也不知道该怎么办了。

两个孩子放学回来，都跑到爷爷房间来看爷爷，康麦换看到孙子那一瞬间，突然坐了起来，把两个孙子抱在了怀中，一副恋恋不舍的样子。

康耀祖用手指缠着爷爷的白胡须玩，康耀宗则坐在爷爷的腿上捏着爷爷的耳垂玩，康承业进门，看到两个孩子这么放肆，急了，大声呵斥着儿子："都快下来，爷爷的病还没好呢？你们就来胡闹。"

康麦换却笑微微地说："我就喜欢让孙子闹，这才好。"

他指了指地上的箱子炕桌说："你打开中间那个抽屉，有个布袋子，拿出来。"

康承业照办，把布袋子交给了爹，爹说："这是一份明清时期的脸谱和我整理的社火资料，你一定把它保存好。另外，你要想尽一切办法打听，尽可能找到你秦叔写的那前半部分，这样才完整，也才能解除他们对康家的怀疑和猜忌。"

康承业面露难色，迟疑了片刻，对爹说："爹，我也想答应你，可秦叔被哪路土匪抢了，这都过了这么多年了，上哪打听去。再说，那些土匪说不定让政府给捉住了呢？更何况，他们一见对自己没有价值的东西，估计早都扔了。"

"如果，如果……"康麦换不断地咳嗽着，康承业急忙上前帮着捶背。

"我知道不容易，容易还让你打听什么呢？"康麦换显然有些生气。

"好好好，我答应您。您说这会是谁干的呢？他们要社火手稿做什么呢？"康承业提出了自己一连串的问题。

“爷爷，爷爷，给我们讲个故事吧！”两个孙子摇着爷爷的胳膊，打断了他们父子俩的谈话。

“好，爷爷给你们讲个故事。”

康麦换半靠在炕角，抚摸着两个小孙子的头，高兴地说：想当年，爷爷像你们这么大的时候，有一年，天大旱，庄稼几乎颗粒无收。爷爷跟着你太爷爷一起出来要饭吃。那时候，大家的日子都不宽裕，路上饿死了好多人。你太奶奶已经饿得实在起不了床了，怀里还有三个孩子，都等着吃奶，可是，你太奶奶已经没有一滴奶水了，整个人瘦得前胸贴着后背了。

后来，你太爷爷就把我领着，一路走来，走到关山堡子，饿晕倒在了一户人家门前的石狮子旁。你太爷爷虚弱无力地伸着手，嘴张得大大的，却说不出来一个字儿，随后，他就晕了过去。

我以为你太爷爷快死了，就大声地哭喊着。摇着你太爷爷的胳膊，想把他摇醒来。这家的管家回去禀报了老爷，老爷命人拿出两个白麦面馒头，又端来一碗热汤，给你太爷爷灌了下去。你太爷爷喝了点热汤，竟然奇迹般醒了过来。

你太爷爷就跟这家老爷讲，家里还有四口人，没有饭吃，快饿死了。如果他们愿意把我留下来，当伙计也行，只要给口饭吃，让我能活下来。他们商量的结果是——你太爷爷不知何时背走了半袋麦子，而我却再也找不到你太爷爷了。我就蹲在人家的墙角里，默默地流眼泪。我想我爹、我娘，还有我的弟弟妹妹们。

有一个丫头在墙角落里找到我，她把我领到他们家前厅的八仙桌旁，老爷坐在太师椅上，端起一碗盖碗茶，慢慢地掀起茶盖，吹了吹浮在上面的茶叶，细细地品了一口，然后，放下茶碗，转过头来，正面打量着我，好半天不讲话。

我仰起头问：“我爹呢？”

他睁大眼睛，望了望我说："你爹早回家了。"

"你骗人，我才不信呢。"我说这话时，是根本没有底气的。随后，老爷就讲了，我们康家没有男娃，你就是康家的儿子了。实话给你讲了，你爹现在估计已经到家了，我是用半袋麦子把你换下的，你以后就叫麦换了，跟着我们家，你饿不着肚子。

"可我不想给你们家当儿子！"我那时候犟啊！

"哈哈哈……"康家老爷昂起头笑，连房门外的麻雀都惊飞了。

站在旁边的康家夫人听到这里，气得脸都绿了，恼火地说："你，这娃娃真犟。你爹娘已经养活不了那么多娃娃了，怕你们饿死，他求我们，我们才收下你的。你竟然……老爷，你看这……要不送回去……"康家夫人询问着老爷的意见，等着他发话。

"不，留下，这娃娃随我的性格。给他换身干净的衣裳，带他到我的书房。"康家老爷起身，背着手离去了。

我被带到了康家老爷的书房。近七十岁的康家老爷，书房里收藏了好多书籍，满墙都是书啊！说来也怪，我竟然被这满墙的书给吸引了。虽然不识一个字，我却抱着那些书籍闻着，觉得那墨很香。老爷就让我读私塾，跟着老先生学习。因为我学习一直很好，后来，就一边学习，一边跟着老爷做生意。正月农闲时，也跟着康家老爷装社火，他心里装着好多个故事，能一口气给你讲三天三夜都讲不完。哪个社火角色属于哪个朝代的，手里拿着什么样的武器，哪类社火用什么道具，都一一给我讲得清清楚楚。那时候，我已经认了康家老爷叫爹了，也怪了，只要他讲一遍，我基本上就能记下来，装自己脑袋里了。

等我大一些了，康家老爷带上我，去了一趟我的老家，老家已经没有人了，他们不知道搬到哪里去了，只留下一间破窑洞，门前的草长得比人都高了。我们四处打听，没人知道他们去了哪里。后来，我就死心了，死心塌地地给康家当儿子了。把康家老爷叫起爹来也顺口了好多。

我就慢慢地跟着爹学做生意，先是在药材铺子里打杂，后来，学做账。再后来，进货呀、出货呀，康家老爷就不参与了，放手让我去做了，家里的生意一天比一天好。

康家老爷只是每年正月装社火的时候，才会每天到场，不停地指点一番。比如，马社火的忌讳，去寺庙里，只能装演《取经》《祈雨》《还愿》等内容，不能装《水漫金山寺》；还有姓氏忌讳，如果去李姓人多的村庄，不能演《斩李广》；杨姓人多的地方，不能演《金沙滩》；还有村名的忌讳，如果去陈家村就不能演《铡美案》，主要是为了尊重，不能诋毁或影射，求得彼此村庄的和谐。我只要记住了这些，其他就不用管了。

后来，康家老爷连装社火他也不参与了。闲时不是看看书，就是写写字，求得一方清静，而我就顶替了他的位置，年年组织装社火。康家湾的人好像也认可，他们在装社火的过程中，有不懂的，就来找我商量。

我在读私塾的时候，就认识了秦道生，他从小也是他爹给讲的社火，他心里装的故事比我的还多，我们俩从小在一起玩，两家关系可好了。谁能想到，秦家却被土匪给抢了，土匪也是，抢点粮食呀银子呀，也能生活下去，你却抢个社火手稿，这还把我们秦康两家的关系搞得这么僵。你爷爷我耍了一辈子社火，到老了还是放不下社火，究竟喜欢个什么劲儿呢？我也说不清楚。

这门手艺，我传给了你爹，以后，你爹一定要传给你们，你们记住，社火，在你们手中不可以断了。不论什么情况下，你们都要记住我的话。

两个娃娃懵懵懂懂地点了点头，他们也可能理解了爷爷的话，也可能没有理解，这究竟是一种什么样的喜欢呢？

康承业给爹端了一杯水，说：“你俩赶紧从炕上下来，你爷爷病还没好，经不起你们俩这么闹腾。”

康麦换接过水，喝了一口，说，你们都出去吧，我歇会儿。

两个娃娃跳下炕,拿着爷爷给他们削的木头大刀,在院子里玩起刀来了。

康承业知道，爹一口气说了这么多话，估计累得也够呛了，他接过爹手里的杯子，轻轻地关上了门，退了出来。

自从那天给孩子们讲完了故事后，康麦换却再也没有起来，身体状况一天不如一天。康承业还奇怪说，前两天爹好像比以前更精神了。怎么这两天又不行了？街坊邻居都说，人老了，就像树木一样，慢慢地，一点一点就朽了。你爹这是回光返照呢。

直到正月二十三了，柳妈说，家家户户都准备燎疳呢。杨冬香问康承说，娃他爹，今年咱家还燎疳吗？

“燎啊，怎么能不燎疳呢？这是年的一个结尾，也是社火表演的落幕。你快去给绞七个小纸人去。”

正月二十三下午，杨冬香拿着麻纸，坐在炕头，拿着剪刀给剪了七个连在一起的小人儿，交给了柳妈。并叮咛她，一定要记住口诀，柳妈还当着杨冬香的面，念了两遍，说，没事，忘不了，都说了几十年了，还能忘了吗？

傍晚时分，大人们开始准备燎疳的谷草。柳妈从谷草垛上拽下来很多谷草，堆在了大门前，两个孩子早已迫不及待地打开洋火，准备烧呢。

柳妈说：“别急呢？”只见她把那七个扎辫子的纸人儿，放在柴堆顶上，嘴里念念有词：“燎疳哩，花花女上天哩，我院里做官哩，你院里打砖哩。”孩子们才不管柳妈嘴里念的是什么呢？他们早已按捺不住了，柴火已经烧起来了，噼里啪啦地响，把大半个院子照得通亮。

孩子们跳过来跃过去，嘴里喊着：“燎疳了，燎疳呢！”

康承业走近爹的房间，轻轻地在爹的耳边说：“爹，燎疳呢。我背你出去吧！好祛祛身上的晦气。”

康麦换摇了摇头说："爹想歇歇了。"

康承业从爹的房间里退了出来，门外一片热闹。他们家的火今年点得早了些，周围已经围了二十几个人了。大人小孩都抢着蹦跳，都想在火最旺、最高的时候从火上跳过去，好把身上的病灾全部燎走。男孩子这个时候最活跃了，排着队一个接一个跳，看谁跳得高，看谁更勇敢、不怕火。等火势小了，老年人、妇女们这才开始跳。小孩子跳的时候还故意把前胸后背的衣服都抖动起来，让火尽可能接触到身体，让疾病彻底远离肌体。小孩喊，大人笑，燎疳的场面非常热闹。

等火彻底看不到火焰了，家里的男人就把还有些未燃尽的灰烬用铁锨堆在一起，然后用铁锨把带火花的灰扬洒开来，让火星四溅出漂亮的形状。大家七嘴八舌地说火星像麦花，麦子今年丰收了，像荞麦花，荞麦成了……用这种方式祈祷一个丰收年的到来。

康耀祖、康耀宗两兄弟像赶趟儿似的，挨个去邻居家燎疳，直到玩累了，家家户户的火都熄灭了，他们俩才像两个黑猴儿似的，跑回家里。趴在娘的怀中询问："娘，为什么燎疳？"杨冬香回答不了，这些问题，当然先去问康承业了。

孩子们脱光被弄脏的衣服，精光光地钻进了火炕上的被窝，聆听父亲对燎疳这种千百年来传说的解释。

康承业查了一下家中珍藏的民国县志《陇县志》记载：清代光绪年间，正月二十三夕，剪纸人刺孔遍身，家户堆蒺藜于门外，当门焚草，老幼皆绕火跳跃，已而焚纸人；既而扬其灰，名曰"六谷花"，以占丰年。曰"燎疳"。表示驱逐瘟疫。

"疳"即疳疾，是一种多发于小儿的疾病，在古代医疗条件不是很发达的情况之下，农人们便把此病神化了，以为有"疳魔"作祟，就有"疳娃娃"之说。疳娃娃类似瘟神一样，娃娃得疳疾都是由"疳娃娃"所掌控。

人们便用纸剪一连串的娃娃，谓之“痯娃娃”，象征病魔，将其燃烧视为“送痯”，从而达到祛除痯疾或者防止娃娃患痯疾的目的。

杨冬香打断了康承业的解释，插话说，听她娘说的，认为烧纸做的“痯娃娃”是对自然神灵的祭奠，“痯娃娃”是替孩子去祭奠神灵，烧掉“痯娃娃”就可以使得正常的孩子不得痯疾。后来“痯娃娃”就泛化为瘟神，主掌一切瘟疫、疾病瘟疫和晦气。也有人把“燎痯”叫“燎臊痯”和“燎百病”，都有祛除晦气和寄寓生活红红火火，一年更比一年旺、旺气冲天的美好愿景。

你这说法我也听过，好像也挺有道理的，但你知道火是怎么来的吗？康承业狡黠地望着杨冬香。杨冬香一边在纳鞋底，一边说，知道我识得字儿少，你还故意问呢？

康承业说，火在远古时代就出现了，火的出现，不仅可以焚荒刀种、取暖照明，驱赶野兽自卫，蒸煮食物，而且使人类告别了洪荒野味、生食冷餐的原始生活进而步入了文明时代。同时也使得我们的先祖对火充满了一种敬仰和神往之情，以至于产生了对火的自然神灵崇拜。以为火不仅能够给人类带来光明和温暖，还在想象之中赋予了火可以驱散邪恶、祛病消灾的超自然之神力和神秘色彩。

虽然燎痯这种习俗已传承了几千年，但至今在陇州的许多地方，尤其在偏僻的乡村，燎痯的风俗仍然保留了下来，人们用燎痯寄寓着人民希望日子红红火火，一年更比一年旺、生命旺气冲天和风调雨顺、农业丰收的美好愿景。这也成为年文化的一个有机组成部分，彰显了陇州地域文化和年文化的独特之处。

孩子们听着故事，慢慢地已经进入了甜甜的梦乡。康承业有点放心不下爹，又走进了爹的房间，叫了声：“爹。”

爹没有答应，一种不祥的预感袭上心头，他点亮煤油灯，走到爹的炕头前，摸了一把爹的额头，爹的额头已经冰凉凉的。他从胸腔里吼了一声：“爹……”这一声撕心裂肺，吼得房梁上的土都纷纷往下落。

整个康家大院都听见了他的吼声，所有的人都拥到了康麦换的房门前。

康承业只觉一股血涌上了心头，脑袋里空了，他木然地说了声：“爹，殁了。”连夜请阴阳先生七爷，整个康家族里人都来帮忙了。等给康麦换穿好了衣服，杨冬香把准备好的银质桃心放进了公公的嘴里，并给他手心里攥了一个银元宝，希望他老人家阴世不愁吃穿，一路好走。

七爷根据康麦换的生辰八字和殁的时间推算，拿起毛笔拟出了门牌、牌位、七单。

此时的康承业，望着人来人往的康家大院和白纸黑字，才明白，爹真的已经和自己阴阳相隔了。

孝子们哭得肝肠寸断，康承业心中有太多的泪水，可他却一滴泪也流不出来。

爹的棺材下葬的那一瞬间，康承业突然间像醒了过来，他摔碎了孝盆，扑到了爹的棺材上，死死抱住棺材不让下葬，但还是生生地被好几个身强力壮的男子给拉到了一边。

棺材缓缓地降到了坟墓里，又一点点被放进了墓穴里。不到一会儿，一座新土的坟头堆了起来，引魂幡在风中飘荡着。

康麦换去世后，一段时日里，康承业感觉自己就像丢了魂一般失落。按说，以他这个年纪，对生死早已见惯不怪了，可他经常时不时跑到爹的房间里，似乎爹还在时的样子，有时候，他还不由自主地自语：“爹，该吃饭了。”

有时候还对孩子们说：“耀祖，去给你爷盛一碗饭去。”

孩子们疑惑地问：“爹，我爷早殁了。”

他才“噢”一声回过神来，说：“我刚听见你爷叫我了。”

杨冬香听了，感到有些瘆得慌，她差柳妈去秦家堡找线线婶，线线婶非得给康承业叫魂。线线婶头发虽然都白了，但她依然收拾得很利落。

那天，天刚擦黑，康承业觉得头晕，早早睡下了，杨冬香和线线婶两个人，线线婶手里端着一碗面，边走边用手撒一些，嘴里念着："承业，回来。承业，回来……"杨冬香跟在后面回答着："回来了，回来了……"她们俩这一举一动，吓得孩子们都早早躲进了被窝，没人敢出来。

她们俩一直从家门口方向，沿着爹去世棺材走的方向，叫了大概两三里地的路程，然后，又返回来，在爹的遗像前跪下，烧黄表纸，并磕了头，线线婶拿着一张燃着的黄表纸，在康承业的身上绕了一圈儿，拿到中堂前烧了。

康承业迷迷糊糊醒来问："你们，在干啥呢？"

杨冬香没敢说实话，赶紧说，没干什么？线线婶想给爹烧点纸，纪念一下的。

康承业也没有多想，又倒下去睡了。

线线婶走时交代了，要再找三家邻居或者亲戚，门子里的人都行，给康承业"添魂"，他们三家分别给康家拿点面，也就是添一点，康承业失去的魂才能回来。把剩下的面和这三家的面和在一起，给康承业做馒头吃了，他的魂儿才能回来。

当然，如果能忌七天门，效果会更好，就是家门口倒扣一把筛子，筛子底上贴一张黄表纸，外人见了，就不再跟你们家人说话，也不进你们家门，给添魂的人也只是默默地给添魂，不进你们家门，等七天过了，这个才能解禁。

杨冬香照办了，这个时候，她对线线婶说的话深信不疑。

柳妈把白面馒头蒸好后，藏在了一个深盆里，家里其他人都吃玉米做的"黄儿馍"，其实也就是玉米发糕。

康承业看着柳妈端上来的白麦面馒头，顿时明白了许多，两个孩子看着康承业面前的白麦面馒头，都眼巴巴地望着。

康承业今天起得特别早，他换了一身干净的衣服，剃了胡须，整个人精神了许多。

杨冬香对柳妈说，还是线线婶这法子有效，你看娃他爹今天精神好多了。柳妈也说，真是的。她们俩不知道，康承业今天有大事。

康承业坐到餐桌前，趁杨冬香不注意，拿出两个白面馍，塞给两个孩子，然后，催他们拿到别的地儿去吃，两个孩子也正是长身体的时候，馍拿在手里，走到外面一会儿就吃完了。

康承业告诫两个孩子，说："此事只有咱三个人知道，不能告诉你娘，不然，你们以后都吃不上白麦面馍了。"

其实康家的日子还是比较殷实的，在那个年代，他们可以算是富裕户了。可他们仍都精打细算地过日子，老祖先形成的规矩，吃完饭要"舔碗"。等杨冬香走到饭桌前时，面前的两个白面馒头早已没有了，康承业正端着大老碗扣在脸上舔碗。

杨冬香问："你今天怎么吃得这么快！"

康承业含含糊糊地回答："今天，社火会改选。"

"不行，线线婶说你这几天都不能出门的。"杨冬香急了。

"看你成迷信罐罐了，社火会改选这个事儿我怎么能缺席呢？"康承业再次强调了一下改选，目的是让杨冬香意识到这个门他今天非出去不可的。

"社火会改选？会把谁选上呢？"杨冬香也忘记了自己问话的初衷，跟着他的思维走了。

"很难说，这要看大家的呢！选上谁算谁的。"康承业很大度地回答。

"按说，爹的手艺，你学到了，选你是应该的。"杨冬香胸有成竹地说。

"选举要的是公平公正，不光要看手艺，还要看人品，不是什么人想当就能当上的。”康承业嘴上这样说，他对自己还是相当有信心的。

吃完饭，康承业就来到了放社火衣箱的山神庙里，大家围坐在火炉旁，你两句，我三言地说着，笑着。由于康麦换会长的突然去世，此次选举由康银锁副会长主持。他先是讲了此会的重要性，还讲了，大家要公平公正，选出自己心目中真正能够胜任社火会会长的人选来。备选会长有两个，因为他不识字，他让人用白灰在黑板上写了两个备选人的名字，有人大喊：“我不识字，怎么办？”

康银锁从随身的兜里取出两个小袋子，两只碗，一只白碗，一只黑碗，袋子里分别掏出了一百颗黄豆和一百颗黑豆，继续说着选拔规则：候选人有两个：康承业和康满仓。支持康承业的，在白碗里放一颗黄豆进去；支持康满仓的，就在黑碗里放一颗黑豆进去。

最后，康承业的黄豆子多，他理所当然地被选为康家湾的社火会会长。

当上了社火会会长的康承业，把这一消息写信给老同学高俊卿，让他也分享自己的快乐。

康承业不知道，此时，高俊卿已经升为花旗银行的副董事长。

当他收到康承业的来信后，高俊卿兴奋地搓着手，来来回回在地上转着圈儿，他不知道如何表达自己对家乡社火的喜爱，也不知道如何表达对康承业的祝贺。

康承业收到高俊卿的回信，已是半个月之后了，信中说，他已捐了500个大洋，让康承业把这笔钱用于发展壮大社火队伍。由于这是捐款，不能直接寄给个人，要先寄到县衙的。估计信到的时候，捐款也就到了，让康承业注意查收。

康承业就到县政府询问这个事情，可是，没有人知道，大家都摇头说，不知道这个事情。

康承业不厌其烦地连续多次跑县政府，最后，和蔡县长的李秘书熟悉了，他也是个社火迷，他把康承业拉到一边，悄悄地告诉康承业，是收到500个大洋，但被蔡县长截留挪用了。

康承业怎么能忍下这口气，连夜写好状纸，状告蔡县长，可是，没人理他。无奈之际，康承业只能写信给高俊卿。

高俊卿收到康承业的来信，气得一下子将信拍到了桌子上，然后，去了省监察厅，将堂堂蔡县长给告了。后来，蔡县长退回了500个大洋，还被免职了。康承业重新拿到这失而复得的500个大洋，专门把高俊卿从西安请了回来，并邀请了20个社火会会长，为高俊卿举行了一个隆重的捐赠仪式，并讲了话。20个社火会会长，都纷纷感谢高俊卿，认为他的这个钱花得值当。后来，他们以此添置了社火衣箱。

忙完社火会的事情，康承业终于感觉到有点疲累了。这段时日，他自己陷入了重围又突破了重围，那真的是历尽了周折。回到家，看到两个活泼可爱的儿子，脆生生地比赛着一声又一声叫着爹，他所有的累和委屈都化为乌有了。

吃过午饭，他没有休息，一个人去了后院，拿着锯子、刨子、刀子等木匠用的那些工具。他想给娃娃们一个惊喜。

康耀祖还在睡午觉，耀宗悄悄地趴在后窗睁大了眼睛看着爹的一举一动。只见爹将两只木板凳支棱起来，将一根杯状的长木头放在木凳中间，用锯子将长出来的木头锯成了几个相等的大小木头。他捡起小木头，用刀子将木头削成了圆锥状，一刀一刀地削，地上堆满了一堆木屑，随后又用刨子将圆锥刨光。爹找来一根细木棍子，在顶头拴了一截绳子，一个鞭子做成了。耀宗好奇地看着爹，只见爹把圆锥拿到前院的地上，圆锥竟然飞快地转动，转了一会儿似乎没有力量了，爹便用鞭子抽了圆锥一下，圆锥竟又开始飞快地转动了，似乎根本不可能停下来的样子。

耀宗终于忍不住了，蹑手蹑脚地自己坐了起来，没敢打扰哥哥的午觉。

耀宗见爹满脸笑容，就问："爹，这是什么东西啊？看起来真好玩！"

"这是陀螺，我们小时候叫它木猴，你看它跳东蹿西的，像不像一只猴子呢？只要你用鞭子一抽它，它就会不停地转动着。"

耀宗接过爹的鞭子，用力地朝木猴抽过去，结果，一鞭子把木猴给抽倒了。

耀宗沮丧地问爹："爹，您骗人，您不是说只要抽它，它就不会停吗？"

康承业说："玩这个木猴看似简单，其实它有很多的门道呢！比如说，像你刚才这样，从木猴的头上抽过去，而且用力过猛，木猴肯定就死了呀！而且这个还有个方向问题，要从木猴的侧面轻轻地给它助一点力，它本身在转动，你只要加一点力量就行，来，再试试！"耀宗按照爹讲的办法，用鞭子将木猴一圈一圈地包裹住，轻轻地放在地上，然后，左手扶着木猴，右手抽动鞭子，把包裹的鞭鞘迅速抽掉，按照这个方法也做了，可木猴还是转不起来，要不，就是鞭子抽得太晚，木猴被勒死了；要不就是鞭鞘抽离得太早，木猴还没转动起来，总之，根本没有想象的那么简单。

木猴越是转不起来，耀宗就越是着急，头上的汗水直往下淌，越急越弄不好。康承业眼见耀宗快要泄气了，就一遍又一遍地拉着他的手，手把手地给他示范，教他怎样用鞭鞘缠住木猴，缠几圈，何时抽离鞭鞘等等。

耀宗看着爹细心认真的样子，也不再急躁了，他擦干额头的汗水，静下心来，按照爹教的步骤，一点一点地放，这一次竟然成功了，木猴竟然飞快地转动起来了。耀宗兴奋地大叫着："转，转，转啊转，别停啊！"

他的叫声把哥哥吵醒了，耀祖伸了个懒腰，揉揉惺忪的眼睛，嘟囔着问："耀宗，大中午的，在干吗呀，这么吵！"耀宗在窗外说："哥，你都睡了快一个时辰了，赶紧起来，有好玩的！"康耀祖飞奔向院子，耀宗拿起木猴开始给他表演木猴的转动了，结果，木猴怎么也转不起来。他非常奇怪，拿着木猴就去后院找爹，发现爹还在继续用刀子削木头，耀宗问：

“爹，不是已经做好了？你怎么还在削啊？”

康承业停下了手中的活计，笑眯眯地说：“一个怎么够呢？那还不天天断不完的官司。”

康耀祖说：“爹，不用了，我和弟弟换着玩。”康承业看着懂事的康耀祖，不由地心疼起这个孩子的懂事。康耀祖拿起木猴，仔细地翻看着，然后用手摸了一下说：“你看，木猴全靠这尖儿转动呢，可是尖被什么东西弄坏了，上面有了坑，不平滑了，所以转不起来。”

康耀宗问：“爹，能修好吗？”康承业肯定地点了点头说：“你们俩等着。”只见他用粗粗的砂纸在木猴的尖上摩挲着，一会儿，木猴尖又平滑了。

兄弟俩一人一鞭子抽着木猴在院子里转动着。结果一不留神，家里的猫“嗖”一下扑过去，木猴再一次被扑倒了。康耀宗大叫：“傻瓜蛋，那是木头，你啃得动吗？”赶忙用手从猫爪子底下救出了他们的木猴，猫却不解地“喵喵”叫了两声。

康承业望着院子中的热闹景象自言自语：“要是爹还活着多好！”杨冬香走过他的身边，顺嘴一句：“你爹都死了一年多了。”康承业的思绪被打断了，狠狠地白了一眼杨冬香，嘀咕道：“真扫兴。”

日子就这么不咸不淡地往前走着，一季又一季的风吹过，孩子们见风渐长，眨眼就长大了。

五、呛

14

秦家堡的社火去了梁家村游演。梁家村是大村子，路德明领着社火队伍，挨家挨户地游演送祝福，可谁知，社火队伍行进中，总有一个女子紧紧跟随着他们，跟就跟吧，这对于社火游演来说，是很正常的事情，可她老在锣鼓队里穿梭，就显得不太正常了。

路德明说了她几次，她似乎并不在意，依旧紧跟着。队伍走累了，在巴扎巷歇息时，那个女子却叫了一声："路德明，你过来一下。"

路德明奇怪地望着这个女子不解地问："你认识我？"

那女子点了点头，从兜里掏出一个金丝绒包裹的红盒子，打开来，拿出了一只玉镯，递给路德明说："你还认识这只玉镯吗？这本来是一对儿，你的玉镯还在吗？"

路德明接过玉镯，瞬间，他的瞳孔放大，一股巨大的疼痛从心底涌起，一直袭上了头，他痛得闷"哼"一声。

他双手抱着头，耳里有片刻的嗡鸣声，一个个痛苦的回忆侵袭着他的大脑，划过一连串复杂得连他自己都不懂的画面。有几个人拿着棍子，他被打倒在地上，地上血痕斑斑，没有人能阻挡他们停下手。有人朝他的裆部踢了一脚，一股巨大的疼痛让他在地上滚来滚去，随后，他便被几个人抬起来，扔到了不远处的荒野中，他疼晕了过去。

醒来之后，他拖着疼痛的身体一点一点往前爬，最后才爬到了秦家大门口，是秦家老爷子救了他。

这个女子的出现，又一次让他的记忆复苏了。可他似乎记不起她是谁了？那危险的气息充满了压迫感，让他呼吸急促起来，几乎想要逃跑，可是，却逼着自己倔强地迎上她的视线。

他把手镯交给女子，打算离开这里，她双臂一撑，将他拦截在墙角里，抬起头，迎上他的目光，“路德明，你别跑呀？”

路德明不肯吭声，眸光缩紧，只有一瞬的失神后，才有些忙乱地给社火队伍里的人交代了一下，说自己头晕，得去看一下大夫。然后，便急匆匆朝医院的方向走去。

这个女子紧紧地跟在他的后边，他走多快，她也走多快。路德明突然停下来，那女子差点撞在了他的怀里，显然她也被吓了一跳。

路德明摇了摇发蒙的头问：“你，究竟是谁？为什么要跟踪我？”下一个瞬间，他像是听到了一个天大的笑话一样，只见女子眼里噙着泪花说：“德明，你真的不认识我了吗？我是玉梅呀？梁玉梅。”

“梁玉梅！”路德明依旧在脑海里搜寻着关于这个女子的记忆，可他无论怎么努力，仍什么也想不起来了。

梁玉梅跑到他跟前，拉着他的手说：“德明，我真的是玉梅，你是生我的气了吗？”

“我都不认识你，为什么要生你的气呢？”路德明抽出了自己的手，向后退了一步答道。

梁玉梅还是不死心，继续说：“德明，你告诉我，发生了什么事，你怎么会这样？连我也不认识了。”

路德明无可置否，只得说：“我可能是失忆了。当年，我被秦家老爷子救起来的时候，我就什么也记不起来了，哪里人，以前是做什么的，统统都记不起来了。”

梁玉梅蹲在地上，大声地哭着：“对不起，德明哥。对不起，如果不是我哥，你也不会受那么大的罪。”

路德明给她递了一块手帕,像听别人的故事一样,听完了梁玉梅的讲述。

原来，当年路家也是大户人家，由于他的祖父得罪了朝廷，他们家被官府满门抄斩，侥幸存活下来的路德明就成了孤儿。后来，阴差阳错，路德明就在梁家当了个小管家，帮助梁家管理生意上的账务往来。

梁家小姐——梁玉梅喜欢上了这个憨厚聪明的路德明，就经常向他请教书法，他们俩经常在一起探讨。

当时，梁家为梁玉梅已经订了一门亲事，对方在县政府里做事，据说人也长得一表人才。

梁玉梅一门心思地认准了路德明，在一个月圆之夜，她偷偷溜进了路德明的房间，起初路德明不敢，当时身为下人的他，怎么敢癞蛤蟆想吃天鹅肉，根本不敢答应下来。可此时的路德明、梁玉梅两个年轻人，干柴烈火的，在不知不觉中抱在了一起……

当时，梁家从上到下，没有人看得上路德明。可梁玉梅不管，哭着，闹着,甚至以怀了孩子为由,一心想嫁给路德明,拒绝嫁给衙门里的那个人。

梁家两个兄弟，老大想借妹妹的婚姻，在政府里谋个差事，于是就撺掇老二，两个人，带着几个家丁，把梁玉梅锁在了家里，又把路德明打了一顿，赶出了家门。

梁家父母怕梁玉梅坏了家里的门风，便把梁玉梅幽禁在家，直到她生下了一个男孩子，梁玉梅也只看了一眼，只记得孩子右肩膀上有一块青色的胎记。据后来他的哥哥说，孩子被扔在了村口的那棵百年老槐树底下了。

路德明压根就没有想到，那一晚的相聚和离别之后，自己还会有亲生的孩子？

路德明兴奋地摇晃着梁玉梅：“你告诉我，告诉我，我的孩子在哪里？”

梁玉梅闭着眼睛泪流不止，摇着头说：“不知道，我什么也不知道，这么多年，我一直在找我们的孩子，却始终没有找到。”

梁玉梅的话，还在路德明脑海里回荡，撕扯着他的每一根神经。他觉得自己痛得都麻木了，一点感觉也没有。

良久，他就愣愣地蹲在墙角里，神思恍惚着。他深深地吸了一口气，缓缓站起身，像喝醉了一样，踉踉跄跄往回走。一路上，他笑了，老天跟他开了这么大一个玩笑，他笑，仰天大笑，笑得癫狂，我路德明，这辈子竟然还有一个属于自己的孩子。

15

咚咚呛、咚咚呛……一声声催征的战鼓擂响了，月亮被惊得躲进了云层里，夜色暗了下来。

凌晨四点钟，鼓声稍停，紧接着一声喊叫声把关山堡子的沟沟壑壑都惊醒了。

关山堡子的男女老少都醒了，有人用纸糊个喇叭形的传话筒在不停地大声重复着：“各位社火队的演员请提前准备，到村上集合。”一时间，狗吠声，鸡鸣声，此起彼伏地在村庄里响起。

大雪纷飞的冬天，整个关山堡子都被掩埋在了那一片白茫茫的天地中了。

正月十五闹元宵，所有的社火集中到县城展演。这是整个陇州一个约定俗成的节日。无论天晴天阴，人们载歌载舞，好不热闹。

十五早晨，秦凌雪依偎在爹路德明的身边，歪着头注视着爹的那张用油彩涂抹了的花脸，她欢快的声音，如同百灵雀一样。她对爹说："爹，你这个叫黑虎。"

爹笑了，秦凌雪不用再细看爹的脸，就能感觉得到，爹的笑隐在那张脸谱的背后，无论如何爹是笑着的。可现在，爹的脸被定格在一种表情当中；如果爹是哭丧着脸，她估计也看不出来。爹总夸雪儿聪明，他总是温和地陪着她玩。

秦凌雪记得，小时候，自己常骑在爹的背上，爹就是自己的马儿。娘用大巴掌在她娇嫩的屁股上打了五个指头印儿，秦凌雪顿时就扯开嗓子大哭起来，仿佛把心里的委屈一股脑都发泄出来。秦凌雪希望娘能在自己哭的时候动一点心，把自己搂在怀中，哪怕娘拍拍自己的背都行。但娘不，娘总是瞪着那双丹凤眼，脸阴得如同一口铁锅底。秦凌雪挨打的时候，爹总是一把搂过秦凌雪，把她抱在怀中，用自己满是胡茬的脸，扎扎秦凌雪的小脸蛋。一边亲一边给她念歌谣："雪儿乖，雪儿穿花鞋；雪儿蛮，雪儿不哭是小乖乖……"就这样，秦凌雪在爹的怀中慢慢地睡着了。梦里，秦凌雪有时也会抽泣。爹总是在秦凌雪渐渐安静时，才对娘说一句：她还是个娃娃。

娘冷冰冰扔过一句话："女娃从小要严管，长大了才不吃亏。"娘说到这里，眼底掠过一丝不安，也许是自己感觉到哪里不舒服了，便不再言语。爹总是将秦凌雪放在炕头，忙活着喂马去了。

都说严父慈母，可秦凌雪从小就觉得，他们家正好反了过来。爹和娘成了鲜明的对比。从那以后，秦凌雪再也不敢当着娘的面骑到爹的背上让他当马儿了。

爹有时候趁娘不在的时候，抱着秦凌雪玩，顺势将秦凌雪放在自己身上，说："雪儿乖，雪儿骑马马。"秦凌雪骑在父亲的背上，父亲在炕上爬着转着圈，像马一样地走动，像马一样嘶叫。父女俩的笑声、打闹声，弥漫了整个小屋，连屋内灰扑扑的墙壁，都有了一丝亮色。

那个时候，路德明也像一个小孩子尽情地笑。父亲的笑声给了秦凌雪激励，她更加起劲地玩耍，性格像个男孩子般调皮。秦凌雪聪明，她正和爹玩得兴奋时，突然瞥见娘从门楼里闪进来，不等爹明白过来，她就顺着爹的背溜了下来，抬手将自己凌乱的头发鼓捣几下，手指在头顶往后抿了抿，然后将两条辫子甩到背后。其实，秦凌雪的头发，不用做过多的收拾，本就是乱蓬蓬的，即使娘看到，也不会多说什么，因为她的头发那是天生的自来卷发，只有在梳理时用粗齿的木梳将它拢在一起，拧成麻花辫，才稍微有形一些。余下刘海部分，任其向里向外自由舒展，也是无可奈何的事情了。只不过，不到半日时间，秦凌雪的发梢都是毛毛躁躁的，一副不成形的样子。秦凌雪收拾完头发，屋内的笑声戛然而止了，恢复平静的空寂，让人莫名其妙的发慌。

秦凌雪从小怕娘，虽然娘每天给秦凌雪梳辫子，给她做饭，可秦凌雪却没有从娘的举动中感觉到温暖。

这种感觉一直持续到秦凌雪上了小学之后，先生教“温暖”这个词语的时候，秦凌雪大胆发问：“先生，温暖是怎样的一种感觉了？”先生就给秦凌雪讲：“温暖就像冬日里的太阳，照在身上，暖在心里，是一种很舒服的感觉。”秦凌雪就知道，爹给自己的是温暖，娘给她的是冰冷。秦凌雪和爹是亲昵的，是那种贴心贴肺的温暖，一直暖到了骨子里，而自己和娘却是若即若离的感觉。

正月十二那天，爹刚化好了妆，秦凌雪用手悄悄地去拽了一下爹长长的胡须，爹略微嗔怒了一下，便又笑着说：“雪儿长大装扮成穆桂英，当个巾帼英雄。”秦凌雪噘着嘴说：“不，我不要演巾帼英雄，我要演包公。”“包公是个大黑脸，整个人像从煤堆里爬出来的。”爹给凌雪解释包公的形象。

“那我演关公。”秦凌雪突然明白了，关公的红脸是她喜欢的样子，父女俩笑作一团。虽然那时候对于巾帼英雄，秦凌雪还是一个模糊的概念。她总想着英雄就是爹那个样子，自己愿意和爹涂抹着一样的黑花脸。

元宵节那天，秦凌雪闹着要去看社火，可娘说路滑不让她去，再说关山堡子离陇州县城二十多里呢。秦凌雪钻进爹的怀里撒着娇，要爹把自己放在马背上。娘望着秦凌雪的脸，那张脸，简直就是自己的一个简缩版，一双美丽的丹凤眼，皮肤白白嫩嫩，如同剥了壳煮熟的鸡蛋，又如滑溜溜的水，那张脸简直是上帝的杰作，不免遭人嫉妒。

水莲望着钻进爹怀中发嗲的秦凌雪，远远地瞪了一眼，骂了一句：“狐狸精。”其实，第一次骂女儿狐狸精的时候，连她自己也吓了一跳，自己身上掉下来的肉蛋蛋儿，不管怎么说，自己的女儿也不能这么骂的，可她好像天生跟女儿有仇。自从有了第一次骂，接下来的很多次好像也顺理成章了。

她骂女儿“狐狸精”的同时，恍惚间，看到茫茫的关山草原上，大雪把整个草原盖得严严实实，他和她两个人，穿着厚厚的棉衣，手拉手地在雪地上奔跑，身后留下一串串脚印儿。这样的场景，着实是难忘的，夹杂着说不出来的暧昧，连空气中似乎都流淌着莫名的味道。有时这样想的时候，她将自己都吓了一跳，也惊异自己已是三十八岁的女人了，还会想起这个。

直到秦凌雪拿着糖出现在她面前时，她才回过神来。女儿乖巧地对她说：“娘，您尝尝。”她将脸沉了下来，恼怒地说：“不吃。”

她觉得自己被女儿看透了心思一般，总是怀疑，女儿是上天派给自己的二郎神，她那个小小的脑瓜，还有那一双眼睛，总能洞察出些什么事，让她内心不安；娘有时觉得女儿像自己的仇敌一样，有一种让自己无法释怀的情愫。

常说，三十的女人一朵花，四十的女人豆腐渣，年龄一步一步向她逼近了，心早都碎成一堆渣了，还谈什么呢?

秦凌雪从小都透出一种灵性，她要做的事儿，如果没有中她意，她总会从爹那里得到另外的补偿。爹也会巧妙地用一个糖作诱饵，将秦凌雪的胃里的馋虫给钓起来了，秦凌雪就会乖乖就犯了。

秦凌雪不会满足一个糖就能够打发了的日子，他给爹提出了一个附加的条件，要爹答应给她买一盒马蹄酥。

秦凌雪总认为马蹄酥，不同于店铺里的点心，连那个盒子上的名字都有一种富贵的味道。爹告诉她，马蹄酥原是宫廷里的食物，一般老百姓想吃也买不到，后来，才传到了民间。每次带秦凌雪进城，爹总是为凌雪买来马蹄酥，秦凌雪看着晶莹剔透，形如马蹄状的宝贝，咂吧着嘴，不舍得吃。爹说："吃吧，吃完了爹再给你买。"她把马蹄酥掐一点，含在嘴里，生怕化掉似的，慢慢地吃，慢慢地咽，每咽一口，秦凌雪似乎都能听到自己咽喉深处吞咽的声音。

秦凌雪将另一块递给爹，爹推说自己不爱吃马蹄酥，秦凌雪不信，他从马蹄酥上用手指轻轻地掐了一小块儿，将酥软爽滑的马蹄酥硬是塞到了爹的嘴里，爹才用心用力地嚼着那一小块儿马蹄酥。她看到爹眼里涌起了泪水，替爹擦着泪水，小心地问爹："爹，马蹄酥不好吃吗？""好吃，是爹太感动了，雪儿给爹的，就是好吃。"爹把秦凌雪胖嘟嘟的小手拉过来，放在自己的鼻根处嗅着，似乎那比马蹄酥有更香甜的味道。秦凌雪转眼间就吃完了那几块马蹄酥，她才记起，该给娘留着一块儿。爹听了秦凌雪的话，那双有力的大手，抚摸着秦凌雪的头说，雪儿真乖。那年，秦凌雪才四岁。四岁的孩子，有秦凌雪这般懂事乖巧的不多，但在为娘的看来，秦凌雪从小骨子里就有一种狐媚劲。

还是回到正月十五的那天早晨。娘帮爹从马圈里牵出家里的那匹枣红马，精心地梳理了马身上的毛，还在马的头上系了一朵用红绸子做的大红花。马鞍上的垫子是娘精心缝制的，那是用各种各样的碎花布，一块连着一块缝到一起的，上面还用丝线绣了两朵莲花，分别盖在马鞍的两侧；莲花旁边，娘还特意绣了两只鸳鸯。

爹当时还埋怨娘说："一个马鞍垫子，绣啥花啊，糟蹋了。"

娘只顾低头绣花，不高兴地说："你一个大男人，懂绣花吗？"爹便不言语了。

路德明是那种沉默寡言的人，一年下来，也说不了几句话。而娘却是麻利能干的人，在农村的女人堆中，也称得上一个人物。直到现在，秦凌雪想起爹讨好地对娘说话的样子，就感觉心里不舒服。

爹一和娘说话就结巴，如同一个被霜打蔫了的茄子。用娘的话说，你爹呀，那是八竿子打不出一个屁来。秦凌雪每次听见娘说这句话，就想笑，她在想着，如果真拿八根竿子打爹，会不会打出屁来。秦凌雪这样坏笑的时候，娘就用手嗔怪地在秦凌雪的额头轻轻地点一下，忍不住地骂一句："瓜女子。"她不喜欢瓜女子这样的称呼，可好像在这里，瓜女子成了一个代号，不是女子到底有多瓜多傻，但秦凌雪总觉得，娘说的瓜女子就好像说自己傻一样难过。尽管娘说瓜女子的时候，眼神中满是爱怜。

秦凌雪总奇怪，爹和她在一起，好像爹的话就特别多，也没有结巴，而且不论说社火角色还是讲故事，爹都显得很有学问。秦凌雪就想，娘会不会是人们传说的狼外婆变的。秦凌雪这样想的时候，就把自己对娘的不满告诉了爹，爹用手捏着秦凌雪胖乎乎的小脸蛋说："不要胡说，娘是娘，怎么会是狼外婆变的呢？小心娘撕你的嘴巴。"这句话在秦凌雪看来，娘绝对做得出。从娘对自己的态度上，秦凌雪是深知这一点的。秦凌雪伸了伸舌头，给父亲扮了一个狡黠的鬼脸，父女俩就在马圈里哈哈大笑起来。

娘每次这样数落爹的时候，爹就讪讪地笑。笑容堆在了他的脸上，如同秦家堡满是皱褶的山山卯卯。这两年，爹似乎也有些老相了，而娘就是一朵冷艳的芍药，开得娇艳，可在秦凌雪看来，娘的娇艳开错了地方。

秦凌雪手捏着那颗糖，坐在娘的身边，静静地看娘绣着花。娘有一张好看的脸，桃红色的立领裹着脖子，竖在了下巴底下，那件桃红色的绸褂子，在娘身上妥帖得如同沾在了身上，连一点多余的部分都不会有。娘总是坐在炕头绣花，她会绣各种各样的图案，每一幅图案都是那么形象生动。直到傍晚，秦凌雪手中的那颗糖还没有吃完，每次都是放在唇边，用舌尖舔一下，再拿到手中，等嘴里的甜味散尽后，再用舌尖舔一口。秦凌雪对娘说了，我要一直吃到晚上，爹把马蹄酥给我买回来再吃完。

十五晚上，家家户户一片灯火通明，到处呈现着一片喜庆的色彩。孩子们提着各式各样的花灯，在村头排成了一道长龙，都在迎接社火队伍的归来。

雪地上，泛起了一阵阵银色的光，白森森的。乌鸦站在树梢上，“呱呱”地叫着。夜深了，社火队还不见回来。

村里的男女老少都互相打听着：“社火怎么到现在还不回来？”

一阵阵鸾铃声，由远及近地传来了，人们的心才渐渐安稳了下来。秦凌雪嘴里含着糖，焦急地等待着爹。

秦凌雪和娘站在雪地上，向远处焦急地眺望着，突然间发现一片片雪花从空中飘落下来。秦凌雪仰起头来，伸长舌头，像一个贪吃调皮的猴子一样，等着雪花落到她的舌头上。她笑着对娘说：“娘，雪花也是甜的，像爹买的马蹄酥味道。”

娘心不在焉地“嗯”了一声，秦凌雪噘起嘴不言语了。

鸾铃声越来越近了。秦凌雪对娘说：“娘，往年的时候，社火进村时，都要擂鼓打镲的，今天，怎么只有叮叮当当的马铃铛声呢？”

其实，秦水莲比女儿更早地就发现了这个问题，更是心急如焚地等待着。村头那棵古槐树下，秦凌雪和娘，期盼的目光一直延伸向了远方。往年这个时候，社火队伍都是顺利归来，“咚咚呛，咚咚呛”的声音震天动地，整个关山草原都被震得颤抖着。

而今天的社火却哑了。

娘说：“也许演员们太累了，该歇一歇的。”

社火队伍在缓慢地行走着，秦水莲的心更是一阵阵发紧，她觉得，马蹄声是乱的，秦凌雪忍不住对娘说：“娘，我害怕。”一阵风吹来，在她们母女面前打着漩涡，秦凌雪不由得打了个寒战，紧紧地抱住了娘。

终于走近了，秦水莲感觉到那阵阵慌乱是从社火队伍里来的，领头的还是康承业。他径直向着秦凌雪母女俩走了过来。娘把凌雪搂得更紧了，她觉得社火队伍里有一股生生的冷气，和着风儿打着旋朝着她们母女俩袭来。

秦凌雪只听到了康承业会长说了句：“水莲，德明从马上摔下来了。”

所有的人都静静地看着秦水莲，只见她紧挨着秦凌雪的身子，腿一软，整个身体溜了下去，一下子就晕了过去。秦凌雪在后边大声地哭喊着，人群一下子乱糟糟成一团了。

康承业吩咐着队伍里的人：“快快，掐人中。”只见胡子拉碴的黑脸壮汉耕田，扔下背上的那面大鼓，奔跑着，用手指甲狠狠地掐在秦水莲的鼻根处，鼻根处被掐成了一个月牙状的伤痕。

秦水莲终于醒过来了。她微微地睁开眼睛，气若游丝般发出了一丝儿声音问：“怎么会这样？他人呢？”康承业悲痛地说：“人现在正在昏迷中。当时，关山堡子的社火进县城游演，路遇同乡会的人在街道耍狮子，舞链枷棍。由于街道狭窄，双方都不肯让道，并发生了争执，同乡会的人大打出手，德明就从马背上摔下来，头着地了。社火头盔也没能挡住，据医生说，脑颅底出血，两条腿也受伤了。现在正医院里抢救着，派了两个人在医院里照看着，我先回来筹点钱。”

手术室里，几个医生正在紧张地给路德明做着手术前的准备。麻醉师给路德明做过全身麻醉后，路德明很快就昏睡了过去了。主治医生慢慢地、仔细地观察着病人头部的伤口，迅速地、有条不紊地开始了手术。头部手术历来是各种手术中最重要的手术，所有的神经都在脑部集结着，稍有不慎，就会造成二次损伤，甚至会有生命危险。

一个钟头过去了，两个钟头过去了，主治医生脸上的汗珠滚了下来，旁边助手不停地帮他擦着汗，但主治医生没有停止下来，仍一点点地精心做着手术。

又一个钟头过去了，主治医生才转过身来，长叹了一声："脑部手术总算顺利做完了。"随后又告诉助手，准备腿部手术。可主治医生在进行了仔细的检查之后，手却停下来了。助手悄悄地问："叶大夫，有什么问题吗？"

"你来看，我以为是裆部受伤了，结果只是大腿根擦破了皮，而渗出的血，并不是裆部，可他怎么没有睾丸呢？"叶大夫毕竟是久经沙场的老人了，用眼神示意小助手。

小助手走出了手术室，询问路德明的两个老乡。两个人面面相觑，根本不知道这个事情。正在这时，康承业筹到钱赶到了。

医生把问话又重复了一遍，康承业惊讶地大声质问："什么？你们不会搞错吧？这怎么可能呢？"

"真的是老伤痕，流的血只是擦破了点皮，没有新伤，不信，你跟我进来瞧一眼。"医生最终还是让康承业进了手术室，亲自查看了一番，最终，不由他不信了。

康承业只好在手术单上签了字。当他从手术室里一步一步挪了出来，刚打开门，那两个看护的老乡，连忙跑上来急切地问："怎么样？人没事吧？他没有那个，那秦凌雪是谁的孩子？"

他们询问的问题，也正是康承业所考虑的问题。

他的思绪再一次被拉回到了冬天的关山草原上，那只红色的狐狸，还有她，难道秦凌雪是……

他不敢往下想了，摇了摇发蒙的头，顺着墙根蹲了下去。他从口袋里掏出烟锅，狠狠地挖出一锅烟丝，点燃，“吧嗒吧嗒”地吸了起来。

秦水莲其实也早早地来到了医院，她守候在手术室外，听到护士询问议论着路德明的身体状况，便悄悄地躲到了一边去。

护士过来，看见康承业在吸烟，连忙阻止说：“这里是医院，不允许吸烟的。”

康承业连忙道歉说：“对不起，我马上灭火。”边说边把烟锅里的烟丝磕了出来。

路德明的手术做完了，直到第二天下午，他还没有苏醒过来。

因重症病房不让探视亲属久留，康承业打发走了村里的老乡。自己和秦水莲两人走出了病房。秦水莲打算再次溜走，但这次，她却没有那么幸运了。

康承业问：“你还不想告诉我实话吗？”

秦水莲故意问：“什么实话？你说什么？我听不懂。”

康承业一把拉过她，将她的身子狠狠地抵在墙上，问：“凌雪到底是谁的孩子？”

“这个还需要问吗？当然是路德明的娃了。”秦水莲镇定自若，连一丝慌乱都没有。

“你到现在还想骗我吗？我都去查看过了，德明他根本没有……”康承业一着急，话头就没个准了，他把真相说了出来。

“那又怎样呢？前两年他去耕地，让我们家黑骡子给踢了，就这么简单。”秦水莲说得非常轻松，根本不像是在说谎的样子。

康承业像是松了一口气，他放开了手，此时的康承业，不知道自己这应该是高兴呢？还是不高兴？也许，他也是矛盾的，既想着秦凌雪是他的，又怕那个女娃娃是他的。人啊，怎么这么贱呢？

看着秦水莲的背影，康承业深深地叹了一口气，再次蹲在了墙角，将烟丝装在了烟锅里，从兜里拿出洋火，打开火柴盒，抽出一根火柴，动作熟稔地“刺啦”一声，划亮了火柴。他又马上回想起了护士刚刚警告过的话，连忙将火柴又悄悄装回了兜里，然后掏出了烟锅衔在嘴上，一口又一口地空吸着。

秦水莲拐过一个墙角，她再也走不动了，整个人都是酥软的。她顺着墙根慢慢地坐了下去，泪水像汩汩的河水一样奔涌着，刚才在康承业面前展现出来的强硬，有多么的难，只有她自己知道。可谁又能说清楚，她坚强的外表下，掩藏着多少心酸和无奈呢？

康承业没有从秦水莲的嘴里得到答案，也不再想这个事儿了，现在，最主要的是，路德明被同乡会的人打伤了，无论如何，他们也要帮路德明讨回个公道。

康承业就跑到了县政府，找到了陈蕊县长处，谁知，这个陈蕊县长也是个糊涂官，只见他傲慢地坐在办公桌前，凶巴巴地问：“来者何人？要告何事？”

康承业详细地叙述了事情的前后经过，并请县长给我们草民一个说法，惩治打人的要犯。

陈蕊县长说：“斗社火的事情，这事儿我听说了，你先回去等候消息！政府一定将被告——同乡会打人的罪犯缉拿归案，给你一个说法。”

康承业再次回到了医院里，他还不知道这路德明什么时候能醒来。如果他这辈子醒不来，这秦家母女俩可怎么办呀？

可等他回到医院里时，看到路德明竟奇迹般地苏醒了。

秦水莲见康承业进来，连忙低下头，转身出门了。

路德明对秦水莲说：“水莲，给康会长倒杯水吧！”

可秦水莲假装没有听见，仍不停脚步地匆匆溜出了门，她实在不想让康承业看见她红肿的眼睛。

康承业拉来一条凳子坐在了路德明的床头，说："德明，你安心养病，我已经把打人的告到了县长那里了，他让咱们回来等消息呢。"

路德明说："也怪我当时大意了，谁想到，他会一镲把马耳朵割伤了呢？马也护疼啊！我刚打算下马给它包扎一下，就被人一鼓槌打下马了。"

"别想那么多了，你还是静心养伤，其他事情交给我来办好了。"

康承业交代完医院里的事情，便回了一趟康家湾，毕竟家里还有好大一堆事情等着他来处理呢。

康承业安排完社火会的事情后，回到家已经等了一个多月，还不见县政府这边有任何动静，便决定再去县政府打探一下情况。

他刚走到南大街，便看见同乡会那个打人的罪犯，站在街道中间正耀武扬威地欺负一个卖鸡蛋的老伯，竹笼里的鸡蛋被那个人打得碎了一地，康承业捡起鸡蛋笼，把老伯扶起来说："老伯，你别怕，我带你见县长去，这个人，就是在元宵节那天打伤人的街霸。"

打人者一看，被人认出来了，赶紧顺着墙根溜走了。康承业搀扶着一瘸一拐的老伯，再次来到了县政府告状。却被告知，县长不在。

县长的秘书叫辛根味，他不忍心见康承业一遍又一遍地来回跑，就把康承业拉到一边，说："我劝你还是吃了这个哑巴亏算了，这个同乡会本就是街道一霸，而且他们还用这个买通了陈蕊。"辛根味边说边用大拇指和食指做了一个捻钱的动作。康承业明白了，原来同乡会的人早就用银子买通了陈蕊县长，看来想给路德明讨个说法是不可能了。

打人者至今还逍遥法外，而有冤屈者却无法申冤。康承业无奈地到医院去看望路德明。他站在病房外，犹豫着要不要进去，路德明却拄着拐杖从里面出来了，看见康承业来，连忙说："承业兄啊，快进来，你啥时候来的？”

康承业说：“刚到，德明，这……”

路德明说：“承业兄啊，我明白你说的什么事情。县政府那地方，如果为官者不正，是不会为老百姓做主的。算了，咱们还是认了吧。”

康承业从医院里出来，一路走着，思量着，这个事能不能就这么算了。回到关山堡子后，他立即召集了两个村子社火会的人，商量着这事情该怎么办？

大家七嘴八舌，有人说了：“我不相信，天地这么大，难道就没有王法了吗？难道就他一个陈蕊了吗？”

特别是秦家堡的人更是一百个不同意，他们说了，秦家堡人咽不下这口气。

第二天，两个村里便召集了一百多号人，一齐聚集在县政府院子里，要求惩处打人者。可谁知，他们的人刚到县政府，就被官兵们团团围住了，官兵们手里有枪，他们不敢硬来，康承业还被扣押了。

怎么办呢？他们跑到医院里来，找路德明商量。

可商量来商量去，到最后，路德明说，只有一个办法了，找康承业的同学高俊卿，也许他有办法，但大家都没有他的联系方式，只知道他在西安花旗银行工作。

最后，他们决定直接派一个人到西安去找高俊卿。第二天一大早，打算派出去的人还没有出发，康承业他们几个人却都被莫名其妙放了出来。据说，是辛根味在陈县长跟前建议，说，康承业这个人不好惹，他有一个西安的同学，是西安花旗银行的副董事长，前任县长贪污他捐的款，就是被他撸下来的。陈县长一听害怕了，急忙命人连夜把扣押的人放了。

六、咣

16

入了冬，尘土和着鸣哨的北风刮遍了关山堡子的沟沟坎坎。堡子里的人，猫在热炕上久了，感觉到生活少了点什么。闲散的身子骨开始咯嘣咯嘣作响，别说这身子骨了，连这热炕烙得人臭屁都咚咚地往外冒。

日头爷暖烘烘地照耀在关山堡子里，康承业嘴里噙着大烟锅，圪蹴在村头的大碾盘旁和一帮人在晒暖暖。

在康家的大书房里，秦凌雪和康耀祖俩人低着头在纸上学画脸谱，秦凌雪的脸上染上了颜料，像只调皮的小花猫一样。康耀祖抬头望了她一眼，会心地笑了。

他起身，走到镜子前，照着镜子，给自己化妆。先是眼睛，再是鼻子，本想照着脸谱给自己画一个灵官的脸，可秦凌雪一下子来了兴趣，她跑到康耀祖跟前，要给他画胡须，她一手扶着他的头，一只手认真地画着，一只双眼炯炯有神的老虎，威武地一下子跃入眼帘。

这一切，康耀祖并没有察觉，秦凌雪却在心里得意得很。

坐在门外的杨冬香朝里屋努了努下巴，给柳妈使了一个眼色。

柳妈顿时便明白了几分，急忙去厨房泡茶。

书房内，秦凌雪专注地画着，康耀祖身子顿时一僵，一直垂目看着秦凌雪，一瞬间他的身子已经怦然发热，连鼻尖都渗出了汗水，幸亏有油彩盖着。

他的视线直直地落在她白皙的脸上，眼底氤氲起一层爱的迷雾，就连呼吸也都变得急促起来。

秦凌雪雪白的肌肤上显现出片片红晕，眼里迸射出入骨的浓情。

康耀祖凝目看着她，眼里的暗芒意味深长，愣怔间，秦凌雪脸颊上雪白的肌肤氤氲出桃花的粉嫩。眼神，都莫名的不敢对上他的，连呼吸也跟着收紧。直到此刻，才后知后觉地发现两个人居然靠得如此之近。

康耀祖的俊颜俯下，那无可挑剔的五官离得那么近，看得让人屏息。心弦，像是被什么拨动了一下，她忍不住快速向后退了一步。他用有力的臂膀猛然间将她整个身子拉向了自己的怀中，四眸相对，都从对方的眼里读出了爱的味道。

秦凌雪不由得闭上了眼睛，他的唇正小心翼翼地在寻找着。这一刻，是那么长，长得让人焦灼。隔着布料，他掌心的热度也迅速地传递到肌肤上，让她浑身早已热辣辣的。

“耀祖，你妈让我给你们上点茶。”柳妈的声音在外面响起。

他们都不自在地抽开了彼此的手，秦凌雪乖巧地在椅子上坐下了。急忙用手理了理头发，又拿起画笔在掩饰着。

柳妈双手端着茶进来，和气地说：“来来来，你们俩画累了，快喝口茶歇歇吧！”

秦凌雪放下画笔，双手接过柳妈递过来的茶，深吸口气，绽开一抹笑说：“谢谢柳妈，这茶好香啊！”

康耀祖还在镜子前装作欣赏自己的杰作。柳妈端着杯子站在跟前，说：“祖儿，你这吓柳妈一跳，这社火脸谱有这么画的吗？”

“柳妈，我这不是才学着画吗？只是社火脸谱，不碍事儿。”康耀祖调皮地对柳妈说。

“有把自己画成老虎的吗？小心你爹看到，收拾你。”柳妈提醒着康耀祖。

“柳妈，你看到耀宗了吗？”康耀祖意识到秦凌雪这丫头给自己画了一只老虎，就想着岔开了这个话题。

柳妈还没来得及答话，康耀宗却大摇大摆地进屋来了，问：“谁想我了？”

柳妈趁机退了出去。

“噢，早知道凌雪在，我就不出去玩了。”康耀宗看到秦凌雪在，他的眸光瞬间也亮了。

秦凌雪莞尔一笑，说：“给你们俩出个题目，看谁能答上来？”

康耀宗大不咧咧地顺势坐在桌子边，饶有兴趣地凑到秦凌雪跟前说：“你快说。”

秦凌雪故意咳嗽了两声，说：“世界上跑得最快的人是谁？”

康耀宗哈哈大笑着，用手指着自己说：“当然是我呀！”

康耀祖还在冥思苦想，秦凌雪却早已报出了答案：“你轮不上，答案是曹操。”他还没明白过来，他问：“为什么是曹操？”

“因为说曹操，曹操就到啊！”秦凌雪笑得前仰后合。

“那不说得还是我啊！你们刚一提我，我就到了。”康耀宗依旧吊儿郎当的。

突然，他看到了秦凌雪脸上的油彩，顺手拿起笔说：“来来来，让我给你画个脸谱，你画得太像猫了。”秦凌雪用手拦着，不让他画。

康耀祖脸色一变，厉声说：“没大没小啊？在女孩子脸上乱画啥呢。”

康耀宗见哥哥变了脸，脸色也阴下来说：“哥，你不就比我早出生几分钟啊？怎么总想充当老大吓唬人！”

“不是我吓唬你，你看你凌雪姐不愿意啊，再说，你把她的脸画了，让她咋出门呢？”康耀祖又转头来安慰康耀宗。

“没事儿，大家在一起不就想玩得开心吗？耀宗，你不是说你们家有清代的社火脸谱吗？让我看看呗。”秦凌雪打破了僵局。

“等着，我去给你拿！”康耀宗像猴子一样蹿出门去。

“耀宗，不能拿。”康耀祖急忙大喊，想拦住他，可他早已跑得没影了。

“为什么不能拿？”秦凌雪有些尴尬。

“那是我爷爷珍藏的东西，我爹特别交代了，这个东西，没有经过他的同意，不能拿出来。”康耀祖很讲原则。

“噢，那就不看了！”秦凌雪怕这引起他们父子之间的矛盾。

“凌雪，我不是那个意思……”康耀祖怕惹了秦凌雪不高兴，急忙解释着。

说话间，康耀宗早已把那个珍藏的脸谱拿来了。

“哥，你能不能转换一下脑子，让她看一眼，我们再偷偷放回去，不行吗？又不会少了什么！”康耀宗的脑袋就是活泛。

“行行行，那咱们就一起看吧！”三个脑袋挤在一起，一起指点着每个脸谱之间的不同点。从线条勾勒到上色，每一个细节都不放过。

一直到午饭时分，秦凌雪才发现时间已经很晚了。

她站起身，说：“我得走了。”

康耀祖目光灼灼，饱含着太多的不舍，从窗口看了看天，说：“还早呢？不如留在我家一起吃午饭。”

秦凌雪还是坚持要走。她刚走到门口，就听见身后响起了一声严厉的声音：“等等……”

康家弟兄俩这才发现，杨冬香不知什么时候已经站在他们身后了。他们都茫然地望着母亲，不知道她叫住秦凌雪做什么？

秦凌雪顿住了脚步，她眼里划过一丝惊讶。

“伯母……”秦凌雪转身，微笑着向杨冬香问好。

杨冬香铁青着脸，不冷不热地哼笑着说：“凌雪啊！一个女孩子，应当待在自己家里，这样到处乱跑，外人会说闲话的。再说，你这样，对我们家耀祖和耀宗也不好！”

所有的人都没有料到，杨冬香会说出这样的话来。

秦凌雪有些难以适应这种情形，双手都在发抖，指尖绷得隐隐发白。

“妈，你说这话是什么意思？我们是同学，再说了，都什么年代了。”康耀祖急了，反驳着母亲。

“伯母，你放心，你们家门槛高，我以后不会再来了。”秦凌雪眼里的泪花在闪烁，但她那点骄傲的自尊，让她忍着没让泪水落下来。她鼻尖发酸，她不允许自己哭。至少，在杨冬香面前，她不能哭！

杨冬香没有料到，秦凌雪会这样对自己说话，急得指着秦凌雪说：“你、你这孩子……”

“妈，够了，你以为谁都愿意到咱家来玩啊？”康耀宗发话了。

听到小儿子的话，杨冬香凶巴巴的话，也戛然而止了。

秦凌雪深吸了一口气，将心底所有翻涌上来的情绪都生生压下，一语不发地往门外走。

“凌雪，我送送你！”康耀祖在后面喊着，杨冬香一条胳膊拦住了儿子。

秦凌雪没有回头，加快了脚步紧走了几步。门外一只黄狗巴巴的眼神望着她，一下子像是触动了秦凌雪心里最软弱的地方，泪水一下子湿了眼眶。

康耀祖的视线远远地落在那抹纤细的背影上，他知道，秦凌雪的心被母亲重重地伤着了。

康耀祖愤恨地回到里屋，他的愤怒不知道朝谁发，朝哪里发。不知道为什么，他也不敢朝母亲发火，只有将自己的拳头朝着墙头狠狠地擂去，手指上顿时流出了血。

康耀宗想跟着哥哥进来，对耀祖说："哥，我要是你，喜欢她，就大胆地追出去，母亲那胳膊能拦得住你吗？"

康耀祖一头倒在炕上，泪水也早已决堤，他随手扯过一只枕头，蒙在了自己的头上，他恨自己的无用，恨自己不能在关键时刻保护自己喜欢的女孩子。

从小他就和耀宗的脾气性格大不一样，他觉得自己胆小懦弱，而耀宗敢做敢说。他隐约感觉到母亲对待他们俩的方式也不一样，父亲似乎有点偏爱他，而母亲则喜欢耀宗更多一些。想到这，他觉得自己太不应该了，父母同时养大他们俩多不容易的，他难道可以这么去揣测父母吗？真的有点不孝顺了。

17

初春的关山堡子，被风轻轻地吹了两口，春便软了下来，连地里的新泥都是酥软的了。关山堡子的风比平原的风硬些，还是透着些寒意的。

几只麻雀在枝头叽叽喳喳地叫着，家里那只老猫儿俯下前半身，撅起屁股，张开了双前爪，伸了一个长长的懒腰，似乎它的腰身比以前更壮实了。

路德明出院了。他拄着拐，站在大门口，心里头也彻底透亮明艳了，犹如这心底的春色。

秦凌雪远远地看到爸爸站到自家门口，高兴坏了，正想奔跑过去，转头一想，她便踮起双脚轻轻地走到路德明的身后，双手捂住了爹的双眼，路德明不用猜就知道，准是女儿凌雪了。

"瓜女子，别捂了，爸知道是你。"

秦凌雪"咯咯咯"地在笑着，娇嗔着："爸爸，您出院，怎么都不告诉我？”

“那么远的路，来回又不方便，告诉你能怎么样啊？”路德明很淡然地给女儿解释。

秦凌雪跳到爸爸面前，用手指了指爸爸的腿，问：“爸爸，你这腿会不会留下后遗症，难道……”

路德明的目光扫过那只拐，正好和女儿的目光撞在了一起，他慌乱地躲开了。

“应该会好的，伤筋动骨一百天哩！”路德明说得非常轻松，好像那个伤筋动骨的是别人，而不是他。

“回家吧！”路德明拄着拐打算进屋。

“不行，爸，你得答应我一件事儿，我才让您走！”此时的秦凌雪，如同小时候，爹带着她玩老鹰捉小鸡的姿势，扑棱着双臂，不让路德明走。

“好好好，爸爸不走，说吧？什么事？”路德明永远是那个慈父。

秦凌雪的脸“嗖”一下红了，扭捏着身子，声音像蚊子“嗡嗡”的那样低，说：“爸爸，有一个人，也想来看您，行吗？”

“那不行，我这不好好的吗？看什么看呢？”路德明故意板着脸，他想逗逗女儿。

“爸爸，人家可是诚心诚意地想来看您，又怕我妈不同意。”秦凌雪在地上跺着双脚。

“噢，你妈不想见的人，我怎么能见呢？那我也不见了。他到底是谁呢？”路德明故意和女儿打着哑谜。

秦凌雪凑上前，半拢着手，在爹的耳边轻轻低语了几句。路德明一边点头，一边笑着说：“好啊，好啊！”

父女俩前半截的对话，被一边站着的秦水莲听见了。

秦水莲说：“好什么好啊？”这一声把这父女俩都给吓了一跳。

秦凌雪弱弱地喊了一声："妈。"

"叫娘，上了个学，连娘都不会叫了吗？妈、妈、妈好难听。"秦水莲纠正着女儿对自己的称呼。

可秦凌雪此时并不想服输，继续和妈妈争辩着："我们先生说现在是新时期了，过去称呼先生现在可以叫老师了，称呼爹也可以叫父亲或者爸爸，称呼娘也可以叫母亲或者妈妈。父亲和母亲是书面语，我觉得叫妈更亲切一些。"

秦水莲见女儿说得振振有词，一边往上房走，一边嘴里嘟囔着。"回来了就进家门啊，站在外面收风哩吗？"秦凌雪一边搀扶着爸爸，一边也跟着往里走。

"你们刚才说谁要来？我不同意。"秦水莲的一句问话，让父女俩顿时停住了脚步。

秦凌雪和爹对视了一眼，都不吭声了。

"噢，娃她妈呀，那个，你把鸡喂了吗？"路德明想岔开这个话题。

"你别打岔，包庇她。如果是康家那小子，甭想让他进秦家的门。"秦水莲一语击中要害，转身进了里屋，留下呆若木鸡的父女俩。

"爸，这……"秦凌雪急得脸上的汗都渗出来了。

"嘘！"路德明将食指竖在唇间，示意女儿别再说话了。秦凌雪调皮地伸了一下舌头，把路德明搀扶到了里屋。

路德明现在腿不方便，秦水莲安顿好他，便出去查看店里的情况。

秦水莲刚出门，康耀祖便上门了。他提着一盒马蹄酥和一包宁果、两瓶苹果罐头来了，路德明说："耀祖呀，怎么拿这么贵重的礼，使不得的。"

"路叔，这是我爸让我带给您的，您就不要推辞了。"

"叔，你说他们好好耍社火不好吗？为何老要斗来斗去，这不，还把您都打伤了。"康耀祖对此充满了不解。

“这你有所不知，斗社火的初衷不是为了打斗，而是为了斗气派，斗威风，斗智慧。这也是咱们陇州社火的一种表演形式，也是一种正当的比赛和竞争。主要看谁家的社火阵容、队伍庞大，比如你们今年装 20 传，我就装 30 传；你有 30 面鼓，我就 50 面。反正就是要赢得一种气势。再有就是斗技艺，看谁家设计精良，化妆精美，扮相逼真，造型大气。游演的队伍阵容整齐，锣鼓铿锵有力，雄壮豪迈。”

“噢！那斗赢了无非就是争个面子啊？”康耀祖似懂非懂地说了一声。

“不光是面子问题。他们表面上是斗社火，实质上是比经济实力、比村威民风、比人才技能和文化品位。人们之所以年复一年地要社火，也是为了展示自己村的实力，激活村威人气的。”路德明越说越兴奋，康耀祖听得也入了迷。

康耀祖和路德明聊得太尽兴了。不知不觉，时间已过了晌午。

康耀祖面露喜色，高兴地说：“路叔，和您聊天，不但长了见识，而且还特别愉快。”

“愉快那就多来聊天，反正我一天在家，也不能出门，怪闷的。路叔也非常喜欢你，你年轻，思想活络，也很有想法，有前途。”

屋子里暖融融的，炉子上的罐罐茶还在“哧哧”地扑腾着。路德明喝茶讲究，他以茶叶为底，给里面加了核桃仁、红枣、枸杞、葡萄干、桂圆、菊花等，这种八宝茶喝起来醇厚香甜，康耀祖喝了好几盏，仍觉得意犹未尽。

路德明望着康耀祖的脸，思绪又被扯远了，如果我的儿子在世，也有这么大了吧？

康耀祖起身打算离开，没有注意此时路德明还沉浸在自己的遐想中。

“爸，耀祖打算走了，你在想什么啊？这么投入。”秦凌雪打断了父亲的思绪。

“没，没，爸就是想起那天打斗的场面了。”

“叔，那我走了，改天有空了，我再来看您。”康耀祖很有礼貌地向路德明告辞。

“我送送你！”路德明起身，打算拄拐，被康耀祖拦住了。

“叔，您这腿还没有好利索呢，要多休息，不能太多走动，这样，不利于伤口愈合。”康耀祖把路德明按坐在椅子上。

“那好，让雪儿送送你吧！”路德明无奈地说。

秦凌雪应声送康耀祖出门了。路德明望着他俩的背影自语：“这小子，将来能当秦家女婿也不错啊！”

傍晚时分，秦水莲回家了，父女俩对视了一眼，都从对方的眼神中看到了真诚和信任，没有人提起康耀祖来过这事儿。

可是，秦水莲却发现了桌子上放着的马蹄酥和宁果，她的脸立马变阴沉了。

秦凌雪赶紧给妈端过一杯水去，说：“妈，您喝点茶！”

“今天谁来过了？”秦水莲的目光停在那份马蹄酥和宁果上，仿佛一眼就能够洞穿它而找出背后送礼物的人，而现在只等女儿主动交代。

“是我的一个同学，叫蓝一鸣。”秦凌雪撒了一个小谎。

路德明拄着拐杖在练习走路，秦水莲疑惑的目光望了女儿一眼说：“我就说嘛，一般的人，送不了这么贵重的礼物，只要不是康家那小子就行。”

秦凌雪趁母亲不注意，早已悄悄地溜进了里屋，不给母亲再次问话的机会，不怕一万，就怕万一，她怕问多了，自己就露馅儿了。

最近店里的生意还好，铁蛋一个人忙不过来，秦水莲不得不一趟一趟往城里跑。

只要秦水莲不在家，康耀祖就会跑过来找路德明聊天。

康耀祖来了几次，每次都是这父女俩在家，他还纳闷了。有一天，他放下手中的水果，终于忍不住地问："路叔，咋每次来，我都没有见到秦姨呢？"

秦凌雪听见康耀祖这样问，怕父亲又给说漏了，不住地朝父亲使眼色，打手势。可这手势还没打出去，却被康耀祖看到了，急忙问："凌雪，你手咋了？"

"噢，没，没事儿，刚泡茶被水汽烫了一下。"秦凌雪结巴着回答。

"我看看，伤哪里了？"康耀祖紧张地拉过她的手，翻看着，眼里满是怜惜。

"没事，已经不疼了。"秦凌雪抽回了自己的手，望了一眼父亲，脸色悠然绯红了，像绽开的桃花。

路德明看着两个年轻人，既欣慰，又高兴。为了怕两个年轻人尴尬，他急忙拉开了话茬。

"这不，我腿伤了，城里的生意只有靠你秦姨忙活了，她一趟一趟地跑城里，也怪累的。"路德明说了实情。

秦凌雪悬着的心终于落了地，她怕爸爸说出了真正的原因，大家都尴尬。更重要的一个原因，她不想因此而失去他。

又是一个愉快的聊天时间，他们俩从社火的历史聊到社火目前存在的问题，从社火未来发展的方向聊到社火传承的问题，一老一少，别提有多么开心。康耀祖现在也不客气了，直接在他们家吃了午饭。

等他们发现天麻麻黑的时候，秦水莲的马车已经停在了院门口了。

康耀祖看见秦水莲回来，急忙打招呼道："秦姨回来啦！快歇歇吧，我走了。"

秦水莲几乎从鼻腔里"哼"了一声，满脸阴沉，她说："你等一等！"

康耀祖顿住了脚步，准备听秦水莲说话。秦凌雪在后面叫了一声："妈！"

秦水莲从中堂的八仙桌上，拎起康耀祖拿来的水果，一股脑地塞到他手里，一字一句地说：“你记住，秦家的门不是那么好进的，你不能和我女儿有任何来往，我早就说过，秦康两家老死不相往来，你走吧！”

懵在原地的康耀祖，不知所措，茫然地抱着自己带来的水果，说：“秦姨，我做错什么了吗？”

“你快走吧，以后不要再来我家了。”秦水莲已经下了逐客令了。

“水莲，刚回家，你不要这样啊，人家娃娃好端端地今天来看我，你怎么这样呢？”路德明劝着秦水莲。

“妈，你太过分了，有你这样对待女儿朋友的吗？”秦凌雪的眼里早涌出了泪水，带着哭腔质问母亲。

“我说过，不行就不行。没有理由。吴妈，送客！”秦水莲的声音放大了一倍。

吴妈过来劝着秦凌雪说：“雪儿，听你妈话，那都是为了你好！”

秦凌雪甩开了吴妈的胳膊，转身拉着康耀祖的手，说：“我们走！”

秦水莲的眼里喷出了火，小跑几步，追上前去，一把将女儿拽倒在地上，说：“今天，你哪儿也不许去！”

康耀祖望着眼前这一切，想上前拉起秦凌雪，但又被吴妈拉出了大门外。

他迷茫地抬头望了望秦家的门楣：耕读传家。可秦姨今天这做法，似乎真的有些欠妥，她为何这么恨康家的人呢？到底他们两家有多么大的冤仇呢？

康耀祖踉踉跄跄地回到了家，一头栽倒在炕头，连鞋子都没有脱，他脑海里浮现的还是秦姨那种愤恨的表情，还有秦凌雪的无助。他把拳头狠狠地砸在炕头上，男儿不轻弹的泪水，此时早已把被子湿了一大片。他恨自己，在关键时候，不能挺身而出，保护自己心爱的女孩。

秦凌雪在自己的房间里哭成了泪人儿，路德明站在一旁还在数落着秦水莲：“今天这事儿你做得真不对，人家娃娃好端端地被你骂，还下了逐客令，这是一个母亲应该做的事情吗？”

“我说过的话，不会更改，秦康两家的恩怨也永远也消不了。”秦水莲依旧态度强硬。

此时，路德明却隐隐约约地感觉到，秦水莲的心里，肯定埋了另外一颗仇恨的种子，甚至比丢失书稿还要重的种子。想到这里的时候，他把自己也吓了一跳，可他不敢问，他怕秦水莲的伤疤再次被自己揭开，那血淋淋的伤口，可就再也合不上了。

18

三个多月过去了,路德明的身体痊愈了,已经能够处理家里更多的事情。

秦水莲今天似乎也有了闲心思，坐在院子里的那棵核桃树下铰鞋样。树叶儿早已长大，脆生生地泛着新绿。青色的核桃藏在树叶背后，歪着脑袋像在打量着她的心思。

微风阵阵，轻轻地拂到人的身上，有一种痒酥酥的感觉。秦水莲一边哼着小曲儿，一边忙着铰鞋样。

“哗啦啦钥匙响，打开那牛皮箱。
取一张粉红纸，铰一个花鞋样。
一铰上石榴花，二铰上牡丹花；
三铰上老鼠拉呀拉西瓜……”①

①王安义主编《陇州小调歌曲集》(二)，中共陇县县委宣传部印制，2008，第49页。

突然，院里半掩的黑色木门“咯吱”一声从外面被人推开了，陌生的脚步声让她的歌声戛然而止。

从照壁后面走来了一位陌生的女子，缓缓地走进来了。她身着紫粉色的高领锦缎旗袍，连盘扣都很精致，外面穿着一件宝蓝色大衣。让整个人沉静中透着魅惑，古典却不失性感。

她纤细的身材，优雅而自然，是那么的曼妙精致，似乎旗袍就是专门为她这样的女子而设计的，华贵却不失含蓄，妩媚而不失典雅。

进来的女子，微微笑着，也在打量着这个家的女主人，只见秦水莲身着白底青蓝色花布旗袍，素净，没有别的任何装束，婉约的样式，精巧的盘扣，似乎穿越了百年，氤氲着含蓄静敛、风情缱绻的唯美，似一缕花魂历久弥香。

两个女人，就那样静静地彼此打量着，似乎都忘记了打招呼，有着对彼此的欣赏，又有着些许嫉妒。

最终，还是秦水莲打开了这种静默，她恭敬地问来人：“请问您是？”

陌生女子自我介绍说：“如果我没猜错的话，你是嫂子吧？我叫梁玉梅。”

“梁玉梅？”秦水莲迅速在脑海中搜寻着这个叫梁玉梅的人到底是何许人？可是，她还是没有想到，前段时间路德明给她说的那个人，此时，就近在眼前了。

“对，梁玉梅，你可能不认识我，我曾经是路德明的爱人，可惜，造化弄人。大姐，你别误会，我只是想来看看，如今，已物是人非了。他，在家吗？”梁玉梅虽然说得很明了了，但在秦水莲看来，她这是公开的挑衅。

“既然你已经知道物是人非了，你还来找他做什么？他已经为人夫，为人父了。再说，他已经不记得以前的任何事情。”秦水莲的话里话外，都透露着一股醋味儿。

“大姐，我是来求您一件事情的。”梁玉梅放低了姿态，秦水莲的警惕性似乎也放松了。有些时候，示弱并不会让你失去什么，反而会让对手消除敌意。梁玉梅其实是很聪明的。

“我能帮你什么忙吗？”秦水莲还是有点不放心她话里的真假。秦水莲顺手拉过一把小凳子，让这个叫梁玉梅的女人坐了下来，梁玉梅一下子拉开了话匣子。梁玉梅从他和路德明认识到相恋，一直讲到他们孩子的丢失，讲得泪眼婆娑，秦水莲那颗刚才还泛着酸味地说起话来硬邦邦的心也跟着被激活了，她也有些伤心了。

“说吧，大姐我能为你做什么？”此时，她的豪爽和大气又上来了，这也让梁玉梅心生敬佩，一句话让梁玉梅的眼泪夺眶而出。

那晶莹的泪滴，让秦水莲猛一愣，紧了紧目，收起了自己的一身冷傲，泪水也挂在了腮帮子上。梁玉梅跪倒在了秦水莲的眼前，不住地磕头。

秦水莲急忙拉她起来，说：“使不得，使不得，怎么行这么大的礼？”

梁玉梅从地上坐起来，乞求着说：“麻烦你劝劝德明哥，希望他有机会，也帮我找找我们的孩子。虽然，我现在已经成家，也有了三个孩子，可我还是放心不下那个曾经丢失的孩子呀。”边说着眼泪又滚落了下来。

“我这边没问题，我一定会帮忙为你们寻找的，只怕德明这边，我还得想办法劝劝他才是。他的记忆力受损了。这么多年，他都是封闭的。”秦水莲觉得，这一生，她一直以为，自己欠路德明一个孩子，上天怎么睁开眼睛了，赐了路德明一个孩子，无论如何，她都要帮他找到。

梁玉梅拿出一只玉镯递给秦水莲，说：“大姐，这个玉镯还有一只，在德明身上，把这个给你，希望能唤醒他的记忆。”

“不行，这个我不能接受，你的事情，大姐我一定尽心尽力，这个，我说什么也不能要。”秦水莲拒绝着。

梁玉梅说：“总归是我们梁家欠他的，他的记忆力受损也罢，还能忘记更多让他痛苦的事情。又提起旧事，估计会让他更痛。”

秦水莲紧紧握住梁玉梅的手说："玉梅啊，只有痛过之后，他才能醒过来。"

两个女人，就那样静静地彼此望着对方，安慰着对方。心相通了，不论是同情还是感激，都已经不那么重要了。

"你还能记起孩子有什么特殊的地方吗？"

"我已经记得不太清楚了，只记得他右肩膀上有一块紫色的胎记，还有，走时我亲手缝的红洋布小棉袄、碎花小被子。我知道这些都不现实，可是，我还是希望有生之年，能够见他一面。"梁玉梅的泪水又一次滚落。

送走了梁玉梅，秦水莲坐在原地，一点头绪都没有。她没有注意，梁玉梅最终还是将那个玉镯连同盒子，悄悄地放在了桌子上面。

秦水莲正思量着这个镯子该如何给路德明的时候，她突然闻到了一股浓烈的马的气息，混合着青草的味道，伴随着月亮下的土路泛起的尘烟，由远而近。

路德明赶着马车回来了。

路德明进门摘下帽子，一眼就瞥见了桌子上的玉镯。问一声："她来过？"

"嗯，让咱们帮忙找孩子呢？"秦水莲似乎早已消除了敌意。

"哪有那么容易，都十几年过去了，上哪去找啊？"路德明似乎对此不太有信心。

"我最近把村里边的孩子挨个想了一遍，好像没有谁家抱养过孩子。"秦水莲分析道。

"那也不一定是咱们村里人捡了去，她说的城门外，那地方四通八达的，谁都有可能捡了去。"路德明也客观和理性地分析着。

"那怎么办？难道不找了吗？"秦水莲为自己刚才的冲动答应了梁玉梅还有些懊悔。

"找，肯定要找。只不过，要碰机会或者说缘分吧？"路德明的话，让秦水莲像吃了一颗定心丸，心瞬间也跟着安静了下来。

各自都不再言语了。秦水莲深目里划过一抹痛，她起身进屋，跪在菩萨面前，双目紧闭，双手合拢放在胸前，虔诚地祈祷着，忏悔着，祝福着和感恩着。

19

1939 年 8 月，日本的飞机在西安城的上空连续轰炸着，而秦凌雪和康耀祖此时刚刚毕业。陕西省教育厅划拨原西安二中的部分编制与经费，并委派了校长陈廷瓒率教师 29 人到了陇县任教，建立了陕西省陇县中学，他们俩也在其中。陇县中学校址设在了东大街城隍庙里，庙廓被苍绿色的参天古木环抱，杏黄色的墙，青灰色的殿脊，庙顶上铺满了金碧辉煌的琉璃瓦，屋脊上雕刻的骑凤仙人，栩栩如生。正门有一副对联：

诸恶莫做恶念起时即地狱，
众善奉行善心明处是天堂。

古老的庙宇在朦胧夜雾的笼罩下，像一幅飘在浮云上面的剪影一般，显得分外沉寂肃穆。

康耀祖性格比较内敛，他总是含蓄地表达着自己对秦凌雪的爱情。

有一个情景，学校很多人都看见了，康耀祖和秦凌雪端着两盆子需要洗的衣服，从学校的后门出去，沿着一条弯弯曲曲的土路一直往前走，看来，他们俩打算去北河洗衣服。

陇州的地形很奇特，老辈人讲，陇州县城是一条小船的形状，站在北坡山上看，就能看得一清二楚。

南北两条河，在中间分开，稍微宽一些，东西两头连在一起，尖尖的，如同船的首尾，整个县城像被船托了起来一样，也可以这么说，是整个县城就像是一艘浮在水面上的小舟。

康耀祖走在前面，秦凌雪跟在后面，一边走一边哼着陇州小调：

“桃花红，梨花白，花香引得蝴蝶来。蜂蝶采花在花期，花期过后无蜜采。情郎哥哥你快来，这朵鲜花等你采……”①

春深了，那声音惹得山坡上的野花都笑开了脸，一大片一大片地开放着，在微风中张扬着。

河边长满了芦苇，两旁长满了很多杨树、柳树。清凌凌的水波，能够看得见河里的各种小石头和水草，还有胆大的小鱼儿故意游到他们俩跟着嬉戏着。

秦凌雪用手去抓，没抓到，还差点掉进了水里。康耀祖扔了脸盆，一把将她拉回到自己身边。空气里弥漫着清雅的水草味道，秦凌雪的肌肤雪白剔透，像干净的水晶。此刻，肌肤上晕染出一层淡粉色，清新诱人。巴掌大的小脸上，五官不算绝美的，但格外清秀。

秦凌雪抬眸，细细地打量着眼前的他，俊逸的容颜，眸底氤氲着的热气，像一层薄薄的烟雾，让这个男人看起来更神秘。

康耀祖的唇快要落在她额头的时候，秦凌雪看到有人从路边走边，羞涩地躲了一下，大叫一声：“盆，快看盆！”

脸盆随着水飘出了好远，幸好这段河水不深，康耀祖连裤子都没来得

①王安义主编《陇州小调歌曲集》(二)，中共陇县县委宣传部印制，2008，第83页。

及往上挽，就直接扑进了河水里，追上了脸盆，整个人顿时都湿透了。

秦凌雪看着他，笑得花枝乱颤。

他回到了河边，并没有上岸，半截腿还浸在河水中。他脱下白衬衫，裸露着麦黄色的肌肤，被清晨的阳光镀上了一层层薄薄的光泽。

康耀祖直接将衣服浸入水中，两手拿起来搓洗了两把，说："在河水中洗个澡，还真舒服，要不，你也下来试试。"

他打算把秦凌雪拉到河水里，秦凌雪躲闪着，撩起水花逗他玩。

两个人嬉笑着，搓洗着，康耀祖将洗好的衣服交给秦凌雪，让她将白衬衣铺在河边的大石头上晾晒。

他们将床单浸在河水里，顺着河水流动的方向，床单铺开了，浅紫色的喇叭花儿，在水里荡漾着，两个人互相望一眼，都隐隐约约的羞涩地红了脸。

秦凌雪的目光飘向了河的上游，若有所思地说："这条河水见证着我们的爱情。你，以后会不会依旧对我这么好呢？"

康耀祖也被秦凌雪的情绪感染了，坚定地说："会，肯定会！"

洗完了衣服，他们拉开一道绳子，绑在两棵树的中间，把刚洗净的衣服、床单都搭在上面晾晒完，康耀祖提议，去河对岸玩。

河对岸是一片桃树林，红艳艳的一大片。一走进去，他们就被粉红的桃花包裹了，又肥又艳丽的桃花，细细看来，一小朵、一小朵的，让人不由得有些陶醉了。

康耀祖隔着一个花枝，说："凌雪，我爱你！"

秦凌雪也含情脉脉地，说："耀祖，我也爱你。"

他们俩大声地互相喊着："凌雪，我爱你，耀祖，我也爱你"。爱情的声音，在北坡山谷里回荡着，悠远而绵长。

他们的呐喊声，惊跑了一只在树下卧着的褐赭色的野兔子，那只野兔睡眼惺忪，竖着耳朵，不小心撞到他们的脚边，倒在了地上，又蜷缩在了一起，耷拉着耳朵，低眉顺眼的样子，它在假寐？还是被撞死了呢？

秦凌雪尖叫着，蹲下来，打算把这只野兔子揽在怀中。

兔子先是一愣，接着撒开腿，疯跑起来，他们俩就追着跑，疯狂得如同扑向这野花的春风，肆意而张狂。

后来，兔子没有追上，他们俩却气喘吁吁地跑不动了。

秦凌雪一屁股坐在大石头上，说："不行了，不行了！别追了。"

康耀祖也停了下来，背靠着秦凌雪坐下来，说："雪，知道我为什么当初放弃留在西安工作的机会，回到陇州县城吗？"

"这还用问吗？还不是因为我回到县城了嘛！"秦凌雪心里明镜儿一样。

"其实，我……"康耀祖话到半截又咽了回去，他想对秦凌雪说的是，我不全是为了你回来的，我是带着任务来的，我已经是一名共产党员了，但他不能说，哪怕是再亲的人也不能说。组织的纪律如铁一般，无论如何他不能说。

"你咋了吗？"秦凌雪娇嗔地问。

"如果换作你，你会不会也这样做呢？"康耀祖转过身子，对视着她问。

"肯定也会回来，这里，有你，有我婆，爸妈。我最不放心我爸爸。"秦凌雪没有任何犹豫地回答。

"你爸是个好人呐！"康耀祖由衷地感慨着。

"我爸一辈子活得太苦了，以前失忆，连他自己是哪里人都不知道。后来听说，曾经有过一个娃，还给丢了。我得回来陪着他。"

康耀祖说："我就喜欢咱陇州这地儿，咱这里的女子，就像这野花，被山风一吹，一个个鲜艳起来了，让人心里踏实。"

"一个个？你还这么贪心啊！"秦凌雪的手揪着康耀祖的耳朵反问。

康耀祖的耳朵有些发红了，求饶着："你一个，就你一个！"

秦凌雪也不是真的揪他的耳朵，只是顺着他的话就放下了手。

临近中午了，衣服早被阳光晒干了。

秦凌雪说：“明天，咱们俩回关山堡子吧！”

“好！”

康耀祖向同事借了一辆自行车，那辆自行车是同事从西安带来的宝贝，一向不外借，但听说他们要走十几公里路，同事再三叮咛，一定要小心，不要给弄坏了。康耀祖便带着秦凌雪一起回到了关山堡子。

康耀祖把自行车停稳当后，提着一网兜水果，全是关山堡子里吃不着的水果，但他没敢进去。秦凌雪还没有进门，便大声叫着：“婆，爸，妈！我回来了。”

他们听见喊声，都从屋里跑出来。婆拄着拐杖，小脚儿像线团似的，跑得飞快，直奔他们而来。

“娘，您慢点儿跑！”路德明急忙搀着她。

“婆，您最近好吗？想死我了。”秦凌雪扑进了婆的怀中。

“让婆看看，最近怎么瘦了啊？”婆端详着秦凌雪。

“哪有，你看我这重下巴。”秦凌雪故意用手捏了一下自己的脸。

这样的气氛，和和美美的，康耀祖站在门口，像欣赏一幅画般，看着这一家和谐的场景，心生羡慕。

“那么大个人了，还撒娇，都不知道害臊！”秦水莲的一句话，像一把刀子，生生地把整个美好的画面给切断了。

秦凌雪急忙从婆怀中撤了出来，她从小都怕妈，一直都是，她常常怀疑自己是不是妈亲生的孩子。

秦水莲是故意给秦凌雪这么来个下马威的，因为她在听到秦凌雪回来的声音时，就看见了大门口的石狮子旁边，还站着的康耀祖，她才生气的。

“娃才进门，你咋这样呢？”路德明疑惑地问秦水莲。

“你女儿给你带了个人……”秦水莲朝门外努努嘴。

路德明起先的注意力都在女儿身上，听秦水莲这么一说，这才看到，康耀祖正站在大门口，急忙热情地招呼康耀祖说：“是耀祖啊，快进屋吧！”

秦水莲在他身后“咳咳……”故意咳嗽了两声，但路德明没有理会她，而是走向前去，接过康耀祖手中的水果网兜，说：“你这娃娃，还这么客气，每次来带啥礼物啊？下次，不许再带了啊！”

路德明走到秦水莲跟前，低低地提醒她说：“有礼不打上门客，你忍忍吧！给咱女儿一点面子！”

秦水莲一把从路德明手中拽过网兜，顺势塞到康耀祖手中，幽冷地说：“你走吧！我说过的，秦康两家是世代的仇人！”

“妈！你怎么这样啊？”秦凌雪几乎快哭了，大声向母亲表示着不满。

“这里，没你什么事情，你进屋去！”秦水莲的声音依旧阴冷着，目光中没有一丝温暖。

“秦姨，我知道，你是因为社火手稿的事情，误解了我爷爷，我爷爷从来就没有勾结土匪抢秦爷爷的手稿。”康耀祖解释着。

“我不想听你解释，你走吧，永远都不要再来纠缠我女儿！”秦水莲像一具冰雕般杵在上房的门口。

“水莲，让客人进门吧！他是雪儿的朋友，让他进去吧，有话进门说吧！”婆拄着拐杖劝着女儿。

“娘，这里没你事，你回屋吧！”

康耀祖留也不是，走也不是。

秦凌雪的眼里冒着火，火将泪水已经燃烧得滚烫了。她一把拽过康耀祖说：“耀祖，我们走！”

康耀祖很有礼貌地对路德明打着招呼，说：“路叔，我有空了再来看你们！”秦凌雪牵着康耀祖，哭着从家里跑了出来。

秦水莲和路德明都在后面喊着："凌雪！"

秦水莲大吼道："秦凌雪，你给我回来！"可秦凌雪头也没回地走了。

"莲啊，你是想让整个家都散了，你才肯罢休啊？忘了吧，你身上背负的东西太多了，伤人伤己啊！这不，又把娃给逼走了吧？"秦李氏的拐杖在地上"咚咚"捣得如鸡啄米。

康耀祖和秦凌雪沉重地回到了学校。

秦凌雪哭着，满脸委屈地问："你说，我妈平时态度冷，我也能忍了，你说他对于咱们俩的事情，怎么这么反对呢？"

"你妈有你妈的难处，她还记着你爷爷的临终遗言吧，只不过，那是个误会，她却视为正理儿。别怨恨她，她心里的苦也许只有她自己知道。"康耀祖的大度，让秦凌雪感动得泪花四溅。

"好好的，怎么又哭了！"康耀祖拿过一个手绢替她擦着眼泪。"我这是感动的，只要你不介意，我就能想办法说服我妈。"

"好，我们共同努力，解铃还须系铃人，这个结，我得找我爸去解决。问问当年我爷爷和你爷爷的事情。"

事情一说开,两个人在一起的念头更坚定了,两颗心再一次贴得更紧了。

阔大的杨树林中，新绿的杨树叶子在偷听他俩的话，一阵风过，树叶儿"刷啦啦"地也笑了。

秦凌雪和康耀祖抱着一棵高大的杨树，仰起头，透过树缝抬眼看，蔚蓝的天空中，有鸟儿轻轻地飞过，心也跟着明亮了起来。

20

一晃一个假期过去了，和心爱的人在一起的时光，总是那么短暂，学生们都放假了，他们俩也得回家了，分别总是伤感的。

康耀祖去办公室取东西了，秦凌雪便倚在康耀祖的书架上，心不在焉地翻着书。翻了一会儿，又开始忙着替康承业打理床铺，一点一点，慢慢地，她想让时光静下来，慢下来，甚至停下来。突然间，从康耀祖的枕头里掉出了半页发黄的纸，秦凌雪拿起来瞄了两眼，顿时，明白了康耀祖这段时间为什么经常动不动玩消失，动不动就不告而别。原来他不仅是陇县中学的一名教师，更是肩负着一项光荣而艰巨的任务而来的。

秦凌雪将手捂在胸前，心绪久久难以平静，她好像感觉自己看了不该看的东西，此时，她坐在凳子上，一边继续叠衣服一边慢慢地平复心绪。康耀祖进门，见秦凌雪木然地望着墙发呆，摸了摸她的头，问："想什么呢？这么出神。"秦凌雪明白，这个事儿不能问，她装作自己什么也不知道。她转过头，微笑着说："我最近新学了一个曲子，特别好听，我给你弹一首《看看娘》吧。"

康耀祖把手中的书放回书架，他的情绪也被秦凌雪的琴声调动起来了。他说："好呀，正想听你弹琴呢。"

秦凌雪把琴架上的墨绿色琴套取下来，轻轻地放在一边，开始坐下来边弹边唱：

"正月里看娘没礼当呀，

二月里看娘正农忙，正呀么正农忙，叶叶儿飘呀。

三月里看娘麦叶儿长，
四月里看娘风雨挡，
六月里看娘热难当……
一年忙得没看娘，
娘家哥哥来门上，
骂我是个没心肠，
忘了亲生爹和娘，
叫声哥哥别气伤，
先到上房暖热炕，
给你炒菜擀长面，
泡杯热茶话短长，
不是忘了爹和娘，
今年实在是太忙。”①

弹唱完后，热闹后的平静更寂寞，没有人说话，空气中充满了忧伤。其实，两个人心里都明白，他们心里梗着事儿呢？但秦凌雪心里的事和康耀祖的心事却不一样了，她得让自己先把这事儿慢慢地捋捋清楚。个人感情和国家民族的大事相比，根本不算什么，但对自己来说，她决定先解决小事更为妥当些，如果有可能，也许，她将来也会加入共产党的。目前，时机还没到吧，康耀祖没对她讲，自有他的道理。虽然她觉得他有点不信任她，有点难过，但她还是选择了保持沉默，试图去说服自己理解他。

秦凌雪最先打破了沉默，装作十分坦然地说：“耀祖，我回家就跟我妈摊牌，就说咱俩要结婚。”

①王安义主编《陇州小调歌曲集》(一)，中共陇县县委宣传部印制，2007，第 81 页。

康耀祖吓了一跳，连忙坐直了身子，说：“不妥吧，秦姨连咱俩交往都直接反对，还会同意结婚吗？”

秦凌雪的犟劲儿又上来了，急急地说：“我不管，像我妈这种性格，还得给她来一剂猛药。”

“那能行得通吗？我怕你把她惹恼了，只怕……”康耀祖还是建议再斟酌。

两个人谁也没有说服谁，她们就这样回到了关山堡子。

康耀祖把秦凌雪送到门口，就打算折身回去，并不打算进去了。

秦凌雪转身问：“你不进去？”

康耀祖说：“雪，你回吧！我就不进去了，免得又惹秦姨生气。如果把她惹恼了，你的日子也不好过，我不想让你难过。”

一股暖意，从脚底一寸寸涌上心头。

秦凌雪眼里有泪花儿在闪烁，声音轻柔地说：“那好吧，明天见！”她打算转身离开。

可康耀祖并没有马上离开，而是突然长臂一横，将她揽在了自己的怀中，紧紧地抱住不肯松手。“雪儿，我舍不得离开你！”他温热的唇轻轻地咬了一口她雪白的耳郭。“我也舍不得！”她在呢喃着，僵在那儿，耳根上全是属于他的热度。

许久，有人从远处走来了。

他们俩不得不分开了。

秦凌雪说：“你先走吧！”

康耀祖说：“你先走，看着你进去，我再走！”语气里满满的都是心疼和怜惜。这句话，让人心暖，更让人心痛。前方未知的路，不知道有多长，最不简单的就这几步吧。

谁也不肯先一步离开，最后，他们商定，互相后退，对望着对方，数到九十九步再转身。

康耀祖深沉的眸子隐有暗芒流转，紧盯着他的眼，痛意一寸一寸地穿透秦凌雪的神经，也坚定了她对母亲摊牌的决心，他们在同时数着：“一、二、三、四……”

距离越来越远，虽然只有短短几十步，却依旧显得那么漫长。才数到五十步，秦凌雪就后悔了。她突然间跑了过来，扑进了康耀祖的怀中说：“我不想离开你，我不想和你分开……”越说越恼，越哭越厉害，小小的粉拳轻轻地砸在他身上，拳头也越来越无力，最终只是无助地扯住他的衬衫领口，趴在他胸口上痛哭。

听着她那悲怆的哭声，康耀祖分明感受到她纤细的身体在隐隐发抖，他嗓音沉郁道：“雪儿乖，明天咱们就见面，好不好？总会找到解决问题的方法的，相信我！”

康耀祖替她擦着眼泪，凝目看着她，眼里的温暖意味深长。

秦凌雪点了点头，康耀祖又一直把她送到她们家大门口，这才转身离开。

进了家门，路德明刚好从书房中出来，问一声：“雪儿回来了。”

秦凌雪叫了一声“爸”轻轻地放下包。

“还没吃饭吧？我让吴妈给你做点！”路德明看着女儿的眼睛，他也猜出了八九分。

“爸，我妈呢？”秦凌雪主动问起妈妈，这让路德明很是意外，难道她想通了，还是跟康耀祖分手了呢？

“你妈刚出去了，快回来了，你先吃饭吧。”

路德明拉着女儿坐了下来，询问着学校里的工作情况，他不知道情况，不敢贸然提及康耀祖。针对他的问题，都是绕过去的。

吴妈端着饭进门了，她说：“雪儿，快吃吧，这是吴妈专门给你擀的浆水面片。”

秦凌雪此刻还真感觉到饿了，她端起碗，说了声："谢谢吴妈，最喜欢吃你做的浆水面片了。"吴妈离开时，嘴里还在嘀咕着，这娃，眼睛咋那么肿呢？

秦凌雪接过面，狼吞虎咽地吃完了，想转起身，打算再去盛一碗，就看到秦水莲从门里进来了。母女相见，似乎心里都还有些疙瘩。秦凌雪愣怔了一下，下一瞬，才轻轻地叫了一声："妈。"

秦水莲的眼神，都莫名地不敢对上女儿的眼，她只是瞥了一眼，连呼吸也跟着收紧，心弦，像是被什么拨动了一下。

她接过女儿手中的碗说："妈给你去舀饭吧！"

秦凌雪愣愣地，木然地递过了碗。

吃过饭，秦凌雪很郑重地搬过两把太师椅，把母亲和父亲拉到一边坐下，夫妻俩都不解地看着女儿。

秦水莲问："有什么事情，还搞得这么正式的。"

此时的秦水莲，心里早就开始打鼓了，她最怕女儿再次跟她谈及和康耀祖的事情，她默默地祈祷着，千万别，愿菩萨保佑，两个孩子早早分手吧。

正当她在心里琢磨的时候，秦凌雪已经跪下来磕头了。一连三个响头，很郑重，仪式感很强。

磕完头后，秦凌雪叫了一声："爸，妈。"

秦水莲的思绪被拉回到了现场，她还没反应过来怎么回事的时候，秦凌雪说了："感谢你们这二十多年的养育之恩，我打算和康耀祖结婚。"

女儿的这一句话，像一把铁锤，又如晴天霹雳一般，把秦水莲击懵了。

秦水莲像被火烫着屁股了，从椅子上弹跳了起来。

"不行！你死了这份心吧！如果你执意要结婚，那你先杀了我！"秦水莲从牙缝里挤出的字，每一个字里都渗着血。

路德明着急地看着女儿，他也没有料到，女儿会来这么一手，这一下子把这事摊到面上来说，这怎么能让秦水莲接受呢，说句实话，虽然他也很支持两个孩子恋爱，自己也非常喜欢康耀祖，可是，这种事情不是应当由大人们先找媒人商量吗？而且也是男方来提亲，这，这，这，女儿咋还主动和他们说了，他一时也没有办法接受得了。

“妈，为什么？耀祖哪里不好啊？你说出来，让他改啊。”秦凌雪像一个战士一样，可没打算放弃。

“你休想和他结婚！”秦水莲的话语依旧冷冰冰的。

“妈，你得给我原因，不然，我就长跪不起！”秦凌雪擦干了眼泪，挺直了身子跪着。

“那你跪着吧！”秦水莲起身离开椅子，摇摇晃晃地出了门，此刻，心中那道伤痕再一次被揭开，已经开始滴血了。

“雪儿呀！这种结婚的事情，应当先让康家人差媒人来提亲，你怎么还自己提出来了呢？这样不好，女孩子，应当矜持一点。”路德明劝着女儿，语气尽量和缓。

“爸，我就不明白，你们为什么看不上康耀祖？”秦凌雪知道父亲爱她，也喜欢康耀祖，她想从最薄弱处下手。

“不是我们不喜欢康耀祖，耀祖的确是个好娃娃，但是，你也知道，你爷爷殁的时候，你妈发过毒誓，说过秦康两家再不来往。”

“凭什么？我的生活我不能做主，要她来替我做主！她发她的誓言，我结我的婚，不冲突。上辈人的恩怨，为什么要让我来承受呢。”

“过去婚姻都是父母之命，媒妁之言。哪有姑娘自己做主嫁自己的。”路德明面对妻子和女儿两个人的冲突，他不知道自己该如何应对了。这手心手背都是肉，该帮谁呀？

路德明还是很看重康耀祖的，他从心底喜欢这个小伙子，稳重而且有主见，做事有分寸，这种娃娃让人心里踏实。他觉得女儿嫁给耀祖，是天赐的一对良缘。哪个父母不希望女儿嫁给一个稳妥的男孩子呢？妻子这么轴，难道还有别的原因？路德明心里隐隐有一种不祥的预感袭上来。

21

秦凌雪找到了康耀祖，对他说："耀祖，我们结婚吧！不管我妈同不同意。"

康耀祖犹豫了一会儿，便将双手搭在秦凌雪的肩膀上说："还是再继续做做秦姨的思想工作吧！结婚虽然是我们两个人的事情，但是，牵涉到咱们俩今后的幸福。你相信我，我一定想办法打开秦姨的心结。再说，你也不希望你的婚礼上没有娘家人参与吧？"

两行清泪，从秦凌雪的脸颊流过，泪珠儿挂在腮边。

康耀祖在心底深深地自责着，这么好的女孩，自己却没能保护好，还要让她受委屈，可是，为难他们的人不是别人，而是凌雪的母亲呀！

痛苦之余的秦凌雪，突然间用手背擦干了眼泪，她有了一个大胆的想法，她拉着康耀祖走到了照相馆的门口，这是陇州县城唯一一家照相馆。

有人传言说，照相会把人的魂魄摄走，有好多人，走到照相馆门口，都会加快步伐走开，或者远远地躲开，生怕自己的魂魄被摄走。

康耀祖踌躇不前，故作疑惑地问："雪儿，我们这是要做什么呢？"康耀祖这句话把秦凌雪给逗笑了，她说："当然是照相呀，在照相馆门口难道是为了看热闹啊？"

"可是，这事儿太大了，咱们得从长计议呀！覆水难收，如果这么做，我怕秦姨会打断我的腿！"

"怎么，你怕啦！"秦凌雪的怒火噌噌地往上冒。怒火加大了她的胆子，她拽着康耀祖的耳朵说：“你不娶我，那我只好强迫你娶我了。”

康耀祖捂着耳朵说：“雪儿，轻，轻点呀！你得给我留点面子，小心碰见咱们的学生。”

秦凌雪梗着脖子，手从康耀祖的耳朵上放了下来，说：“轻点行，但这事你不能认怂。”

“行吧，先照相吧。总之，这事仓促不得。”

他们俩进了照相馆，石老板热情地问：“二位要照相吗？”

“对，照一张。”康耀祖犹豫着要不要说结婚照的事情。

“结婚照，石老板，一定给我们照得好看点！”秦凌雪抢过了话头。

“那是自然。”石老板的助手领着他们进到里间，助手拿着一个带壳子的灯，石老板揭开上面的一层黑布，站在一个方形的大脑壳的照相机后面，左手伸出来喊着：“来，看这里，这里，对，眼睛不要眨。”

突然，门外闯进来几个人，康耀祖眼睛瞄向了门外进来的人，嗖一下站起来，叫了一声：“叔。”

路德明从鼻腔里“嗯”了一声，冷冷的声音，让康耀祖愣在了那里。

石老板从方形的大脑壳里钻出来，望着来人，厉声问：“你们想干什么？”

“找我女儿！”路德明也没有退步。

他不由分说地走到了秦凌雪的跟前说：“凌雪，这事不要怪我们，你必须听你妈的话，不然，会酿成大祸的。”

“爸爸，你怎么也变成这样了啊，我一直以为，你跟我妈不一样，可你，竟然也和她说着同样的话。”秦凌雪的泪水早已模糊了双眼。

路德明硬拽着秦凌雪的手往门外拽，秦凌雪抓着门框死不放手，康耀祖不停地劝着路德明：“路叔，有事，咱慢慢商量啊！”

路德明一把掀开康耀祖，朝他吼了一句：“这是我的家事，你别掺和，待一边去。”

“爸，你不能这样不讲理啊！我不回去，我死也不回去！”秦凌雪双手抓住门框，不肯松手。

路德明朝铁蛋他们使了一个眼色，铁蛋拿着绳子套在了秦凌雪的身上，一下子把她捆住了，三两下把她放进了马车里。

康耀祖这才反应过来，使出浑身的力气，追着马车跑了一大阵，终于还是没有比过两个轮子的马车跑得快啊！秦凌雪被她父亲带回了家。秦凌雪原以为，可以把父亲路德明这里作为一个突破口，可谁曾想，父亲今天的这态度怎么来了一个一百八十度大转弯啊？到底出了什么事，让父亲和母亲达成了一致呢？

怎么办？怎么办？康耀祖一下子没了主意。

他不知道，这突然飞来的横祸，究竟是从何而起呢？

五个小时前，秦水莲坐下来打算染点窗花，这已经腊月了，转眼便是新年了。

她在收拾着那些各种各样的、有十二生肖图样的窗花样稿，有牡丹、荷花等各种花儿，也有石榴、桃、苹果等各种水果寓意风调雨顺，平平安安。秦水莲将竹纸叠成了厚厚的一沓，准备今天刻门签。这个门签是三个图样才能构成一幅完整的图，右边的门签上方有“四季平安”的字样，左边是“幸福平安”的字样，中间一张是“凹”字形图样，陇州人俗称“开门”。她刻了一上午，才刻了一幅左边的图。秦水莲对着背板上的纸屑吹了一口，顿时，那些废纸屑像被大风吹过一般，乱纷纷地落到了地上。她直起身子，将刻好的整沓门签拿远一点，仔细瞧了瞧，微笑着自言自语：“今天这沓没失误。”醉心于做一件事情的时候，她总是那样的专注，当她起身的时候，这才意识到自己的腰好酸疼啊！她用右手捶了捶腰，随后打算点染门签。

秦水莲将提前碾细的矿物颜料放入熬染料的铁罐罐内，加入胶，分颜色架在火上熬好后，稍微晾一会儿。她将各色颜料的瓶瓶罐罐摆在炕头，又拿起白酒分别滴进去搅拌好，随后就用毛笔蘸了点红色的颜料，轻轻地点染了一下花朵，颜色便慢慢地晕染开来。明艳的红色染上去，特别有质感和视觉的冲击感。突然，她感觉自己的右眼皮一阵又一阵地跳，她捻了一根纸签儿粘在眼皮上，可是，右眼皮还是一直在跳。

秦水莲坐不住了，俗话说，左跳财，右跳灾。这怕是又有什么不好的事情要发生了吧？她心烦意乱地从炕头下来。

秦水莲前院后院挨个找了一遍，都没有发现秦凌雪的影子。

路德明从书房出来问：“你这前院后院地转来转去，找啥呢？”

“我，我这右眼皮不停跳，不知怎么了？”秦水莲也没有隐瞒。

“你可能是上火了，别乱想啊！”路德明打算离开。

“不是，这死丫头跑哪去了？我都没找见她，我怕她做傻事。”秦水莲的担心，让路德明误解了。

“不能，咱自己的娃，还能不了解啊？这丫头心大，不会想不开自寻短见的。”路德明的回答，让秦水莲明白，他想的和她说的完全是两码事。

“你快点去把她给我拉回来，就是绑也要绑回来，我怕她……”

秦水莲的眼皮依旧跳着，她的心揪成了一团乱麻。

“水莲，我劝你，现在都不兴父母包办婚姻了，你就答应他们俩算了。那两个娃娃也是真心相爱，你再这么闹腾，搞不好，人家自己找个介绍人、证婚人，只要是支持他们的，自己结了，咱们不是闹了个里外不是人吗？”路德明劝秦水莲。

“德明，不是我不通情达理，是他们俩，是，是……”秦水莲的心如刀绞，尘封多年的往事，又再次被提起，她不知道，路德明能不能接受，总之，她不得不说了。

“是什么？”路德明的心也被揪紧了。

“他们俩是姐弟俩！”秦水莲好像使出了全身的劲儿，才说出这句话时，一股腥咸味儿从喉咙间顿时蹿上来，一口血吐了出来。她忙用手绢接住，有点点殷红浸在了白色的手绢上，洇染着。秦水莲浑身颤抖着，在她快要倒下去的瞬间，路德明从背后抱住了她。

路德明最担心的事情，此刻，得到了印证，他不知道，自己是该为此高兴，还是为此痛苦，总之，早已没有痛了，只是苦了两个孩子。当年，他路德明拒绝了秦水莲的求婚，他怕自己辜负了她，一辈子良心得不到安生。可后来，秦水莲跪下来求他，并说自己已经有了孩子，如果路德明不帮她，她只有死路一条了。

这个孩子是康承业的，他早有这个怀疑和猜测，可他没有任何的证据证明此事。他只能从秦水莲一次次面对康承业的态度和别人的流言蜚语中猜测着。因为他从一开始就认为孩子是无辜的，而且他认为秦凌雪就是上天赐给他的孩子。所以，别人说什么，他都不在意。

路德明把秦水莲扶到了里屋躺下，但秦水莲仍不放心，催促着他说：“你别管我，快，快，赶紧把孩子找回来。”

路德明意识到了问题的严重性，这次他不得不充当一次恶人了，这么重要的事情，怎么现在才说，早知道，他早早和她站在同一个战线上，也不至于酿成大祸。

他以前还支持两个孩子的，可如今，这变化让他也有点措手不及啊。

怎么办呢？一个大男人，出尔反尔，可面对这样的变化，他也只能这么做，希望孩子们原谅他，也希望他们能够理解他，哪怕现在不理解，将来他们一定会理解的。

都说家丑不可外扬，但遇到这种事情，无论如何，他不能再让自己心爱的媳妇受到伤害。路德明叫了铁蛋，把马车赶上尽快赶到陇州城里。

终于还是赶在他们俩的结婚照片拍成之前到了，只是，不知道此事如何收场，路德明也没有找到答案。

他很愧疚。对女儿，他觉得自己是有愧的，可谁让她托生在这样的家庭里，而且还和康耀祖是姐弟俩，这是任谁也想不到的事情，可他就这么实实在在地发生了。

康耀祖像个孤魂野鬼般在街道中茫然地游荡着，没有了方向，没有了秦凌雪，现在连路德明的支持也没有了。

坐在马车上的秦凌雪，手脚虽然被父亲差人捆住了，但她还是在马车上用力挣扎着，不依不饶。

“爸爸，你怎么也和妈一样，到底有什么事情？让你们这样对我？我们俩是自由恋爱，你成天嘴里也嚷着新思想，民主、自由，现在却跟着我妈这个顽冥不化的人一起犯错。”秦凌雪的口齿伶俐，当父亲的怎么能不知道呢？

路德明不知道自己如何给女儿解释，她只有把捆住女儿的绳子稍微松一松，以缓解女儿对自己的恨。

“雪儿，你听爹给你解释。”路德明不知道如何开口讲这个令人心碎的故事。

“好啊，我正想听听，看你们能编出怎样的理由才能让我屈服呢？”秦凌雪目光冷冽，神情尖锐。

“你要听话，你妈妈是有苦衷的。”路德明想替女儿擦干泪水，秦凌雪却将头甩向了一边，问：“苦衷？你们都有苦衷，那我的苦衷呢？”她的眸光散着幽冷的光，如同金属冰冷的温度，从指尖一直渗进她心底。

她的鼻尖发酸，心里的委屈不断地往外冒。为什么每个人都可以不顾她的感受？

路德明清楚，自己的解释如此苍白，女儿怎么能信服呢？可要他怎么说呢？他不想让挚爱的女儿受伤害，可显然父母已经深深地伤害了她。

秦凌雪红着眼看着路德明，浑身都在发抖。她脸色苍白、茫然，眼神空洞，像被人一瞬间抽离了灵魂。

路德明很有耐心，伸手替她再次擦泪，凌雪把头躲向一边，将父亲的手拂开："不必了，你放我走吧，那已经不是我的家了。"

"那怎么就不是你的家了？"路德明最怕女儿说这句话，这如同一把刀子一样深深插进了自己的心脏。

"爸爸，拜托你，放过我吧。"她沙哑着声音再次开口乞求着。

昏暗的灯光扑洒下来，女儿通红的双眼看起来那么让人心疼，路德明一把拉过女儿，紧紧地把女儿搂在了怀里。

秦凌雪挣扎着，一下下地撞着自己的头，路德明赶忙拉住女儿捆住的双手，朝自己的头上砸去。

"打吧，只要你能好受一点，爸爸没本事，只是见不得你这么难受，却没有办法。"

路德明的泪水也早已漫过了脸颊。

秦凌雪的心，再一次抽痛。她一点点地松懈下来，泪光闪烁着。一种很深的挫败感，让她颓然。

黯然，无光，睫毛微颤。她索性闭上眼。靠在马车的车架上，往事如同针一样一下一下地戳在她心上。

这个男人，一辈子没有几件事情是自己做得了主，想到他的颓败，母亲的强势，让他一辈子就那样，过得小心翼翼，谨小慎微，可他依旧活得那样认真。

车一路颠簸着，回到家时，已经天黑了。

其实，路德明早已把女儿身上的绳子都解开了，可她却没有任何力气再挣脱了。

下了马车，婆拄着拐杖出门来迎接她，见到婆的那一瞬间，眼泪又一下子夺眶而出。

婆抱着秦凌雪，扔掉拐杖，心疼地叫嚷着："把娃都冻成啥了，你们啊，一个个的……"婆面上是在数落路德明，其实是想让秦水莲能够放手。

路德明说："娘，你去歇着吧。"

铁蛋默默地把马拉进了圈里，添了把干草。

吴妈端来一碗热气腾腾的搅团，说："雪儿，你爱吃的，很香的，你快吃点吧！"

秦凌雪木然地摇了摇头，此时她一点胃口都没有。吴妈无奈地摇了摇头，又将碗端回了厨房。

此时的秦凌雪，径直走进了母亲的卧室，见秦水莲仍躺在炕头上，"扑通"一下跪在地上，目光坚定地说："妈，我求您了，放过我吧！你权当没有生过我这个女儿。"

秦水莲挣扎着从炕上坐起来，咬着唇，将下唇咬得发白。她始终没说话，心里却是皮开肉绽一样的痛。

胸口有种空荡荡的感觉，让她觉得好难受，直想塞点什么进去，把空缺的那一块填满。

可是，这能填得满吗？

一整天，她都躺在炕头，翻来覆去无法入睡，她在想着，如何给女儿解释这一切。

再难过，日子也还是要过下去。天，没有塌。

"雪儿，妈是把眼泪当白糖吃，才熬到今天的。你一定要听妈的话。"秦水莲的话，字字句句，像铁锤一次次地砸在女儿的心上。

"妈，您太自私了，为了自己的恩怨，就可以让所有的人都听你的。"秦凌雪的泪水，让一切都凝结了。

“可他是康承业的儿子啊！”秦水莲的声音增大了。

她抿着唇，跪在那儿，只当没有听到。

“难道就因为您年轻时候和他恋爱过吗？”秦凌雪的话出口，却再也收不回来了。

“啪！”秦水莲一个巴掌早已重重地打在了女儿的脸上。

门外拄着拐杖的秦李氏，这才明白了，女儿为何苦苦拆散这对鸳鸯，原来康耀祖是康承业的孩子啊！她的心一紧，拐杖随着女儿的巴掌落了地，她在喉咙间喊着：“雪儿呀，使不得呀，千万使不得啊！”

路德明从里间奔出来，看到了倒在地上的秦李氏，急忙跪在地上，将她抱起，喊了一句：“娘，娘，您怎么了？”

秦水莲听到了动静，顾不上女儿这头了，她也冲到了娘的跟前，大声喊着：“娘，娘……”

“婆，婆……”秦凌雪似乎才反应过来，她扑过来，摇着婆的胳膊，呼吸，都收紧了。

秦李氏抬了抬眼皮，手微微动了一下，半睁着眼，虚弱地说：“雪……雪，听，你妈的话……要听……”

秦凌雪的眼眶，又紧又涩，她颤着嗓音，说着违心的话，答应着：“婆，您醒醒啊！我听，我听话还不行吗？”

秦李氏的头别过一边，胳膊垂了下去。

“婆……”

“娘……”

“你婆殁了。”

秦水莲的视线看过来，格外的深，她没任何的回应，只觉得那端的呼吸越来越重。

“娘殁了。”她语气僵冷，连声音也是僵的，吐出的每一个字，都像石头一样冷硬。

泪水，凉凉的，让风吹进来，扑打在她脸上。湿漉漉的，像是一直浸到了她心上。

婆临终前的话，句句落到她心上，灼得她心一阵阵发烫。

天空飘起了鹅毛大雪,一朵又一朵,连绵不绝,连同她的眼眶都湿了……

秦凌雪陪着父亲，为婆守灵，也许，天都为之动容吧？

终于将婆入了土，秦凌雪像是耗尽了所有的精力，也倒在了炕头，三天三夜没有睁眼。

22

康耀祖失魂落魄地走在街道中，不料却撞在了一个人的身上，那个人阴着脸，不满地皱了皱眉头，正要开口，一抬头，却乍然撞上儿子通红的眼眶。康耀祖忽然意识到了什么，来人不是别人，而是父亲康承业。父亲愤愤地质问：“一个大男人，失魂落魄成何体统，跟我回家。”

康耀祖望着父亲的背影，突然明白，也许，此时，只有父亲能够解开他心里的疑团。他茫然地上了自家拉药材的马车，靠在车架边上，嘴没停地说：“我爱她！说一百遍，一千遍，一万遍我都是爱她！”他一路上喃喃自语，声音低沉，生怕自己发抖的声音随时会出卖他的情绪。

康耀祖虽然不知道今天路德明为何这般匆忙地拽回了秦凌雪，到底发生了什么事，他也不知道如何向父亲开口。倒是父亲，却像是早明白了一切，他开始给儿子讲述起那些往事。

夜，微深。

此时回到家里的父子俩，都没有丝毫的睡意。

康承业从耀祖的爷爷开始讲起，讲到了编写社火的起因，讲到了土匪抢劫了秦凌雪爷爷的手稿，当然，作为父亲，他也没有刻意地隐瞒自己和秦水莲的恋情。

康耀祖终于明白了，为什么秦水莲那样排斥和反对他和凌雪的爱情。

原来症结在那本社火手稿上，还有一个原因就是父亲和秦水莲当年曾是一对恋人，却被世事无情地拆散了。

康耀祖很想把知道的这个意外消息告诉自己的心上人，他多想让秦凌雪知道，这样，他们俩才能一起面对困难。

天刚麻麻亮，鸡才叫头遍的时候，康耀祖便朝秦家堡走去。刚走到秦家院墙外，他却看到了门外放着的纸人纸马，白纸黑字上赫然写着：显妣秦门李氏讳灯花往生之西之莲位。

一股寒意，从康耀祖脚底腾升而起，一寸一寸地漫进他心里。

怎么办？怎么办？这个时候，我是该进去磕几个头？安慰一下秦凌雪失去婆的痛苦，还是就这样静静地离开呢？此时，秦水莲肯定更恨他了吧？康耀祖手足无措了，他站在墙根下，躲在忙碌的人们后面，努力地想办法。

他的手指，几乎掐进了墙壁。

昏暗的光影下，他的身形细细的战栗。康耀祖垂着眼，面色绷得紧紧的，带着瘆人的寒意。

铁蛋在秦凌雪的耳边低语了一下，她望了一眼跪在角落里哭泣的母亲，心软了。

秦凌雪慢慢地起身，没有直接走出门去，而是先去了一趟后院，在墙边站着偷看了几眼母亲，确定母亲没有注意自己，她这才溜出了院门，见到康耀祖的那一刻，没想到，他的眼泪却先她一步漫出眼眶。

“凌雪，发生了什么事情？婆怎么就走了呢？让你受苦了。”

“怪我，把婆气死了。我和妈在吵架，婆在门外听见了，然后，就晕倒了。她在临终前，让我听妈的话，我答应了。你走吧，你在这里，我妈肯定会发疯的。”

“凌雪，你别着急，肯定会有办法的，只要我找到社火手稿，秦姨一定会同意的。”康耀祖解释着。

“你走吧，此刻，不是说这话的时候，再说，我还在为婆守灵呢。”她僵硬地转身，僵硬地走进院门，一步一步……只留给他穿着一袭白孝衫的背影。

“凌雪，凌雪……”康耀祖的手指，在墙壁上划出深深的印痕。站在门口，胸口像是被一只大手无情地掏空了一样，说不出的空泛，难受，让他的眼眶灼灼发烫。

回到家的康耀祖，埋头不语，他唯一的事情，就是根据家里珍藏的那些脸谱样图，低头手绘社火的每一个角色不同的脸谱。

杨冬香见儿子这样，也担心地问康承业：“这耀祖最近怎么了，自从回家后，就一直这样，会不会变傻了，要么就是病了？找个大夫给看看吧？”

康承业轻描淡写地说：“没啥事，过些日子就好了。”

“我可听说是秦家那狐狸精，把他迷得神魂颠倒的。”杨冬香的口无遮拦，让康承业很生气。

“说什么呢？这是一个母亲说的话吗？什么叫狐狸精？谁是狐狸精？”康承业还是特别袒护秦凌雪的。

“我就这么一说，你激动什么，说到你的心头肉了，可惜，人家娘当年一脚把你踹了，难道你还惦记那个女人啊？”杨冬香一提起秦家，她就变成了乡野泼妇，康承业不想和她过多地纠缠这个事情。

“不可理喻！”他丢了一句，气冲冲地转身出了门。

康耀祖依旧在书房低头画着脸谱，康耀宗手里拿着一个木头刻的马勺，从门里进来，见到父亲脸色阴沉地走出门，叫了一声“爸”，急忙把木刻的脸谱藏在了身后，父亲望都没有望他一眼，从鼻腔里“嗯”了一声，转身离开了。

他在父亲身后扮了个鬼脸，进到书房，将木刻的立体脸谱，放到了康耀祖的面前。

康耀祖茫然地抬头问：“这是什么？”

“脸谱啊！你不认识吗？这是我花了三天时间，用上好的核桃木刻好的，只不过，如果上了色，就看不出核桃木的质地了。”

“那就保留它原来的质地，不上色了。”康耀祖边说着，又低头开始画自己的脸谱，无心搭理弟弟。

“别呀，你们今天这是怎么了？爹不理我，你也不理我。”康耀宗坐到了案头上，依旧一副吊儿郎当相。

康耀祖抬起头来问：“你想说什么？”

见哥哥开始搭理自己了，康耀宗来了兴趣，他拿出一幅自己画的疙瘩脸谱图。

康耀祖还没有明白弟弟的意思，康耀宗说：“哥，你看，这是我的一个大胆的想法，把咱们的社火脸谱改进一下，贴上这鸡蛋壳，是不是就和这木刻的脸谱一个样子呢？立体感就出来了呢？”

“对呀！我怎么没有想到呢？可是，这个要想固定在脸上，也不是件容易的事情啊？”康耀祖来了兴趣。

“这个我还在实验，看能不能用一种简单而且实用的方法，我试了好几种。不知道哪个结实牢固一些？第一种是用蛋清，但蛋清容易干，而且也不是太结实。还有一种就是蜂蜜。咱们一步一步来，到时候再试试就知道了。”康耀宗的脑袋瓜子就是聪明，他的奇思妙想总是特别多。

“我来试试！”康耀祖的兴趣被弟弟耀宗一下子调动起来了。

他说：“哥，说真话，其实我也挺喜欢凌雪的，如果哥你再不努力，我可就要努力去追他了，甭管家里多反对。”

“你敢，看我不打断你的腿！”父亲的一声呵斥，把哥俩都吓了一跳。

父亲什么时候进门的，他们俩都没有发现。

“爸爸，我哥追凌雪，你没有反对，怎么我刚随口开个玩笑，您就当真了。在爱情面前，人人平等，哥再不努力，我就去追了。”康耀宗没有被父亲的态度吓住。

“你哥行，你就不行！”康承业认真了。说句实话，康承业每次看见秦凌雪，他总觉得，这女子和耀宗哪里长得有点像？是眼睛，还是鼻子，他也说不准。

“爸，你可真偏心，我都怀疑我不是你亲生的。”康耀宗理由很充分。

“胡说八道什么呢？哪有兄弟俩追同一个女娃娃的。”康承业的眼神游离着。

他走到里屋，拿起弟兄俩正在规划的社火疙瘩脸说：“不错，这个很有意思，好好干！”他拍了拍两个孩子的肩膀，他怕自己的神情和情不自禁地沉迷于往事，便急忙溜出了书房。

“哥，我还是怀疑我是抱养的。我老感觉到父亲偏袒你呢。”康耀宗说出了自己的怀疑。

“你别瞎想，咱俩无非是我比你早出来见到阳光几分钟而已，父亲哪有偏袒我，手心手背都是肉，他对咱俩一样好！”康耀祖一旦认真起来，弟弟就会选择退让。

“好好好，哥，我是开玩笑。你现在唯一要做的是，找到秦爷爷当年的社火手稿，这样，才能消除误会，她母亲才能同意你俩的婚事。”康耀宗找到了事情的症结所在。

“说得轻巧，没听爹说，秦爷爷的手稿，被土匪抢去了，说不定，早都化入泥土呢？你想呢，这个东西对于土匪来说，没啥大的用处，既不能当钱使，又不能当物用，留着也是个祸患，他不扔掉才怪呢？”康耀祖分析着这件事情的难度。

“很多事情，要努力到最后，才能见分晓。难道你愿意就这样放弃凌雪吗？”

“不，坚决不能放弃，说什么也不能放弃。”

“那你就想办法找啊！”

“行，听你的，努力找吧！”康耀祖得到弟弟的鼓励，也似乎找到了方向。

连日来的阴郁，突然间有种云开雾散的感觉，虽然说不一定能找得到，但这也不失为一种方向。

第二天，弟兄俩根据父亲的阐述，访遍了村子里上了年纪的老人们，老人们告诉他，当年据说那帮土匪是吴山的，叫王友邦、李水娃，根据老人们提供的线索，他们俩找到了吴山，可是，村子里的人都说，当年那个吴山土匪，一直神出鬼没，整个大陇州的沟沟坎坎，都让他们跑遍了，他们是打一枪换一个地方，没有人能够找得到他们。

一路上，他们俩顺着吴山的路，跋山涉水，足足走了一个多月，走到一个庙前。

“哥，咱俩进去讨口水喝吧？这一路上又累又饿的。”康耀宗提醒着哥。

“咱们不知道是什么庙，不能贸然前往；也不知道这是什么山，道家还是佛家的，咱们这一去，岂不打扰人家呢？”康耀祖冷静，考虑得比较多。

“先别管这么多了，我都饿得前胸贴后背了，一路上总在喝河里的水，你听，水都在肚子里‘咕咚咕咚’的响了。你们俩将来这事儿成了，你一定要重谢我的。”

“别耍嘴皮子了，少不了你的，这八字不见一撇呢？你净想好事。”

实在是又累又饿了，他们俩只好顺着台阶下到了庙里的场院中。

一个鹤发老道人，头发高高地绾起，正在打拳。

见他们俩进来，连忙招呼弟兄俩先坐下歇会儿，并吩咐手下的小徒弟，给这两位小哥端些茶和斋饭来。

“师父，这里是龙门洞吗？”康耀宗边吃边打听着。

“是啊，你们俩这是从远处来的？”师父很和蔼。

“我们一路是从吴山穿过了很多林间小道，连方向感都没有了，几次差点迷路，幸好看到了这里。”

“那你怎么知道这是龙门洞啊？”

“这里的石碑上刻着‘龙门洞’那么大三个字呢！”

“小伙子，好样的，原来识字啊！”田道长向来很尊重有知识有文化的人，等兄弟俩吃完饭，他邀请这兄弟俩又喝了一会儿茶，给他们讲龙门洞的地理位置以及历史人文。

龙门洞位于陇县，大约距县城70里，地处六盘山山系褶皱南端，关中西部的陇山山脉之中，海拔1800米。悬崖峭壁对峙，大小溶洞形态各异，岩层流水淋漓，溪流洪水冲激，形成大大小小的水潭。这里青山、碧水、白云、奇石、幽谷……使龙门山集险、奇、秀、静于一身，成为巧夺天工的自然山水画屏。古人称龙门山“千岩竞秀，万壑争流”。与“西镇”吴山东西相望，素享关中第二华山之誉。龙门洞有三十六洞，二十四潭，有“洞洞有仙，潭潭有龙”之说。故有人曾于龙门洞山门撰联“崖悬三十六洞洞洞通仙界，涧系二十四潭潭潭透幽境”，以昭示龙门洞洞潭之奇妙。岩峰、林木、涧溪、溶洞、潭水、楼阁、摩崖以及历代道士及文人墨客活动的遗迹满山遍布，遮云桥、石阶、铁索、栈道、挂梯、曲径在三维空间里神功般地组合，为我们展示了一幅清幽、秀丽而又雄奇、险峻的诗画意境！

龙门洞景区有四大神奇，分别是：

汉娄景先生定日月之墨迹，金丹阳祖师创重阳会之遗址

元贺志真凿太上全真岩之鬼斧，清陈野仙空际搬运之神功

这块充满灵气的风水宝地，早就为历代隐士所钟情。历史记载，龙门洞始于春秋，建于西汉，盛于金元。相传西周的函谷关令尹喜，助老子作《道德经》五千言后，弃职归山，隐居这里，始名灵仙岩。战国时，这里又易名都潭洞。西汉景文帝之时，曾任皇帝侍郎官的建信侯娄景弃官入道，晚年隐居修行此地，更名景福山。金元时期，道教“七真人”之马丹阳、丘处机在此修炼传道。丘处机在此修行七载，改山名为龙门洞，创立了道教龙门派，成为中国道教史上成就最大的全真道教。丘处机受到南宋、金、元三个王朝的尊崇，先后多次被金世宗和元太祖召见，被成吉思汗册封为国师，执掌全国道教，龙门洞自此声名大振，步入辉煌，誉满神州，达到鼎盛。

田道长带领他俩一路边走边看，眼前有块巨石独卧于龙门峡口，田道长说，这块石高八尺左右，长二十一尺，宽十二尺左右的。平平的顶子，可容数人盘腿而坐。相传系吕洞宾和白牡丹坐过的遗迹。壁上的石刻：

莫笑莫笑，上去坐坐。色即是空，空即是色，悟彻便是喜欢佛。

仍清晰可见，刻字的年代已无从考究。

康耀宗很好奇眼前的试斧石，他问，真的拿斧子可以劈开石头吗?

田道长笑道：“这其实是一个‘孝’文化，民间传说为沉香试斧。其名为道士毛崇礼所题，并刻诗于石：‘圣母何衍求华山，赤子孝心感动天。大

仙慈悲授真诀，神斧一挥破玄关。’此诗讲述的是：‘沉香解救囚于华山之下的三圣母，以赤子孝心感动了天地，大慈大悲的神仙授予他救母秘诀，他上天宫从舅父二郎神杨戬那里夺来了开山钥匙月牙斧。在这块巨石上试斧之后，直奔华山西峰，劈开峰顶，救出了压于峰下的母亲。’”

康耀祖好奇地摸了摸这块巨石说：“太感人了，每一个孩子都要感谢母亲的养育之恩的。”田道长不住地点头称赞。

他们一路向前走着，田道长又指着几十丈高的悬崖，示意他俩看，康耀宗这一下子来劲了，他说，师父，那里好像倒扣着几个瓮。田道长说，不愧是年轻人，就是两个瓮。

田道长就给他们讲了陈野仙化瓮的传说故事。清嘉庆时甘肃靖远道士陈明耀，碧眼黄须，长相怪异，能诗文。来龙门洞住在早阳洞修道，并常行医看病，乡人尊称为“陈野仙”。某日陈明耀到甘肃华亭县安口窑陶瓷铺化缘，店主故意为难他说：“店内没有现钱捐化，只有待卖的瓷大瓮。你是野仙，当能行法自己搬去。”陈稽首称谢而去。深夜，狂风忽起，铺内两口大水瓮被风吹到了龙门洞后山湘子湾岩半崖石台上架放，一直到现在。

康耀宗是个猴性子，说：“这个传说是真的吗？我很想上去摸一摸这口瓮，怎么这么神奇呢？”田道长捋捋发白的胡须，笑而不语。康耀祖捏了一下弟弟的胳膊说：“师父刚说了，是传说，你在这里静心听就是了，不要问那么白痴的问题。”

田道长带他们俩看完早阳洞，又带他们来到桥上。他们小心翼翼地走过了架于岩石之上的独木桥，道长告诉他们这叫遮云桥，是通往龙门大殿的必经之桥。由于建在深谷流溪之上，周围被大山遮挡，终日很少见到蓝天白云，所以取名遮云桥。走过遮云桥，便开始登山。脚下的石阶盘山而上，共有五百五十五个。大树笼罩着石阶小道，手攀铁索，缓缓而上，仿佛人们与大自然融为一体，有一种心旷神怡的感觉。

康耀祖边听道长讲，一边欣赏着高处的风景。这些绝壁和奇洞以及倚山崖傍洞窟的殿阁凌空而出，全用斗拱架出，沿石壁凿空支撑着，雕梁画栋，抬头仰望好像空中楼阁，恍惚间又以为是天上宫阙，特别令人神往。然而，风光无限的龙门洞天，洞窟与殿阁庙宇廊群下面是深渊万丈的大峡谷，谷中湍流的河水奔涌着跨岩跃涧，吼声如惊雷，呼啸之声惊心动魄。置身于真武殿前，平视对面的旱阳洞，则可见洞中之洞。洞外悬空而架的铁索桥，壁峭桥悬，不禁让人想起古人描述旱阳洞的诗句："百丈悬岩斧削同，危桥一道在座空。若无大道真仙手，当面问天路不通。"终于爬到了石阶顶上，他们俩也终于可以长长地喘口气了。康耀宗抱着一棵树，连连告饶说："不行了，我真的走不动了。"

田道长问他俩："知道你们抱着的那棵树的来历吗？"他俩不约而同地抬头望上去，只见这棵树长得郁郁葱葱，大约有十丈。他们俩都摇头说不知道。师父给他们讲，这棵古槐是当年丘处机在这里修道时亲手所植的，据说已经有八百多年的历史了。康耀宗吐了一下舌头说："这一棵树真是神奇，都比祖爷爷年纪大了。"康耀祖用眼神告诫他，不要多说话。

田道长带着他们来到了龙门洞道院的主殿北极宫，告诉他们这个庙建于明末清初，大殿门口有清代同治年间的陇州同知方玉润的书法楹联真迹，上面所写：

洞天标胜景混元有始日月无终自昔山林栖凤爪

福地溯仙踪娄景开先长春启后于今道派衍龙门

兄弟俩对着这副墨迹刚劲潇洒、清丽俊逸的楹联啧啧称羡。康耀祖说："方先生最大的成就不是书法，而是他研究的《诗经原始》著作，他还经常去五峰书院讲学呢，给陇州培养了一大批文人墨客。"田道长听他俩这一说，从心底里愈加喜欢这俩年轻人了。他带他们去攀混元顶。康耀宗看着一条仅供一人通过的栈道，抓住铁链，一步一步攀登索梯，吓得两腿都在打战，脸都吓得发白了。高悬于绝岩峭壁之上，飞檐斗拱临空横出的楼阁殿宇，王母宫、混元老祖洞龛及悬吊在宫下十多米长的铁索玄梯，十几丈长、宽不盈尺的空中栈道，险之状，不用说攀登了，就是静静地看着，胆小的人也难免心惊胆战，毛骨悚然。

康耀宗早吓得坐地不动了，不住地说，我不爬索梯了，太害怕了。还没等他说完，抬眼望去，田道长"嗖嗖"两下已经攀到了索梯的顶端，盘腿坐在上面等着他们俩。康耀祖也是两腿战战兢兢地一点一点爬了上去。田道长边走还边讲着，龙门洞，没有平坦的道路和捷径可走，这其实和人生是一样的，你想看到绝妙的风景，就必须一步一个脚印地向上攀登。经过艰难的跋涉，真的有底下看不到的风景，岩顶人迹难至的混元洞旁的摩崖石刻"定日月娄景先生洞"及"全真岩"三字，庄严古气，刚正大方，岩高百丈，古人是怎样将字刻上去的，令人百思不得其解。

坐在混元老祖殿前，将刚才揪紧的心绪放平静，似乎整个人的身心都放空了，极目远眺，所有的风景尽收眼底。坐在这里，田道长给他们又讲了一个传说。

混元顶峰下第二层神龛后有一深洞，传说可通往甘肃平凉崆峒山。洞内常有神人栖居。但洞口有一深水潭，凡人不能通过。不知何时，有位修炼已有半仙之能的王道士，竟能越过深潭进入洞内。第一次进洞见一木匠在做木工活，他猜想这人一定是神仙所变，机不可失，就编谎说他要翻修龙门洞庙宇，财力不足，请神仙大施法力帮助。木匠表示赞同，指着地下木渣片让他尽力背去。当时他感到失望，但背出洞一看，木渣片都变成了金块，真是喜出望外。但此人虽说已看破红尘，却异常贪财自私，只拿出小数目金子修庙，其余都拿到他家里去了。但他仍贪心不足，第二次又进洞去背，并狠狠地装了一大背篓出来，可是高兴得忘乎所以，一个失足，竟掉到遮云桥下的黑虎潭里去了。乡人传说他是挨了守山的黑虎灵官一铁鞭，被打入潭里的。并说他死后变成一个大鳖，以后朝山进香的同乡人过潭时叫王道士的名字，这个鳖就凫出水面，向乡党点头致意。有人讨厌他的贪心，变成异类，给同乡丢了脸，就向它吐唾沫，从此它羞愧地钻到潭底去，再不出头露面了。康耀祖站在山顶上，此时真正体会到了那种“会当凌绝顶，一览众山小”的现场感。

从山上下来，他们攀爬到了“磨性石”跟前，师父微微笑着让他们俩试着抱一下，看能不能抱得起来。磨性石是一块呈圆球状的顽石，直径近尺，重约百斤，表面光滑异常。凡进长春洞的人，都愿抱或摸一摸这块“灵石”。相传丘处机当年栖居龙门洞修炼时，苦心修道，整日兀坐云龛，为磨砺自己的心性，将一块棱角分明的石灰石从洞中滚下山，再从山底下将石头抱进洞来，年深日久，这个不规则的石头就被磨成了圆球。师父说了，举磨性石时必须心意虔诚，方能抱起，若有“恐怕抱不起”的念头，就真的抱不起了。说白了也就是自己要有信心才能抱起来。

老道长和蔼地请他们俩在问道石上喝茶，并给他们讲道教的天地人合一，一生二，二生三，三生万物的理论，兄弟俩都听得入迷了。

出了道院，透过大树空隙，途经“定心峰”，此峰位于嶙峋怪石之巅，登高望远，迎面的悬空道观尽收眼底。环顾四周，群山环抱，犹如一座圆圆的尖尖的“心状”小山峰，挺立于道观之前。自然造化，真是绝妙无比。相传定心峰有平衡全山的作用。定心峰顶高高耸立的九级空心铁塔，造型精巧美观，上面镌刻的兽纹古雅遒劲，为清康熙三十年（1691）铸造。定心峰，顾名思义，可以定心静气。在这里坐坐，就可以祛除朝三暮四的轻浮，办什么事都能专心致志，马到成功。

老道长可真博学啊。

康耀宗抱着试试的态度问老道长："师父，您听说过吴山土匪当年在关山堡子抢了一本社火手稿的事情吗？"

老道长抬起左手，捋了捋雪白的胡须，笑微微地望着他俩，沉思了片刻说："原来你们俩是为了寻社火手稿来的，对吧？"

兄弟俩不约而同地点了点头。康耀祖看到老道长的神情，他的额头已经渗出了细细密密的汗珠儿。

老道长说："这件事情，我略知一二。那本社火手稿最初是在我师兄手里的，他是我师父捡来的孩子，也算我师父的徒弟吧，他最后虽然还俗了，但一直从事着普度众生的事情。在民国十八年（1929）的时候，从三月开始，陇州就大旱了，到了夏天，麦子几乎颗粒无收，一斗麦子要二十个银圆才能买到。灾民求生无路，每天饿死的不下数百口人。夏秋之交，雨虽然下了，却错过了播种期，收成不到二三成，八九月又旱了，秋播时，地里的土都能扬成灰，像着火了一样，人心惶惶的，还有从外面逃荒来的饥民，树皮草根都被吃光了，还是死了无数的人。我师兄对自己都省吃俭用，每次吃饭都要把碗舔干净了，但却愿意为老百姓舍粥。

我师父曾有几次看到他为饥饿的人舍粥，也非常欣慰。

他说，一个人，无论你是身处在道场里，还是在民间，只要怀有一颗悲天悯人的心，心里有大众，那他的修行就是圆满的。

可是，谁也没有想到，他却为了一部社火手稿把命都搭上了。有一次，他上山来，和那帮土匪狭路相逢，土匪被追得无处躲藏了，竟然藏身于景福山上的庙里，没有人知道他们的身份，他们一没有粮食了，就到周围村子去抢。

我师兄就想用自己的善行感化那帮匪徒，几次和他们接触后，师兄无间意发现了那部社火手稿，土匪们见他对那部社火手稿感兴趣，就提出了条件。他们让我师兄给他们提供足够的食物，他们将社火手稿给我师兄，我师兄就答应了。他将食物交给土匪后，土匪也把手稿交给了他，可能为了杀人灭口，也可能他们觉得这部手稿的价值大于这些食物，他们反悔了，竟将我师兄杀死在半道上，又将社火手稿抢了回去。后来，部队经过这里，无意间把这帮土匪给惊动了，他们仓皇逃窜时，在一具尸体身上，找到了一部社火手稿，但没有署名。部队辗转之际，将手稿给了我师父，那时我师父已到耄耋之年了，师父圆寂前托我将这部手稿交于县政府。”

怎么会这么巧呢？弟兄俩在龙门洞过了一夜，第二天一早，吃过早饭，便辞别了老道长，走的时候，康耀祖将自己身上所有的盘缠都留了下来布施。

他们俩在半路上搭了一辆去县城的马车，一路打听，找到了当时在政府管档案的魏科长，说明了事情的原委，但又怕魏科长不相信他们，还拿出了道长写的便条。

康耀祖颤抖着打开那本社火手稿，整整齐齐的小楷字，一笔一画都让人肃然起敬。此时的康耀祖，泪花溢满了眼眶。他将手稿放在鼻根处，仿佛又闻到了墨的幽香，那种沁人心脾的味道，让他狠狠地吸了几口。

也许是被这样的氛围感染到，康耀宗也拿起手稿，闭上眼睛，使劲地嗅了嗅，他觉得心湖像被什么撩动着，荡着一圈一圈的涟漪。

让他们俩激动的不仅仅是能够让秦水莲冰释前嫌，两家的恩怨从此一笔勾销，还有这是秦家家传的社火技艺秘籍，当然他更佩服秦爷爷的敬业和他老人家对社火的满腔钟爱。

“哥，咱们走吧！”康耀宗见哥哥有些失态，提醒了他。

他们辞别了档案馆的魏老师，连家都没有回，便来到了秦凌雪家。

进门时，路德明拦住了他们俩，说：“耀祖，你们都是好孩子，可是，我们家凌雪，真的不适合你。”

“路叔，您听我说，我找到秦爷爷的社火手稿了。真的。不信，你们看。”他从怀中的包里将社火手稿取出，手几乎都颤抖着。

“什么手稿？”路德明还没有反应过来。

“就是当年被土匪抢去的家传的社火秘籍和秦爷爷的社火手稿啊！”康耀祖急忙解释着。

路德明挺拔的身形一僵，深瞳内划过一抹危险的暗光。这怎么办，以前还可以有这样的借口，都知道两家是为了社火手稿而不同意孩子的交往，可现在，这个理由却都被俩小子破解了。

康家俩孩子，看着路德明脸上极不自然的表情，他们不知道，到底发生了什么事情。四只探询的目光，似乎在打探着什么。路德明被看得有些不自在，干“咳”了一声，有些结结巴巴地说：“你秦姨最近身体不舒服，你们改天再来吧？”边说着边把俩孩子往院门外推。

“路叔，您听我说呀！”康耀祖声音故意放大了一些，他是想让秦凌雪听到的。

“凌雪，凌雪！”康耀宗这家伙，还是胆子大一些，他故意喊着秦凌雪的名字。

秦凌雪出门来，看到这一幕，还没有说话，路德明便自觉理亏些地向后退了一步，松开了手。

秦水莲也从门里走了出来，她依旧冷若冰霜，她站在台阶上，居高临下地睨着他们俩：“你们到底想要做什么？想娶我的女儿，门儿都没有。”

“妈，就不能好好说话吗？”自从婆去世后，秦凌雪比以前稍微平和了一些。

秦水莲凶巴巴的话，戛然而止。

康耀祖颤抖着，把社火手稿递了过去说：“我们跑到了吴山，没有找到，最后无意间在龙门洞田道长那里找到了线索，才知道这本手稿存放在县档案馆里。”

秦水莲愣了一下，这才狐疑地接过那本手稿，翻开来看，果然是家传的社火秘籍和父亲的笔迹。父亲写字的时候，总是习惯在侧面留出一小行，用来修改。他的小楷字，很有特色，看似清秀，实则刚劲有力，有一种绵里藏针的风骨。

康耀祖的目光落到秦凌雪的脸上，他想知道，她过得好不好？想帮她把凌乱的头发编成辫子，但秦凌雪的脸上藏着各种复杂的情绪，娇俏的脸上有些微微发白，四目相对，不由得战栗一下，心，完全乱了。

她想起婆临终前的遗言，可面对近在咫尺的他，她再次抬眸，视线连一寸的偏移都没有，他也正好用询问的目光望向了她。

秦凌雪的目光给了康耀祖鼓励，他不能让心爱的人再受折磨了。

“秦姨，你看，手稿都找到了，秦康两家的恩怨也算了了吧，我和凌雪的事情，您就答应了吧？”康耀祖的话，让整个气氛再一次紧张起来。

秦水莲的眼神锐利起来，像一把利刃，让康耀祖微怔了一下。

这话被康耀祖当场拆穿，秦水莲脸面有些上有些过不去，脸色不由得红一阵白一阵。

“你死了这份心吧，秦凌雪永远不会和你结婚的……”秦水莲仍然一字一字，从牙缝里挤出来了这一句沉甸甸的话。

一股寒意，从脚底涌上了心头。秦凌雪疑惑地望着母亲，一句“为什么”她和康耀祖同时问了出来。

突然间，秦水莲脸色苍白地倒了下去。

路德明急忙抱起他，康耀祖喊了一句：“快掐人中……”

23

秦水莲终于苏醒了过来,面色苍白的她,为何对此事如此不可让步呢?难道还有别的原因吗?

“哥，咱们走，先回家吧！”康耀宗拽了一下康耀祖的胳膊，示意他快离开这里。

“凌雪，你好好照顾秦姨……”他开口，嗓音清淡，却依然能听得出来其中的压抑和沉重。

“我想你。”秦凌雪顿了一下，她开口，嗓音有些破碎，她想他，这个念头，霸占了她整颗心。

康耀祖抬眸，他的视线，挪到她脸颊上。她那张小脸，也渐渐清晰地映入他眼底。四只眸底，都闪烁着点点泪花。

他向前迈进了一步，而她的目光却朝秦水莲看去，那剑一般闪着寒光的眼睛，又让她不知如何是好了。

秦凌雪像是下定决心地开了口：“我们，就到此为止，分手吧！”

似乎怕他听不清，一字一句，每一个字都咬得很重。爱得这样深，却要亲口说出“分手”二字，于她来说，恐怕是一场比凌迟还要痛苦千万倍的炼狱。

听到女儿这样说，秦水莲悬着的心终于落定，她闭上了眼睛慢慢地静息着。

“雪儿……难道？”康耀祖的声音在微微颤抖，他不知道，她说这话，是真的想和他分手，还是为了在他父母面前，故意这样说呢，他还抱有很大的期望。

“你走吧……”秦凌雪靠站在墙角里，心在颤抖，她用力地咬住自己蜷着的手，将失控的抽噎声一点点费劲压下，白皙的手背上，立刻浮现出一排鲜明的齿痕。

怎么能让她不想他？想到心都破了一个大洞。可是，这份思念就像一株沾着毒性的藤蔓，拉扯不开，也永远无法戒掉……

康家兄弟俩带着巨大的疑惑离开了秦家大院，这里已经不宜久留了。

康耀祖走了，秦凌雪的心却被掏空了。

秦凌雪转身从母亲的房间里离开，她不能对不起自己给婆的承诺，也不想离开康耀祖，何去何从，她自己都没有想好。

吴妈端着茶水进屋，秦凌雪顺手从吴妈手中接过茶水，她想缓缓，让母亲能网开一面。

刚才准备进门时，秦凌雪突然听见父亲对母亲轻声低语：“要不，给娃娃们把实情说了吧？长痛不如短痛。”

秦凌雪的脚步顿住了，她屏住呼吸，难道真的有什么隐情？

“你让我怎么说？说他们俩是亲姐弟吗？这等于要了我的命啊？”秦水莲捶胸顿足。

秦凌雪手中的茶杯“啪”的一声，掉在了地上。

“亲姐弟？这从何说起呢？”这一切的一切，就像是一记惊雷当头劈下，劈得她头晕目眩。

此时此刻，残忍的真相，击得她灰飞烟灭。

接下来他们说的每一个字，她都听不进去了。整个世界仿佛都在一瞬间被人残忍地颠倒过来了。

就仿佛她心底刻下的伤，一条一条，错综复杂。都是骗局，一切都不过只是陷阱！足以杀死她的陷阱！

秦凌雪咬紧牙关，愤恨地盯着从里间跑出来的父母。

“你！你们，都是骗子！”

“凌雪，你听爸妈给你解释……”路德明同情地看着女儿，他明白，这一切，早晚都是要面对的，无论现实多么残忍，都得无条件地接受。

“你们骗我，这一切都不是真的！”

原来，一个人的心，跌到深渊，被摔得七零八落，只需要仅仅一秒钟的时间。她心里好乱，她用力地揪着自己的头发，将自己的头狠狠地往墙上撞去，这一切，究竟是怎么回事，她实在想不明白。她恨自己太傻，也恨他们每一个人！她现在不想见他们中的任何一个人！

秦凌雪顺着墙角倒了下去，路德明紧紧地抱着她。怎么会？爸爸，你告诉我，这一切都不是真的？是你们编的谎言。

路德明继续放任让女儿在自己怀中挣扎着，眼泪滂沱着。秦凌雪终于哭不动了，到了后半夜，她沉沉地睡去了。

一家人一夜未眠，夜太黑了。

路德明看着女儿这么伤心，他的心也被揪痛了，他一烟锅接一烟锅地抽着，希望所有的无奈委屈都能随烟消散了。

秦水莲一直跪在中堂，虔诚地祈祷着，忏悔着，让神灵，让逝去的先人，帮她把一切灾难都化解了吧。

她微闭着眼睛，跪下来口中念念有词，已经上第十遍香了，可她还跪在哪里，她对菩萨不停地忏悔着：“这一切都是我的错，要报应，你就报应到我的头上的吧，这一切与我女儿无关。”

此刻，她的祈祷、她的忏悔都是温和的，她也明白，自己得罪了神灵，自己是有罪的。多少年来，她保持的这个习惯。从女儿还没有生下来，她就一直在忏悔自己的罪过，祈祷女儿能平安成长，可还是让女儿遭了这么多的罪。

天亮了，路德明打了个盹，摇了摇发蒙的头，看了看女儿，轻轻地帮她掖了掖被角，悄悄地走出了女儿的房间。

秦水莲从蒲团上想站起来，可几次都踉踉跄跄的站立不稳，她低头搓了搓跪麻的腿，把腿甩了甩，步履蹒跚着进了自己的房间。

吴妈做好了早饭，将饭端上了饭桌，轻轻地掀开秦凌雪的房门，她知道，这娃心里苦，可大人的心里比她还要苦。

房间里没有人，吴妈以为秦凌雪去了后院，又跑到后院，也没有秦凌雪的身影。吴妈这下慌神了，她大喊一声："雪儿不见了！"

这一声惊得路德明跌坐在地上，待他反应过来，扶着墙起来，他急忙追出门去，才发现有一辆马车离自己越来越远了。

路德明在后面，拼命地喊，拼命地追着，马车渐渐地没了影子。

铁蛋的马车从后面赶了上来，叔，上车吧。

路德明的马车，很快就追上了前面那辆疾驰的马车，铁蛋挥动着鞭子，朝着马屁股狠狠抽了几下，马一路狂追着，想从旁边穿过去。

凌雪坐的马车没有车棚，是敞开的，这是隔壁翠翠家的。

路德明看见秦凌雪的头发被风吹得凌乱，他大声地喊着："凌雪，凌雪……"秦凌雪看见了父亲，愈加慌忙地、急切地催着赶车的师傅："师傅，赶快点，我有急事呢！"

赶车的是个陌生人，他不明就里，将鞭子甩得更紧了些，马儿们撒开蹄子狂奔着。

两辆车在土路上较着劲儿，路德明掀起帘子喊着："凌雪，听爸爸的话，回家吧！"秦凌雪一点也不理会他，继续催着师傅向前赶去。

一路上风的呼啸、马蹄像轮子一般在快速地翻滚，弥漫着一条黄色的尘土带在空中飞扬。

路德明的马车终于霸道地横在了路的中间，将整条路堵死了。

铁蛋扯长嗓子，喊了一声"唷"，并勒紧了缰绳。马停止不前了。他们的马车堵住了另一辆马车的车头前，他们的马也惊得往边上乱拉，赶车的师傅急忙来了个紧刹车。

还没等他反应过来，路德明早已跳上了秦凌雪坐的那辆马车，焦急地说：“雪儿，你跟爸回家吧！你跟爸回家吧！”

秦凌雪的泪水把满是灰土的脸冲刷出两条清晰的壕沟。

她扑进父亲怀里，哭着，大声号哭着，肩膀在耸动，路德明的心也收紧了。他多想成全这一对年轻人，可造化弄人，谁能想到会出现这么一个事情呢？

秦凌雪终于停了下来，她坚定地对路德明说：“爸，你放我走吧，我不会干傻事的，我只想一个人回学校里静一静。”

“可学校现在放假，你回去一个人咋办呢？”路德明不无担心地问。

“我只想静一静。爸，求你了。”秦凌雪带着哭腔求他。

路德明的心软了，但还有些不放心地叮咛：“你走可以，但你一定要听爸爸的话，不要干傻事，什么事情都是有因果的，不是你一个人就能解决的。”

秦凌雪点了点头，最终，她还是坐着马车走远了。

路德明目送着女儿坐的马车一点一点消失在远方，最后变成了一个黑点，他才折回身，回到了自己的马车上。

“回吧！”路德明无奈地对铁蛋说。

康耀祖得知秦凌雪回学校的这个消息，已是第二天的事情了。

他对父亲说：“爸，我想回学校。”

“去吧，爸知道你心思，你记住，有些东西要努力去抓住，坚持住，不要放手。”康承业鼓励着儿子。

杨冬香听见康承业鼓励儿子的话，心里明白，又是秦家那个“妖精”害得自己儿子这样颓废。

她咬牙切齿地在他们身后跺着脚，喊道：“祖儿，你给我回来！”

可儿子此时哪里听得见她说话，他的心早已飞远了。

杨冬香气得骂了一句："真是养了一只白眼狼。"

康承业故意装作没有听见杨冬香的话，他知道儿子心里的苦，也是支持儿子的，他更明白杨冬香的心结在哪里，可他不想去捅破那层窗户纸。

康承业没有理会杨冬香，转身朝门外走。杨冬香的气不打一处来，大喊了一句："你又跑哪里去？"

"去山上转转！"康承业头也没回地答了一句。

"父子俩把魂都丢外边了。"杨冬香气鼓鼓地回屋，看见门口两只低头啄食的鸡，似乎也在嘲笑她。她气鼓鼓地踢了一脚鸡，骂道："吃，吃吃，就知道吃，像狐狸精一样。"鸡莫名被踢，"咕咕咕"地惊叫着，拍着翅膀跳了起来，待杨冬香走远，它们又继续跑过来啄着地上的饭渣儿。杨冬香似乎还没有解恨，又顺手拿起靠在门边的一截短木棍，朝鸡抡过去，棍子还没落地，几只鸡早已尖叫着飞远了。

杨冬香一屁股坐在凳子上生着闷气。

康承业背着手，顺着大路一直往前走，不知不觉地走到了秦家院门外，犹豫了片刻，为了儿子的幸福，他还是鼓起勇气踏进了秦家大门。

见到康承业的那一瞬间，秦水莲的心房坍塌了，难道他知道了事情的真相了？为了不让康承业看出破绽，她故作镇定，闷声问道："你来做什么？"

康承业劝秦水莲："我说，雪儿她娘，这么多年过去了，咱们的恩恩怨怨也该了结了吧？不能再让孩子们背负太多的东西了，你的心思太重了。还是成全了他们吧！"

心又一次被收紧，又让这句话给解开了，但她似乎比先前更紧张了。原来，他还不知道真相，干脆继续装傻吧。秦水莲明白，如果把真相告诉康承业，后果，她真的不敢想，这么多年过去了，她总想着让这一切像梦一样消失，可秦凌雪的存在，让她时不时地恍惚，本该这一切都可以悄无声息地过去，可谁知道半路上又冒出个康耀祖呢？这世间的事情，让秦水莲总也想不通。

“是，我心思重，我说过，秦康两家是世代的仇人，谁让你们还来打扰我们呢？”秦水莲依旧想用自己冰锥般的语言把康承业打发走。

但说这些话的时候，她的内心是颤抖的，表面的风平浪静，遮掩不住她内心的翻江倒海。

康承业没有劝动秦水莲，他知道，要想让她松口，是何等艰难，他无奈地笑了笑，转身走出门外，叹了一口气，哎！还是让孩子们自己去想办法吧！

路德明回来时，看到康承业离去的背影，心情变得更加沉重。他明白，这个男人和他一样无奈，此刻，一种深深的同情，让他愤然想劝秦水莲。

可走进门时，他的脚步又刹住了，到嘴的话也没有说出口。

秦水莲正跪在蒲团上，在菩萨面前再一次忏悔着，想不通的时候，祈祷着，说：“大慈大悲的观世音菩萨，如果是我作孽太多，就让我把这一切罪过都背上吧，不要让孩子们再受折磨了。”她将所有的过错都揽到了自己身上。路德明转身出了门。

康耀祖想见到秦凌雪，他在外面不住地敲门，可秦凌雪就是不开门。康耀祖就在门外坐着等，他想让清凉的风吹醒自己，可这风怎么越刮越迷乱了呢？他是等不到秦凌雪，不会罢休的。

整整等了一天，秦凌雪终于打开了门，头发乱蓬蓬的，眼睛红肿，整个人像虚脱了一般。康耀祖迎了上去，心疼地问道：“雪儿，发生了什么事情，我和你一起承担，你不要再折磨自己了。”

“咱们俩分手吧！”秦凌雪声音沙哑，话还没有说完，就已经哽咽了。

康耀祖上前一步，想拥抱秦凌雪，他真不忍心，看着自己心爱的姑娘这么伤心。可秦凌雪像受了惊吓一般，后退了一步，警觉地抬起胳膊一扬，康耀祖差点被掀翻在地上。他在地上晃了一下，站定，疑惑地望着秦凌雪说："雪儿，难道你母亲的意志可以决定我们的爱情吗？父母之命固然重要，你我都是受过高等教育的人，一定要听命于父母吗？"

"你走吧，我已经有喜欢的人了。"秦凌雪违心地说出了一个理由。

"不可能！你不可能这么快就喜欢上了别人的。"康耀祖不相信，他摇着头，泪水在眼眶中泛着水花。

"真的！我们俩下个月就结婚！"秦凌雪说得斩钉截铁。

"不可能，你是在和我闹脾气？"他捏住了她精巧的下颌，逼着她的眼对上自己的。片刻的温柔，她的那双眼，那样深，像见不到底的大海，又似一个漩涡，能轻而易举地将人卷进去。那热度涌来，让她一惊，下意识侧目去看，乍然撞见一双暗沉的双眸。

秦凌雪好想扑进他怀中，好好地大哭一场，可残酷的现实让她退缩了，她再一次推开了康耀祖的手，把心收紧，装出用力要甩开他的样子，可是，她用多大的力气挣扎，对方则用多大的力气桎梏她。

哭，肆虐的泪水，将整个世界淹没了。秦凌雪哭累了，他一把推开康耀祖，转身进了屋，将门"啪"的一下闭严实了。

任凭康耀祖如何在外面苦苦哀求，她依旧不肯开门，她背靠在门上，隔着门说："你走吧，我们再也不可能了！"

康耀祖终于无力地离开了，听着他的脚步声走远，秦凌雪终于撑不下去了，顺着门一点一点瘫软了下去。

七、嗵

24

康耀宗从学校回来了。他郑重地把爹娘拉坐到中堂的八仙椅上，跪下来又“咚咚咚”地磕了几个响头。平日里虽然见惯了他的吊儿郎当，突然间一本正经起来，让父母都有些疑惑了。

康承业和杨冬香互相对看了一眼，都有些不解。

“快起来吧，有什么事情，要行这么大礼。”杨冬香心疼儿子，急忙拽他起来。康承业将烟锅里的烟深吸了一口，思量着儿子这是有什么事情呢？

“爸，妈，我们学校有一个去法国留学的名额，学校推荐我去。”康耀宗依旧沉浸在兴奋中。

“跑那么远干吗呢？不要去，你走了，妈就没有孩……”杨冬香的话没有说完，抬头，却看见康承业射过来的冰冷的目光，她意识到自己说错话了。

“妈，只有两年时间，我又不是不回来，你说哪儿去了？不是还有我哥吗？”康耀宗给母亲解释着。

“你哥……唉……”杨冬香的语气里充满着诸多不满。

“咦，我哥哪里去了？”康耀宗这才发现哥哥不在场。

“在里屋呢！”杨冬香的语气，有无奈也有无助。

康耀宗几步奔到哥哥的屋里，也想让哥分享一下自己的快乐。可掀开门一看，康耀宗却惊呆了，他惊讶地问道：“哥，这大白天见鬼了，你把窗帘拉上干吗？屋子里黑咕隆咚的。”

康耀祖睡在炕头，一点也没有起来的意思。康耀宗跳上炕头，三两下把窗帘拉开，就把哥哥从炕上拉了起来。康耀祖睡眼蒙眬，用手挡着光，像大病了一场。

“哥，你生病了吗？”康耀宗继续询问着。

“没有！”康耀祖打算继续倒下去睡，被康耀宗给拦住了。

“你起来，有什么大不了的事情，你看你，就像一摊泥一样。”

“秦凌雪要和我分手。”

“你们俩，都分分合合，多少次了，那是闹着玩呢。”

“这次是真的。不骗你！”

“哥，你睁大眼睛看着我，咱社火世家的后人，哪能少了骨气呢？咱一定得是个铮铮铁骨的男子汉，努力去追呀！”康耀宗把自己都说激动了，他攥紧了拳头，在哥哥面前不停地使劲儿晃荡着。

“我追了，追不上了！”康耀祖紧闭着双眼，懊丧地摇了摇头。

“哥，你再不去追，我可就去追了，小心到时候你后悔！”康耀宗的眼神镇定，满脸认真地说。

“你敢！”康承业不知道何时又出现在了哥俩背后。

“爸爸，你总是那么偏心，每次一说到我追凌雪，你就出现，你还阻止我，敢情我哥是你亲生的，我是抱养的。”康耀宗不满地质问父亲。

“一个秦凌雪，已经把咱们家搅得鸡犬不宁了，你还在这添乱呢！给你哥说说你出国的事情！”康承业想岔开这个话题。

“怎么，你要出国吗？”康耀祖吃了一惊。

“嗯。”康耀宗点了点头。

“快来说说。”康耀祖顿时来了精神。

康耀宗说：“这次去法国，我主要弘扬的还是咱们的社火艺术，外国人可奇怪了，他看到咱们的社火脸谱、社火服装道具稀罕得不行。当然，这还得归功于咱们的老祖先，是他们给我们留了这么个民间艺术瑰宝。”

“你们学校那么多人，怎么会选中你呢？”康耀祖奇怪了。

康耀宗有些难为情，说：“哥，你的猜测没有错，还是有一部分其他原因的。社火主要的魅力是一个方面，还有一个原因是，爸的老同学，你记得不，就是西安花旗银行那个伯伯，他和我们校长是同学，他爱社火爱得痴迷，然后，就向校方推荐了我。他让我把社火艺术给外国人传播一下，要让民族的艺术在世界上有一席之地。”

“你这也算是走狗屎运了。赶明儿我还得把我那老同学感谢一下的。”康承业吸了一口旱烟，吧嗒了一下嘴巴。

“爸爸，我还是不是你的亲生儿子，说真话，你别看我平时是个逛荡，但我学习的时候，从来都不马虎。特别是为了社火的传播，我可是没少下功夫的。主要是特色，我们班同学刚开始都认为我在胡闹，说，这哪是艺术，充其量算个工笔画，而且还是粗糙的工笔画。但我这脸谱被大胡子的洋人买了之后，他们都羡慕得不得了。”

“那快去，让你妈给你收拾铺盖去。”康承业催促着儿子。

“爸，你别老土了，谁出国还拿铺盖呀！你以为是去西安做工呢。”康耀宗笑话着父亲。

“怎么给爹说话呢，去去去，赶紧准备去，我要睡觉了。”康耀祖掀开被子，又打算钻进被窝里。

“不行，你还没说清楚，你们俩到底是怎么回事，这么多年了，凌雪那么善良的姑娘，不会就这么扔下你，去喜欢上别的男孩的。里面肯定有其他什么原因。”康耀宗分析着。

“不知道，但看她的态度，那眼神，冰冷得能杀死人，我估计八成是没戏了。当初，我们都以为是社火手稿被抢惹的祸，现在看来，还真不是那么简单的。以前，路叔还是支持我们的，可现在，连他的态度也来了个 180 度大转弯。”康耀祖似乎彻底失去了信心。

康承业趁势退了出去，小儿子说的话不无道理，那么，真正的原因是什么呢？秦水莲到底在隐瞒什么呢？

“哥，只要不是死穴，总能找到打通关节的办法。你好好努力，原因总会找到，对症下药，那才是问题的关键啊！”康耀宗继续劝着哥哥。

“那万一是死穴呢？”康耀祖心里没底。

“哪能有什么死穴呢？无非是父辈的恩怨情仇，与你们俩有多少关系呢？但是，同爱着一种民间艺术，骨子里也是血脉相通的，总有解开疙瘩的那一天。”康耀宗思想活泛，还别说，他的劝说还是有一定作用的。

“嗯，我试试吧！”

“不是试试，是一定，是必须！加油！我在国外等你的好消息。”康耀宗紧握拳头，朝空中使了一下劲儿。

第二天，康耀宗出国的消息已经让关山堡子沸腾了。

无论是康家湾，还是秦家堡，大家都互相传着，听说康耀宗要出国了。谁？康耀宗，就是康承业家的小儿子，双胞胎那个。

真是有出息啊，不过啊，我听人说，外国人都是绿脸红胡子吗？他们拿个小匣匣，就把人的魂魄都勾走了。

呀，那多危险呀！还是不要去的好。

杨冬香一路小跑着从外面赶了回来，一阵风似的旋进屋子里，紧张地到处寻找康耀宗。儿子正坐在椅子上画脸谱呢。

“宗儿，咱还是别去了。听说，那外国黄毛都是绿脸红胡子，你去了，回不来咋办呢？妈可只有你一个……”杨冬香见儿子目光里充满了疑惑，急忙改口说："妈可是指望你了，你哥成天被那个狐狸精迷得魂不守舍的。"她哽咽着说不下去了。

"妈，您的思想怎么还这么保守呢？外国人跟咱们中国人一样，只不过是人种不同，生活方式不同而已，他们本身就是蓝眼珠，棕色头发，没你说的什么绿脸红胡子。"康耀宗给母亲端过一杯茶，解释道。

"你不会骗你妈吧？"杨冬香还是有点不相信。

"妈，你不相信别人，连自己儿子也不相信吗？"康耀宗用真诚的眼神望着杨冬香，这才让母亲稍微松了一口气。

康耀宗明白，母亲的心里有心结。他见杨冬香平静了下来，郑重地站在母亲对面，双手按在了她的肩头，说："妈，答应我一件事情。"

杨冬香对小儿子的要求，一般是有求必应的，她想都没想就回答："只要妈能做到，我一定答应你。"

"那好，妈，你可不许反悔噢。"

"我不反悔！"

"是这样，妈，你看，我哥和凌雪姐是真心喜欢对方，至于你们上一代的恩怨那早过去了，你以后再不要骂凌雪姐'狐狸精'了。她为人心地善良，大方，又真心喜欢我哥，父母这样互相不理解，给他们压力，你让我哥以后怎么办？难道打一辈子光棍吗？我哥又是那么认死理的一个人，自己认准的事儿，十头牛也拉不回来。"康耀宗的这番话，把杨冬香说得一愣一愣的。

杨冬香没想到，这个臭小子，给她下了个套，让她钻了进去。

可她还是没有想通，虽然她知道，儿子说的也有道理，但仍挣脱儿子的手，说："可妈就是咽不下当年那口气，那狐……"她的话说到半截，又被自己生生地给咽回去了，在儿子面前，不能失了分寸。

"好了，妈，别提当年了，现在年轻人，谈个女朋友，今天谈，明天吹，后天再换一个新女朋友，谁认识谁之前能是一张白纸呢？再说，我爹认识秦姨之前，不是还没遇见你吗？你得感谢秦姨把我爸甩了，才给你留了位置呢？”康耀宗这张嘴，真把死人能说活。

杨冬香似乎瞬间想通了，好像下了什么决心似的，甩了一下手，说：“去去去，什么乱七八糟的，都不知道害臊。”

康耀宗知道，自己的如意算盘打得漂亮极了。可他不知道，面临康耀祖和秦凌雪的，到底又有多少考验呢？

翌日。

康耀宗要离开了。

哥哥康耀祖给他提着箱子，和耀宗一起来到了大厅。耀宗郑重地走到中堂的八仙桌旁，缓缓地点燃了一支蜡烛，又上了三炷香，嘴里念念有词：“爷爷，孙子我这次要去法国呢？把您的社火手艺给那帮老外传授一下，让他们也见识一下咱们的宝贝。爷爷，您放心吧！您老人家为了这社火，几乎拼尽了一生，我一定不会让您失望的。”随后，他跪下来又重重地磕了三个响头。

全家人送康耀宗出门，村里的男女老少都挤来看热闹。就连秦家堡的人都赶了过来，场面十分热闹。

想想也是，这关山堡子的人，有些人活了大半辈子，连陇州城都没有去过，也别说陈仓、西安这些地方呢？更何况这次是去法国。

人们根本不敢想，也想象不出，在他们眼里，那地方估计像在云端里吧？

有人咂舌表示羡慕，有些对他怀有深深的同情，有几个老太婆还流了点眼泪，他们认为，把一个好端端的孩子，送到外国那些绿脸红胡子那里，那不等于把孩子送到了狼窝，和送死有什么差别，说不定连命都保不住了。

看着旁人流泪，杨冬香的眼窝子更软了，她的泪水汹涌着，这一去，虽说是两年，可这前面的路是什么样子的，谁又能说得清楚呢？

康耀祖说：“妈，这对弟弟和全家人来说，都是好事。您别哭了，只是两年时间嘛，很快的。”

康承业其实心里也是五味杂陈，你说这小子，从小爱逛荡，如今，一转眼成大小伙子了。

这一别，虽说两年，但作为父母，哪能舍得他走那么远？但孩子大了，他们有了自己的思想，而且这小子，从小调皮着呢。康承业默默不语，坐在马车边上，“吧嗒吧嗒”地抽着烟。掩藏在心底的那种自豪和不舍不时地交替着，没有人能看出他的心思。

杨冬香还在不住地交代着各种事情，事无巨细，从吃饭到穿衣住行，无不诠释了一个母亲所有的体贴和担忧。

所有的不舍，最终还得分手。送君千里，终有一别啊。

杨冬香眼看着，父子三人的马车一点一点地向远方走去，直到远处那个黑点消失，她才恋恋不舍地回家去了。

25

康耀宗出国去了，一张突如其来的调令彻底改变了康耀祖的人生轨迹。

自从弟弟走后，康耀祖的日子越来越空落落的了。

学校里已经开学了，康耀祖除了埋头工作之外，便是一次又一次找秦凌雪，可秦凌雪总是躲着他。这天放学后，康耀祖从校门口买了一个烤红薯，细心地用纸包裹着，等着秦凌雪下课来吃。

他围着围巾，倚在蓝灰色的墙角里，幸福地等候着秦凌雪，他知道，这条路是秦凌雪回宿舍的必经之路，他还在憧憬着他们的未来。

然而，他的未来却被半路“杀”出来的“程咬金”给打断了。

他还没有反应过来时，秦凌雪已匆匆忙忙从他身边走过，他叫了一声“凌雪”，可秦凌雪像是没有听见一样，紧跟着教数学的蓝一鸣风车一样紧追着上来了。

蓝一鸣喊着：“秦凌雪，你跑那么快干吗？我就是给你送一双手套而已嘛！”

什么？康耀祖眼里冒着火花，顿时愣住了，这个蓝一鸣，竟然送秦凌雪手套，难道、难道他也想追求秦凌雪吗？

康耀祖愤怒地一拳砸在了墙上，谁承想，他的烤红薯也被拍成了一坨烂泥。

尽管如此，康耀祖没有课的时候，仍经常等在秦凌雪上课的教室门口，守候着她，惹得学生们经常偷偷地看他。

那天，教导主任看见康耀祖又站在秦凌雪的教室门口，就把他叫到了办公室，狠狠地批评了一顿，语重心长地给他分析了其中的利害关系。教导主任说了，你这样会把学生也带坏了的，作为老师，你们不能这样公开在校园里谈恋爱。

康耀祖没有申辩，诚恳地说：“领导所言极是，我一定改。”

秦凌雪不理他，校领导又不理解他，康耀祖的日子坍塌了。

他把自己活成了一个“木头人”，除去上课的日子，课余的时间里，他就趴在桌前，低头整理、研究社火脸谱。只有活在社火中的时候，他的日子才是充盈的。

突然有一天，陈校长把康耀祖叫到了办公室，他木然地走进校长办公室，校长客气地给他递上了一支烟，并亲手给他倒了一杯茶。

他满头雾水，不知道自己这是犯了什么错？但从陈校长对自己客气的态度来看，似乎又不像准备批评自己。

正纳闷呢，校长却说了：“恭喜你啊，耀祖。”

“我已经够倒霉了？哪来的喜呀！校长，您不会在取笑我吧？”康耀祖无奈地摇了摇头。

“你小子这是情场失意，事业场上得意啊！看看这是什么？”陈校长手里拿着一张纸，上面盖着一个大红的印章。

康耀祖有些忐忑不安，颤抖着双手接过那张纸，睁大眼睛，一字一句地默读着，是调令。

原来，康耀祖沉浸在自己的心伤中，只顾低头画社火脸谱，根本没有发现，保安团王团长来学校视察时，他一眼就看中了正在低头画脸谱的康耀祖。王团长是个社火迷，在康耀祖身后足足站了近两个小时，康耀祖都没有发现他。这小伙对社火的热爱真是太投入了，王团长对陈校长说：“这是个人才，我要了。”

陈校长问：“何以见得呢？”

王团长说：“一个做事如此专注之人，必定能成大器。”

这些事情，康耀祖根本不知道。而王团长总是对他念念不忘，已经好几次向陈校长要人了。

陈校长也舍不得康耀祖的才华，最终，还是架不住王团长一次又一次地催要，并承诺，调康耀祖去保安团当行政科长。陈校长最终也同意了，认为不能耽搁康耀祖的前途。

康耀祖拿着调令，似乎有些迷糊了。他说：“我去保安团做什么呢？还是画画吗？”

校长说：“你没看吗？王团长是个爱才之人，他调你去当行政科长，当然，业余你画画也不影响，他也是个社火迷。这保安团跟咱们学校一墙之隔，你在那边咳嗽一声，这边校园都能听到。”

“社火迷？”康耀祖一听这话，似乎找到了知音的感觉，也便欣然同意了。

康耀祖要调走的消息，风一样传遍了校园的角角落落，秦凌雪估计也早已经听到了吧？

但是，她似乎对此无动于衷，依然上课，吃饭，放学，像没事人一样。

临走的前夜，康耀祖托人约秦凌雪，但她依旧没有见他。其实，对秦凌雪来说，这个夜也是漫长的，仅仅一门之隔，她将整个人几乎贴在门上的，贴得太近，近得让她呼吸困难，却没有走出去见一下门外的康耀祖。泪水将她的心彻底地淹没了。

她知道康耀祖在窗外站着，多少次冲动，想上前拥抱他，想向他诉说相思之苦，可她不能啊！她的心已经紧到了喉咙口，浑身都绷直了。

她抬手将屋里的马灯熄灭了，屋子里瞬间漆黑一团，眨眨眼，才发现，月光像一盏清冷的灯，从窗外散下来，她只觉得整个人置身于月光的海洋中，她在海中挣扎着，似乎找不到上岸的航向。

终于，他的脚步声远了，秦凌雪的心瞬间空了。

她打开了门，没等她反应过来，康耀祖就紧紧地将她搂住了。她还来不及开口，他右手拇指突然摁在了她的唇上。她一颤，不能理解地凝视着他。他的拇指重重地、霸道地擦着她的唇，每一下都很用力。那指腹的热度，伴着力道，都让她惊悸。她的身子绷直了，无力地靠在门板上，双目迷茫。

不等她想清楚，他的手指又忽然移开，紧接着，取而代之的是他疯狂、激情的吻。这一次，根本不给她任何思考的空间，秦凌雪也丝毫没有抵抗能力。呼吸，一下子就乱了。浑身的力气都像被他吮得干干净净，她腿软起来，只能狼狈地紧紧攀住他的手臂，才能勉强站直身子。

吻得彼此呼吸都乱了，他才终于退开一寸。她差点要倒下去，幸而是拽紧了他衬衫领口。

他双目裹着熊熊燃烧的火焰，凝视着她。

她像是突然间清醒了，一把推开他，将他推出了门外，门“砰”的一声关上了。他愣在了外面，苦苦哀求着：“凌雪，我知道你是爱我的，可是，为什么，你却要拒绝呢？”

两行清泪挂满了她的脸颊，她在门里哽咽了好久，说：“你走吧！从此以后走得远远的。我再也不想看到你了。”

“凌雪，到底发生了什么事？你告诉我，咱们俩共同面对。”康耀祖继续问。

她的神情也跟着凉下去，冷冷地拒绝：“我不会嫁给你。”门里只传来了她的呜咽声，秦凌雪背靠着门板，一点点矮了下去。她蹲坐地上，彻夜难眠。

康耀祖如同一尊雕像般，整整站了一夜，黎明时分，他的头上、脸上、眉毛上，落了厚厚的一层霜。

康耀祖要去保安团报到了。离开时，一步三回头，他希望能有奇迹，希望秦凌雪能出来送一送他。

康耀祖带着遗憾走了。他根本不知道校园里的那棵几人合抱的老槐树后面，秦凌雪早已哭成了泪人儿。

秦凌雪的身后，却多了一个旁观者，尽情地揣度她的心思。

他走上前来，递给秦凌雪一个手绢，说：“他走了，你又不舍了？”

被说中了心事，秦凌雪僵了下，转身就要走，一刻都不想在这儿待下去。仿佛再多留一分钟，就多一分被他看穿心思的危险。

脚步匆匆，慌乱，像是落荒而逃。看着她的背影，蓝一鸣也不知道自己是怎么了，本能地跟上去，一步并作两步就拦在了她面前，一手撑住了门，一手握住了她的手腕。

“跑什么？”他眯着眼，探寻似的扫过她的脸。那眼神让她有些抵触，她下意识挪开脸，连忙否认，“我没有，只是学生快上课了。”

蓝一鸣没松开她的手，反倒是往前跨了一步，逼近她。男人强势的气息直逼而来，秦凌雪下意识往后退了一步，被他握住的手腕绷紧，也有些隐隐地发疼。

“被我说中了心事？他有什么好呢？你为什么就不肯接受我呢？我追了你多少次呢？”

她没有抬头，也能感觉到他直勾勾的眼神，像是要一直看进她心底去。“我不知道你在说什么，放开我，我要去上课了。”秦凌雪本能的厌恶，让自己绷紧身子，装着糊涂。

她这样低着头不肯和他对视的模样，让蓝一鸣觉得非常不悦。

他想伸手捏住她的下颌，但她本能的一扬胳膊，却“啪”的一声打在了他的脸上，她匆匆忙忙地说了句：“对不起”，然后转身离开了。

蓝一鸣却捂着脸，还在思索到底是为了什么。

她不爱他。她的心已经被康耀祖占满了，别人根本挤不进去。

蓝一鸣一直是学校里的风云人物，围绕在他身边女孩子数不胜数。而她，却怎么也喜欢不起来。对他，从未驻足，哪怕只是一个眼神的停顿都不曾有过。他们就是两个不相干的人，可他却总是让她感觉到烦躁，见到他，就想逃离。

过去恋爱的岁月，如今是她心底最软弱的一角，也是别人不能轻易触碰的。

康耀祖走了，秦凌雪的心也空了。

26

康耀祖明白，心若不在了，任对方做得再多，也不过是厌恶和反感。所以，他决定先放一放，但他说什么也不肯相信，秦凌雪会厌恶他，他始终也不明白，她为什么拒绝得这么彻底呢。

也许，暂时的分开，能够让双方都留出一点余地，看清自己的内心。

康耀祖到保安团上班后，最让他欣喜的是，他还时不时可以在路上碰到秦凌雪。虽然秦凌雪故意躲着他，但只要看见她，他就心满意足了。

自从当上了保安团的行政科长，康耀祖的空闲时间可比过去多多了，工作之余，画脸谱，写剧本，还抽空给西安易俗社写了几个秦腔剧本。

他把自己写的《石门峪》和《碾盘山》交给易俗社院长刘毓中之后，刘毓中立即跑到陇县来看康耀祖，对他大加赞赏，还把易俗社的演员们带到陇县来演出。为了和刘毓中讨论剧本细节，康耀祖让他吃住在自己家里。

刘毓中社长到保安团找康耀祖，看到他穿着一身藏蓝保安服，他笑着对他说："小弟呀，你这是入错行了呀？你跟着我，专门写剧本算了，当啥警察吗？"

康耀祖话还没有出口，保安团王团长却大声嚷嚷起来："我说刘社长呀，我好不容易挖来的人才，你还想挖走，门都没有。你问问他，我对他怎么样？"

"王团长，您也下班了呀？"康耀祖急忙向王团长打招呼。

"还说这世上跑得最快的人是曹操，我看你比曹操还快，那走吧！"刘社长调侃着。

原来王团长约了刘社长，王团长还约了大家去他家吃晚饭。席间，王团长说到社火，说到戏剧，说到对艺术的认识，刘毓中没想到，这个黑脸的陇州汉子，竟然还有一颗这么细腻而艺术的心思，不由得感慨地说：“看来，这耀祖是跟对了领导，你们俩这么喜欢社火，肯定能成大事。”

这日子一晃三个月过去了，康耀祖的日子忙碌又快乐。上班之后，处理更多的公务，下班之后，他可以做他自己喜欢做的事情。

可是，那天快下班的时候，康耀祖突然接到了王团长的电话，他说：“到我办公室来一趟。”

康耀祖敲了敲门，听见里面说：“请进，门没锁。”

他一把推开门进去，咦，怎么不见王团长呢？眼前的景象，却把康耀祖吓了一跳。

只见两个不同表情的小鬼脸，头戴两个不同颜色的小鬼帽，穿着两身不同颜色长袍的两个小鬼，互相抱在一起扭打着，都想把对方打趴在地上，但把对方打倒的同时，自己也倒在了地上。

康耀祖看呆了，他想劝阻对方，可狭小的空间里，两个人扭打的时候，把他也包围了起来。他左突右围，还是不行。他想拉开两个人，可其中一个人胳膊刚劲有力，而其中一个，似乎缺了点什么？

康耀祖正纳闷呢，那两个人却起身站立，掀开长袍，露出头来，正朝着自己笑。只见他两只手上各挂着一双长筒雨靴，原来，是王团长啊！

康耀祖一下子来劲了，兴奋地想接过王团长手中的靴子，想自己来试试。

“哇，这么可爱，这个怎么回事呢？”康耀祖的话还没问完。

“你是想问，另外一个人哪里去了吧？告诉你，我这是一个人饰演两个角色，你说，好不好看？”王团长似乎比康耀祖更兴奋。

“来来，你试试。这是我从一个外地朋友那里学来的。”

康耀祖帮王团长卸下了绑在身上的架子，他的社火瘾又发了，他打量着，这个架子是用二尺多长的方木料做的主框，中间有三根长为半寸小方木作中桄，厚度一寸左右。

他正在捉摸着，这么简单的一个东西，怎么能让一人分饰两个角色呢？王团长却早已看出了他的心思。他让康耀祖俯下身子，把这个架子绑在了他的背上，把那个假人的身子绑在自己腰上，双手握拐子当作另一角色的双腿，表演者脚穿一双靴子，看起来像两个人一样。表演时，一个人在那儿晃荡，一会儿晃左边，一会儿晃右边，甚至要躺下来，才能出效果。最精彩的莫过于把对方抱起来转圈，一下抡对方十几个圈，实际上是一个人在那儿自由发挥呢。

终于玩累了，康耀祖掀开长袍，兴奋地喊："王团长，我一定要把这门技艺的原理写下来留作资料，这太好玩了，还好看。"

王团长笑得都合不拢嘴了，说，今年过年耍社火，咱就耍《二鬼摔跤》，咱玩新的。

"好！"两人一拍即合。

从正月初四开始，康耀祖就跑回了关山堡子，叮叮当当地给乡亲们制作二鬼摔跤的道具。

杨冬香见儿子不声不响地捣鼓锯子、斧子，怕他想不开，就给他端了一杯热茶，走过去说："儿子，这么冷的天，喝口热茶，进屋歇会儿吧。"

康耀祖接过热茶，喝了一口说："谢谢妈，我不冷。"

杨冬香没话找话，说："你这是做什么呢？做家具吗？"

康耀祖边用凿子凿眼儿，边回答："妈，我先保密，等做出来让你们看个惊喜。"

杨冬香没有从儿子处打听到什么有价值的消息，讪讪地走进屋来，拉着康承业从窗户处往外看，悄悄地给康承业说："这八成被那个小妖精气成精神病了，这大正月的，谁还动刀动斧的呢？"

“你看你，说的什么话，别再说什么小妖精之类的，你儿子好着呢？我估计他是在做什么社火道具呢。”看来，知子莫如父吧。

康耀祖把两根长一尺半左右的方木装在中桄的两头作立柱，并用两根一寸左右的方木平装在立柱中间，在立柱的上部用棉花和布料包扎成二鬼的头形，用布料将平桄包扎成人的胳膊形状，并找来家里的两身不同颜色的绸子做袍子，当然，他没有忘记用小方木做成一尺高的人脚形拐子，套在皮靴上。

这一切准备就绪后，他把自己装扮好，一个人站在院子里，喊了一声：“爸，妈，你们来看一下。”

康承业和杨冬香走出一看，没看到儿子，却见两个小鬼在厮打，竟然打得难舍难分。康承业笑着说：“我就说吧，咱这儿子，还是有本事。”

“另外那个人是谁呀？怎么打起来了呢？”杨冬香着急地问。

“别急，你慢慢看，会看出门道来的。”

终于要累了，康耀祖一下子瘫倒在地上。

杨冬香着急地走到二鬼跟前，想拉起两个人，一拉，才发现自己上当了。

她朝儿子伸出了手，说：“你这个孩子，糊弄你老娘啊！”

“妈，别生气，为了让你和爸看新鲜，我才这么演啊！你只说好不好看呢？”康耀祖急忙拉住杨冬香的胳膊。

“你啊你，好看，但那脸太白了。社火脸要化得亮一些。”杨冬香嗔怪着儿子，并提出了自己的意见。

“妈，这是故意画成这样的，这个社火叫《二鬼摔跤》”。康耀祖解释道。

“不错，很有意思，是你自己想出来的吗？”康承业肯定着儿子。

“不是，是跟我们王团长学来的。很热闹吧！”康耀祖有点骄傲地回答着。

27

第二天上班后，王团长脸色凝重地把康耀祖叫到了办公室。他好久都没有言语，只是望着窗外沉思着，手中的烟快要燃到手指了。

突然他转过身来，眼神锐利得像一把刀，像有什么大事情要发生了一样，康耀祖微怔了一下。

“有一件重要的事情，必须交给你来办。但是，保安团这边不能提供更多的经济资助，你能克服吗？”王团长的目光满满的都是对他的希冀。

“什么事，您说吧，我有工资，不够了还可以去我父亲的药材铺里拿些钱。”康耀祖猜测王团长肯定遇到了什么困难，不然，他不会这么严肃。

“不，组织上不会欠你们钱的，先打个借条，到时候会还给你的。”王团长郑重地对他说。

接到这个神秘的任务之后，康耀祖从父亲的药材铺支了些钱，然后直奔上海了。

此事没有第三个人知道，他到上海干什么去了，什么时候才能回来。

康耀祖走了，秦凌雪比任何人都寂寞，其实，自从康耀祖调走后，她的牵挂不比以往少，可她不能去找他，那些突然发生的变故，让她始料不及，但她也发现了一个更好的可以看到康耀祖的地方，那就是校园操场后的大柏树。大柏树树冠很大，她经常躲在后面偷偷地窥视着康耀祖，然而，这几天，她突然发现找不到他了。

秦凌雪装着没事路过的样子，徘徊在保安团的门口好几天，王团长其实早就发现了她，但他装作不知道。关于康耀祖和秦凌雪的爱情故事，他早有耳闻，以他多年的经验，这两个年轻人分不开。但此时面临这么重大的事情，说什么也不能让她知道康耀祖的去向。

秦凌雪在门卫老大爷处没有问到任何有用的信息，愈加心急如焚了。

保安团的人都像商量好了似的，都不告诉她。其实，他们也不知道康耀祖的去处。

正当秦凌雪寝食难安的时候，康耀祖似乎又从天而降了，那天，她拿着一本书，不知不觉地又走到了柏树下，眼睛朝康耀祖的办公室门口看过去，咦，他正好端端地坐在那里。她怕康耀祖看到自己，急忙躲到柏树后面。多日以来的压抑、思念、无助，让她喜极而泣了。

“为了他，值吗？”蓝一鸣的声音在头顶响起。

“你管得着吗？”秦凌雪对他此时的出现，充满了反感。她转身离开，只留下蓝一鸣在那里呆若木鸡。

康耀祖这次去上海，出色地完成了解救被国民党关押的共产党地下工作者葛一民的任务。王团长欣喜地拍着康耀祖的肩膀说：“你小子是个好苗子，我没看错人。”

康耀祖坚定地对王团长说：“感谢王团长对我的信任和栽培，我一定不辜负组织对我的重托。”

王团长顺手递给康耀祖一个苹果，顺嘴说：“你小子，有福气啊！看来我这无意间的一箭双雕挺厉害啊！”

康耀祖咬了一口苹果，茫然地望着王团长说：“什么一箭双雕，我怎么听不懂呢？”

“我可是用我的火眼金睛看出来了，秦凌雪那娃对你没死心，你走了半个月，她在咱们单位门口守了半个月，不过，她似乎有心结，看上去心事重重的。只要你努力，你们俩散不了。你最近也辛苦了，我放你三天假，好好约上人家姑娘，别给我强调你的自尊心，大男子，能屈能伸方显英雄本色。吃完苹果，快去吧，有希望。”

康耀祖早都想见秦凌雪了，起身就走，却把帽子忘在了桌子上，王团长在身后提醒他："帽子，看你急的。"他返回来接过帽子，戴在了头上，一溜烟地跑没了影。

康耀祖是学校以前的老师，所以，大家都认识他，连门卫也没有拦他。他径直跑到了秦凌雪的宿舍前，定定地站立着。

秦凌雪从教室往宿舍走的时候，老远就看见了康耀祖，为了让康耀祖对自己死心，她灵机一动，拉过蓝一鸣走到了康耀祖的跟前，微微一笑，没有多余的寒暄，开门见山地、冷冷地对康耀祖说："康耀祖，给你们介绍一下吧？"

"不需要，三年的同事，化成灰我也认识。"康耀祖的眼里几乎喷涌出了血。

"这是我的男朋友，蓝一鸣。"秦凌雪的介绍让蓝一鸣更加得意了，他也有些奇怪，多少次追她，她都不理自己啊，今天这是怎么了，顾不得多想了，便朝康耀祖伸出了手。

康耀祖没有理会蓝一鸣，朝前走了一步，怒视着秦凌雪问："你看着我的眼睛，再说一遍。"秦凌雪有些心虚，有些尴尬，走到这一步，她不得不狠下心来，红着眼圈说："蓝一鸣，我新男朋友，你现在可以死心了吧？"

"为什么？你为什么要这么做呢？我不相信，我一点儿也不相信。"康耀祖继续咆哮着，蹲了下来。

秦凌雪和蓝一鸣什么时候离开的，他一点不知道。

康耀祖呆呆地坐在那里，任风吹得头昏脑涨，吹得眼眶通红，只觉得胸口一阵翻涌，恶心得差点干呕出来。

康耀祖跌跌撞撞地来到了秦家，一把推开了秦家的大门。路德明正在院子里忙活着收拾东西。门突然被推开了，他看到了失魂落魄的康耀祖，心里已经大体明白了七八分。

路德明把康耀祖让进了屋里，给他倒了一杯茶，说："快喝口热茶暖暖身吧！"

此时的康耀祖，似乎安定了下来，不知为什么，他总觉得和路叔在一起，心里安定稳妥，这种感觉很奇怪，也许是两个人的志趣相投，能谈得来吧？

他接过了路德明的茶，轻轻地呡了一口说："对不起，路叔，我太唐突了。"

"没事，我能理解你的苦，是凌雪的事儿吧？"路德明也没有避讳。

"您知道啊？"康耀祖警惕地抬眼环顾了一下四周。

"你秦姨不在家。"路德明打消了康耀祖的顾虑。

"路叔，凌雪有了新的男朋友，这是真的吗？"康耀祖直奔主题。

"孩子，别怪凌雪，她也是没有办法才这样做的。她对你的感情，路叔看来眼里，疼在心里啊！她这么做，她比你还要痛苦啊！叔也知道，她不可能这么快就找新男朋友，她是为了让你死心，她和你是……"路德明再也说不下去了。

"是什么？路叔，你快说呀！"

"你们俩是亲姐弟啊！凌雪是你父亲的女儿！"

如一记闷雷在头顶炸响，康耀祖的身体战栗着。他垂着眼，面色绷得紧紧的，带着瘆人的寒意。他仔细咀嚼着路德明说的每一个字，他不相信，这怎么可能呀？但路叔又不可能说谎。他顿时感到整个世界仿佛都在一瞬间被人残忍地颠倒过来，完全错乱了。

他站起身，僵硬地靠在墙壁上，用力撑着墙，一股寒意，从脚底腾升而起，一寸一寸漫进他心里。手指，几乎掐进了墙壁。他用力一挥，一股鲜红的血顺着白墙壁流了下来。

"孩子，别这样，事情已经这样了，不是你我能改变的。"路德明拉住了他再次砸向墙壁的手。

康耀祖踉踉跄跄地回到了康家湾。杨冬香见儿子回家了，她欣喜地问：“祖儿啊，吃过饭了吗？”

康耀祖没有理会母亲，径直走进了里屋，见康承业正在书房写字，他一把抓过父亲手中的笔，杵在父亲面前说：“告诉我，为什么不告诉我呢？为什么这么长时间瞒着我们呢？”

康承业抬目看着儿子，他不明白，儿子说的是什么事情？他对跟随在儿子身后的杨冬香说：“你去给儿子做点饭，估计是饿了。”

杨冬香从未见过儿子对父亲态度这么恶劣，她有点不放心地既像对儿子说，又像对丈夫说：“你们父子俩有话好好说。”

“没事，你快去做饭。”康承业抬手挥了挥。

“坐下说吧！”康承业示意儿子坐下来。

“不，我想知道，我和凌雪是亲姐弟的事情，你为什么不告诉我？”康耀祖依旧很激动。

“你说什么，你再说一遍！什么亲姐弟？”康承业从八仙椅里站起来，他比儿子还要激动。

康耀祖看到父亲的神情，突然间明白了，父亲也被蒙在鼓里了。

等康耀祖把事情刚讲完，一向沉稳的康承业再也坐不住了，他起身走出院门，径直朝秦家堡走去。

等杨冬香把饭做完端上来，父子俩早都不见了人影。杨冬香大声喊：“祖儿，吃饭了。”她喊了几声，见没人答应，气呼呼地将饭端回到厨房。

康耀祖一个人回到了县里。他走进了一家小饭馆，要了一碟花生米、一碟陇州凉盘、一壶酒，将自己灌了个酩酊大醉。

保安团小刘在执行任务时，看见了趴在桌子上的康耀祖，把他送回到了宿舍。

康承业走进秦家堡时，把急匆匆刚要出门的秦水莲差点碰倒。他不再淡定了，一把拉过秦水莲，质问着："你说，秦凌雪到底是不是我的女儿？"

她没有反驳他的理由，此时此刻，残忍的真相，被突然揭开，一下子击得她整个人都蒙了。

她突然很想笑，眼泪却先一步漫出眼眶。那是她心底刻下的伤，一道一道，错综复杂……

"是，是你的女儿！"秦水莲这次说得斩钉截铁。

"那你当初为什么不告诉我呢？"康承业咬紧牙关，恨恨地盯着她。

"我恨你们康家，恨你们害死了我爹，所以，我硬逼着路德明和我结了婚，认了这个孩子，我恨自己怀了你的骨肉。"秦水莲一字一顿，如刀样，一刀一刀地割在了康承业的心上。

康承业比儿子还要落魄，他不知道自己是怎么回到家的。站在门口，胸口像是被一只无情的大手掏空了一样，说不出的痛苦和难受，让他眼眶灼灼地发烫。

他进门倒头就睡，睡得天昏地暗的。原来，一个人的心，从天堂跌到深渊，摔得七零八落，只需要仅仅一两秒钟的时间。

杨冬香见他从中午睡到黄昏，有些着急了，几次三番不停地喊他起床。

"你出去吧。"他声音沙哑，有些疲惫和无奈。这种疲倦，是从心底生出来的，让他自己觉得浑身都是软的。

"你怎么了？病了吗？"杨冬香伸手想摸一下他的额头，却被康承业抬手拂了回来。

"如果你真想帮我，就什么都不要问，什么都不要管，等我梳理一下，然后再告诉你，行吗？"康承业对杨冬香的客气，让她有点不适应，她点了点头，无可奈何地出去了。

傍晚时分，康承业终于坐了起来，整个眉心都在跳动，苍白、木然，眼神空洞，像被人一瞬间抽离了灵魂。

杨冬香保持着沉默，坐在他旁边静静地纳鞋底。细细密密的针脚，让康承业终于明白了。

他问杨冬香："如果突然间有一个人，说生的孩子是你的？你怎么办？"

"该怎么办就怎么办啊！就像这针眼，如果扎错了地儿，想要再换地方，就得重新拆了。"

"如果不想拆呢？"康承业继续问。

"不想拆，就让它留在原位，只不过，不好看罢了，但整体影响不大。"杨冬香的话，笨拙中有哲理。

康承业拉过杨冬香的手说："对不起，我也不知道，秦凌雪是我的孩子，没有人告诉我。"

杨冬香似乎比他预想的要淡定得多，本来他认为，他这样一说，杨冬香一定会歇斯底里，大闹个不停，甚至还不知会把这个家闹成什么样子的，可杨冬香的态度，却让他还真有些意外。

其实，杨冬香刚进康家门时，就已经知道了康承业和秦水莲的恋情，秦水莲生了女儿之后，村里人都纷纷议论着，她的怀疑也就得到了证实，她明白，这么多年过去了，康承业不会抛下妻儿去再找秦水莲了。所以，她比谁都淡定。

当然，她还有一个如意算盘，就是如果这两个孩子被认定为姐弟俩，他们是不可能在一起的。她本身就看不惯秦水莲母女，也许是女人的嫉妒心在作怪吧？

"我觉得，要不，咱们把祖儿的真实身份也告诉孩子吧？你看，两个孩子这么痛苦，成天人不人，鬼不鬼的。"康承业提出了进一步的要求。

"不行，已经错了，就这样将错就错下去就行了。难不成，你还想把她娶回来，当你的儿媳妇啊？你不怕村里人笑话啊？"杨冬香似乎不肯让步。

“本身是我的女儿，儿子又不是亲生的，把她娶回来，又有什么不行呢？”康承业似乎也铁了心。

“这事你说破天都不行。”杨冬香把手里的鞋底恨恨地扔进针线笸篮，拉过被子，倒头就睡了。其实，她怎么可能睡得着呢？

康承业也无奈地拉过被子转身睡去，却不可遏制地想起曾在关山草原雪地里的那只红狐狸，想起她年轻时的模样……一切都被谎言包裹着，终于露出了真相。

康承业不着急，他着急的是，两个孩子如果接受不了这样的事实，万一做出什么傻事情来怎么办。

杨冬香只觉得眼眸发热，放任着泪水恣意地流淌，她的委屈，她的痛苦，又有谁能理解呢？

28

康承业闷着气，不吭声。双手用力地扳过杨冬香的肩膀。

“你抓痛我了！”杨冬香想拂去他的手，可康承业的手更用力了，她被扳过了身子，面向了他。她的鼻头发酸，心里的委屈汩汩地往外冒，那不争气人的眼泪也顿时流了下来。

他一把揽过她，任她在自己胸前哭泣。

杨冬香哭累了，用手擦了一把泪水说：“不是我不想让孩子们幸福，我只是觉得委屈。这么多年，别人都怀疑说凌雪是你的女儿，我一直有此怀疑，但我没法证明，现在知道，反倒放下了。要说就给儿子说了吧，总之，我养了他二十二年了，他就是想认亲生父母，那也得找得到呀！”

“这么说，你想通啦！”康承业的欣喜难以言表。

“为了儿子，我想不通也得通啊！但是，你不能跟那个秦水莲再有任何瓜葛。”

“好好好，我答应你，为了儿子，我什么都答应。”

周末了，康承业在院子里来回踱着步，等着儿子回家，月亮都爬上树梢了，也没看见儿子回来，于是，他趁着给城里铺子里送药材的空闲时间，去了保安团，在宿舍里找到了酒醉未醒的儿子。

儿子心里的苦，他能理解。他坐在儿子床边，一直打量着儿子这张脸，唇边的胡茬，似乎就是当年的自己。他在心里说：“儿子，你比你爸有福气，爸一定要让你幸福。”

康耀祖醒来时，发现爹坐在床头，不由得惊坐起来，叫了一声：“爸。”

“祖儿，快喝点水吧，已经晾凉了。”康承业将水递给了儿子。

此时，康耀祖才看到爹头上已经有几丝白发了，他终于明白，爸爸这半辈子不比自己容易，风风雨雨这么多年，经历的坎坷已经够多了。

他喝完水，说了一声：“爹，对不起！”

“不要说对不起，该说对不起的人是我。爸今天想和你来谈谈心，也许事情还有改变的机会。”康承业的开场白，让康耀祖在心里苦笑着。

“哪还有什么机会呀？都是死结，没法解开了。”

“你听着，爸说的这件事情呢，能让这件事情起死回生。你只管听着就行。二十多年前的冬天，天寒地冻的，有个人赶着马车去陇州城里送完药材，在回家的路边，看到一棵大槐下放着一个男婴儿。这个孩子被冻得乌青，这个人想都没想，就把这个孩子抱回了家，恰好那个时候，这个人的媳妇正在家里待产，并在当天也生下了一个男孩，于是，这个人就和家人商量，对外说这两个孩子是双胞胎……”

“那个孩子是我？”康耀祖打断了父亲的话，瞪大眼睛，紧紧地盯着父亲的脸，双手抓住父亲的两只胳膊说。

“是的，那个孩子就是你。”康承业急忙对儿子说。

“爹，您怎么不早说呢？我怎么感觉像在梦中走了一趟呢？不行，你得让我捋捋。”康耀祖闭上眼，细碎凌乱的片段像断开的电影，开始在脑子里闪现。他忽然想起什么，脸色一白，连忙松开了父亲的胳膊。

“爹，我要去找凌雪，行吗？既然我们不是亲姐弟，我们就可以结婚，对吧？可她是您的女儿啊？能当儿媳妇吗？”康耀祖心里又是一片乱，他忐忑不安地等待父亲的回答。

“行！有什么不行的！我支持你的选择。”康承业倒坦然自若。

“谢谢爹。我现在就去。”康耀祖飞一般奔了出去。

周末，秦凌雪在休息。

康耀祖赶到学校，走到门口，非常紧张和激动，他怕自己太激动了，吓着了凌雪，便在门口来了个深呼吸，然后轻轻地推开门一看，秦凌雪正虚弱地躺在床上，蓝一鸣正端着一碗中药递给她。

康耀祖的出现，让蓝一鸣愣了一下。

他不满地瞥了一眼康耀祖，说：“你怎么来了？”

康耀祖急忙奔到秦凌雪的床头问：“雪，你生病了吗？”

蓝一鸣心生厌恶，一把掀开康耀祖。康耀祖也不甘示弱，挤到了他的前面。下一秒，秦凌雪的话，让他再次面如死灰。

秦凌雪咳嗽了一阵，有些虚弱地说：“你都看到了，你走吧！”

“我不相信你会喜欢他。”康耀祖摇着头否认了。

“你走吧！”秦凌雪再一次下了逐客令。

康耀祖的脸红一阵白一阵。怎么会？难道她真的会爱上这小子？看着她那冷漠的样子，他的心尖儿都疼。

门“砰——”一声在他身后被关上了，他准备了满腹的话，最终一个字也没有说出来，无奈地转身走了。

康耀祖眼睛红红的。直到此时此刻，他还不敢相信她会变心。

可是，这孤男寡女的同处一室，又怎么保证他们俩没什么事儿呢?

康耀祖现下这副样子，真不知道自己该怎么回去面对家里的人。

突然，天下起了大雨，康耀祖在雨中狂奔着，泪水和着雨水，一阵阵地敲在他的头上和心上。他歇斯底里地跪在雨地上，面部朝天，一声声地叩问苍天。雨越下越大，不知不觉，他不知道自己跑了多少时间，也不知道自己跑到了哪里。他太累了，他倒在了秦家大门口。

雨下得太大了，水涌到了秦家大门口，路德明拿了把铁锨，打算去捅一捅下水道，却发现了倒在家门口的康耀祖，赶忙把康耀祖背回了家。

给他灌了些姜汤，康耀祖才慢慢醒了过来。康耀祖脱下了自己的衣服，路德明拿着一块干毛巾进来了，帮康耀祖擦去头上、身上的雨水，路德明又找出了自己的衬衣，让康耀祖换上。

他不疾不徐的就这样看着康耀祖，视线更是像利剑一样扫在康耀祖的肩膀上，他看到了康耀祖的右肩膀上赫然有一块青色的胎记。

心，抽痛。原来，他竟然是……路德明走上前，康耀祖很奇怪，路德明为什么这么望着自己，不解地说："路叔，让我自己来擦吧！"

"我来！"路德明的话铁一样坚实，有一种密不透风的感觉。

康耀祖任凭他擦着，先是替康耀祖擦头，擦脸，后来又擦背，轻轻地，仿佛生怕只要松懈一点，康耀祖就会凭空消失，再也不属于他了。

"叔，我们俩不是亲的姐弟。"康耀祖终于把积在胸中的话说了出来，仿佛吐出了一大团积郁在心底的棉花。

"我知道。"路德明声音轻轻的，那块胎记像针一样，一下一下地戳在他心上。

"你怎么知道的？"康耀祖奇怪了，难道是父亲说给路叔听的吗?

往事泛上心头，路德明的头突然剧烈的疼痛。他双手抱着头蹲了下去，康耀祖慌忙穿上路德明的衬衣，急忙扶起路德明，把他扶坐在椅子上。不解地问："路叔，你怎么了？你哪里不舒服？"

路德明摆了摆手说："我没事。"

自从康耀祖离开后，秦凌雪就催着蓝一鸣离开，她实在有点厌烦蓝一鸣的殷勤，更觉得蓝一鸣不够阳光，心里老有一种阴冷的东西。

秦凌雪自嘲一笑，将杯子握得紧紧的，她觉得自己愚不可及。为了让康耀祖不受伤害，最终还是伤害了他，这种故意找"替身"的方法，实在是愚笨。

蓝一鸣离开后，积郁在秦凌雪心中的那种痛，胸口那种空荡的感觉，让她愈加觉得好难受，真想塞点什么进去，把空缺的那一块填满。

秦凌雪冒着雨回到了家，她想回家，想对爸爸倾诉一下这么多天积郁在心中的烦闷和伤痛，委屈和茫然。

雨丝，冰凉凉的，一阵冷风吹来，扑打在她脸上。湿漉漉的，一直浸到了她心上。

进门的瞬间，她就看见了自己日思夜想的那个人，也是自己最想赶走的，最不想伤害，却又伤害得最深的人，此时，正坐在椅子上和爹说着话。

路德明也看到了愣在门口的女儿，说："雪儿，快过来，爹给你说件事儿。"

她抿着唇，站在那，只当作没有听到。她没想到，康耀祖在自己的家里。

路德明向女儿伸出了手，秦凌雪走向了父亲，路德明拉过两个人的手说："孩子，你们俩，不是亲姐弟，你们可以正常交往。"

秦凌雪的手"嗖"一下从父亲的手中滑脱，氛围，变得更加僵凝而尴尬。她不明白，虽然多少次她希望那是一个误会，可真相到眼前的时候，她又不知道如何面对了。

“爹，你说的是真的吗？”秦凌雪抿唇，仍不敢相信父亲的话，但面色比刚才亮堂了许多。

“这事儿，爹可不敢再开玩笑了。”路德明双目，盯紧了女儿。

她侧目看着康耀祖，仅能看到他眉骨间的一片阴沉。抬眼，似不经意的，撞见那抹熟悉的身影。他，站在灯影下，白色的衬衫，显得愈发成熟稳重。似是察觉到她的视线，他双目朝她看着，在交错的灯光下，看起来愈发火热了。

晚上，路德明对秦水莲说：“我找到自己的孩子了。”

秦水莲早有此猜想，自打路德明给康耀祖擦身子的时候，她从窗户里也瞥见了康耀祖肩膀上那一块青色的胎记。

她当时还奇怪，路德明为什么不当场就认了自己的儿子呢？

“那你当时为什么不认他呢？”秦水莲随口问。

“你知道他是谁啊？”路德明也奇怪了。

“他还能是谁啊？除了那小子。你应该当时就认了他。”秦水莲有了自己心里的小九九。

“我怕孩子们有压力，他们已经够苦了，不要替我们这些大人们再背负那么多东西了。”

路德明的这个态度，已经让秦水莲不舒服了，虽然，她替路德明高兴，兜兜转转这么多年，终于找到了他自己的亲生儿子，秦水莲对路德明当初心里的那点亏欠似乎也感到平衡了。大家都是有过故事的人，谁也不欠谁了，都是在特殊的时期搭伙过日子罢了，有谁说生活中一定非得有爱情呢？天长日久的亲情也挺好啊！

29

在秦水莲心中，秦康两家的恩怨似乎永远是个死扣，没法解开。再说，哪怕她现在知道了康耀祖是路德明的儿子，她依旧觉得蓝一鸣嘴甜，一见面就阿姨长阿姨短的，把秦水莲哄得心花怒放的。

第二天一大早，秦水莲便悄悄地给梁玉梅捎了个话，告诉她，你的儿子已找到。她知道，这个消息一传到她的耳朵，估计过不了多久，梁玉梅便会火速赶到的。

果然如她所料，午饭刚过，梁玉梅骑着自行车便赶到了。

路德明看着梁玉梅的到来，他就知道，肯定是秦水莲给报的信儿。

梁玉梅一下车，第一句话便问："我儿子呢？在哪儿呢？"

秦水莲给她端来一杯茶，不紧不慢地说："玉梅啊，先别着急，咱们坐下来慢慢说。"

梁玉梅接过水，来不及吹掉上面浮着的茶叶，直接抿了一口，鬼吹火一般，急急地问："我这心里像着了火呀，快点告诉我，我儿子现在在哪里呢？"

秦水莲把事情的经过一五一十地告诉给了梁玉梅，梁玉梅听完后，要求立即见到康耀祖。

路德明劝她："现在时机还不成熟，孩子们经过了这么大一个波折，他们的感情需要再次磨合，我们不能再给他们太大压力了。"

梁玉梅火了，怒道："什么压力不压力，我只想看到，我的儿子长什么样？只想给他道个歉，只想早早弥补我对他的亏欠，这难道有错吗？"

"这都没有错，咱们能不能再过一些时日去，这样去，孩子一时半会儿还得有个接受的过程。”路德明给梁玉梅讲了一大堆道理。

但梁玉梅盼了二十几年了，哪里还能再等啊，她现在连一分钟也不想等了。

眼看着两个人快要吵起来了，秦水莲连忙劝着路德明说：“你要理解一个做母亲的人，那毕竟是她身上掉下来的肉啊。”

路德明想了想，退一步，说：“要不，再过几个月，等中秋节过了再去。”

梁玉梅还是不肯推迟一点点，路德明只好买了些水果，赶去了康耀祖的家。

一见到康承业和杨冬香，梁玉梅也顾不上什么了，“扑通”一声跪在地上，嘴里不停地向两位恩人表示感谢着。如果不是当初你们收养了我的儿子，孩子还能活到今天吗？我们还能见到已经长成大小伙的孩子吗？

康承业和杨冬香对这个意外的结果也挺震惊的，都说因果报应，如今，他们当初的善因，没想到却结了这么大一个果实，那也算是功德圆满了。

杨冬香翻出了当年孩子穿的红洋布小棉袄、碎花小被子，把它放在了儿子的面前。康耀祖茫然地看着这些东西，似乎没有一点感觉。而梁玉梅却扑向了那些小物件上，抱着红洋布棉袄哭得稀里哗啦。

康耀祖又一次陷入了戏剧化的生活中。他心里忽然有些乱，有什么东西在心尖上跳动，让他有些无措。莫名的悲伤和从天而降的喜悦，没有让他有更多的高兴，反倒生出诸多惆怅来。

康耀祖正在神伤中，秦凌雪用胳膊肘捅了捅他，他这才反应过来，所有的目光都聚焦在了他的身上。

他茫然地叫了一声：“爸，妈。”突然间管另外一个男人叫爸，另外的女人叫妈，这在他二十多年的脑海里一点没有储存的这个信息，现在突然蹦了出来，连他自己觉得声音都是怪怪的。

“好孩子，快快，到妈这里来。”梁玉梅忽略了一个事实，这个她心目中的儿子，早已不是当年的婴儿，或者说已经长成了一个大小伙子了。

他伸过手去，任凭梁玉梅把他的手摩挲着，像在欣赏一件宝物般稀罕着。她滚烫的热度，像是要将他灼伤。路德明投射过来的眼神，更是灼热如火，让他连心都要停跳，有些无法招架。

他想逃离这里。

梁玉梅只觉得儿子的眉毛,眼睛跟自己很像,每一个动作,都那么好看。

梁玉梅想拥抱一下儿子，可她还没有靠近。康耀祖却下意识后退了一步。梁玉梅紧张地站定了，略有些尴尬，但来之前，比这更坏的结局她都预料到了，所以，她觉得没有什么，毕竟这么多年，抚养康耀祖长大的是康承业和杨冬香。

一颗心，要多容纳几个人，还真不是一件简单的事情。梁玉梅的眼里，全是满满的亲情，甚至已经有泪花在眼眶中喷涌着，可她知道，儿子已经长大了，他再也不是那个嗷嗷待哺的幼儿了，她尽量地忍让着，因为儿子早早已钻进了她的心里。

为了缓和这局面，康耀祖答应，等他有空了，就去看二位。梁玉梅和路德明这才恋恋不舍地离开。

一晃几个月就过去了。临近年关了，康耀祖突然间把刘毓中送给他的社火衣箱和脸谱，全送给了儒林巷社火会，而他却不辞而别了。

秦凌雪每天盼星星盼月亮地等待着，她不知道，到底发生了什么事，康耀祖又去了哪里，似乎是一件很神圣的事情。

秦凌雪没有问任何人，她在等他。无论多久，她都一定要等到康耀祖回来。村子里关于他突然不见了的消息不胫而走。

心，无法解释的乱。

秦水莲见女儿魂不守舍的样子，安慰地说：“凌雪，最近怎么不见蓝一鸣啊，你们俩是不是吵架了？”

“妈，那都是多少年前的老皇历了。我和他压根就没有谈过，哪来吵架一说呢？”秦凌雪没有给娘乱说话的机会。

“我倒觉得蓝一鸣这小伙子不错，嘴甜，人也长得周正。你看，康家那小子人不靠谱，竟然不辞而别，万一他出去干坏事了呢？”秦水莲的醉翁之意原来在这儿呢。

“妈，我相信康耀祖，他不告诉我，自有他的道理。我等他，会一直等到他回来的。”秦凌雪说得斩钉截铁。

“那万一，他要一辈子不回来了呢？你还守着吗？他把社火衣箱和脸谱都捐送了，还能回来吗？”秦水莲还是不想这两个孩子在一起，她觉得别扭。

“他一定会回来的，而且据我猜测他出去肯定是大事。”秦凌雪不敢再说下去了，她怕自己的猜测让母亲知道后，会让她嚷嚷得满世界都知道了。

三年后，正当其他人都快要忘记康耀祖会不会回来这事时，秦水莲在家里不住地劝女儿赶紧找个好人家嫁了的时候，满脸胡子拉碴的康耀祖却站在了秦凌雪的面前，她眸光闪烁，熟悉的男音在耳边传来，她蒙了一瞬。一瞬间，像是被胶定住了一样，眼眶有些酸涩。

“凌雪，我想你！”

“我也想你！”

他的眼神，那么深，他的拥抱那么紧，他知道，自己欠秦凌雪一个解释，他知道，她不会问，就是问他也不会说。

去上海解救地下党的事情，只能单线联系，不能对任何人说。不过，从上海回来已经半年多了，他都借住在龙门洞里，自从上次和田道长有过一面之缘后，田道长也赏识他，虽然什么也没有问，但一直用行动默默地支持着康耀祖。

虽然现在解放了,康耀祖知道,他的日子还很长,还有一段艰难的日子。

康耀祖回来后，两个人的婚事又一次旧话重提了。

秦水莲依旧拗不过自己心里那个坎儿，依然没有同意。

秦凌雪这次的帮手是梁玉梅，她终于把秦水莲说通了，但秦水莲有一个条件，如果将来生了男孩，必须姓秦。

这话传到杨冬香耳朵里，她却不同意了，她说了，我们家儿子又不是上门女婿，凭什么要让我孙子改姓呢?

这可忙坏了梁玉梅，她左右说和，可两家的女主人都执拗着。

秦凌雪干脆说了句:“梁姨，你也别忙活了，如果再这样，我不结婚了，我当一辈子老姑娘。”

这下，秦水莲也急了，说:“这怎么成呢? ”

杨冬香也不干了，倔强地说:“我们家给儿子准备结婚的猪都肥得走不动路了。”

康承业开腔了。他说:“姓什么，不重要，姓名只是代表一个人的符号，就像阿猫阿狗一样。我有个建议，那就叫秦康路吧! ”

康承业的这个建议，总算让三方大家都满意了，但杨冬香还是嘟嘟囔囔地说，养个儿子白养了，这都姓秦了。以后我这个当婆的可要怎么做。

康耀祖“扑哧”一声，大笑了起来。他说:“这八字没一撇呢，我们俩婚都没结呢，你们这都开始给孩子争姓氏呢? ”

大家都沉默了。

这对有情人终于结成了眷属。

30

一晃两年过去了。

秦康路出生的那天，正逢正月十五，陇州城里热闹极了，秦凌雪挺着大肚子在看社火，突然间，她感觉到肚子疼痛。梁玉梅和杨冬香赶忙分头去报信儿，秦水莲陪着秦凌雪，把秦凌雪的同事们羡慕得直嚷嚷，看人家秦凌雪，多金贵呢！

康耀祖扮演的关公，正给别人家孩子“过关”呢。听到消息他连妆都没卸，抱起秦凌雪就直奔医院。路德明和康承业听到这个消息，扔下鼓槌，放下锣，也是一路飞跑向医院。

入夜，伴随第一声婴儿的啼哭声，一场铺天盖地的大雪将整个陇州大地遮盖得严严实实。

大家都笑说：“这家伙是急着出来耍社火呢！”

说来也怪，小小的人儿，还没满月，爷爷给买了一个拨浪鼓。小家伙一哭闹，只要轻轻地摇那鼓，立马露出了笑脸。

人逢喜事精神爽啊，时光一下子扯向了远方。

等大家意识到孩子们都长大了时候，大人们也老了。

时光一下子走到了 2007 年，已经七十多岁的路德明被列为社火国家级非物质文化遗产的代表性传承人。

2013 年县里举办全国首届社火艺术节，路德明装扮完最后一传社火身子，永远地闭上了眼睛。他面容安详，有满足的笑容挂在脸上。

康耀祖作为又一代传承人，接替了父亲的工作，忙碌的日子里，总有些说不完的故事。

空闲下来的康承业，到处去做田野调查，采访那些老艺人，给他们拍视频，留资料，忙得不亦乐乎。有时候，也到深山区去，住老艺人家，一住就是半个月。不过，他也是有成绩的，又挖掘到了峰山的“犇”社火、河沟村的甲马社火，还收集了更多的陇州小调，他觉得自己的日子越来越有嚼劲儿了。

杨冬香总在儿子跟前数落着，你爸这是眼里没有这个家了，快八十岁的人了，像野人一样，半个月回来一次，那衣服脏得都看不出本色了。

康耀祖就劝她说：“妈，我爸这是在帮我们的忙呢。我们最近在整理社火资料，打算出一本书。他的资料对我们很重要的，您就在家看看电视，绣绣花，也不错哟。”

路德明走后，秦水莲的头发白成了一团雪，她依旧戴着老花镜，天天坐下来读《心经》《金刚经》，偶尔也翻出父亲整理的社火手稿，将后来新的社火内容一一加上。

秦凌雪依旧在学校里教书，周末和康耀祖去看看母亲和公公婆婆。

秦康路被他二叔康耀宗撺掇到了国外去读大学了，说是为了弘扬中国的民间艺术，结果这小子跑国外去学金融管理了。康耀宗也拿他没有办法。

康耀祖不以为然，鼻子“哼”一句，中国的民间艺术要在中国这块土壤上生长，在国外那叫嫁接，怎么可能比在中国长得好呢！

秦康路笑爹老土，说那叫中西合璧。

2018 春节，秦康路回国时，手里牵着一个混血美女的手进门来。

杨冬香惊叫，这，康路，这都是跟你二叔学坏了，竟然又领了个外国媳妇。

俩人相视一笑，齐声叫爷爷奶奶。女孩大方地挤到杨冬香跟前，说：“奶奶，你好好看看，我是谁？”

杨冬香揉揉他的眼睛，戴上老花镜，仔细地看了看，恍然大悟地惊叫道："梦秦，你是康梦秦啊！奶奶记得，你才这么一点点，这一下子就长这么高了。"杨冬香用手比划着。

"奶奶，你老了，那是十年前的我。"梦秦笑着。

康承业说："好，回来了好，回来好好学装社火。"

康梦秦嬉笑着："我哥都不学，我也不想学，没劲！"

康承业无奈地摇了摇头，他想拉着两个孙子多给他们讲讲社火，结果，他们俩一人抱一个手机，玩得不亦乐乎。

康耀祖劝康承业："爹，你也不要生气，人各有志，咱们也不能强迫别人喜欢这个啊，现在的孩子都这样，咱们坦然面对吧。"

"你爸妈怎么没有回来呢？"杨冬香问。

"谁说我们没回来，我在这儿呢！"康耀宗的外国媳妇活脱脱一个国外版的"王熙凤"。

她把一本海外版中英文结合的《陇州社火技艺大全》，送给了社火传承人康耀祖。

杨冬香问："只有一本吗？"

"谁说只有一本呢？每人一本。来来来，搭把手。"康耀宗抱着一摞书，从门外吃力地进来了，大家一齐拥向了他，抢过书来讨论着。

后 记

一

记得在一次文学座谈会上，有位德高望重的老师说："面对文字，我们要有敬畏之心。"当时，我只是稀里糊涂地从左耳进，右耳出了，从来没有思量这句话真正的含义。最近，在结束了《社火》这部小说初稿的时候，这句话又特别明晰地浮现出我的脑海。它距我开始写这部小说，已过去了十年之久。十年时间，我也已从而立之年步入了不惑。之所以一直不敢动笔，就是怕亵渎了社火，因为这是我们的老祖先们用生命和汗水以及智慧换来的结晶。所以，这本书写得非常艰辛，第一稿我写了七万字，感觉力不从心，又整整放了五年。第二次拿出来时，又感觉到立意和结构都没有达到自己预想的，就又弃了重写，重新架构，重新写提纲，重新塑造人物形象，断断续续三年，直到今天才羞羞答答出来了。

虽然，面对日新月异的现代文明，社火被视为老土，跟不上时代，但当我们离开故乡，真正走入了喧嚣的大城市，瞬间万变的都市生活，却让好多漂流族每天都在惶惑不安中。如果有一天，回过头来看，那种根植于内心和渗入骨子里的东西，又让人特别怀念这种本土的民间艺术，它才是最接近内心和认识自我的一种艺术形式。

我一直在思考这个敬畏之心到底是什么呢？敬畏天，敬畏地，敬畏父母，敬畏生命，敬畏你心目中认为值得敬畏的人和事情。

曾经请外省的一位老师为业余绘画爱好者授课，走到书画展厅门口，老师打眼一瞧，看到展厅里挂满墙的画儿，果断地将抽了一半的香烟熄灭，扔进了垃圾桶。授课期间，他为大家示范一幅山水画，边画边讲，一皴一擦，认真而仔细，有爱好者忍不住掏出了烟，为了表示尊重，他打算为老师也点上一支烟，自己才可以理所应当地吸烟，结果，老师委婉地拒绝了，他说，这里是展厅，不能吸烟。老师遵守自己的规则，在此期间没有动一支烟。

这位老师让我想起了《社火》中为社火付出了生命的秦道生老人，恪守进书房写稿子之前必须要洗手的习惯；嗜烟如命的康麦换老人，进书房前总是自觉地把烟锅挂在书房门口，一是为了克制自己，另外是为了警示他人，要对自己所钟爱的事业，怀有敬畏之心。只要有了敬畏之心，才能使自己的心灵得到净化、人格得到完善，才能保证中华文明的薪火传承、生生不息。

我国历来重视敬畏感。儒家有“畏天命”“畏圣人”“敬其在己者”等敬天爱人的观念；道家曾通过“道法自然”来强调对自然规律及人与自然和谐的敬畏。近代著名的政治家曾国藩曾留下这样的古训：心存敬畏之心，方能行有所止。只有怀有敬畏之心，我们才能上对得起祖先，下对得起子孙。小时候，爷给我讲得最多的一句话就是：“举头三尺有神明，神在天上看着呢！”那时候，笑话爷老土，哪有神呢？

正如黑格尔所说：“一个没有形而上学的民族就像一座没有祭坛的神庙。”没有祭坛，也就是没有信仰，没有神圣的价值，没有敬畏之心，就没有了道德的约束，人与人之间只剩下争斗和利益的较量。

文章中的关山堡子，并不是真正意义上我的故乡，发小看完我的初稿，批评我应当把关山堡子改成我的故乡演峪山村或者演峪山堡子，他说，还记得演峪山村那个堡子，幼时的我们曾经把它当成“藏猫猫”“玩打仗”的地方，我不想修改的原因有很多。

据说，当时的河沟寨是秦王朝屯军的地方，和河沟寨相邻的演峪山村是军队的演艺场，演峪山也曾叫演艺山，现河沟寨叫河沟村了，河沟村和演峪山村留下了马社火的传统，演峪山村的锣鼓和马社火也曾盛极一时。演峪山堡子也是当时为了防御外敌入侵而建的。如果单纯写演峪山堡子，有点狭小了。

我以陇州整个社火作线索，关山作为陇县地标性的风景，为此，我将文章的地点设在关山堡子，是想以它代表整个陇州社火。其实关山人作为陇县的游牧民族，他们最初是没有耍社火这个传统的。陇县每一种类型的社火，都有它的来历与出处，都有它独特的一面。当然，本书容量有限，作为一部小说，它不可能全部容纳更多的社火类型。本书在讲社火艺术的同时，涉及了一些陇州美食：羊肉泡馍、油旋、暖锅、八挎五等，还有许多小孩子满月、周岁的一些风俗民情、丧葬民俗，写这些不是为了迷信，而是为了留住更多人的乡村记忆，保留住那慰藉我们心灵的乡愁。那些即将消失的艺人：会耍社火的艺人、做棺材的木匠、漆匠、神腊婆、阴阳先生等乡村能人。也许，多年以后，土葬被彻底摒弃了，一些民俗也会消失，我们的后人已不需要这些技艺，我将这些穿插进我的小说当中，为乡村寻找文化的根，寻找我自己灵魂的栖息地。

每一个时代，大众的审美趣味在发生转变，新媒体时代，这种传统的民间文化艺术也受到了冲击，老一代艺人逐渐老去，年轻人大多不愿意继承，传统与现代一直在角逐，我们期待它们的完美结合。我愿意用我稚嫩的笔触，去深入到民间，深入到乡村，去为故乡的民俗礼仪寻“魂”寻“根”，为它的传承和发展尽一份心力。

每一本书的灵感与写作，以及到最后的出版，都有它自己的缘分和命运。在此，我感谢为这本书推介的省、市、县各级宣传部门的领导们，也感谢为这本书出版尽心竭力的李宗保主编以及他们的出版团队，在此衷心地说一声：“谢谢！”

二

社火这种古老而传统的民间艺术，是陇州先民们集体智慧的结晶，而并不单纯地指某一个村、某一个镇。陇州社火始于秦汉，盛于宋、元、明、清，距今已有两千多年的历史，是我国目前保留最完整的原生态民间文化遗产之一。

王渭清教授讲过，社火起源于祭祀社神，是一种对地母和后土的崇拜。春社一般是春耕前祈求丰收，秋社是收获后报答神恩，后世演变为土地神信仰。

对“社火”词义的追根溯源：社是一种基层行政单位（二十五家为一社），按里社为演出单位组织节日迎神赛会，出现社火杂戏。演出班子也叫“社”。火是军事编制单位，每十人共一火，所以宋代的文艺演出团体叫“社火”。演出内容有杂戏、杂技、舞蹈、武术、鼓乐等。

陇州社火作为陇县的一个民间文化品牌，享誉海内外。陇州社火，又称“耍社火”，起源于民间“百戏”“傩舞”。其中包括舞蹈、杂技、杂耍、武术、鼓乐等，是群众在年节庆典、庙会上自娱自乐、表演性强的民间歌舞技艺活动的统称。

以陇州社火为主体的宝鸡社火是国家级非物质文化遗产保护项目，2007年陇州社火被列为“陕西省非物质文化遗产保护项目”。2013 年陇州社火荣获首届中国社火艺术节山花奖金奖，2013 年陇县被中国民协授予全国首个“中国社火文化之乡”，陇县被命名为 2014—2016 年度“中国民间文化艺术之乡”（陇州社火）。

陇州社火形式多样，有马社火、高芯、挈社火、抬社火、高跷、车社火、秋千、跷板、耍大头、古参军、竹马、旱船、快活、刀舞、棍舞等 20 多个种类，陇县是我国目前社火类型最齐全的县市之一。

陇州社火分为造型社火和表演社火两大类型。马社火、高芯、挈社火等造型社火装扮精巧，化装古拙，造型奇妙。地台社火、古参军、高跷等表演社火亦唱亦舞，火把照明，显得古朴大气。

社火脸谱为陇州社火一大特色，尤其是疙瘩脸谱为陇州艺人们独创，他们用特殊的工艺将鸡蛋壳粘在扮演者的脸上，涂上色彩，反差强烈，立体感强，人物个性突出，生动夸张。

陇州社火的鼓乐从情调和色彩上看，均系军营鼓乐。其特点是高昂激荡、清晰浑厚、如雷震天，内藏军队的出征、埋伏、布阵、进攻、激战，直到凯旋的内涵。鼓点如急风暴雨、急泻而下，数百面锣鼓齐鸣，又势如破竹、如雷贯耳，极具西北黄土地上的壮士风采。鼓谱中的“十样锦”既有内容情感相异的段落、又有结构严密统一的整套特点，鼓乐原是由鼓、镲、钹、锣、金组成的五音组合乐声，但传承至今保留了鼓、镲、锣三种乐具。陇州古有“东迎西庆南摆阵，北路鼓点传信宗”一说，后来，由陇县鼓乐艺人们经过改良，把过去的“干戈擂套十样阵”改成了现在的“干骨梅套十样锦”，再现了古老厚重的历史和生命的旷达，是人们对“根”性历史文化的一种寻求和领悟。

千余年来，陇州人就有耍社火、赛社火的习俗。农历正月各社火会装扮社火走村串户，巡回表演。元宵节这天，数百家社火云集县城赛社火。社火队在震耳欲聋的锣鼓声中穿梭于人海，犹显古战场的雄风，陇州人民用这一形式抒发自己的情怀。气势宏大，形式独具，古朴精彩的陇州社火游演，堪称东方的狂欢节。央视、凤凰卫视、新华社等媒体都曾经专题报道陇州社火。德、美、法、英、日、韩、俄等30多个国家及港澳台的文艺界人士来陇县观看社火。著名摄影家黑明先生称“陇县是摄影家的天堂”。陇州社火成为陇县乃至宝鸡的一张文化名片。

近二十年来，文化艺术事业蓬勃发展，新的文化娱乐形式、内容和载体百花竞放，日新月异，人们的文化消费观念也在发生转变，艺术欣赏水平提高，休闲娱乐方式改变，传统古老、稍显简陋的社火艺术形式显得过时，已被电视、电影、流行歌曲、网络文艺等内容和形式所替代。时尚冲淡了传统，加之老一代社火艺术家已渐渐离世，因而，社火濒临失传和绝迹的境地。也由于农村经济发展的转型，大量民间社火艺人及农村劳力外输，使陇州社火表演受到了一定影响；传统的表演艺术项目出现断项、失传；由于受资金制约，大部分社火会服装陈旧，道具残缺，骡马减少，很难装起社火。

为了使陇州社火这一民间艺术得到进一步保护、挖掘、整理、传承和发展，陇州社火已在省市各级部门的大力保护和支持下，得到了一定传承和发展。作为一个土生土长的陇县人，我想以社火为主题，来展现民间文化的魅力之所在，把这一民间艺术瑰宝，以小说艺术的形式呈现，让它传承着民俗风情，根植于读者内心，走出了黄土山城，走向省外国外。

2014 年 5 月 16 日完稿

2019 年 6 月 13 日第五稿

2021 年 7 月 16 日第七稿

2022 年 8 月 13 日第十稿

2023 年 2 月 19 日第十一稿